Øystein Wiik • Linges Mission

Prolog

Måløy,
27. Dezember 1941

Der Regen löschte die aus den zerschossenen Häusern lodernden Flammen, während die Bevölkerung die Gefallenen von der Straße trug und nach Uniformen trennte. Die meisten Opfer waren Deutsche. Die Engländer hatten den Großteil ihrer Gefallenen mitgenommen, als sie sich im Laufe des Tages zurückgezogen hatten. Aus dem Gebäude, in dem die Deutschen ihre Toten sammelten, klangen Hammerschläge. Zwei junge Schreiner aus der Umgebung waren herbeigerufen worden, um Särge zu zimmern.

Am anderen Ende von Gate 1 lagen sieben tote Soldaten in einer engen Gasse. Sechs Briten und ein Norweger. Während die deutschen Offiziere damit beschäftigt gewesen waren, die Schreiner zu rekrutieren, hatten einige wenige Männer, angeführt von einem jungen Polizisten, die Leichen unter Einsatz ihres Lebens beiseitegeschafft.

Ohne viel Aufheben trugen sie die sieben Toten zu dem Friedhof außerhalb des Zentrums. Wenige Minuten später lagen sie in den Särgen, die der örtliche Bestatter zur Verfügung gestellt hatte.

Ein Polizist hielt vor der Steinmauer Wache. Sie hatten ein Warnsignal vereinbart, sollte jemand auftauchen.

Eine andere Gruppe hatte am Nordende des Friedhofs, unweit der Straße, ein breites Grab ausgehoben. Es galt, die Toten schnell unter die Erde zu bringen. Das betraf ganz besonders den toten Norweger. Sie hatten ihn aus den Trümmern eines Hauses gezogen und dank des Namensschilds an seiner Brusttasche identifizieren können, obwohl sein Gesicht nicht mehr zu erkennen gewesen war.

„Ich würde gern ein Foto machen, bevor wir die Särge verschließen“, flüsterte der Anführer des kleinen Trupps, ein ungelenk wirkender Mann in den Fünfzigern. Er hatte eine Kamera und ein Blitzlicht bei sich und gab sich bei dem Norweger besondere Mühe. „Verdammt, was für eine Schande“, sagte er leise, vergewisserte sich, dass keine Unbefugten in der Nähe waren, und schoss das Foto. Das Gesicht im Sarg leuchtete für einen Augenblick blass auf.

„Dir ist schon klar, dass die Deutschen dieses Foto niemals sehen dürfen?“, fragte ein anderer mit hochgeschlagenem Jackenkragen und tief in die Stirn gezogener Skippermütze. „Wenn jemand sieht, dass wir …“

„Schhh!“, kam es vom Anführer. „Keine Namen, man kann nie wissen …“ Für einen Moment war es still, und alle Männer sahen sich wachsam um.

„Alles gut“, sagte der Fotograf. „Ich entwickele die Bilder erst, wenn hier wieder Ruhe herrscht.“

„Niemand darf wissen, wer hier liegt. Das ist alles nicht passiert, verstanden?“

Die Männer nickten gleichzeitig. Dann schlossen sie die Särge, ließen sie ohne einen Bibelvers in die Grube hinab und schaufelten das Loch wieder zu. Anschließend klopften sie die nasse Erde mit ihren Schaufeln fest. In der Nacht sollten die Temperaturen sinken, und der angekündigte Schnee würde alle Spuren der hastigen Beerdigung beseitigen.

Sie blieben noch einen Moment auf ihre Schaufeln gestützt stehen. Wer eine Mütze trug, nahm sie ab.

„Er war wirklich ein ganz besonderer Mann", sagte der Anführer, gefolgt von andächtiger Stille.

Die Männer gingen in unterschiedliche Richtungen auseinander und verschwanden in der Stadt.

Es war ihnen gelungen, den gefallenen Norweger vor den Deutschen zu verstecken. Später einmal wollten sie auf dem Grab ein Kreuz mit seinem Namen aufstellen, vielleicht sogar einen Grabstein mit einem passenden Spruch. Wenn Norwegen wieder frei war.

Erster Akt

MARTIN

1

Vestre gravlund,
18 Tage vor der Premiere, Dezember 1991

Die Büste seines Chefs auf dem quadratischen, grob zugehauenen Grabstein wurde von oben beleuchtet, wie er es aus seinen Lebzeiten gewohnt war. Die Schrift war einfach, ergänzt durch seinen Namen und zwei Titel: Kapitän und Schauspieler.

Bjørn wich dem leblosen Blick aus und fixierte das Sterbedatum, den 27. Dezember 1941. Der Tag der Toten.

„Sie haben ein Theaterstück über dich geschrieben, Chef. Es soll am Norwegischen Theater uraufgeführt werden."

Bjørn stand zum ersten Mal seit 50 Jahren vor dem Chef. Sein Magen knurrte, aber er ignorierte den Protest. Das Bedürfnis nach einem Gespräch unter vier Augen war einfach zu groß. Aber die Antworten blieben aus. Er wollte über das Geheimnis sprechen, das er seit dem Tag nach Weihnachten im dritten Jahr des Krieges hütete. Damals war er 17 Jahre alt gewesen. Seitdem war ein ganzes Leben vergangen.

Das Wetter war so klar, wie es nur an einem richtig kalten Dezembertag sein konnte.

„Ich lasse nicht los", sagte er. „Das habe ich nie, verstehst du?" Die Stimme versickerte einsam und tonlos vor ihm im Kies.

Natürlich erwartete er nicht wirklich eine Antwort von der Büste, aber innerlich hoffte er auf Versöhnung zwischen ihnen und Akzeptanz für das, was vor ihm lag. Sein Atem ging schwer. Er streckte die Hände vor, um sich an den

Grabstein zu klammern wie an einen Rettungsring, schaffte es aber nicht, ihn zu berühren. Stattdessen drehte er sich um und ging in Richtung Stadt. Er fluchte, weil er sich alledem ausgesetzt hatte. Aus Dummheit und Übermut, sonst nichts.

Bjørn beschleunigte seine Schritte. Es stach in der Brust, wenn er Luft holte. Er wusste, dass am Ausgang des Parks in Richtung Frognerveien eine Toilette war, aber der Weg bis dorthin war verdammt weit.

Gleich würde er „das lange Gesicht" bekommen, eine Art Tick, bei der er mit hervortretenden Augen vor sich hinstarrte, als wollten sie ihm aus dem Schädel springen. Viele missverstanden ihn, wenn das geschah, aber er konnte nichts dagegen tun. In den letzten Jahren hatte er keinen Rückfall mehr erlitten und fast schon daran geglaubt, doch endlich genesen zu sein. Jetzt war alles Erreichte wie weggeblasen. 50 Jahre wurden durcheinandergerüttelt und verzerrt. Vergangenheit und Gegenwart zu einem Brei verrührt. Bilder verbrannten sein Gehirn, setzten Gift in tödlichen Dosen frei, und Arme und Beine zuckten in einem unkontrollierten, spastischen Tanz mit Namen *Ataxie*.

Endlich näherte er sich dem weißen Holzhäuschen. Das Wort Toilette strahlte ihm über der offenen Tür entgegen. Er kämpfte sich bis zum Geländer vor, zog sich hoch, schlüpfte in eine Kabine und setzte sich gerade noch rechtzeitig hin. Stützte sich mit den Unterarmen auf die Oberschenkel und ließ den Kopf hängen. Schweiß tropfte von seiner Stirn auf den Boden. Nasse Kreise, die einander überlappten und eine kleine Pfütze bildeten. Er war in Sicherheit. Jetzt musste er nur warten, bis es vorbei war.

Er starrte auf die Schultertasche vor seinen Füßen, aus der

der obere Rand eines Manuskripts mit dem Logo des Theaters herausragte.

Warum hatte er bloß eingewilligt?

Der Anruf der Theaterchefin hatte ihn überrumpelt. Und dass sie ihn, Bjørn Sjøvåg, um Hilfe bat, hatte ihm geschmeichelt. Sie wollte ihn als Zeitzeugen. In seiner Überraschung hatte er spontan zugesagt und nicht einmal gefragt, wie sie ihn gefunden hatten. Es fühlte sich wichtig an, war ihm eine Ehre, doch schon beim Auflegen hatte er es bereut. Nur, dass es da zu spät gewesen war. Er war ein solcher Idiot.

In einer Dreiviertelstunde sollte er im Theater sein. Dabei hatte er das Manuskript, für das er als Berater eingestellt worden war, noch nicht einmal gelesen. Nicht aus Desinteresse oder fehlendem Willen, sondern aus Angst, denn das Stück handelte von dem Mann, den er gerade auf dem Friedhof besucht hatte.

Martin Linge, Kapitän und Schauspieler.

Bjørn fürchtete den Inhalt des Stückes.

Er zog ab und wusch sich die Hände. Legte die Hand auf die Klinke, überlegte es sich dann aber noch einmal und setzte sich auf den Klodeckel. In der kleinen, verschlossenen Kabine war es sicherer. Die Wände waren solide. Ein guter Ort, um mit der Lektüre zu beginnen. Er fischte das Manuskript aus der Tasche, nahm den Bleistift, der sich unter dem braunen Mäppchen am Boden versteckte und fuhr mit einem Finger über das raue Leder.

Er schlug das Manuskript auf und murmelte den Titel vor sich hin: „Eine Frage der Moral, ein Schauspiel über den Kriegshelden Martin Linge."

Die erste Szene spielte am Abend des 8. April 1940. Martin

war in der Festung Akershus, um sich für den Kriegsdienst zu melden. Etwas herablassend sagte der wachhabende Sergeant, dass sie ihn nicht bräuchten, die Deutschen stünden ja nicht vor der Tür.

Bjørn notierte mit dem Bleistift am Rand: *Gute Eröffnung! Bestätigt, dass Kapitän Linge bereits am Abend des 8. April in der Festung war. Er kam von einer Generalprobe im Norske Teatret, gemeinsam mit seinem Sohn Jan Herman. Er sprach zweimal in Akershus vor, war aber beide Male auf Desinteresse gestoßen. Das zeigt, wie schlecht vorbereitet die Behörden waren.*

Es klopfte dreimal energisch an der Toilettentür, dann war eine laute Stimme zu hören: „He, die Toilette wird auch noch von anderen gebraucht!"

„Gleich fertig!", rief Bjørn und machte eine weitere Notiz. *Martin ist am Tag darauf ohne Zögern in den Krieg eingetreten!*

2

Dombås,
15. April 1940

Es war das totale Chaos.

Panik griff um sich, und die Abwesenheit einer klaren Führung vermittelte Leutnant Martin Linge ein Gefühl absoluter Verlassenheit. Auch die anderen Soldaten in der Gegend litten darunter. Die Verlorenheit drang ihnen wie Kälte bis ins Knochenmark, weil nirgendwo eine klare Linie zu erkennen war. Ihm wurde bewusst, dass er sterben würde und seine Handlungen für den Ausgang des Kampfes vermutlich keine Rolle spielten. Er fürchtete den Tod nicht, wollte aber nicht sterben, ohne sich wenigstens gewehrt oder die Chance bekommen zu haben, etwas von Bedeutung zu tun. Er wollte nicht ohne Hoffnung draufgehen, nicht mit der Gewissheit, dass Norwegen verloren und alles nutzlos war.

Am Himmel über Dombås kreuzten Junker 52. Einige von ihnen flogen so tief, dass sie die Bäume zum Schwanken brachten. Die Flugzeuge spuckten unzählige deutsche Fallschirmjäger aus, aber Nebel, Regen und Dämmerung machten es nahezu unmöglich, sie vom Himmel zu schießen.

Es war ein Sprung ins kalte Wasser, derart unvorbereitet in den Krieg geschickt zu werden, schließlich war er erst vor wenigen Tagen mit dem Zug nach Setnesmoen gefahren, um sich als Soldat zu melden. Jetzt war er ein Stück Fleisch mit einer Waffe, an den Ort verfrachtet, wo er am dringendsten gebraucht wurde. Die Kontrolle über sein eigenes Handeln war ihm genommen worden, was sich für ihn unnatürlich anfühlte. Es schien niemand auch nur die leiseste Ahnung zu haben, wie sie weiter vorgehen sollten.

Die Situation war so frustrierend wie ungewohnt, obwohl er den Großteil seines erwachsenen Lebens damit verbracht hatte, Regieanweisungen umzusetzen und vorgeschriebene Rollen zu spielen. Aber vielleicht wartete er ja genau deshalb auf Anweisungen oder den Befehl, vorzurücken, während immer mehr deutsche Soldaten an dem Waldrand vor der Bergflanke landeten. Sollte er selbst die Regie übernehmen? Ein verlockender Gedanke, denn ihre Aufgabe wurde umso schwerer, je länger sie warteten.

Martin hatte sich Kriegshandlungen immer schnell und voller Elan vorgestellt. Jetzt sah er enttäuscht ein, dass das Gegenteil der Fall war. Ein Krieg bestand aus qualvoll in die Länge gezogenen Augenblicken. Es war wie bei einer Filmaufnahme, wenn man ungeduldig darauf wartete, dass der Regisseur endlich „Action“ rief.

Aus einem Anflug von Langeweile feuerte er eine Salve auf die Fallschirmjäger, die ihm am nächsten waren. Schüsse ins Blaue, die nichts erreichten. Martin hatte hinter einer abgeschossenen Junker 52 Deckung gesucht. Das Flugzeug war mit der Schnauze im Dickicht vergraben, während das Heck mit dem Hakenkreuz nach oben ragte.

„Worauf warten wir?“

„Auf die hohen Herrschaften“, lautete die Antwort. Sergeant Eilertsen, ein untersetzter Kraftprotz, spuckte braunen Tabaksaft in den Schnee, wischte sich mit dem Handrücken den Mund ab, schüttelte sich und legte die Hand wieder an das Maschinengewehr. „In Åndalsnes werden Regierungsvertreter erwartet, vorher sollen wir nicht vorrücken.“

Mit jeder Sekunde, die wir warten, verlieren wir Terrain, dachte Martin.

Flugzeug auf Flugzeug spuckte neue Fallschirmjäger über Dombås aus. Die acht abgeschossenen Maschinen änderten nichts daran, dass immer mehr Soldaten ins Land kamen. Einige wurden sofort gefangen genommen. Zwölf waren in einem Güterwagen aus den Bergen nach Dombås transportiert worden, aber diese kleinen Erfolge täuschten niemanden.

Allem Anschein nach hatte General Falkenhorst den Einsatzbefehl gegeben, weil Gerüchte von der möglichen Landung alliierter Kräfte in Åndalsnes kursierten. Martin war in aller Eile von Setnesmoen hierher kommandiert worden, hatte bislang aber nicht einen einzigen Engländer gesehen.

Hin und wieder huschten Signallichter über den tief hängenden grauen Himmel. Der Regen machte den Schnee nass und schwer, sodass man kaum über die meterhohen Wehen kam. Flammen und Regen, dachte Martin. Seit seiner Kindheit verfolgten sie ihn. Der Regen an der Scheibe zu Hause in Valldal. Das Feuer in Bergen, das ihn gezwungen hatte, am dortigen Theater aufzuhören. Flammen und Regen.

Eine Bewegung rechts von ihm zog seine Aufmerksamkeit auf sich. Angeführt von einem Kapitän näherte sich eine Gruppe Soldaten und war bereit, weiter vorzurücken. Der Kapitän zeigte auf den Gipfel der bewaldeten Anhöhe. Martin sah zu dem Sergeant, der ein leises „Okay“ flüsterte.

Er klopfte dreimal mit den Fingerknöcheln auf das Holz des Gewehrkolbens und rannte los, innerlich auf einen Kugelhagel eingestellt, sobald sie aus der Deckung kamen. Aber das Glück war auf dem Weg über die Ebene mit ihnen. Sie hatten den Waldrand fast erreicht, als zwei Granaten auf sie zuflogen. Eine bohrte sich tief in den nassen Schnee neben ihm. Wegrennen war keine Option. Er ließ das Gewehr fallen, warf sich auf den Boden und schob die Hand in das Loch, in dem die Granate verschwunden war. Er spürte das kalte Metall an den Fingern, bereute sein Vorgehen und glaubte, dass jetzt alles zu Ende war, doch schließlich gelang es ihm, sie aus dem Schnee zu ziehen und wegzuwerfen. Sie explodierte noch in der Luft, aber wenigstens ein Stück entfernt. Eilertsen brüllte, drehte sich auf die Seite, zog sich einen Splitter aus dem Schenkel und rappelte sich wieder auf, als wäre nichts geschehen. Der Kerl war wirklich ein zäher Hund. Gleich darauf knallte es erneut und zwei Männer an ihrer linken Flanke wurden in Stücke gerissen.

„Verteilt euch und rückt weiter vor!" Die Stimme des Kapitäns schnitt durch einen Moment der Stille, bevor die Hölle losbrach.

Die Schüsse kamen vom Waldrand, um sie herum spritzte der Schnee auf, aber sie robbten weiter auf die Bäume zu. Das trockene Knattern der Gewehre und die flüchtigen Mündungsfeuer zeugten davon, wie die Männer sich langsam den Hügel empor kämpften. Die zwei toten Kameraden blieben im Schnee liegen. Es war zu gefährlich, sie zu bergen.

Die Lungen brannten, die Muskeln in den Beinen krampften. Mit seinen 45 Jahren war es eine harte Prüfung, durch den nassen Schnee zu robben. Der Rest der improvisierten Einheit war bereits ein Stück vor ihm. Eilertsens gekrümmter Rücken verschwand rechts von ihm zwischen den Bäumen und er versuchte, dem kräftigen Mann im selben Tempo zu folgen. Er wollte nicht der Letzte sein.

Es war mittlerweile so dunkel, dass er kaum noch etwas

sah. Hin und wieder waren die Stimmen von Deutschen zu hören, die überrascht wurden. „Bitte, nein! Nicht schießen!"

Trugen sie letzten Endes doch den Sieg davon?

Im Wald waren die Norweger in ihrem Element. Da schlugen plötzlich Kugeln in den Baum vor ihm ein. Martin ging in die Hocke und feuerte auf die Stelle, an der er die Mündungsflammen zu sehen geglaubt hatte. Jemand schrie auf, er sah den Rücken eines fliehenden Deutschen. „Stehenbleiben!", schrie er und schoss noch einmal. Der Deutsche kniete sich hin und reckte die Arme über den Kopf. „Bitte, bitte!"

Der Soldat war entweder ein Nachzügler oder Teil einer Einheit, die ihnen von hinten folgen sollte, um sie ins Kreuzfeuer zu nehmen. Plötzlich brach der Mond durch die Wolkendecke und warf fahles Licht auf die Szenerie. Martins Sinne waren geschärft.

„Umdrehen!"

Der Fallschirmjäger drehte sich um, die Hände noch immer über dem Kopf. Das Gewehr lag vor ihm im Schnee und aus seinem Gürtel ragte eine Luger. Das Gesicht war glatt, die Züge weich wie bei einem Kind. Wie alt mochte er sein? 20?

„Bitte, nicht schießen, bitte!"

Verdammt! Er war bereits abgehängt und hätte sich beeilen müssen, um die anderen zu unterstützen. Weiter oben hörte er einen heftigen Schusswechsel. Jetzt auch noch einen Gefangenen zu machen, hielte ihn nur auf, außerdem gab es diesbezüglich keinerlei Instruktionen. Für einen Moment begegneten sich ihre Blicke.

„Langsam aufstehen, die Hände über dem Kopf", kommandierte Martin, während er im Kopf seine Möglichkeiten durchging. Sollte er ihn an einen Baum fesseln? Erschießen? Mitnehmen?

Der Deutsche beugte sich ruhig vor und stemmte die Hände auf den Boden vor sich. „Hände hoch, habe ich gesagt. Verdammt!"

Blitzschnell griff der Deutsche nach seiner Pistole. Martin glaubte erst nicht, was sich vor seinen Augen abspielte, und zögerte eine Sekunde. Es war nicht leicht, so dicht vor einem Menschen zu stehen, den man töten sollte. Das Licht in den Augen des jungen Mannes, der Atem aus seinem Mund. Ein Leben das ausgelöscht werden würde. Der Soldat hatte die Luger gezückt, ihre Schüsse fielen beinahe gleichzeitig. Martins Schädel dröhnte, und er war sich sicher, getroffen zu sein, als der Junge vor ihm zusammensackte und den Mund öffnete. „Ich wollte nur …", begann er und starrte auf seine Pistole.

„Was?", fauchte Martin. „Was wolltest du?"

Die Waffe rutschte aus den Händen des Deutschen, dann kippte er nach hinten und starrte mit gebrochenem Blick zum Himmel.

Er hatte ein Leben genommen, und auch wenn er darauf vorbereitet gewesen war, war die Erkenntnis ein Schock. Er suchte nach einem Gefühl, nach etwas, das ihm erklären konnte, was in ihm vor sich ging, fand aber weder Reue noch Genugtuung. Tief in sich spürte er nur nackte Kälte, die langsam Herz und Hirn einfror.

Über ihm dröhnte und knallte es, und er riss sich zusammen, um weiter vorzurücken. Der Kugelhagel nahm kein Ende. Kaum hatte er das gedacht, verstummte das Feuer, und kurz darauf kam eine dunkle Gestalt von oben auf ihn zu.

Martin hob das Gewehr, bereit, erneut zu töten, als der Mann rief: „Ich bin's, Eilertsen, nicht schießen!"

Eilertsen hatte seine Waffe verloren, er war verschwitzt, das Gesicht voller Pulverschlamm. „Ein Hinterhalt. Viele sind tot, auch der Kapitän. Den Rest haben sie gefangen genommen! Lauf, Linge, renn um dein Leben!"

Gemeinsam zogen sie sich zurück, den Pulvergeruch in der Nase, erschöpft und von dem Gefühl der Niederlage fast in die Knie gezwungen.

Als sie es endlich zurück ins Hauptquartier und zum 2. Bataillon geschafft hatten, kam ein junger Offizier zu ihm. Er trug eine Brille und hielt eine Mappe in der Hand. „Leutnant Linge, Sie sollen noch heute Nacht zurück nach Åndalsnes. Wir erwarten die Landung der Briten, sie werden dort als Verbindungsoffizier gebraucht."

3

Eine Hütte nördlich des Sognefjords,
20. April 1940

Oberstleutnant John Durnford-Slater spannte den Hahn des Revolvers auf dem Nachtschrank. Er lag voll angezogen auf dem Bett, über sich eine einfache Steppdecke. Obwohl er den zivilen schwarzen Mantel bis oben hin zugeknöpft hatte, setzten die Minusgrade ihm zu. Sein Atem stand ihm in einer Frostwolke vor dem Mund, obwohl er den Ofen vor dem Zubettgehen angefeuert hatte, wie man es ihm aufgetragen hatte. Die Hütte war ein Unterschlupf für britische Agenten, hier sollte er sich verstecken, falls seine Deckung aufflog. Der nachts aus dem Schornstein aufsteigende Rauch war das Signal, dass er Hilfe brauchte. Seine Glieder schmerzten und nach Tagen auf der Flucht entglitt ihm langsam die Kontrolle über seinen Körper.

Er hatte den Alkoven im Dachboden gewählt, obwohl die Hütte recht viel Platz bot. Sollten unerwünschte Besucher auftauchen, hatte er so noch ein paar zusätzliche Sekunden. Der Haken an der Sache war, dass es von hier oben keine Fluchtmöglichkeit gab, falls wirklich jemand kam.

Draußen waren Geräusche zu hören. Freund oder Feind?

Vielleicht spielten seine erschöpften Sinne ihm auch nur einen Streich. Vielleicht war das Flüstern, das er zu hören glaubte, lediglich der Wind in den Bergen.

John streckte sich vorsichtig aus, schob die Gardine zur Seite und sah durch den Spalt nach draußen. Wolken waren aufgezogen und die Dunkelheit wurde nur durch die schimmernden

Reflexe des Schnees rund um die Hütte unterbrochen. Die linke Hand tastete die Brusttasche des Flanellhemds unter seinem Mantel ab. Mit einem beruhigten Nicken stellte er fest, dass die kleine Giftampulle da war. Schluckte er sie ganz, würde sie sein Verdauungssystem durchlaufen, ohne Schaden anzurichten. Zerbiss er sie, blieben ihm nur noch Sekunden.

Erst vor einer Woche war er in einer Sackgasse in Nordnes in Bergen dem Tod um ein Haar entkommen. Bei der verzweifelten Flucht durch die engen Gassen hatte er auf einen seiner Verfolger geschossen. Ob der Mann überlebt hatte, wusste er nicht. Aber hätten sie ihn geschnappt, wäre er aufs Übelste gefoltert worden. Den Status eines Kriegsgefangenen konnte er nicht einfordern, da es die Einheit, für die er arbeitete, offiziell gar nicht gab. Sie war so geheim, dass nur handverlesene Männer des War Office Bescheid wussten.

Er hatte einen Wagen gestohlen, der ihn ein Stück weggebracht hatte, und als der Tank leer war, ging es per Anhalter, zu Fuß und mit dem Fahrrad weiter. Sechs Jahre Dienstzeit in Indien hatten ihn abgehärtet und ihm eine gewisse Ruhe gegeben. Dort hatte er gelernt, dass er den Tod nicht zu fürchten brauchte, der in Indien allgegenwärtig war. Tod, Wiedergeburt, Lebensrad und Karma. Viele Männer der Slater-Familie hatten im Dienst für das Vaterland ihre Leben gelassen. Sein eigener Vater war gleich zu Beginn des Ersten Weltkrieges auf den Schlachtfeldern in Frankreich gefallen. John war damals erst neun Jahre alt gewesen.

Sein Vater war in einem Sarg, bedeckt mit der britischen Flagge, nach Hause gekommen, und es war nur ein schwacher Trost gewesen, dass er unter Salutschüssen beigesetzt worden war. John hatte nur das schwarze, tiefe Loch gesehen.

Damals hatte er beschlossen, mit der Familientradition zu brechen und stattdessen Pferde zu züchten. Seine Mutter hatte ihn dennoch zu einer Karriere beim Militär überredet, um den Vater und das Gedenken an ihn zu ehren. Die Pflicht hatte über den Traum triumphiert. Er bezweifelte, dass die Entscheidung richtig gewesen war, denn er war nicht unbedingt ein militärisches Talent. Er hatte gebüffelt, sich angepasst und sich in Selbstdisziplin geübt. Man sollte nicht immer auf die Mütter hören.

Plötzlich hatten die Deutschen vor der Tür gestanden, und er hatte sich den Knöchel verstaucht, als er aus dem ersten Stock des kleinen Holzhauses gesprungen war, das er gemietet hatte. Er war verraten worden, und vermutlich lauerten genau diese Verräter jetzt draußen vor der Tür. Er hielt es für unwahrscheinlich, dass es jemand aus dem Konsulat in Bergen war.

Das ihm zugeteilte „Forschungsstipendium" war eigentlich der perfekte Deckmantel. Mit Basis im Aquarium in Nordnes sollte er an der Westküste Norwegens meeresbiologische Studien vornehmen.

John Durnford-Slaters eigentlicher Auftrag war es, die Operation *Ajax* vorzubereiten – die britische Invasion Norwegens – denn sollte Hitler die norwegische Westküste besetzen, war der Weg zu den britischen Inseln bedrohlich offen. Die ultrareaktionäre Politik und das träge und vollkommen zerstrittene Kriegsministerium sorgten dafür, dass die Pläne immer wieder aufgeschoben wurden und die Wehrmacht ihnen zuvorgekommen war.

Es klopfte an der Tür der Hütte, erst vorsichtig, dann immer kräftiger.

John stellte die Füße auf den Boden, sah sich um und bezog neben der Tür zum Dachboden Stellung. Wenn nötig, konnte er von dort schießen. Sein Blick fiel in den Spiegel neben dem Fenster. Für gewöhnlich war er ein gepflegter Mann, aber mit den fettigen Haaren und dem Fünftagebart sah er eher aus wie eine Romanfigur von Dostojewski. Konnten sie sein Spiegelbild sehen, wenn sie hereinkamen? Er korrigierte seine Position, um das zu vermeiden.

Schwere Stiefelschritte ließen den Boden erzittern. Hatte er wirklich vergessen, die Tür abzuschließen? Dann waren sie auf der Treppe, John erkannte zwei unterschiedliche Arten von Schritten. Der rechte Zeigefinger legte sich um den Abzug, die linke Hand fischte die Zyankalikapsel aus der Hemdtasche und legte sie behutsam auf die Zunge. Die Schritte blieben vor der Tür des Dachbodens stehen. Es wurde still. Die Klinke ging nach unten, und die Tür glitt auf. Das Licht einer Taschenlampe fiel auf den Spiegel, und die Gestalt eines jungen Mannes mit blauer Wollmütze zeigte sich in dem gesprungenen Glas. Hinter ihm war ein weiterer Mann zu erkennen, sein Gesicht im Schatten.

„John Durnford-Slater?"

„Ich habe sechs Kugeln in der Trommel und den Finger am Abzug", sagte John und hoffte, dass die Eindringlinge ihn verstanden. Durch die Kapsel auf der Zunge war seine Aussprache etwas undeutlich. „Heben Sie die Hände über den Kopf und kommen Sie herein. Keine plötzlichen Bewegungen, sonst schieße ich!"

Der junge Mann trug einen weißen Anorak, Kniebundhosen und kräftige Bergstiefel. Er war groß gewachsen und wirkte vertrauenswürdig. Aber die blonden Haare unter der Mütze konnten trügen. Er konnte ebenso gut ein deutscher Spion wie ein norwegischer Patriot sein.

Auch der zweite Mann weckte Vertrauen. Er war kleiner, mit dunklen Haaren und intelligenten Augen.

„Alf van der Hagen", sagte er. „Und das ist Johannes Kvittingen."

John entspannte den Griff um die Pistole. Den Namen van der Hagen hatte er schon gehört, aber den Mann noch nie persönlich getroffen. Um den Seemannspastor, der seine Zeit zwischen Liverpool und London aufteilte, rankten sich diverse Gerüchte und es gab einige Hinweise darauf, dass er eine zentrale Figur in der sich langsam entwickelnden Widerstandsbewegung Norwegens war.

„Ich wollte Sie schon auf Nordnes abholen, aber die Deutschen waren schneller", sagte Kvittingen.

„Immer die gleiche Geschichte", antwortete John und dachte daran, wie seine eigene Regierung alle Möglichkeiten verspielt hatte. „Nennen Sie mir einen Grund, Sie nicht zu erschießen."

„Ajax", sagte der Seemannspastor. „Ich weiß, dass es Ihre Aufgabe war, die Operation vorzubereiten, und dass sie vorerst auf Eis liegt."

„Das kann auch der Feindesseite zu Ohren gekommen sein, als Nachweis reicht mir das nicht."

„Sektion D, linker Flügel", kam es von Kvittingen. John horchte auf. *Sektion D* war das Codewort für seinen Auftrag und der Zusatz *linker Flügel,* gab ihm Gewissheit. Nur der innerste Kreis um Oberst Colin Gubbins wusste, was damit gemeint war. Die Abteilung sollte unkonventionell vorgehen und eine Art Partisanenkrieg führen. Eine geheime, frisch ins Leben gerufene Einheit. John hatte davon erfahren und sich dafür interessiert, hatte gehofft, eine Führungsfigur der skandinavischen Einheit dieses Projekts zu werden. Er ließ die Waffe sinken, spuckte die Zyankalikapsel auf seine Handfläche und steckte sie zurück in die Hemdtasche. Er schnitt eine Grimasse, von der er hoffte, dass sie freundlich aussah. „Entschuldigen Sie meine Skepsis, aber man kann in diesen Tagen nicht vorsichtig genug sein."

Van der Hagen lächelte breit. „Wir bringen Sie schnellstmöglich nach England, so Sie denn ein einigermaßen passabler Skifahrer sind."

John hatte noch nie zuvor auf Skiern gestanden.

4

Setnesmoen, Åndalsnes,
30. April 1940

Das Geräusch war leicht wiederzuerkennen, er hatte es in den letzten Tag oft genug gehört. Ein schnarrender Ton wie ein lang gezogenes deutsches „R“, das sich wie eine aufkommende Migräne in sein Nervensystem fraß. Martin wusste, was das zu bedeuten hatte, wollte sich davon aber nicht einschränken lassen. Die Luftangriffe kamen schon seit mehr als einer Woche, und an den schlimmsten Tagen hatte die Luftwaffe bis zu 400 Bomben auf Åndalsnes abgeworfen. Die Bomber flogen so hoch, dass die norwegischen Gladiator-Maschinen sie nicht erreichen konnten, aber zumindest verminderte es auch ihre Treffsicherheit. Darum ließ Martin sich von diesem neuerlichen Angriff nicht beirren. Die Landebahn musste fertiggestellt werden, und zwar jetzt, koste es, was es wolle. Die Kreuzer, die im Fjord vor Anker lagen, würden die Deutschen schon auf Distanz halten.

Es war einer dieser Tage, an denen seine Wut wie Unkraut wucherte und ihn dazu brachte, Dinge zu tun, die er hinterher bereute.

Ursache dafür war die Landung der Briten in Åndalsnes kaum zwei Wochen zuvor. Die Infanteriebrigade, die zur Unterstützung nach Norwegen gekommen war, war ein erbärmlicher Haufen. Das Bataillon gehörte dem britischen Territorialheer an und war schlecht ausgebildet. Außerdem kamen sie ohne Feldartillerie oder Panzer. Gemeinsam mit den norwegischen Truppen sollten sie Dombås sichern und so verhindern, dass die Deutschen über das Dovrefjell Verstärkung nach Trondheim schickten. Krieg war in erster Linie Logistik, und das Ganze war von Anfang an zum Scheitern verurteilt gewesen. Die gewaltige Kriegsmaschinerie der Wehrmacht schuf Panik und Verwirrung. Wieder ein Beweis dafür, wie unvorbereitet die Welt gewesen war. Als hätten alle Staatsoberhäupter geschlafen und wären von Hitler überrascht worden.

Diese täglichen Luftangriffe zeigten nun schmerzhaft deutlich, in welcher Situation Norwegen sich befand.

Einige Wochen vor dem Angriff der Deutschen hatten Gerüchte über die Operation Ajax kursiert. Martin hatte damals wirklich geglaubt, dass Churchill Hitler zuvorkommen würde. Jetzt waren die Chancen für eine Invasion aus dem Westen minimal. Im Gegenteil – es drohte die Evakuierung der britischen Einheiten.

Martin rückte sich die Mütze zurecht und knöpfte den oberen Knopf seiner Uniformjacke zu. Es war an der Zeit, Kraft und Disziplin zu zeigen. Mit verbissener Ruhe beugte er sich über die Motorhaube des Ordonnanzwagens und vollendete die Nachricht. Er brauchte mehr Männer für die Arbeit an der provisorischen Landebahn, und er brauchte sie jetzt. Das Rollfeld war eine Notwendigkeit, wenn sie der deutschen Aggression etwas entgegensetzen wollten.

Der Bote trat mit immer besorgterer Miene von einem Fuß auf den anderen.

Martin schrieb langsam. Seine Schrift war krakelig.

„Leutnant Linge … wir sind … es wird gleich einen Angriff geben, wir sollten … ja … auch Sie sollten Deckung suchen.“ Die Stimme des jungen Soldaten versagte. Er war noch ein

Kind, kaum halb so alt wie er selbst. Sicher nicht älter als sein Sohn Jan Herman. Es war eine der bedrückenden, aber unausweichlichen Begleiterscheinungen eines Krieges, dass man die Jungen opferte.

Martin signierte den Befehl, faltete das Papier sorgsam zusammen und fragte: „Wie viele Möwen gibt es hier in Åndalsnes?“

„Ich weiß es nicht“, sagte der Bote und richtete den Blick ängstlich auf den Horizont. Die Flugzeuge hingen wie Wagners Walküren am Himmel. Ein Heer Heinkel 111-Bomber. Der Westwind schob den Motorenlärm vor ihnen her. Er hallte zwischen den bleigrauen Bergen wider und ließ die Maschinen näher wirken, als sie waren. „20 000, vielleicht? Oder mehr?“

„Und hatten Sie jemals einen Möwenschiss in den Haaren?“ Martin reichte dem Boten lachend den Befehl.

„Nein, Sir, nicht dass ich mich erinnern könnte“, sagte der junge Mann und bemühte sich erfolglos, das Lachen zu erwidern.

Martin legte ihm die Hand auf die Schulter und zwang den flackernden Blick zur Ruhe. „Diese verfluchten Teufel treffen uns nicht, verstanden? Wenn die in dem Tempo und aus der Höhe ihre Last abwerfen, ist das wie ein Schuss ins Blaue. Wir schaffen das. Ich bin Pilot, ich weiß, wovon ich rede.“

„Verstehe“, sagte der Soldat, schluckte und streckte den Rücken, sah deshalb aber nicht weniger ängstlich aus.

„Gut.“ Martin achtete darauf, Ruhe und Autorität auszustrahlen. „Sorgen Sie dafür, dass Oberstleutnant Ford diese Nachricht erhält, und dann gehen Sie vor dem Möwendreck in Deckung.“ Er ließ die Schulter des Soldaten los und wandte sich ab.

Der Bote rannte zum Wagen und würgte vor lauter Hektik den Motor ab, bevor er kurz darauf wegfuhr.

Martin richtete seinen Blick wieder auf den Horizont. Trotz des Luftangriffs war die Aussicht faszinierend. Die Sonne versank blutrot hinter den Bergen und ließ die Gipfel wie Diamanten aufblitzen. Gold aus Granit. Von dem Plateau, auf dem er stand, sah es so aus, als könnte er die Zehen direkt in den tiefblauen Fjord unter ihm eintauchen. Der Wind trug den Duft von Salz und Tang herauf.

Diese verdammten Deutschen!

Der Arbeitertrupp hatte es plötzlich eilig. Sie schnappten sich ihre Hacken und Äxte und liefen auf ihn zu. Er richtete sich auf und stemmte die Hände in die Hüften. „Wir geben noch nicht auf, Jungs!", rief er. „Dafür ist es zu früh!"

Der Vorarbeiter lächelte ihn an. „Sie sollten auch zusehen, dass Sie in Deckung kommen, Leutnant Linge", sagte er ausweichend.

Martin hatte einen deftigen Kommentar auf den Lippen, begnügte sich aber damit, den Soldaten streng anzustarren, ihm die Hacke abzunehmen und loszumarschieren.

„Sir!", rief der Vorarbeiter entsetzt. „Entschuldigen Sie, wenn ich das sage, aber das ist doch der blanke Wahnsinn!"

„Das ist nur Möwendreck!", rief Martin, ohne sich umzudrehen.

Die Flugzeuge flogen dröhnend zwischen den Bergen hindurch. Er stellte sich breitbeinig auf das Feld und hob die Hacke über den Kopf. „Kommt nur, ihr Teufel, kommt nur!"

Flakfeuer stieg von den Kreuzern in den Himmel und zwang die Flugzeuge abzuschwenken, um dem Beschuss zu entgehen.

Martin lachte und wandte sich an die Arbeiter. „Habe ich doch gesagt. Zum Aufgeben ist es noch zu früh!"

Er schwang die Hacke in die nächste Wurzel. Heiße Wut stieg ihm in den Kopf. Es war die gleiche, die er spürte, wenn sich der Vorhang hob und er bereits wusste, dass die Vorstellung eine Katastrophe werden würde.

Die Flugzeuge kamen zurück, und dieses Mal näherten sie sich mit ungeheurer Geschwindigkeit. Etwas war anders. Sie flogen jetzt so tief, als wollten sie landen. Er sah sogar die Umrisse der deutschen Piloten hinter den Fenstern der Cockpits. Die Bomben fielen dicht wie Regentropfen und schwarzer Qualm stieg aus den zerstörten Gebäuden am Fjord auf. Vielleicht waren auch Schiffe im Hafen getroffen worden. Er schwang die Hacke erneut in den Boden. An Rückzug war jetzt nicht mehr zu denken.

Durch den Lärm der Explosionen glaubte er, den Schrei des Vorarbeiters zu hören. Eine verzweifelte Warnung.

Dann explodierte die Luft in einem weißen Licht, begleitet von unbeschreiblicher Hitze.

Das darauffolgende Dröhnen war wie ein Hammerschlag aufs Trommelfell. Es riss ihn von den Beinen, als hätte ihn etwas am Hinterkopf getroffen und mit der Stirn gegen eine Mauer geschleudert. Dann kam die Druckwelle und mit ihr der Gestank nach Pulver, Blut und verbranntem Fleisch. Dichter, bitterer Qualm klebte an seinen Schleimhäuten. Er wollte wegkriechen, doch sein Körper fühlte sich an wie eine platt gedrückte Dose, deren Inhalt herausquoll. Fehlte ihm ein Arm oder Bein? Er wusste es nicht, registrierte nur die dumpfe Benommenheit.

Er verlor das Bewusstsein, wachte aber immer wieder für

kurze Momente auf. Jemand trug ihn. Er sah Gesichter, hörte Stimmen. Wurde auf eine Trage gelegt und weggebracht. Rauch, Sand und Pulverreste trieben vorbei. Er versuchte, die Beine zu bewegen und war erleichtert, als er an einem Fuß seine Zehen spürte. Er fror. Er schwitzte. Sein Hosenbein war weggebrannt, eine Wunde im Oberschenkel blutete heftig. Die Brandwunden schmerzten, und in seinem Inneren pochte und hämmerte es.

Wieder verlor er das Bewusstsein, und als er das nächste Mal aufwachte, hing die Trage an der Seite eines Schiffes. Weiter hinten sah er ein Flammenmeer über Åndalsnes. Selbst die Berghänge schienen zu brennen, sie glühten rot vor dem schwarzen Nachthimmel. Er gab sich alle Mühe, wach zu bleiben, aber die Augen fielen ihm immer wieder zu, und wenn er fluchte, schnitten die Schmerzen sich durch seinen ganzen Körper. Er hatte das Schicksal wie ein Narr herausgefordert.

5

Det Norske Teatret,
18 Tage vor der Premiere, 1991

Banner rahmten den Haupteingang des Theaters. Auf dem einen stand: *Eine Frage der Moral.* Und auf dem anderen: *Martin Linge.*

In den Fenstern hing das ikonische Foto vom ihm im langen Uniformmantel. Die dunklen Augen schienen Bjørn zu fixieren. Martin ließ ihm keinen Frieden, ließ ihn immer wieder an seinem Tun zweifeln.

Er wandte sich ab und blickte die Kristian IV's Gate hinunter. Eine dunkelblaue, rhythmisch weiße Frostwolken ausstoßende Gestalt kam von der Rosenkrantz' Gate auf ihn zu. Als sie nah genug war und er seinen Blick scharf stellen konnte, erkannte er sie. Blaue Jacke mit passender Hose und nur ein Schal gegen die Kälte. Durchtrainiert. Klein, dunkle, zurückgekämmte Haare und markante Augenbrauen. Der grüne Blick richtete sich auf ihn.

„Bjørn Sjøvåg, nehme ich an?"

Sie reichte ihm die Hand.

„Gerd Hovden, ich leite das Theater. Wunderbar, dass Sie kommen konnten. Kurz zusammengefasst haben wir auf den ersten Entwurf des Stückes Kritik von einigen Historikern geerntet." Hovden zog einen Zeitungsartikel aus der Tasche und faltete ihn auseinander: *Man bewirft unsere Helden nicht mit Dreck!*

„Die norwegische Kriegsgeschichte ist ein sensibles Feld", erwiderte Bjørn.

„Deshalb muss unsere Geschichte auf Fakten basieren. Der Autor hatte sich auch noch krankgemeldet, und da kamen Sie ins Spiel. Linges Nachfahren haben uns empfohlen, mit Ihnen Kontakt aufzunehmen, Herr Sjøvåg. Sie haben mehrere Hundert Seiten über Ihre Zeit gemeinsam mit dem Kriegshelden geschrieben?"

„Ja, ich habe eine Kopie an die Familie geschickt", sagte Bjørn und strich sich diskret über den rechten Unterarm. Der Schorf unter dem Hemdstoff juckte grauenvoll. „Ich habe aber nachträglich noch einiges verändert, unter anderem den Schluss."

„Genau das brauchen wir, wenn wir zeigen wollen, dass unser Stück nicht auf Lügen und bloßer Fantasie beruht."

Die letzten Worte bohrten sich wie Nägel in sein Gewissen.

„Sind Sie bereit für Ihr Fernsehdebüt in den Nachrichten?"

Bevor Bjørn antworten konnte, hatte die Theaterchefin ihn ins Foyer des Theaters gelotst, wo die Leute vom Fernsehsender bereitstanden. Er bekam Puder auf die Stirn, dann wurde ihm ein Mikrofon angesteckt. Die Kamera lief: „Martin Linge hat selbst ganz normale Dinge auf seine eigene Weise gemacht, und plötzlich war er ein Kriegsheld." Bjørn schluckte. Sein Hals war rau wie Sandpapier. „Ich bin mit 17 Jahren auf die Lofoten gekommen … neun Monate später, einen Tag nach Weihnachten, vor genau 50 Jahren …"

Er kam ins Stocken und wusste genau, warum. „Was zu dieser Tragödie geführt hat, ist noch heute mythenumsponnen. Es gibt mehrere, sich widersprechende Zeugenaussagen …"

Die letzte, dachte Bjørn, war seine eigene, die er aus gutem Grund für sich behalten hatte.

„Kapitän Linge wurde in einem namenlosen Grab beigesetzt

… Ich kann nicht … Wir bewerfen Martin nicht mit Dreck! Ich kann das nicht!"

„Danke", sagte der Mann mit dem Kopfhörer.

Die Theaterchefin zog Bjørn zur Seite und klopfte ihm auf die Schulter.

„Tut mir leid, ich wollte nicht …", stotterte Bjørn.

„Machen Sie sich keine Gedanken darüber. Das ist nur eine Aufnahme. Die schneiden das zusammen, das wird schon gut werden. Konzentrieren Sie sich jetzt auf das Stück, okay?"

Es war das Gegenteil von in Ordnung, dachte Bjørn. Er hatte sich lächerlich gemacht und fast verplappert. Außerdem wurde ihm hier eine Verantwortung zugeschoben, die er nicht zu tragen bereit war.

„Ist es für Änderungen nicht viel zu spät, so kurz vor der Premiere?"

Welch jämmerlicher Versuch, der Vergangenheit zu entkommen.

Hovden dämpfte die Stimme: „Wenn nötig, ändern wir das Stück, bis der Vorhang aufgeht. Die fressen uns mit Haut und Haar, wenn wir jetzt Mist bauen. Es geht nicht nur um die Kritik. Die Produktion ist fantastisch, aber was mir fehlt, ist die Magie. Warum ist das so, Sjøvåg. Ich *muss* wissen, was da fehlt."

6
Ein Krankenhaus in Manchester, Mai 1940

Es tat weh, die Augen zu öffnen. Die letzten wachen Momente hatte er nur zu gut in Erinnerung. Den Stahltisch an Bord des Lazarettschiffes, die Operationslampen und die Ärzte mit der Knochensäge. Die Wut auf seine eigene Dummheit und der fremde, verzweifelte Klang in seiner Stimme, als er den Feldchirurgen anflehte: *Nein, tun Sie das nicht! Lassen Sie mir meine Beine. Erschießen Sie mich, aber nehmen Sie mir nicht meine Beine!*

Die Angst, die Kontrolle zu verlieren, als die Krankenschwester ihm die Spritze gab und ihm eine Maske aufs Gesicht legte. *Nicht …* Das Letzte, was er registriert hatte, war ein blonder Mann, der den Raum betrat und dem Chirurgen etwas zuflüsterte. Dann hatte sich Schwärze über ihn gelegt, und plötzlich war er auf dem 70. Geburtstag seiner Mutter Gunhild zu Hause in Valldal. Wegen einer verlorenen Wette musste er den Fjord durchqueren, der an dieser Stelle mehr als zwei Kilometer breit war. Niemand hatte das jemals geschafft. Das Wasser war eiskalt, und selbst im Sommer konnten plötzliche Windböen das Leben kosten. Dort draußen war sein Onkel Martin ertrunken, der Mann, nach dem er benannt worden war.

Die Wette war die Folge einer erregten Diskussion, bei der einer der Gäste sich aufregte, dass die Gunhild-Söhne, wie er und seine Brüder genannt wurden, sich immer so aufspielen mussten. Er hatte ihn beim Wort genommen und war nach draußen gelaufen, im Fjord geschwommen, bis er steif vor Kälte an der anderen Seite an Land geklettert war.

Warum tauchte diese Erinnerung jetzt auf? Er rieb sich die Augen. Sie schmerzten und seine Gedanken waren zäh und langsam. Wie lange war er weg gewesen? Stunden? Tage? Wochen? Er war nicht mehr an Bord des Lazarettschiffes. Er lag in einem Krankenbett unter einer weißen Decke.

War er … ganz?

Ihm graute vor der Wahrheit und er wagte es nicht, sich zu bewegen.

Etwas entfernt saß ein ihm unbekannter Mann. Er war in den Dreißigern, trug ein schwarzes Hemd mit weißem Kollar. Das willensstarke, wie aus Stein gemeißelte Gesicht, passte so gar nicht zu dem Pastorenkragen.

„Guten Morgen, Linge", sagte er mit rauer Stimme.

„Werde ich sterben? Sind Sie deshalb hier?"

Der Pastor lachte. „Nicht, soweit ich weiß, Linge. Es war knapp, aber allem Anschein nach waren Sie noch nicht an der Reihe. Mein Name ist Alf, Alf van der Hagen."

War der Humor des Pastors ein plumper Versuch, einen Mann zu erheitern, der zum Krüppel geworden war?

„Wo bin ich, und wie lange bin ich schon hier?"

Er griff nach dem Deckenzipfel, doch bevor er ihn anheben konnte, verließ ihn der Mut wieder.

„Sie sind in einem Krankenhaus in Manchester. Sie sind mit dem Lazarettschiff von Åndalsnes hierhergebracht worden, nachdem die Briten sich zurückgezogen hatten", sagte der Pastor.

„Könnten Sie mir einen Gefallen tun, Herr van der …"

„Alf!"

„Kannst du die Decke wegnehmen und nachsehen, ob ich noch beide Beine habe?“

Alf machte ein schwer zu deutendes Gesicht, und Martin befürchtete schon das Schlimmste, als der Pastor aufstand und einen Blick unter die Decke warf.

„Kein Grund zur Sorge. Sie sind beide noch dran.“

Er schloss die Augen für einen Moment, ehe er selbst einen Blick wagte.

Das linke Bein war von der Hüfte abwärts bandagiert, aber wenn er sich konzentrierte, gelang es ihm, die Zehen zu bewegen. Mit feuchten Augen flüsterte er ein „Danke“. Dann biss er sich auf die Lippen. Er wusste nicht, wem sein Dank galt. Dem Schicksal? Gott? Oder den Ärzten an Bord des Lazarettschiffes? Vielleicht allen zusammen? Er war ganz, hatte das Leben geschenkt bekommen.

Trotz des Schmerzes musste er lachen, und die Freude hatte eine betäubende Wirkung. Er drückte sich hoch und stellte die Füße auf den Boden. Das linke Bein war taub, was vermutlich an der Bandage lag. Er wollte aufstehen. Wenn er liegen blieb, würde er nur verfaulen.

„Linge, du darfst nicht …“ Alf sah ihn schockiert an.

„Doch, verdammt, ich muss!“

Im nächsten Augenblick knallte er mit dem Kinn so hart auf das Linoleum, dass es im Kiefer knackte. Der Puls hämmerte wie Paukenschläge gegen seine Trommelfelle. Gleich darauf waren zwei Krankenschwestern zur Stelle und halfen ihm zurück ins Bett. Der Verband war mit Blut vollgesogen.

„Du bist ein bisschen zu vorschnell, Linge!“, sagte Alf, und dieses Mal lachte er nicht.

„Ich kann hier nicht bleiben!“

„Willst du das Bein lieber amputiert bekommen?"
„Ich muss zurück in die Schlacht."
„Dann bleib im Bett, bis du wieder gesund bist."
Die Schwestern machten sich an ihm zu schaffen. Eine schnitt den Verband auf, die andere untersuchte die genähte Wunde, die an ein paar Stellen wieder angefangen hatte, zu bluten. Die Haut ringsherum war beängstigend dunkel. Würde er jemals wieder laufen können? Natürlich würde er das. Er beschloss, die weißen Laken, das weiche Kissen und den Geruch von Desinfektionsmitteln zu hassen, all das, was an Verderben und Tod erinnerte, als ihm einfiel, dass der Pastor noch nicht gesagt hatte, warum er bei ihm war.

„Ich gehe davon aus, dass du nicht als mein Babysitter hier bist", sagte Martin und musterte Alf eingehend. „Wir kennen uns nicht, oder irre ich mich?"

„Dein Ruf eilt dir voraus", antwortete van der Hagen mit demselben ironischen Unterton wie Martin. Man bekommt, was man verdient, dachte Martin. „Und wie ich sehe, wirst du diesem Ruf gerecht", fügte der Pastor mit einem entwaffnenden Lächeln hinzu. „Als Seemannspastor kümmere ich mich um die Norweger, die hierherkommen."

„Speis mich bitte nicht mit Selbstverständlichkeiten ab", rutschte es Martin heraus. „Wie ist die Lage in Norwegen? Hast du Neuigkeiten?"

Van der Hagens Blick verfinsterte sich und für einen Moment sah es so aus, als ringe der Pastor mit einer Reihe nicht sehr gottesfürchtiger Worte.

„Østlandet ist verloren, die Verteidigungsoffensiven in Trondheim und Dombås wurden ausgesetzt."

„Verdammt! … Du musst entschuldigen."

„Manchmal gibt es kein besseres Wort, um seine Gefühle auszudrücken“, sagte Alf.

„Dann dürfen wir jetzt anfangen, Deutsch zu lernen?“

Ein fast schon diabolisches Lächeln huschte über die Lippen des Pastors. „Damit würde ich mir noch ein bisschen Zeit lassen. Vielleicht lohnt sich die Mühe nicht.“

Die Schwestern hatten ihm eine neue, saubere Bandage angelegt und nickte ihnen zu, als sie das Krankenzimmer verließen. Van der Hagen schob seinen Stuhl näher an Martins Bett und beugte sich zu ihm vor. „Sobald es dir wieder besser geht, will ich, dass du nach London fährst und dort ein paar Männer triffst.“ Er legte den Zeigefinger an die Lippen, stand auf und streckte ihm die Hand hin. Martin schlug ein. Es konnte viel in einem Handschlag liegen, und Alfs Händedruck war wie ein Fixpunkt, ein neuer Anker in seinem Leben.

„Ich werde schneller dort sein, als du es erwartest“, sagte Martin.

„Daran zweifle ich nicht. Viel Glück und gute Besserung.“

Kaum hatte der Pastor den Raum verlassen, schlug Martin die Decke zur Seite. Langsam und vorsichtig beugte und streckte er das linke Bein, atmete tief ein und wiederholte die Übung.

Ihm fehlte die Zeit. Der ganzen Welt fehlte die Zeit.

7

Det Norske Teatret, 18 Tage vor der Premiere, 1991

Bjørn packte den Schminktisch mit beiden Händen und hielt sich daran fest. Er atmete ruhig und zählte von 50 rückwärts, musste aber schon bei 39 aufgeben. Er hatte eine eigene Garderobe bekommen. Ein einfacher Raum, ein schmales Sofa, ein Schminktisch mit Schubladen und Spiegel und drei kräftigen Glühbirnen an jeder Seite. Das Licht war rücksichtslos ehrlich. Wer war der alte Kerl, der sich da selbst anstarrte? Er dachte von sich, dass er häufig lächelte, aber nun war der Mund in dem grauen Bart ein strenger Strich.

Viele Jahre lang war er nicht in der Lage gewesen, sich selbst zu erkennen, was ein Teil des Krankheitsbildes war. Jetzt wusste er zumindest, dass der Typ im Spiegel er selbst war, Bjørn.

Er riss den Blick los und sah auf das Manuskript.

Er hatte die Hälfte des ersten Aktes akribisch durchgearbeitet, als die Symptome sich erneut gemeldet hatten. Danach hatte er nur noch die Dialoge überflogen und darauf gehofft, dass es falscher Alarm war. Er begegnete sich in diesem Manuskript selbst, aber es war die Summe der Geschehnisse, die ihn traf und immer wieder die falschen Knöpfe drückte.

Er musste hier weg, raus aus dem Theater, weg von der Vorstellung, aber er würde es nicht schaffen, nach Hause zu fahren. Er war gefangen. Es war genau wie mit dem Alkohol, wenn er sich dem hingab, wollte er nur noch trinken, bis alles weg und kaputt war.

Bjørn trat ans Waschbecken neben der Tür, drehte das kalte Wasser auf, krempelte die Ärmel seines Hemdes hoch und hielt die Handgelenke unter den kühlen Strahl. Die alten Wunden an seinem rechten Unterarm hatten sich wieder entzündet. Er dachte an die Notizen, die er sich gemacht hatte. Wie das, was damals geschehen war, ihn seit jenem verfluchten Tag nach Weihnachten quälte.

Selbst wenn es ihm gelang, die Erinnerung aus seinen Gedanken zu verdrängen, erinnerte ihn sein Körper gnadenlos daran. Was er über Martin geschrieben hatte, hatte ihn irgendwie am Leben und doch auch außen vor gehalten. Jetzt stand er wieder mittendrin in den Geschehnissen. Ob er sich das tief in seinem Inneren gewünscht hatte, konnte er nicht sagen. Er hatte jedenfalls die Gelegenheit bekommen, ins Licht zu treten und seine Version der Geschichte zu erzählen. War sie wahrer als die Versionen der anderen?

Er selbst war keine Figur des Stückes, zumindest nicht unter seinem richtigen Namen. Eine Erleichterung und gleichzeitig auch eine Bestätigung dessen, was er immer schon geglaubt hatte. Er war der unbekannte Soldat, der im Schatten stand, damit andere als Helden im Rampenlicht glänzen konnten. Wie viele Menschen wie er kamen auf einen Max Manus, einen Gunnar Sønsteby, einen Martin Linge? Hunderte? Was kostete das ewige Leben in den Geschichtsbüchern zuzüglich zu dem eigenen Opfer der Helden? Helden warfen lange Schatten.

Es war ein großer Unterschied, ob man loyal und aufrecht darin stand oder sich feige im Dunkel versteckte, weil das, was man getan hatte, kein Tageslicht vertrug. Es war feige und erbärmlich, genau wie er, Bjørn Sjøvåg.

Sollte er es wagen, den Schluss zu lesen und zu sehen, wie der Autor alles gedreht hatte?

Wenn es ihm jetzt gelang, sich selbst nicht ganz so wichtig zu nehmen, konnte er vielleicht wirklich einen Unterschied machen. Die Geschichte, die das Theaterstück erzählte, galt als unvollständig, und der Gedanke, dass dies für immer das Bild von Martin Linge prägen sollte, quälte ihn.

Es fehlte ein zentraler Name auf der Rollenliste, eine Figur, die mit ihrer Geschichte entscheidende Dinge über Martin Linge erzählen konnte. Was ihn antrieb, was er opferte und warum er getan hatte, was er getan hatte.

Bjørn hatte dieser Person, die auch mit seiner eigenen Geschichte untrennbar verknüpft war, in seinen Notizen sehr viele Seiten gewidmet. Durch diese Frau hatte Bjørn sich selbst kennengelernt, seine grundlegenden Gefühle und den inneren Konflikt, der viel tiefer reichte, als er tauchen konnte.

Möglicherweise stürzte es die Produktion ins Chaos, Martins junge Geliebte aus London, die nur halb so alt wie er selbst gewesen war, in das Stück hineinzuschreiben, vorschlagen musste er es aber. Oder beschmutzte er damit das Bild des Helden?

Rosemary Reed, die Frau an Martins Seite, brachte sein eigenes Dilemma ans Licht. Ihre Figur im Stück trat möglicherweise einen Stein los, der ihn zwang, sein größtes Geheimnis zu offenbaren, das er eigentlich mit ins Grab nehmen wollte. Das ihn vom Leben isoliert und ihm die Fähigkeit zu fühlen genommen hatte. Den Grund für sein selbst gewähltes, einsames Leben als Lehrer in Svolvær.

Sollte er ihnen die Wahrheit sagen? Martin, der Chef, hätte es verdient.

Wie oft hatte er vorgehabt, Rosemary anzurufen und ihr das Unaussprechliche zu sagen. Er hatte so lang geübt, die Worte aber niemals laut ausgesprochen. Einmal hatte er sie tatsächlich angerufen und den Hörer aufgeworfen, als sie sich gemeldet hatte.

Jetzt gab ihm das Leben ganz unerwartet die Chance, Ordnung zu schaffen. Aber dafür musste er den Kopf aufs Schafott legen und offen eingestehen, was er niemals hatte verraten wollen.

Es klopfte an der Tür. Hovden steckte den Kopf herein.

„Und?"

„Ich lese", sagte Bjørn.

„Und?"

„Martin hatte eine Lebensgefährtin. Rosemary Reed. Sie muss in das Stück."

„Ach die", sagte die Theaterchefin. „In einer früheren Version war sie drin. Wir hatten Benedicte Brekke für die Rolle eingeplant, sie kommt direkt von der Schauspielschule. Aber der Regisseur hat sie wieder rausgestrichen, weil Soldaten und Seeleute doch in jedem Hafen irgendwelche Liebschaften haben. Das sind nicht meine Worte, sondern seine."

„Martin war nicht so. Rosemary war seine große Liebe."

Er hätte hinzufügen können, dass das nur die halbe Wahrheit war, ließ es aber bleiben.

„Ich meine mich daran zu erinnern, dass der Autor des Stückes mit ihr in Kontakt war, sie aber herausgelassen werden wollte."

„Dann müssen Sie versuchen, sie zu überreden. Sie war wichtig."

„Ich nehme Kontakt zu ihr auf", sagte Hovden. Sie

verschwand, tauchte aber gleich darauf wieder auf. „Gute Arbeit, Sjøvåg!“

Er legte den Stift beiseite, schloss die Tür und ging zu seiner Tasche, die auf dem schmalen Sofa stand. Holte das abgewetzte, braune Lederetui heraus. Unter der Klappe, die den Schaft verbarg, kam ein Colt 1922.45 ACP zum Vorschein. Martin Linges persönliche Waffe. Sie begleitete ihn seit diesem tragischen Wintertag und war, so ironisch das klang, zu seiner Lebensversicherung geworden. Solange das Vergessen nur einen Zentimeter vom Abzug entfernt war, schaffte er auch noch einen weiteren Tag.

8

London, Colin Gubbins' Büro,
1940

„Ich bin jedenfalls froh, dass Sie wohlbehalten zurück sind."

John betrachtete den Mann hinter dem schweren Schreibtisch. Oberst Gubbins sah alles andere als erfreut aus. Die buschigen Brauen bildeten eine tiefe Furche über der Nasenwurzel und der Körper schien sich aus reinem Frust aufzublähen. Er nahm sich eine Zigarre aus dem Humidor.

„Sir, ich bedaure den Ausgang aufs Äußerste, ich …"

„Wie war die Skitour übers Fjell?"

„Ich habe mich nicht gerade als begnadeter Skiläufer hervorgetan."

„Aah." Gubbins zündete die Zigarre an. „Der Zug wäre ohnehin abgefahren. Wären die großen Jungs, *The Big Brass*, nur ein kleines bisschen weniger schwerfällig, könnten wir längst in Norwegen stehen und die Deutschen auf der Zielgeraden ausbremsen. Erzählen Sie mir, was da schiefgelaufen ist. Wer war der Verräter und warum?"

Die Fragen waren relevant, John hörte aber nur den unterschwelligen Vorwurf des Obersts, er habe die Befehle missachtet. Und in einem Punkt hatte Gubbins recht: Ihm war ein Flüchtigkeitsfehler unterlaufen.

„Die Meeresforscher in Bergen sind ein internationaler Haufen mit ziemlich hohem Niveau. Ich habe, so gut es eben ging, fachliche Diskussionen vermieden …"

„Wollen Sie damit sagen, dass Sie sich nicht ausreichend vorbereitet haben?"

„Sir …“

„John, lassen Sie die Förmlichkeiten, ich heiße Colin, und ich mache natürlich Witze. Niemand ist gründlicher als Sie.“

„Sir … Colin, ich glaube, ich habe mir mit einer Fischart einen Schnitzer erlaubt.“

Gubbins legte die Zigarre weg und sah ihn mit amüsierter Neugier an.

„Es war draußen auf Askøy, in der Nähe vom Flugplatz Herdla. Ich sollte die Möglichkeiten für einen Landgang ermitteln, unmittelbar vor dem Angriff der Deutschen. Da tauchte plötzlich ein Forscher aus Berlin auf, Christof Meinel. Ich hab anfangs versucht, ihn zu meiden, aber er ließ sich nicht abwimmeln. Meinel erzählte, dass er den Einfluss des Flugverkehrs auf den Fischbestand um Askøy untersuche. Ich hätte da schon hellhörig werden müssen, aber … Er erkundigte sich nach meinem Projekt – meine Tarngeschichte basiert auf dem Bestand an Aalmüttern dort draußen.“

„Aalmütter!“, wieherte Gubbins. „Allein das liegt schon weit über meinem Kompetenzniveau!“

John konnte nichts Komisches an der Situation erkennen.

„Es gibt weltweit unglaublich viele Arten dieser Gebärfische, und auf einen deutschen Experten für ausgerechnet diese spezielle Art zu stoßen, geht gen Null. Aber der Teufel steckt, wie bekannt, oft im Detail.“

„Klären Sie mich auf!“ Gubbins hatte sich in seinem Chefsessel zurückgelehnt und blies Rauchringe in die Luft. Er hatte zu seiner extrovertierten, sprudelnden Energie zurückgefunden, seinem Markenzeichen.

„Die gemeine Aalmutter lebt in bis zu 40 Metern Tiefe, die arktische Aalmutter zwischen 500 und 3 000 Meter tief.“

„Ich bin beeindruckt."

„Und das wusste der Deutsche. Als ich sagte, dass ich die arktische Variante erforsche, behauptete er, das Meer um Askøy sei gar nicht tief genug für diese Art. Ich bin mir nicht sicher, ob er mir meinen Versuch, die Situation irgendwie zu retten, abgekauft hat."

„Aufgeflogen durch eine Aalmutter." Der Oberst paffte an der Zigarre und sah aus, als würde er angestrengt nachdenken. „Das war mein Fehler", sagte er nach einer langen Pause. „Ich hätte nicht Sie nach Norwegen schicken sollen. Wir hätten einen Norweger ..."

„Sir, ich meine Colin, ich versichere Ihnen, dass ich ... Sir ..."

Gubbins wedelte abwehrend mit der Zigarre. „Hier gibt es genug zu tun, John. Die Organisation soll ausgebaut und Pläne geschmiedet werden. Dann sehen wir weiter."

Wieder tauchte Alf van der Hagen in seiner Erinnerung auf. Irgendwas lief da zwischen dem Pastor und dem Oberst, und das machte ihm Sorgen. Was wollte Gubbins mit den Worten andeuten, dass sie einen Norweger gebraucht hätten?

Der Oberst stand auf. Die Unterhaltung war beendet, mit dem schlechtestmöglichen Resultat. Gubbins sendete widersprüchliche Signale, und John konnte Unsicherheit ganz schlecht ertragen. Er hatte einen Fehler gemacht, für den er ganz allein verantwortlich war.

9
Ein Krankenhaus in Manchester, 1940

Über Nacht bekam er hohes Fieber, seine Bettwäsche und die Bandagen waren schweißnass. Unter den feuchten Laken kühlte er aus und bekam heftigen Schüttelfrost. Die Kopfschmerzen verzerrten seinen Blick. Kaum war er eingeschlafen, wollte etwas in ihm verzweifelt aus der Bewusstlosigkeit heraus, doch sobald er die Augen aufschlug, kamen so finstere und bedrohliche Gedanken, dass er nur zurück ins Vergessen wollte. Bei jedem Herzschlag dachte er, es wäre der letzte. Irgendwann kapitulierte sein Gehirn, und seine Hand tastete nach der Schnur und drückte den Knopf.

Er war erleichtert, als sie das grelle Licht anmachten, um ihn umzuziehen. Eine ältere Krankenschwester mit kurzen grauen Haaren wechselte seinen Verband. Martin sah auf die Wunde und drehte den Kopf schnell zur Seite. Sein Bein war geschwollen, der Fuß blau.

„Hol Doktor Raven, sei so gut", sagte sie zu dem jüngeren Pfleger, der den Raum verließ, während sie das feuchte Laken austauschte und eine Unterlage aus Guttapercha unterlegte, damit das verletzte Bein nicht gleich das frische Laken mit Blut verschmierte.

Der Arzt, der kurz darauf erschien, sah eher wie ein Metzger aus. Weißer Kittel, dicker Bizeps, rasierter Schädel.

„Ay ay, Linge", sagte er und wischte sich über den Schädel. „Aufgestanden und Sport gemacht?"

Mehr als ein einfaches Nicken brachte Martin nicht zustande.

Das Ganze war ihm peinlich, aber er hatte auch Todesangst. Wieder einmal hatte er für unnötiges Durcheinander gesorgt.

Doktor Raven schnüffelte prüfend mit der kräftigen Nase an der Wunde. Der junge Pfleger war an der Tür stehen geblieben und schaute eingeschüchtert auf das Bein.

„Lassen Sie es mich so sagen, Leutnant: Wenn Sie sterben wollen, sind Sie so auf bestem Weg. Wollen Sie aber überleben, sollten Sie sich an unsere Anweisungen halten. Schwester Margareth, geben Sie ihm Penizillin, und halten Sie mich auf dem Laufenden."

Er war wieder aus der Tür, ehe irgendjemand antworten konnte.

„Lassen Sie bitte das Licht an", sagte Martin, als die Schwester und der Pfleger bei ihm fertig waren. Die Kopfschmerzen waren noch da, aber er fürchtete sich vor der Dunkelheit. Außerdem lenkte das scharfe Licht der Deckenlampe von dem Schmerz ab.

„Versuchen Sie, ein bisschen zu schlafen", sagte Schwester Margareth.

„Ich schlafe bei Festbeleuchtung ganz gut."

Er rechnete nicht damit, einschlafen zu können, dafür fochten seine Gedanken einen viel zu heftigen Kampf aus. Hegte er tatsächlich einen Todeswunsch, wie der Doktor es diagnostiziert hatte? Er selbst hätte das Gegenteil behauptet. Er verlangte sich einfach zu schnell zu viel ab. Das war typisch für ihn. Sein ganzes Leben lang hatte er immer etwas gewollt, und teuer dafür bezahlt.

Als Vertrauensmann der Schauspieler hatte er das Beste für seine Kollegen am Theater gewollt. Agnes Mowinckel persönlich, die großartige Theaterregisseurin, hatte ihn gewarnt, keinen Konflikt zwischen den Schauspielern und dem Theaterchef heraufzubeschwören. „Das wäre künstlerischer Selbstmord. Und das willst du doch wohl nicht?"

„Ich will bessere Bedingungen für uns alle", hatte er selbstbewusst geantwortet. „Ich will, dass die Leitung uns wie Menschen behandelt und nicht wie Vieh."

Agnes, die ihn als jungen und unerfahrenen Schauspieler unter ihre Fittiche genommen hatte, sollte recht behalten. Martin wurde gefeuert. Von einem Tag auf den anderen war er arbeitslos, mit Frau und zwei kleinen Kindern, für die er sorgen musste. Eine vorhersehbare Katastrophe, die er bis zuletzt geleugnet hatte.

Ein Frösteln schüttelte ihn, kalter Schweiß stand ihm auf der Stirn. Martin wischte ihn mit dem Unterarm ab. Er würde sterben, wenn er sein Bein jetzt nicht schonte. Aber wenn er tatenlos liegen blieb, würde das Ergebnis dasselbe sein, da war er sich ganz sicher. Eine Gedichtzeile von Gunnar Reiss-Andersen kam ihm in den Sinn. *Schon denkbar, dass die Toten auf tiefe Einsamkeit treffen, noch größere Einsamkeit als auf Erden. Vielleicht erstirbt der Sog in die Ewigkeit in den Toten, und kurze Augenblicke im Leben erscheinen ihnen wie Sternenglanz.*

Noch größere Einsamkeit, war das überhaupt möglich?

Er vermisste Jan Herman. Und Kari, die in Rotterdam bei ihrem Geliebten war. Er mochte gar nicht an die Bombenangriffe denken, denen sie ausgesetzt war. Sie war trotz seiner Warnungen gereist, ganz die Tochter ihres Vaters. Kaum zu fassen, dass er sich nur wenige Monate zuvor als Heizer auf eine halbe Weltreise begeben hatte, um Jan Herman nach Hause zu holen, damit er eine Ausbildung machen konnte.

Der Junge hatte entgegen seiner Ermahnungen mit 15 Jahren auf See angeheuert. Sein Sohn war nicht minder starrköpfig als er selbst.

Am neunten April war er dann trotzdem gegangen. Hatte seinen Sohn in der Wohnung im Hegdehaugsveien zurückgelassen, die sie gemeinsam bewohnten. Er hatte ihm verboten, sich freiwillig zu melden, wollte ihn schützen. Der Krieg und die Besatzung sollten seiner Ausbildung nicht im Weg stehen. *Größere Einsamkeit …*

Er bewegte das gesunde Bein, beugte und streckte es, zehn Mal. Er musste seinen Geist mit irgendetwas beschäftigen: *ein toter Deutscher, zwei tote Deutsche, drei tote …*

Er brauchte 20 Sekunden, um zehn Deutsche zu töten. Gar nicht so schlecht. 30 pro Minute, 1 800 in der Stunde. Er machte mit den Armen weiter, beugen, strecken, beugen … spannte den Nacken an und lockerte ihn und zählte. *Zehn tote …* Erst nach zwei Stunden hörte er auf, *3 600.*

„Eins habe ich noch vergessen." Doktor Raven hatte den Raum betreten, ohne dass Martin es bemerkt hatte. Bevor Martin etwas sagen konnte, ergriff der Arzt schon wieder das Wort. „Ein paar Menschen bestehen darauf, dass ich Sie am Leben halte. Wenn Sie jetzt also nicht ruhig liegen, lasse ich Sie mit Gurten festspannen, verstanden?"

10

Seemannskirche in Liverpool, 1940

Alf van der Hagen saß in dem bescheidenen Büro der Seemannskirche. Sein Blick glitt über die Reihe der Fotografien seiner Amtsvorgänger. Von ihm hing noch keine dort und er hoffte, dass das auch noch eine Weile auf sich warten lassen würde. Die meisten Porträts, die auf ihn herabblickten, gehörten zu bereits verstorbenen Geistlichen.

Die Seemannskirche war eine Anlaufstelle für Seeleute und andere Norweger, die sonst keinen Ort hatten, an dem sie sich aufwärmen konnten. Warum dann diese strengen, alttestamentarischen Mienen, wenn es beim Christentum doch um Hoffnung und Freude ging? Erlösung war eine Gabe, derer man durch etwas so Einfaches wie den Glauben teilhaftig wurde. Und dieser handelte auch von dem Willen zum Guten. Viele Menschen hielten den Glauben an Gott in diesen schwierigen Zeiten für eine Form von Luxus, Alf sah das anders. Wenn deutsche Nazis ohne Scheu behaupteten, dass „Gott mit ihnen war", war es wichtiger denn je, am Glauben an das Gute festzuhalten. Das war in keiner Weise gleichzusetzen mit Weichherzigkeit oder mangelndem Kampfgeist. Es lag eine enorme Kraft im Austausch mit Gott.

Er wog noch einmal das Für und Wider ab, ehe er zum Telefonhörer griff und eine Nummer wählte, die nicht im Telefonbuch stand. Die Stimme, die antwortete, klang wie das Bellen einer Bulldogge. Kurz und knapp.

„Gubbins."

„Alf van der Hagen."

„Wie geht es dir, alter Knabe!", wieherte Gubbins herzlich. Der Oberst liebte es, die Grenzen immer wieder auszutesten.

„Brummschädel." Alf wusste, mit welcher Antwort er punkten konnte.

„Ay", sagte Gubbins. „Trinken Sie so viel wie ich, dann kriegen Sie niemals Kopfschmerzen."

„Ich weiß", parierte Alf. „Weil ich bei der Menge längst tot wäre."

Oberst Gubbins lachte schallend in den Hörer. „Wer weiß, ob den Toten der Kater erspart bleibt."

„Ich glaube, ich habe den Richtigen gefunden", sagte Alf, und das Lachen des Obersts verstummte augenblicklich.

„Wirklich?"

„Er heißt Martin Linge und war Verbindungsoffizier, als die Briten in Åndalsnes gelandet sind. Sein Ruf ist ihm vorausgeeilt, und die Kurzversion beläuft sich auf drei Buchstaben: rau."

„Und jetzt?"

„Er liegt in einem Krankenhaus in Manchester. Mein Bauchgefühl sagt mir, dass er der Richtige für die Aufgabe ist, wenn er nicht in den nächsten Tagen hopsgeht. Und er kann mit einem einfachen Wort charakterisiert werden."

„Welches da wäre?"

Alf van der Hagen ließ Gubbins' Frage einen Augenblick in der Luft hängen, ehe er antwortete.

„Sie wissen, dass mir hier in der Kirche eine Menge völlig unterschiedlicher Menschen begegnen. Und ich habe mit den Jahren ein Gespür für die Gattung der notorischen Streithähne entwickelt. Linge ist der Einzige in der Riege, den ich mit dem Wort Querulant mit großem Q beschreiben und es als Kompliment meinen würde."

„Und Sie als Gottesmann heißen gut, dass Linge bereit ist, ohne mit der Wimper zu zucken gleich mehrere Gebote des Herrn zu brechen? Bereit zu lügen, zu betrügen und falsches Spiel zu spielen, zu töten und jedes Mittel zu nutzen, um ans Ziel zu kommen?"

„Warum nicht einfach sagen: Was auch immer noch nötig ist?"

„Ich verdaue gerade eine anspruchsvolle Mahlzeit, Alf, dementsprechend die Rhetorik."

„Linge ist Schauspieler."

„Da haben wir es. Im Theater ist Lügen eine Profession, nicht wahr?"

„Grob vereinfacht könnte man es so sagen. Aber Linges Kraft geht weit über den Durchschnitt hinaus. Er hat dieses gewisse Etwas, das manche Bühnenpersönlichkeiten und charismatische Menschen ausstrahlen. Das kann man schwer in Worte fassen."

Gubbins bellendes Lachen schallte wieder in den Hörer.

„Wann lerne ich das Unikum kennen?"

„Sie meinen: Wann wird er für gewichtig genug befunden?"

„Ich zweifele nicht an Ihrem Urteil, Alf, aber das ist eine verantwortungsvolle Aufgabe, und Sie wissen, dass wir unsere Routinen haben. Bauchgefühl ist ein …"

„Er ist ziemlich übel zugerichtet, das wird noch einige Zeit dauern. Aber Unkraut wie er … Leutnant Linge wird schneller in London sein, als Sie es ahnen."

„Sie sind ein fantastischer Verkäufer, Alf! Den Strumpfbandfabrikanten entgeht mit Ihnen eine goldene Option."

„Sie hören von mir", sagte Alf und legte mit einem Blick auf die humorlosen Kirchenväter an der Wand auf. Ahnte er da einen Hauch von Anerkennung in ihren Gesichtern? Manche Menschen hatten alles – Intellekt, Empathie und Tatkraft. Aber Martin Linge besaß noch eine Eigenschaft mehr: am Ziel nicht haltzumachen.

11

Manchester – London,
ein paar Wochen später, 1940

„Die Rezeption wird nicht besetzt sein, wenn Sie im Gästehaus ankommen. Aber der Wohnungsschlüssel ist in einem Umschlag mit Ihrem Namen darauf hinter dem Tresen hinterlegt."

„Danke, Alf", sagte Martin und klemmte den Hörer zwischen Schulter und Ohr, um die Entlassungspapiere zu unterschreiben. „Das ist äußerst großzügig."

„Ich freue mich, Sie in London zu sehen", antwortete der Seemannspastor mit Begeisterung in der Stimme.

Es war ein warmer Sommer, und unter dem langen Offiziersmantel, der wundersamerweise Åndalsnes überlebt hatte, war ihm unangenehm heiß. Dem linken Bein ging es besser, es brauchte aber Zeit, die Muskelmasse wieder aufzubauen. Er hinkte wie ein alter Mann an einer Krücke durch Manchesters staubige Straßen. Würde er jemals wieder normal laufen können? Wieder kämpfen? Vermutlich nicht. Aber viel schmerzlicher war die Abwesenheit seiner Kinder. Nicht einfach den Arm ausstrecken und Jan Herman oder Kari übers Haar streichen zu können. Alf van der Hagen hatte glücklicherweise aktuelle Nachrichten von den beiden. Sie lebten und es ging ihnen gut. Nichts anderes war von Bedeutung.

Als er nach 20 Minuten am Bahnhof ankam, rollte gerade der Zug nach London ein. Es wimmelte von uniformierten Männern, die er um ihre Jugend und ihren normalen Gang beneidete. Niemand machte ihnen das Recht streitig, im Kampf für ihre Heimat zu sterben. Was gab es Deprimierenderes, als zu alt und zu krank zum Kämpfen zu sein?

Martin schüttelte die trübsinnigen Gedanken ab. Schaute sich stattdessen seine Notizen nach dem letzten Gespräch mit Alf van der Hagen noch einmal an. Es steckte mehr als ein Senfkorn an Glauben und Hoffnung in dem, was der Seemannspastor gesagt hatte. Alles mit Vorbehalt und Diskretion geäußert, aber allein, dass er ihm eine Wohnung in der Queen's Gate in Kensington organisiert hatte, war weit mehr, als er erwarten konnte.

Van der Hagen hatte ihn eingeladen, in vier Tagen vor einer Zusammenkunft von Exil-Norwegern und Widerstandskämpfern zu reden. Der Zug kam mit einem Seufzer zum Stehen. Schwarzer Rauch trieb von der Lokomotive herüber. Vor ihm lag eine mehrstündige Reise. Er vermisste seine Gedichtsammlungen, im Besonderen die Stimme von Olaf Bull. Die wichtigsten Gedichte konnte er auswendig, wie etwa „Metope". *Dich will ich zärtlich rhythmisch nageln* … Bulls Worte hatten ihn durch den Krankenhausaufenthalt getragen, als er mühsam wieder Gehen gelernt hatte.

Kaum ein Dichter hatte je erschöpfender als Olaf Bull über das Verhältnis zwischen Mann und Frau geschrieben.

Nun ja, Liebe war etwas für junge Menschen. Er selbst musste sich mit den Krumen vom Tisch der Poeten begnügen. Wenn er etwas nicht gebrauchen konnte, dann eine Partnerin. Er liebte die Einsamkeit. Nach der sehr schmerzhaften Scheidung hatte er sich daran gewöhnt, lange Reisen durch die eigene Gedankenwelt zu unternehmen, ohne Unterbrechungen, und so war es ihm am genehmsten.

Zu seiner Freude fand er ein leeres Sechserabteil. So

konnte er das Bein ausstrecken und einen Brief an die Daheimgebliebenen schreiben. Vielleicht fand sich eine Möglichkeit, ihn abzuschicken, und wenn nicht, hatte er wenigstens seine Sehnsucht in Worte gefasst. Der Zug rollte an, und das Klappern über die Gleise war aufbauend, jedes Ruckeln ein Schritt nach vorn.

Anderthalb Stunden später wartete der Zug bei Stoke-on-Trent, wo ein paar Fahrgäste zugestiegen waren, auf das Abfahrtsignal. Er fuhr gerade an, als ein großer, stämmiger Mann an Martins Abteil vorbeilief, stehen blieb, umkehrte und die Tür aufzog. Martin schätzte ihn auf um die 30, elegant gekleidet, blonde Locken. Er hatte gehofft, das Abteil für sich allein zu behalten, aber der Mann, der ohne Gepäck reiste, trat ein. Er nahm die Krücke, die Martin auf dem Sitz gegenüber abgelegt hatte, und lehnte sie ans Fenster, ehe er Platz nahm. Diese Unbeirrtheit grenzte fast schon an Dreistigkeit. Mit gespreizten Beinen beugte er sich vor, faltete die Hände zwischen den Oberschenkeln und starrte Martin an.

„Linge?", fragte er. „Martin Linge?"

Er hatte einen norwegischen Tonfall, und Martin dachte im ersten Moment, dass das ein Bekannter war, den er nicht zuordnen konnte. Vielleicht ein Zuschauer, der ihn auf der Bühne gesehen hatte?

„Kennen wir uns? Sie müssen entschuldigen, aber ich kann mich nicht erinnern …"

„Ich bin nur ein Mittelsmann und je weniger Namen, desto besser in Zeiten wie diesen."

Der Mann erhob sich, schaute auf den Gang vor dem Abteil und schloss die Tür. Der gleichmäßige Lärm des Zuges war nur noch gedämpftes Hintergrundrauschen.

„Du warst, Entschuldigung, ich bin so frei und nehme das ‚Du'". Er setzte sich wieder und rückte in selbstverständlicher Vertrautheit noch näher an ihn heran. „Du warst Verbindungsoffizier bei den Kämpfen in Åndalsnes?"

„Warum?" Martin war es gar nicht recht, irgendetwas zu beantworten.

„Ich habe ein Angebot für dich."

Alle Alarmglocken schrillten.

„Ah ja. Ein Angebot?"

Der Mann verwirrte ihn, aber es waren auch spezielle Zeiten.

„Du hast einen Hintergrund, der für viele Menschen interessant ist, und … um es frei heraus zu sagen, könntest du damit gutes Geld verdienen, richtig gutes Geld."

„Ich weiß nicht, wovon Sie reden." Martin legte entschiedene Ablehnung in seinen Tonfall. Er wollte dieses Gespräch nicht weiterführen.

„Es gibt Menschen, die sehr gut bezahlen für Informationen der Art wie die, auf denen du offensichtlich sitzt."

„Die da wären?"

„Die Planungen der Alliierten in Norwegen. Muss ich mehr sagen?"

In Martin explodierte etwas. Seine überreizten Nerven waren leicht entzündliche Lunten. Seine Hand schoss nach vorn, griff nach der Krücke, und drückte dem miesen Verräter ohne nachzudenken die Ellbogenstütze um den Hals. Der Mann schnappte nach Luft, wurde knallrot und fasste sich an den Hals, um sich von der Krücke zu befreien, aber Martin hielt ihn fest.

„Verschwinden Sie, bevor ich Sie umbringe!", fauchte er.

Mit einem Ruck zog er die Krücke zu sich, bereit zuzuschlagen, wenn nötig. Der Zug ruckte einmal heftig und der Mann landete strampelnd auf dem Boden. Martin fiel hintenüber und stieß sich den Kopf an dem Holzrahmen über dem Sitz. Er ignorierte den Schmerz und sammelte Kräfte für einen weiteren Angriff. Aber der Fremde schnellte nach vorn, zog ihn vom Sitz und drückte ihn zu Boden.

„Was zum Teufel soll das?“, fuhr ihn der Mann an.

Die Tür zum Abteil ging auf und zwei kräftige Männer packten Martin an den Armen. Der Blonde ließ von ihm ab und stand auf. Zog eine Pistole aus der Tasche und zielte auf ihn. Die blauen Augen glänzten wie blanker Stahl.

„An der nächsten Station steigen wir aus. Beim geringsten Zeichen von Widerstand schießen wir, verstanden?“

Der Blonde hob die Krücke auf und trat rückwärts aus dem Abteil, die Pistole auf Martin gerichtet. Seine zwei Helfer zogen ihn auf die Beine, schoben ihn auf den schmalen Gang und weiter bis zu Tür.

Der Zug rollte in einen verdunkelten Bahnhof, die Bremsen kreischten in rostigem Protest, dann blieb er mit einem Ruck stehen.

Vor dem Bahnhofsgebäude wartete ein Auto mit getönten Scheiben.

Der Blonde setzte sich auf den Beifahrersitz, Martin quetschte sich zwischen den beiden Gorillas auf die Rückbank. Einer von ihnen zog ihm einen Sack über den Kopf. Der Blonde sagte etwas zu dem Chauffeur, das er nicht verstand. Aber er erkannte die Sprache, in der sie miteinander sprachen: Es war Deutsch.

12

Außerhalb Londons,
1940

Keiner sagte ein Wort. Es roch nach saurem Tabak, altem Schweiß und Jauche. Die Federung des Wagens konnte die vielen Schlaglöcher nicht abfangen. Immer neue Abzweigungen machten es ihm unmöglich, die Richtung auszumachen, in die sie fuhren. Sollte er hingerichtet werden? Aber das wäre absurd. Es kursierten Gerüchte über die Gnadenlosigkeit deutscher Spione in England. Und in seinem Fall war es wirklich dumm gelaufen. Sie hatten sich offenbart, und er stellte jetzt ein Sicherheitsrisiko dar. Es knirschte unter den Rädern, offenbar waren sie auf eine Schotterstraße abgebogen.

Kurz darauf hielt der Wagen an und die hintere Tür wurde geöffnet. Frische Luft strömte herein und der Geruch nach Jauche verstärkte sich. Die Scharniere einer Tür quietschten, dann wurde er aus dem Auto und eine Treppe hinabgeführt. Der moderige Geruch von Keller und Schimmel schlug ihm entgegen. Eine Tür knarrte, und er wurde in einen Raum gestoßen. Jemand fesselte ihm die Hände auf dem Rücken und drückte ihn auf die Knie. Dann wurden mit dem anderen Ende des Stricks noch seine Füße gefesselt. Schließlich stießen sie ihn auf die Seite und zogen ihm endlich den Sack vom Kopf.

Der Boden war kalt und klebrig, die Wände kahl und von Kalk und Dreck überzogen. Der fensterlose Raum wurde von einer einzelnen, grellen Glühbirne erleuchtet, die an einem Kabel von der Decke hing. Ansonsten war er leer. Martins

Mund und seine Schleimhäute waren vor Angst trocken, er konnte kaum schlucken und sein Bein schmerzte.

Die zwei Helfer zogen sich zurück, nur der Blonde blieb stehen. Irgendetwas an ihm irritierte ihn gewaltig. Das Echo einer Erinnerung?

Der Mann ging vor ihm in die Hocke und beugte seinen Kopf so nah vor, dass Martin das feine Adernetz in den Augäpfeln sehen konnte. Speicheltropfen trafen sein Gesicht, als der Mann zu reden begann.

„Wir können das Ganze kurz und schmerzlos machen oder in die Länge ziehen. Letzteres wird wehtun, aber die Entscheidung liegt ganz bei dir."

„Ich habe nichts zu erzählen", sagte Martin. „Sie kennen meinen Namen, meinen Offiziersgrad ..."

„Ist mir egal, ich will wissen, was du mir nicht sagen willst. Über Widerstandszellen in Norwegen, mit wem du hier in London gesprochen hast und wohin du wolltest. Nutze deinen Verstand und sag mir, was du weißt. Und verarsch mich nicht. Ich erkenne jede Lüge."

Er ließ den Schmerz zu. Akzeptierte, dass dies erst der Anfang war und Schmerz in erster Linie Angst erzeugte. Schmerz an sich war nicht gefährlich, die Angst aber konnte einen dazu bringen, tödliche Dummheiten zu begehen.

„Ich verarsche, wen ich will", sagte Martin ruhig.

Der Blonde packte ihn, drehte ihn auf den Bauch und drückte ihn zu Boden. Das verletzte Bein brannte wie Feuer, als drückte jemand mit einer Zange die Nerven zusammen. Dann schlug ihm der Mann mit beiden Händen gleichzeitig auf die Ohren. Er war schlagartig taub, dann kamen Übelkeit und Schwindel. Alles drehte sich.

Der Mann stand auf und verschwand aus seinem Blickfeld. Das Knallen der Tür drang wie ein dumpfes Dröhnen zu ihm. Unter Aufbietung all seiner Kräfte gelang es ihm, sich auf die Seite zu drehen, wo er liegen blieb und darauf wartete, dass die Übelkeit abnahm.

Wie viele Stunden so vergingen, wusste er nicht. Er zählte wieder tote Deutsche, gab aber irgendwann auf. Das grelle Licht der Glühbirne hielt ihn wach. Für kurze Momente glitt er in eine Art Dämmerschlaf, aber die stechenden Schmerzen unter seinen engen Fesseln holten ihn rasch wieder zurück.

Die Tür ging auf und ein unbekannter Mann kam herein. Aschgraue Haare, ein Bart wie eine Stahlbürste und lange, schlanke Klavierhände. Er duftete nach teurem Rasierwasser, hatte eine messerscharfe Bügelfalte in der grauen Hose, trug dazu ein weißes Hemd und einen perfekt gebundenen Schlips.

Einer der Gorillas brachte einen Holzstuhl, auf dem der Mann vor Martin Platz nahm. Er legte sich einen Koffer auf die Knie. Die eleganten Hände öffneten ihn, und zum Vorschein kamen eine Reihe verchromter Instrumente. Nadeln, Zangen, Skalpelle, einzeln platziert in schmalen Etuis wie kostbares Besteck.

„Mein Name ist Doktor Eisler." Der Mann sprach Englisch mit kräftigem deutschem Akzent. „Mein Fachgebiet ist der Schmerz. Und Sie sind Leutnant Linge?"

„Ich muss auf die Toilette", sagte Martin.

Doktor Eisler lächelte freundlich. „Solche sanitären Einrichtungen können wir leider nicht bieten."

Er nahm einen dünnen, verchromten Stab aus dem Koffer und hielt ihn ins Licht, das darauf reflektierte. „Wir werden langsam vorgehen, Stück für Stück", sagte er. „Wie weit wir gehen, hängt von Ihnen ab. Oder sollen wir uns lieber duzen?"

Er trat hinter Martin und ging in die Hocke. „Zuerst muss ich die Fesseln etwas justieren." Er nahm den Strick, der von den Handgelenken zu den Fußknöcheln verlief, wickelte ihn um den Stab und drehte diesen wie ein Rad, bis Martin wie ein Bogen gespannt dalag und das Gefühl hatte, zu zerreißen. Er bekam kaum noch Luft. Dann begannen die Krämpfe im Rücken, und plötzlich war seine Hose nass und klebte an der Innenseite der Schenkel.

„Das mit der Toilette hat sich dann ja wohl erledigt", sagte der Doktor. Er ließ Martin in der gespannten Position liegen und setzte sich wieder auf den Stuhl. „Wollen wir ein bisschen plaudern?" Doktor Eisler nahm eine Nadel und einen Putzlappen, polierte den Stahl, hob die Nadel ins Licht und polierte weiter. Martin zwang sich, an etwas anderes zu denken. Die Schmerzen würden früh genug kommen, er musste seine Kräfte sparen, wenn er durchhalten wollte. „Fangen wir mit den Namen der Offiziere in Åndalsnes an, norwegische und englische."

„Fahr zur Hölle!"

Doktor Eisler klatschte in die Hände. „Bravo!"

„Arschloch!" Martin rang sich ein Lächeln ab. Es half, diesen Mann zu beschimpfen, Trotz war Treibstoff für die Seele.

Die Tür ging auf und die beiden Helfer kamen herein, packten Martin, zogen ihn auf die Knie und hielten ihn fest.

„Du brauchst eine Stütze, sonst schaffst du das nicht."

Der Doktor nahm Martins rechten Mittelfinger und summte eine Melodie, die Martin wiedererkannte. Brahms

Wiegenlied: „Guten Abend, gut' Nacht … mit Rosen bedacht …"

Er spürte die Spitze der Nadel unter dem Nagel. Er wusste, was kommen würde.

„Möchtest du dem noch etwas hinzufügen?"

Doktor Eisler rammte die Spitze der Nadel ins Nagelbett. Der Schmerz schoss durch seinen Arm hoch bis in seinen Nacken. Er wollte schreien, aber sein Körper war so durchgebogen, dass er nicht genug Luft in seinen Brustkorb bekam. Der Doktor stieß die Nadel noch etwas tiefer unter den Nagel und begann das Lied aufs Neue.

Ein toter Deutscher, zwei tote Deutsche, drei … vier …

Eisler zog die Nadel heraus, die Männer ließen Martin los. Er kippte zur Seite und wollte sich instinktiv zusammenkrümmen, aber das Seil straffte sich, und er blieb nach Atem ringend liegen. Er hatte das Gefühl, dass es ihm die Lungen zerriss. Es fiepte und rauschte in seinen Ohren, und sein Blick wurde unscharf.

„Guten Abend, gut' Nacht … mit Rosen bedacht …", sang Doktor Eisler. „Reden wir ein bisschen?"

Martin rüstete sich für die nächste Folter. Nicht eine Silbe würde über seine Lippen kommen. Er hatte mehr zu bieten, viel mehr. *Ein toter Deutscher, zwei tote Deutsche …*

„Nun", sagte Doktor Eisler nach einer Weile. „Ich lasse Ihnen ein bisschen Zeit zum Nachdenken. Wir sehen uns dann morgen wieder."

Der Doktor klappte seinen Koffer zu, stand auf und verließ den Kellerraum. Die beiden Helfer folgten ihm.

Martin schloss die Augen. Seine angespannten Muskeln lockerten sich etwas. Irgendwie schaffte er es, alles an sich abperlen zu lassen und für einen Moment so etwas wie Ruhe zu finden. Er wollte nur noch schlafen, schon eine halbe oder auch nur eine Viertelstunde würde alles besser machen, doch das grelle Licht der Glühbirne drang unbarmherzig durch seine geschlossenen Lider. *Vier, fünf, sechs …* Aus dem Abfluss im Boden kam ein Geräusch. Erst nur ein leises Rauschen, als würde etwas geleert, dann ein Gurgeln und schließlich stieg der Geruch von Kloake in den Raum. Er schob sich näher heran, um etwas sehen zu können. Gelbbraunes Wasser warf Blasen unter dem Rost. Es stieg an, und bildete schließlich eine Pfütze im Kellerraum, die schnell wuchs. Seine Kleider saugten das schmutzige, kalte und stinkende Wasser auf. Schenkel und Rückenmuskulatur protestierten, als er sich über den Rücken auf die Knie kämpfte. Die Stellung war unerträglich und nahm ihm seine noch verbliebenen Kräfte. Der Schlamm bedeckte nun bereits seine Beine. Wenn er jetzt den Halt verlor, musste er darum kämpfen, den Kopf über Wasser zu halten, um nicht in der Kloake zu ertrinken. *Sieben tote Deutsche, acht …*

Wussten die, wie schnell dieses Wasser stieg?

13

In einem Keller außerhalb von London, 1940

Beine und Rücken konnten nicht mehr, er kippte nach hinten. Die Brühe schwappte um ihn und drang ihm in die Ohren. Er spannte die Halsmuskeln an, um den Kopf über Wasser zu halten. Die Kälte drang ihm bis ins Mark, er begann unkontrolliert zu zittern. Dann gab die Halsmuskulatur nach und der Kopf kippte nach hinten. Martin spuckte und schnaubte, aber die Dreckbrühe drang ihm in Mund, Augen und Nase. Er fluchte und schrie, zu hören war aber nur ein Gurgeln. Er rollte sich auf die Seite, bekam den Kopf für einen Moment über Wasser und schrie noch einmal, mit einer Stimme, die er kaum wiedererkannte.

Er ruckte an dem Strick, und irgendwann verschob sich ganz leicht der Knoten. Die ölige Brühe machte den Strick nachgiebiger und weniger widerspenstig. Er zog heftig an dem einen Ende, während er das andere festhielt. Der Knoten verschob sich noch etwas mehr, blieb aber am Handrücken hängen. Er hustete Schleim und ließ locker, sodass der Knoten zurück auf sein Handgelenk rutschte. Dann holte er tief Luft und riss noch einmal mit ganzer Kraft an dem Seil, wobei er die Hand so schmal wie möglich machte. Es reichte nicht. Aber er gab nicht auf.

Beim siebten Mal glitt die Hand durch die Schlinge und war frei. Der Sieg fühlte sich so groß und mächtig an, dass er die eisige Brühe für einen Moment vergaß. Die andere Hand war schnell befreit, und während das Blut endlich wieder durch seinen Körper zirkulierte, arbeitete er mit tauben und kraftlosen Fingern daran, auch die Knoten an seinen Füßen zu lösen.

Währenddessen sah er immer wieder zur Tür und sann über einen möglichen Fluchtplan nach. Er würde kaum eine Chance haben, sollte das Haus auf freiem Feld stehen. Laufen war nicht seine Stärke. Wäre es Nacht, hätte er vielleicht eine Chance, doch am Tag ging die gegen Null. Soweit er wusste, war er sich selbst überlassen und verdammt, in diesem Keller zu sterben.

Langsam und widerstrebend gab der Knoten nach, sodass Martin erst den einen und dann den anderen Fuß frei bekam. Es tat weh, sich aufzurichten, und er war so erschöpft und durchgefroren, dass ihm schwindelig wurde. Trotzdem war er zum Kampf bereit. Das linke Bein protestierte auf dem Weg zur Tür, aber er ignorierte den Schmerz.

Er drückte die Klinke vorsichtig nach unten. Wider Erwarten war die Tür unverschlossen. Er öffnete sie so langsam wie möglich, fürchtete, das Quietschen schlecht geölter Scharniere könnte ihn verraten, aber alles blieb still. Er tastete sich im Stockfinstern an der Wand entlang. Am Ende des Gangs bog er ab, bis er vor einer weiteren Wand stand und zurückmusste. Er fiel auf die Knie, kroch auf allen vieren weiter und tastete nach links und rechts. Keine Tür, keine Treppe, war er in einem Labyrinth gelandet?

Die Müdigkeit ergriff mehr und mehr Besitz von ihm und lockte ihn mit Vergessen, und irgendwann rollte er sich mit tauben Gliedern zusammen, um für einen Moment auszuruhen. Da stießen seine Füße gegen etwas Hartes und er konnte eine Treppenstufe ertasten. Schlagartig hellwach streckte er sich und fand die nächste Stufe. Zog sich langsam hoch. In Richtung Freiheit oder direkt in die Arme des Feindes? Er lauschte aufmerksam, schlich vorsichtig weiter nach oben und hielt die Luft an. Sein Herz schlug wie ein Hammer gegen die Rippen. Die rechte Hand tastete durch das Dunkel und fand schließlich den Treppenabsatz und eine Tür. Keine Klinke, aber ein Riegel, der metallen knirschte, als er ihn öffnete. *Verdammt! Das haben sie gehört.*

Alles blieb still. Er hielt den Atem an, bereit zuzuschlagen, zu beißen, zu treten, wenn sie kamen. Er schob den Riegel mit einem Ruck auf und öffnete die Tür. Frische Luft strömte ihm entgegen. Draußen war es Nacht, keine Sterne am Himmel. Die Gegend wirkte verlassen. Weit und breit war niemand zu sehen. Das Haus lag wie befürchtet mitten in einem Feld. In einem Fenster im ersten Stock brannte Licht, ansonsten war es dunkel. Es war zu gefährlich, das frisch gepflügte und jauchegedüngte Feld zu überqueren, weshalb er mit schnellen Schritten an der Hauswand entlang bis zur Vorderseite des Gebäudes schlich. Der Wagen stand noch da, es war also jemand im Haus.

Sein großer Bruder Olav hatte ihm einmal gezeigt, wie man einen Motor ohne Schlüssel startete und er hoffte, es würde ihm nun gelingen, wenn es darauf ankam. Er sah sich noch einmal um und kroch zu dem Wagen. Hockte sich hin und zog die Tür auf.

Er schob sich auf den Fahrersitz und ließ die Tür offen, um keine Geräusche zu machen. Dann tastete er nach den Kabeln unter dem Lenkrad, riss sie heraus und drückte die Enden wieder zusammen. Der Motor startete mit einem leisen Husten, und er richtete sich auf und zog die Tür zu.

Er hatte nur einen Gedanken im Kopf: Flucht! Er trat aufs Gas und fuhr los. Noch immer war von den Männern nichts zu sehen. Eine schmale Landstraße führte aus der Gefangenschaft. Es war für ihn noch immer unbegreiflich, dass er es aus dem Keller herausgeschafft hatte. Aber das Rütteln der harten Federung war eindeutig. Er hatte es geschafft, er war frei.

Plötzlich rollten zwei Wagen von der Seite auf die Straße und versperrten ihm den Weg. Die Türen gingen auf und Doktor Eisler, der Blonde und die beiden Helfer stiegen aus. Der Doktor hob die Hand und gab Martin zu verstehen, dass er aussteigen sollte. Etwas war verändert.

Eisler lächelte ihn an. „Gratuliere, Linge!" Die Stimme klang jetzt vollkommen anders, der deutsche Akzent war weg. „Sie haben länger ausgehalten und das Ganze besser gemeistert als alle anderen, die wir getestet haben. Wir haben saubere Kleider für Sie, und drinnen warten ein gemütliches Bett und eine anständige Mahlzeit. Wenn Sie uns folgen wollen? Es sieht ja so aus, als wären Sie in der Lage, selbst zu fahren."

Martin ignorierte die Hand, die Eisler ihm entgegenstreckte.

14

Vor den Räumlichkeiten der SOE, London, 1940

Doktor Eisler stellte sich als englischer Agent mit Namen Andrew Cooper vor, und der Blonde aus dem Zug hieß Johannes Kvittingen. Ein norwegischer Arzt, dem es angeblich zu verdanken war, dass an Bord des Lazarettschiffes aus Åndalsnes Martins Bein gerettet worden war.

Martin sah auf die Uhr. Zwei Minuten vor vier. Agent Cooper hatte ihn gebeten, um exakt 16 Uhr in der Baker Street zu sein. Was auch immer ihn dort erwartete, er würde pünktlich sein. Ein Schauspieler kommt aufs Stichwort, nicht früher und auch nicht später.

64 Baker Street erinnerte ihn an das Rathaus in Oslo. Das Gebäude mit den zwei quadratischen Türmen war aber deutlich kleiner und weniger monumental. Ein mickriges Schild am Eingang verriet, dass hier das Büro von Interservice Research lag. Ein nichtssagender Name, der Martin nicht die Spur eines Hinweises gab, was ihn erwartete. Die Vernunft sagte ihm mit Nachdruck, die Finger davon zu lassen, aber die Verbindung zu dem Seemannspastor hielt ihn zurück. Außerdem war er neugierig. Sie hatten ihm eine Wohnung in einer feinen Gegend und sogar einen Wagen zugewiesen. Was kam als Nächstes?

Zwei Gedichtsammlungen von Olaf Bull warteten mit einem Grußwort auf seinem Nachttisch.

Ich hoffe, sie gefallen dir.

Alf van der Hagen

Woher wusste der Seemannspastor, dass er Bull liebte?

Er ging zurück zur Rezeption, an der eine Frau im Mantel wartete. Sie war elegant und gepflegt, hatte die Haare hochgesteckt und trug einen Rock, der ihr knapp über das Knie reichte. Die Schuhe zeugten von gutem Geschmack und soliden Finanzen.

„Mr. Linge, herzlich willkommen. Ich fürchte, Ihr Besuch wird an diesem Morgen etwas kurz ausfallen. Oberst Gubbins erwartet Sie außer Haus, in einem privaten Club, in dem er seine Mahlzeiten einnimmt. Mein Name ist Joan, Joan Armstrong."

Joan hielt ihm die Tür auf und begleitete ihn hinaus. Es war nicht weit bis zu dem herrschaftlichen Gebäude mit der beeindruckenden Eingangspartie. Ein älterer Herr in Uniformjacke schlug als Begrüßung die Hacken zusammen und führte sie ins Haus. Drinnen roch es diskret nach Bay Rum Cologne. Sie gingen über eine mit weichem Teppich ausgelegte Treppe in den ersten Stock. Englische Landschaftsmalereien hingen an den Wänden, und auf dem Treppenabsatz konnte man einen Blick auf einen älteren italienischen Meister werfen.

Der Club schien sehr wohlhabend zu sein.

Hinter zwei massiven Türen aus dunklem Edelholz lag ein großer, heller Salon mit Chesterfieldmöbeln und ledereingebundenen Büchern in hohen Regalen. Vor einem Fenster, von dem aus man auf ehrwürdige, alte Bäume blickte, war ein Tisch für zwei Personen gedeckt, an dem ein Mann saß. Ansonsten war der Raum leer.

„Bon appétit!", sagte Joan und zog sich zurück.

Martin ging zu dem Tisch, und der Mann stand auf und reichte ihm die Hand.

„Gubbins“, stellte er sich vor. Es klang wie ein knapper Befehl. Der Oberst war eher klein, und die unproportional langen Arme an dem voluminösen Oberkörper erinnerten etwas an einen Gorilla. Seine Energie war mitreißend, und seine Begrüßung klang wie eine Gewehrsalve.

„Ashley! Bordeaux, bitte den besten, den Sie haben! Setzen Sie sich!“

Gubbins ließ seinen Blick durch den Salon schweifen, bevor er fortfuhr. „Ich muss essen, wenn ich Zeit dafür habe. Und davon habe ich nur sehr wenig, weshalb ich mir erlaubt habe, gleich für Sie mitzubestellen, Leutnant. Filet Wellington mit Beilagen. Ich war erst neulich in Ihrer Heimat, ein gemischtes Vergnügen, muss ich sagen, und ich fürchte, es ist meine Schuld, dass Bodø in Schutt und Asche liegt. Aber so etwas gehört zu den Unvorhersehbarkeiten des Krieges.“

Wein und Essen wurden serviert. Gubbins trank den Rotwein in großen Schlucken wie Traubensaft und schlang das Essen herunter.

Dann legte er die Gabel beiseite und sah Martin eindringlich an. „Durch unsere kleine Undercover-Aktion haben wir eine Sache gelernt: Schon wenige Männer können ein höllisches Chaos anrichten. Das durften 60 deutsche Soldaten am eigenen Leib erfahren, die mit ihren Fahrrädern eine Brücke überqueren wollten. Wobei es die letzte Erfahrung war, die sie gemacht haben. Denn keiner von ihnen hat das andere Ufer lebend erreicht. Es ist immer alles eine Frage des Timings, Linge. Das ist das A und O bei einem Partisanenkrieg.“

Gubbins leerte sein Glas, schenkte sich nach und warf einen enttäuschten Blick auf die bereits leere Flasche. „Ashley, mehr Bordeaux.“

Auch der verschwand bemerkenswert schnell.

Dann, zwischen zwei Schlucken, kam er schließlich ganz beiläufig mit einer bemerkenswerten Erklärung.

„Die meisten Engländer, und ganz sicher diejenigen, die unser Parlament bevölkern, verwechseln den Krieg mit einem Cricketspiel. Hitler hat das verstanden und ist deshalb auf dem Vormarsch."

Martin war sich nicht sicher, wie er reagieren sollte, hielt es aber für das Beste, ehrlich zu sein. „In Norwegen kursierten Gerüchte über eine englische Invasion. Das wäre weitaus besser gewesen."

„Genau. Aber dann kann man nicht herumstolzieren und eine Upper-Class-Kriegsführung verlangen. Ich brauche Männer, die bereit sind, zu töten und dabei jeden noch so schmutzigen Trick anzuwenden, um die Wehrmacht zurückzudrängen!"

Gubbins klatschte in die Hände, und Ashley war sofort mit zwei Tellern zur Stelle.

„Champagnersorbet", sagte Gubbins lachend. „Um den Gaumen auf das Dessert vorzubereiten. Vielleicht haben Sie das Schild drüben in der Baker Street bemerkt?", fuhr er fort, während er das Sorbet auf der Zunge zerschmelzen ließ. „Interservices, bla bla bla, ein Name so nichtssagend wie das vergreiste Oberhaus. Der eigentliche Name lautet SOE, *Special Operations Executive,* aber es ist zu riskant, ihn zu nutzen, denn die Einheit, die ich leite, unterliegt der höchsten Geheimhaltung. Es handelt sich um einen ‚inexistenten' inneren Kreis, eine Art Blinddarm im War Office. Unser geschätzter Prime Minister liebt uns und nennt uns ‚Ministerium für Bauernkrieg', und das, Linge, ist ein Kompliment ersten

Ranges. Nachdem ich in Mosjøen und in Bodø war, wo wir wirklich im Bombenhagel steckten, habe ich erkannt, dass wir eine norwegische Spezialeinheit brauchen. Eine Bande Wikinger mit totaler Verachtung für militärische Etikette. Und ich will, dass Sie, Linge, diese Einheit aufbauen und anführen."

Gubbins legte den Dessertlöffel beiseite und wischte sich mit der Serviette den Mund ab. Ashley war sofort mit zwei Gläsern Cognac und dampfend heißem Kaffee zur Stelle.

Es war gelinde gesagt, ein überraschendes Angebot und überstieg Martins Erwartungen. Außerdem warf es ein ganz neues Licht auf die Prüfungen des vergangenen Tages. Es rief aber auch eine Reihe von Fragen in ihm wach.

„Ein Krüppel wie ich soll eine Truppe Wikinger anführen?"

„Falsche Bescheidenheit steht Ihnen nicht, Linge. Selbst mit Krücke gehören Sie eindeutig in eine Sonderklasse. Ein ausgezeichneter Cognac, finden Sie nicht auch?"

„Vortrefflich."

„Und genau das ist der Punkt. Es ist absolut möglich, mit einem Glas Cognac in der Hand Krieg zu führen. Ich brauche Ihr Talent, nicht Ihre Beine. Das Fußvolk finden Sie schon, Linge."

Der Oberst starrte in das Cognacglas, als fände er die folgenden Worte darin. „Im Namen der Freiheit muss man manchmal zerstören, was einem am liebsten ist."

Gubbins brachte damit Martins Dilemma auf den Punkt, und beide verfielen in Schweigen. Die gute Mahlzeit und der ausgesuchte Wein schufen eine seltsame Distanz zu der harten Wirklichkeit, die ihrem Treffen zugrunde lag.

„Partisanenkrieg?", hakte Martin nach.

„Das ist eine Frage und keine Antwort", konterte der Oberst. „Aber um es mal politisch auszudrücken: Wir sind eine auf persönliches Geheiß von Churchill neu ins Leben gerufene militärische Abteilung unter der Regie des Kriegskabinetts. Ein offensives Organ, um Widerstand und Sabotage im von Hitler besetzten Europa zu koordinieren."

„Ich bin Schauspieler mit einer gelinde gesagt mangelhaften militärischen Ausbildung."

„Und damit erfüllen Sie exakt die Anforderungen: Es geht nicht um das Militärische, wir brauchen etwas Innovatives. Wer würde glauben, dass ein Schauspieler eine geheime Untergrundorganisation aus norwegischen Kommandosoldaten anführt? Außerdem wissen wir, dass Sie in der Lage sind, dichtzuhalten. Denken Sie darüber nach, aber nicht zu lange. Langsame Gedanken zersetzen Tatkraft und Entschlossenheit." Gubbins stand auf und streckte ihm die Hand hin. Die Audienz war vorüber.

15

Eine Kirche in Norwegen, wenige Tage später, 1940

„Sie spielen vor vollem Haus, Martin!"

Alf van der Hagen kam nach einer letzten Runde durch den Kirchenraum in die Sakristei, bevor die Veranstaltung begann.

Martins Wangen glühten und er hatte feuchte Hände. Er war einfach zu lange von der Bühne weg. In der Seemannskirche vor Seeleuten und in der Welt verstreuten Norwegern zu sprechen, hätte er früher mit Links gemacht, aber nun fühlte er sich nahezu überfordert von der Aufgabe. Er hatte mehrere Entwürfe angefangen und jeden wieder verworfen. Jetzt konnte er nur noch auf die Inspiration des Augenblicks hoffen. Wenn es den Bach runterging, ging es eben den Bach runter.

Im Kirchenraum hieß Alf die Gäste willkommen, dann stimmte die Orgel ein Lied zum Mitsingen an: *Gott segne unser teures Vaterland …*

Martin hatte in den vergangenen Tagen sein Gespräch mit Gubbins noch einmal überdacht, ohne zu einem endgültigen Entschluss gelangt zu sein. Hitler hatte die Spielregeln geändert. Mit jedem Tag, an dem die Menschen die Augen vor dieser brutalen Wahrheit verschlossen, verminderten sich die Chancen, das Teufelswerk zu bekämpfen.

Martin hörte seinen Namen und vereinzeltes Klatschen aus den Bankreihen. Er trank einen Schluck von dem lauwarmen Tee, den Alf ihm hingestellt hatte, versuchte die Nervosität herunterzuschlucken, schnappte sich die unfertigen Notizen, die Krücke und den Colt, bereit, dem vielköpfigen Ungeheuer dort draußen entgegenzutreten.

Es war totenstill im Kirchensaal, als er durch den Chor zum Rednerpult ging. Er hörte Tuscheln, sah zusammengesteckte Köpfe, und als er die Pistole auf das Pult legte, ging ein Raunen durch die Reihen. Für ihn ganz persönlich war dieser Auftritt auch noch auf einer anderen Ebene wichtig. Er bot ihm die Gelegenheit, seine Gedanken vor Publikum laut auszusprechen, um hoffentlich zu einer Antwort zu gelangen, die er Gubbins geben konnte.

„Liebe Freunde", begann er, aber ihm brach schon nach der dritten Silbe die Stimme weg. Er musste sich am Pult festhalten, weil seine Hände zitterten. „Norwegen ist in deutscher Hand. Wir sind weit weg von unseren Lieben daheim, unseren Frauen, Eltern, Kindern ... Wir haben das Wichtigste von allem verloren, unser Land und unsere Freiheit! Wir haben alle etwas verloren, und wir sind alle verzweifelt."

Es fiel ihm schwer, in Gang zu kommen, was zum Teil sicher an der Akustik lag. Die Worte hingen zu lange im Kirchenschiff, verwischten, er kriegte keinen Kontakt zu seinem Publikum. Martin griff nach der Krücke, schob die Pistole unter den Gürtel und stieg vom Rednerpult herunter, um den Abstand zwischen sich und den Gästen zu verkleinern. Er schritt durch den Mittelgang, mit dem Geräusch der Krücke als einzigem theatralischen Effekt. Vor einem grauhaarigen Mann in einem abgetragenen Anzug blieb er stehen. Das wettergegerbte Gesicht zeugte von einem langen Leben auf See. Martin dämpfte die Stimme wie im vertraulichen Gespräch mit ihm, wissend, dass die anderen Zuhörer jetzt ihre Ohren spitzten, um mitzukriegen, was gesagt wurde. Das hatte Agnes Mowinckel ihn gelehrt: *Lade das Publikum ein, lass sie in deine Seele blicken!*

„Ich habe bei der Bombardierung von Åndalsnes beinahe mein Bein verloren. Ich bin geschieden, arbeitslos und vermisse meine Kinder schmerzlicher, als hätte ich beide Beine verloren. Das macht mich zu nichts Besonderem, denn dieses Schicksal teilen wir alle."

Er schaute sich um und ließ den Blick langsam über die Bankreihen schweifen, um jedem Einzelnen das Gefühl zu geben, genau ihn zu meinen. Allmählich lief er sich warm. Am linken Rand der letzten Reihe entdeckte er Oberst Gubbins. Er lauschte aufmerksam, obwohl er vermutlich kein Wort verstand.

„Wir sind verzweifelt, aber sollten deshalb nicht verzagen. Denn Verzweiflung ist eine mächtige Waffe, wenn wir sie richtig einsetzen."

Hatte Gubbins ihn deshalb für diese Rolle ausgesucht, weil Martin wusste, wann man der Wahrheit mit einer Lüge auf die Sprünge helfen konnte?

Er log, wenn er eine Kunstpause einlegte, log, wenn er die Zuhörer glauben machte, sie seien auserwählt. Aber durch diese „Lüge" kam die Botschaft bei den Zuhörern an, und *die eigentliche Botschaft* war keine Lüge. Als Schauspieler war er ein Werkzeug, um die Menschen dazu zu bringen, eigenverantwortlich zu handeln.

Der Schauspieler nutzt alles, was er über das menschliche Gefühlsleben weiß, um die Anwesenden zu eigenen Entscheidungen und Handlungen zu bewegen.

Nicht seine, sondern Agnes Mowinckels Worte.

„Eine einzige Sache vereint uns Norweger, eine einfache Sache, die dafür sorgt, dass wir niemals alles verlieren werden! Das ist nicht Reichtum, nicht Macht, sondern Trotz! So sind wir im Norden beschaffen. Trotz – das sind die Frauen in Dombås, die in einer Nacht weiße Uniformen für 200 norwegische Soldaten genäht haben. Trotz – das sind die Jungen auf Oscarsborg, die den Kreuzer Blücher versenkt haben. Trotz – das ist unser König mit seiner Überzeugung, sich nicht zu ergeben, obwohl alles verloren ist!"

Martin sah Alf van der Hagen die Kollektenbüchsen durch die Reihen schicken, und soweit Martin es sehen konnte, ließen nur wenige sie passieren, ohne etwas hineinzustecken. Die Worte flossen jetzt wie von selbst, und er würde sich wahrscheinlich nicht mehr an alles erinnern, wenn er es hinterher aufschreiben wollte. Aber die plötzlich entstandene Gemeinschaft zwischen seinen Zuhörern und ihm würde ihm im Gedächtnis bleiben. Sie waren nicht länger zwei getrennte Einheiten. Zum ersten Mal seit sehr langer Zeit gelang es ihm wieder, dem Publikum einen Spiegel vorzuhalten und ihnen etwas Wichtiges zu zeigen. Das war die Magie des Theaters.

Er stieg wieder hoch zum Rednerpult, stellte sich daneben und ließ den Zuhörern Zeit, das Gesagte sacken zu lassen, ehe er zum letzten Stoß ausholte: „Was können wir Hitlers unersättlichem Appetit entgegensetzen, dieser Kriegsmacht, die alles auf ihrem Weg verschlingt? Möglicherweise nichts als den Tod. Aber wenn wir nicht wenigstens versuchen, ihn aufzuhalten, sind wir ohnehin tot! Vielleicht müssen wir lügen und betrügen. Dreckige Tricks anwenden. Lasst uns beschließen, dass im Kampf gegen Hitler-Deutschland alles erlaubt ist, absolut alles! Wir trotzigen Norweger wollen Hitler bitter aufstoßen. Sorgen wir dafür, dass ihm der erste Bissen, den er von uns nimmt, im Hals stecken bleibt und er daran erstickt!"

Er trug jetzt so dick auf, dass Frau Mowinckel ihn sicher gerügt hätte. Aber er merkte, dass er andockte und entschied spontan, das Ganze mit einem letzten dramatischen Effekt zu toppen. Mit einer langsamen Bewegung zog er den Colt unter dem Gürtel hervor und hielt ihn vor sich hoch. Jedes Augenpaar in der Kirche war in diesem Moment auf die Waffe gerichtet.

„In diesem Kolben sind fünf Kerben, eine für jeden Deutschen, den ich erschossen habe. Und bevor ich selber falle, will ich dafür sorgen, dass noch mehr Kerben dazukommen! Die Flammen sind entfacht! Wir wünschen uns ein erlöstes Land, ein freies Land! Ihr seid als Seeleute hierhergekommen, aber wenn ihr eurem Trotz und eurer Wut folgt, können wir alle, Männer wie Frauen, als Krieger diesen Raum verlassen! Der Widerstandskampf hat begonnen!"

Ihm war schwindelig, er musste sich auf seine Krücke stützen. Er war so erschöpft, als hätte er Hamlet gespielt. Die absolute Stille und der ausbleibende Applaus verunsicherten ihn. Hatte er das Publikum falsch eingeschätzt? Sahen sie in ihm nur einen schwülstigen Fantasten ohne Sinn für die Realität? Beschämt und enttäuscht von sich selbst drehte er sich um und wollte gerade zurück in die Sakristei gehen, als der Applaus losbrach. Er drehte sich zu ihnen um. Ließ vor Aufregung die Krücke fallen, was den Applaus noch mehr anschwellen ließ. Alf van der Hagen schüttelte seine Hand und riss sie in die Luft, als hätte er einen Boxkampf gewonnen. Und jetzt strömten die Anwesenden zu ihm, mit Händeschütteln, Tränen und berührenden Worten. Der

Kirchendiener brachte die Kollekte. Seine Augen strahlten wie Sterne.

„2000“, flüsterte er. „Zwei … tausend … norwegische Kronen!“

Am Ende der Gratulationsschlange stand Gubbins. Er wartete, bis der letzte Mann vor ihm fertig war, blinzelte und sagte: „Ich hab kein Wort verstanden, aber ich deute es mal als ein Ja?“

Zweiter Akt
ROSEMARY

16

Det Norske Teatret,
16 Tage vor der Premiere, 1991

„Sie werden noch ein Weilchen bleiben müssen, Sjøvåg. Es gibt noch mehr Schlachten zu schlagen."

Bjørn war kaum im Theater angekommen, als er auch schon ins Büro der Chefin zitiert wurde. Er hatte sich durch das Stück gearbeitet und war auf dem Weg zu einer Abendprobe, um seine Notizen und Anmerkungen durchzugehen. Bjorn hatte sich entschieden, ihnen das Ende zu geben, das wahre Ende. Danach würde er sich in den nächsten Flieger auf die Lofoten setzen und mit seiner Scham zurück ins Vergessen gleiten. Aber Hovden hatte offensichtlich andere Pläne.

„Ich habe Rosemary angerufen und ihr von der Situation erzählt, und, was soll ich sagen … Sie hat geantwortet, dass sie mit dem nächsten Flieger nach Oslo kommt. Kaffee?" Hovden schenkte ein, ohne die Antwort abzuwarten.

„Rosemary? Sie kommt her?", fragte Bjørn nervöser als beabsichtigt.

„Sie sitzt schon seit einer halben Stunde in meinem Büro. Sie benötigt aber noch eine Menge Überzeugungsarbeit."

Bjørn legte zwei Finger an seine linke Halsseite. Das half meistens gegen Herzflimmern.

„Wir müssen das sehr diskret behandeln", sagte die Theaterchefin. „Wenn die Presse Wind von ihrer ablehnenden Haltung zu dem Stück bekommt … Das Letzte, was wir jetzt gebrauchen können, ist noch mehr negativer Trubel um dieses Projekt."

Der Probenraum in der fünften Etage war die kleinste Spielstätte des Hauses. Auf der Bühne standen historisch passende Möbel. Es roch sogar nach London 1940. In einem Ohrensessel mit Fußschemel, ein gutes Stück abseits der übrigen Einrichtung, saß der Regisseur Steinar Wang und rasselte mit einem Schlüsselbund. Wang war eine auffällige Erscheinung. Grauer, schulterlanger Haarkranz, mit einem Gummi im Nacken zusammengebunden. Lederjacke, Jeans und ein sich offensichtlich jeglicher unnötigen Bewegung verweigernder Körper.

Rosemary Reed und, wie er vermutete, Benedicte Brekke saßen auf einem Zweisitzer mit vielen Kissen, das dem Sofa aus Martins und Rosemarys damaliger Wohnung in London erstaunlich ähnlich sah. Sie schien ihn nicht wiederzuerkennen. Was nach 50 Jahren vielleicht nicht verwunderlich war.

Sie selbst hatte sich gut gehalten. Ihre markante Nase war so charakterstark wie früher. Porzellanweißer Teint, auf den die Zeit nur wenige Falten gezeichnet hatte. Das ehemals kastanienbraune Haar war silbergrau geworden. Bjørn ging zu ihr und präsentierte sich: „Rosemary, ich bin's Bjørn." Er breitete begrüßend die Arme aus, sie streckte ihm eine Hand entgegen.

„Bjørn, nach so vielen Jahren", sagte sie mit routinierter britischer Distanz.

„Du sprichst Norwegisch?", fragte Bjørn überrascht. Er hatte einen etwas herzlicheren Ton erwartet.

„Ich hab es nach dem Krieg gelernt. Rubin hat erzählt, du wärst vermisst worden, möglicherweise tot?"

„Die Boote hatten abgelegt, bevor ich es an Bord geschafft hatte", sagte Bjørn.

Das war nicht die ganze Wahrheit, aber auch keine direkte Lüge. Das Gespräch verebbte. Bjørn, der schlecht mit Rosemarys kühler Manier zurechtkam, suchte Zuflucht auf einem grünen Plüschstuhl. Wang räusperte sich aus seinem Ohrensessel.

„Die Theaterchefin überlässt uns vollends der Anarchie, mit Rosemary Reed und Bjørn Sjøvåg als Chaospiloten. Der Autor hat sich krankgemeldet, Reed möchte nicht als Figur in dem Stück erscheinen, während Sjøvåg hartnäckig darauf besteht, dass Martins und Rosemarys Liebesgeschichte dabei sein muss. Das ist doch reinste Seifenoper?"

Wang streckte die Füße auf dem Schemel aus.

„Fangen wir mit dem Klischee an: Mittelalter Mann verfällt junger Frau."

„Lassen Sie Rosemary erzählen, Steinar. Das wird gut, das ist authentisch." Benedicte war bestimmt, und deutlich, passend zu der Rolle, die sie verkörpern sollte, mit einem Selbstbewusstsein, wie es nur die Jugend besaß. Ansonsten hatte die blonde, blauäugige Frau mit der kleinen Nase kaum Ähnlichkeit mit Rosemary.

Bjørn kratzte sich am Unterarm. Schorf löste sich, das Blut wurde vom Ärmelstoff aufgesaugt.

Rosemary wandte sich mit leicht hochgezogenen Augenbrauen an Wang. „Es war das Gegenteil eines Klischees.

Ich bin heute hierhergekommen, um Ihnen zu sagen, wieso ich mein Privatleben nicht mit einem Publikum teilen möchte. Aber Sie nehmen mir die Arbeit ab. Steinar war der Name?"

Eine Tür ging auf, und ein großer, durchtrainierter Mann schritt federnd über den Bühnenboden. Schwarze Locken, jungenhafter Blick und ein Lächeln, das Bjørn vor 50 Jahren gesehen hatte.

„Du bist spät dran, Henrik“, brummte Wang.

„Stau, aber jetzt bin ich ja da.“ Warme, wohlmodulierte Stimme.

Er blieb vor Rosemary stehen und reichte ihr die Hand. „Henrik Ekdahl, ich spiele …“

„Martin …?“

Etwas geschah mit Rosemary, und auch Bjørn fühlte ein Ziehen unterm Solarplexus. Sie stand auf und ergriff die Hand, die Ekdahl ihr bot. So standen sie voreinander, viel zu lange für einen höflichen Händedruck. Henrik Ekdahl *war* Martin. Das war fast gespenstisch.

„Können wir anfangen?“, rasselte Wang.

„Okay, wir sind ganz Ohr.“ Ekdahl ließ Rosemarys Hand los. „Und hinterher improvisieren wir ein paar Szenen. Das kriegen wir hin, Steinar. Ich glaube daran.“

Rosemary setzte sich wieder, zog einen Stapel Papier aus ihrer Tasche und legte ihn auf den Tisch.

„Ich habe alles aufgeschrieben, in der dritten Person …“ Sie warf Ekdahl einen Blick zu. „Das wird sonst zu intim.“

17

Londons East Side,

1940

Es war die siebte Tour mit ihrem Krankenwagen an diesem Abend. Der Bombenhagel über London war das Brutalste, was sie bisher erlebt hatte. Rauch und Staubwolken ergaben eine erstickende Mischung, die das Chaos komplett machte. Explosionen, Fliegeralarm, Flugabwehrfeuer. Überall qualmende Ruinen, verwundete und verwirrte Menschen. Manche standen unter Schock, andere versuchten zu helfen, wobei sie mehr im Weg standen, als von Nutzen zu sein. Wieder andere waren so dumm, durch die Straßen zu laufen, angetrieben von Sensationslust oder Verzweiflung.

Rosemary Reed trommelte mit den Fingern aufs Lenkrad, während sie ihr Gedächtnis nach alternativen Routen durchkämmte. Der Verkehr war vollständig zum Erliegen gekommen und sie hatte zwei Patienten im Wagen, die beide dringend Hilfe brauchten. Ein lebensgefährlich verletzter älterer Mann und eine junge Frau in den Wehen. Die Erste-Hilfe-Ausrüstung bestand nur aus dem Nötigsten, eine angemessene Behandlung war im Wagen nicht möglich. Sie mussten so schnell wie möglich ins Krankenhaus. Aber der Smog hing so dicht über Londons Straßen, dass sie ihren Beifahrer mit Glocke und Taschenlampe vor dem Wagen herlaufen ließ, um die anderen Verkehrsteilnehmer zu warnen. Der Krankenwagen, den sie fuhr, hatte keine Sirene, da war die Glocke unter den gegebenen Umständen die einzige Alternative. Das Vorwärtskommen gestaltete sich entsprechend. Wenn sie nicht bald weiterkamen, hatte der alte Mann kaum eine Überlebenschance, Mutter und Kind vielleicht auch nicht.

In der Trennwand zum hinteren Wagenteil war eine kleine Luke, die sie geöffnet hatte, um die Lage im Auge zu behalten. Trotz des kritischen Zustandes des Mannes galt Rosemarys besondere Sorge der jungen Frau. Ihre Fruchtblase war geplatzt, als sie sie aus der Ruine geholt hatten. Sie hatte sich zitternd vor Angst in den Schritt gefasst, als das Wasser an ihren Beinen herunterlief, als könnte sie es so aufhalten.

„Geht es Ihnen gut?“

„Ich weiß nicht“, schluchzte die junge Frau. „Ich weiß es nicht, das tut so weh.“

Rosemary zog die Handbremse an, rutschte vom Fahrersitz und rückte den Helm zurecht. Die Uniformjacke hatte sie ausgezogen, ihr Gesicht war mit Asche und Dreck überzogen. Stundenlang war sie auf allen vieren durch eingestürzte Häuser gekrochen auf der Suche nach Überlebenden. Manchmal fand sie nur abgerissene Körperteile, die sie zusammensammelte. Viele Touren endeten im Leichenhaus. Umso größer war die Freude und das Gefühl, etwas Sinnvolles zu tun, wenn sie jemanden lebend retten konnte.

Sie lief schnell um den Wagen herum und kletterte hinten hinein. Der alte Mann war bewusstlos, die Frau kauerte in der Ecke und hielt sich den Bauch. Sie schien noch jünger als Rosemary zu sein.

„Ich kann nicht mehr“, stammelte sie. „Ich glaube, es kommt jetzt.“

Rosemary strich ihr eine feuchte Strähne aus der Stirn, prüfte den Puls des alten Mannes und stieg wieder aus dem

Wagen. Der Zustand der beiden erforderte drastische Maßnahmen.

„Nick!“, rief sie.

„Ich bin hier“, tönte eine Stimme aus dem wabernden Nebel.

„Wir müssen schneller fahren.“

Es kam keine Antwort, aber sie sah den Lichtpunkt näherkommen. Nick hatte schon als Jugendlicher für den London Ambulance Service gearbeitet. Sie waren gleich alt und seit ein paar Wochen ein Paar. Sie war nicht verliebt, aber die Vertrautheit zwischen ihnen kam so etwas wie Liebe nah. Er war durchschnittlich groß, überragte aber zumindest ihre 1,58 Meter. Offener Blick, schöne Zähne und schmutzigblondes Haar. Ihre Mutter war begeistert von ihm, ein bisschen zu begeistert.

Nick tauchte plötzlich aus dem Nebel auf. „Da vorne ist es völlig unübersichtlich, und der Weg ist voller Löcher.“

Fürsorglicher Nick. Selbst, wenn er schlechte Nachrichten hatte, vermittelte er noch Sicherheit.

Rosemary drückte ihm einen Kuss auf die Wange. „Du musst als Geburtshelfer hinten rein, während ich fahre. Ich glaube, das Kind kommt.“

„Ich hab keine Ahnung von solchen Sachen“, protestierte Nick.

„Ich fahre schnell, dann sind wir im Krankenhaus, bevor das Kind da ist.“

Nick kletterte kopfschüttelnd zu den beiden Patienten hinein.

Rosemary hörte die Stimme ihrer Mutter, als sie sich hinter das Lenkrad schob. *Ich wünschte, du würdest mit dem*

Krankenwagen fahren aufhören! Wollen du und Nick nicht lieber Kinder kriegen?

Sie legte den Rückwärtsgang ein, kurbelte die Scheibe herunter und roch Staub, Kordit und verbranntes Fleisch. Sie betätigte die Hupe, nicht nur als Warnung, auch als Echolot, das ihr verriet, ob sie einer Mauer zu nah kam oder die Bahn frei war. Den Trick hatte sie von einem älteren Fahrer gelernt, und er war zu einem 7. Sinn geworden, mit dem sie sich orientierte.

Aus dem hinteren Raum kamen ab und zu Schreie zu dem lauten Heulen des Motors, den Explosionen und dem Flugabwehrfeuer. Und von weit oben hallte das ausdauernde Geräusch der deutschen Flieger auf der Suche nach einer Stelle, ihre Bomben abzuwerfen. Hochfrequent wie das Summen einer Mücke im Ohr, schneidend wie ein Bohrer beim Zahnarzt. Sie riskierte, jeden Augenblick in ein Schlagloch oder ein anderes Auto zu krachen. Sie betete ihr Abendgebet und schaltete in den ersten Gang, riss das Lenkrad herum und betete erneut, als sie das Gaspedal durchtrat. Wenn es einen Gott gab, dann sollte er gefälligst jetzt einschreiten.

Als ob ihre Gebete erhört würden, löste der Smog sich auf und sie konnte wieder erkennen, wo sie fuhr. Sie waren nicht mehr weit vom Krankenhaus entfernt. Rosemary nahm die Hand von der Hupe, kurbelte das Fenster hoch und atmete tief durch.

Dieser kurze Moment machte sie unaufmerksam. Zu spät sah sie eine Gestalt vor dem Wagen auf die Straße treten. Sie reagierte sofort, aber der Bremsweg des klobigen Fahrzeuges war zu lang. Der Mann fiel zu Boden, aber es hatte kein Aufprallgeräusch gegeben.

„Was ist los?“, rief Nick von hinten.

„Ich …“, setzte Rosemary an, ohne den Satz zu Ende zu bringen. Sie sprang aus dem Wagen und lief zu dem Mann, der, auf eine Krücke gestützt, schon wieder auf den Beinen war.

„Das tut mir unendlich leid, ich hab Sie nicht gesehen, und … ich habe eine gebärende Frau hinten im Wagen … und einen sterbenden Mann.“

Der Mann lächelte und zog die Schultern hoch. „Dann sollten sie schnellstens weiterfahren.“

Sie wollte noch etwas sagen, aber er winkte sie zu ihrem Wagen. Er war ein gut aussehender Mann. Der lange Uniformmantel sah nicht britisch aus, dunkle Locken und amüsierter Blick. Und eine Krücke. Sie war sich fast sicher, ihn schon mal irgendwo gesehen zu haben.

„Rosemary? Was ist los?“, rief Nick erneut.

„Beeilen Sie sich“, sagte der Mann und lächelte aufmunternd. Es wirkte. Sie schwang sich wieder hinters Steuer. Er klopfte auf die Motorhaube und trat einen Schritt beiseite. Sie winkte ihm zu, bog um die Ecke und sah am Ende der Straße die Einfahrt zur Notaufnahme. Im Rückspiegel schaute sie nach den Patienten und bemerkte dabei im Seitenspiegel den Mann mitten auf der Straße stehen und ihnen hinterherschauen.

Die junge Frau stieß einen lauten Schrei aus, und Nick rief aufgeregt: „Ich kann es sehen, ich sehe es! Pressen, pressen!“

Das Krankenhauspersonal stand bereit, als sie vor dem Eingang abbremste. Sie hatten keine Rampe, daher brauchte es vier Personen, um die Patienten aus dem Wagen zu heben. Da war das Weinen eines Säuglings zu hören.

Nick grinste breit, Tränen liefen ihm über die Wangen, als er die Tür öffnete.

„Seht mal“, sagte er. „Es ist ein Junge. Aber ich hab mich nicht getraut, die Nabelschnur durchzuschneiden.“

Überall war Blut, aber die junge Mutter hielt ihren Sohn im Arm. Es waren solche Augenblicke, die es erträglich machten, die Hoffnung und Sinn spendeten. Nick legte schützend die Arme über Rosemary, als der Fliegeralarm wieder losging. Rosemary warf einen Blick auf die Uhr. Ihre Schicht war vorbei. Nick musste die Nacht durcharbeiten.

„Ich geh mit ins Krankenhaus“, sagte sie.

Er wollte sich mit einer Umarmung von ihr verabschieden, aber sie hatte schon die Trage mit dem älteren Mann gepackt.

„Sei vorsichtig!“, sagte sie, als Nick in den Krankenwagen stieg. Ein neuer Fahrer hatte hinterm Lenkrad Platz genommen. Sie bereute, dass sie sich nicht die Zeit für eine Umarmung genommen hatte.

18

Eine Straße in London, am selben Abend, 1940

Die Versammlung in der Kirche war vorüber. Er stand allein an einer Kreuzung, aufgewühlt und noch ganz benommen. *2000 Kronen!* Eine solche Spende war eine große Verantwortung. Er könnte versuchen, damit über die Nordsee zu kommen oder es nutzen, um daheim den Widerstand aufzubauen.

Die Baker Street war zwar verlockend, aber er war nicht sicher, ob Gubbins' Krieg auch der seine war. Der Oberst bedauerte die Bombardierung von Bodø, aber die Art, wie er das gesagt hatte, hatte Martin an das alte Sprichwort erinnert: „Wen man liebt, den züchtigt man." Ein Lehrsatz, den er am eigenen Leib durch seinen Vater zu spüren bekommen hatte. Er dachte an seine Kinder und fragte sich, ob er sie jemals wiedersehen würde, wenn er sich jetzt für London entschied. Gedankenversunken überquerte er die Straße, ohne sich vorher umzusehen. Er hörte die Bremsen. Etwas großes Weißes raste in hohem Tempo auf ihn zu und ließ ihm gerade noch die Zeit für den Gedanken, dass nicht irgendwelche Bomben, sondern dieses Auto sein Leben beenden würde. Er geriet aus dem Gleichgewicht und fiel, konnte sich aber irgendwie mit der Krücke abfangen, unter schmerzendem Protest seines verletzten Beines.

Dann stand plötzlich eine junge Frau vor ihm, sah ihn besorgt an und fragte etwas, von dem er nur Bruchstücke verstand. Etwas von einer gebärenden Frau, die ins Krankenhaus müsse, und dass sie ihn nicht gesehen habe. Aber er sah sie.

Eine Schönheit mit Uniformhemd und Rock und Helm auf dem Kopf.

Statt ihr zu sagen, dass er ihr Gesicht gerne für den Rest seines Lebens betrachten würde, stand er wie erstarrt da und gab ein paar nichtssagende Floskeln von sich.

Als der Krankenwagen anfuhr, riss ihn die Erkenntnis aus seiner Starre, dass gerade etwas sehr Bedeutendes geschehen war. Er hinkte, so schnell sein Bein es zuließ, dem Wagen hinterher, der hinter der nächsten Ecke verschwand. Wieder einmal kam er zu spät. Die Kräfte verließen ihn, er schmeckte Blut auf der Zunge, kämpfte sich aber trotzdem weiter und sah gerade noch, wie der Krankenwagen durch eine Toreinfahrt verschwand.

Der Fliegeralarm ging los, als er sich dem Krankenhaus näherte. Da sah er die schlanke Gestalt mit überraschender Leichtigkeit beim Tragen einer Bahre helfen und im Gebäude verschwinden.

Die Menschen auf der Straße rannten zu den Luftschutzbunkern, doch Martin lief weiter auf das Krankenhaus zu. An der Rezeption herrschte totales Chaos. Ärzte und Schwestern rannten durcheinander. Patienten wurden in die Fahrstühle geschoben und nach unten in den Keller gebracht. Wo war sie? Sie musste doch irgendwo sein? Ein junger Arzt wandte sich an ihn: „Brauchen Sie Hilfe? Der Luftschutzraum ist im Keller. Schaffen Sie es über die Treppe?“

„Ich möchte helfen“, sagte Martin. Er konnte sich nicht dazu durchringen, nach der Frau zu fragen. Der Arzt sah ihn an und schien sich seine ganz eigenen Gedanken zu machen. „Sind Sie sich sicher?“

„Die hier brauche ich nicht mehr.“ Martin stellte die Krücke an die Wand und versuchte, sich die Schmerzen im Bein nicht anmerken zu lassen.

„Vierter Stock“, sagte der Arzt und ging. Nach ein paar Metern drehte er sich dann aber noch einmal um. „Dankeschön!“

Martin schob sich als letzter in einen Fahrstuhl nach oben. Die Menschen standen dicht gedrängt und er dachte, dass jeder hören musste, wie verzweifelt sein Herz hämmerte.

Er handelte wie in Trance, musste diese Gelegenheit nutzen. Er wollte jede Etage durchsuchen, bis er sie fand, und wenn er dafür den Rest der Nacht im Krankenhaus verbrachte.

Er zählte nicht mehr mit, wie oft er zum Luftschutzraum und wieder hinauf ins obere Stockwerk gefahren war. Unzählige Patienten mussten in Sicherheit gebracht werden. Der Luftangriff der Deutschen ging mit unverminderter Wucht weiter, eine Kakofonie aus Sirenen und dem Dröhnen von Explosionen hallte durch die Korridore. Sein Bein schmerzte, seine Stimmung wurde immer finsterer und irgendwann war er kurz davor, aufzugeben. Sie war nicht zu finden.

Ein älterer Pfleger zupfte ihn am Ärmel. „Wir haben noch einen Patienten in der fünften Etage. Könnten Sie sich um ihn kümmern? Er ist der letzte da oben. Dann sind wir fertig.“

Er drückte den Knopf des Fahrstuhls und wartete.

19
Ein Krankenzimmer, 5. Etage,
London, 1940

„Ich soll Sie beide nach unten in den Luftschutzraum begleiten, Miss."

Rosemary erkannte in dem Licht, das durch die Tür fiel, nur eine Silhouette. Der markante Akzent klang nach den schottischen Highlands.

„Richten Sie Ihrem Auftraggeber aus, dass der hier nirgendwohin gehen wird", antwortete sie abweisend. Die Silhouette in der Tür lachte etwas herablassend.

„Ich denke, die Bomben sagen etwas anderes."

„Ich fahre jeden Tag Krankenwagen, ich weiß, wovon ich rede."

„Und ist entsetzlich wild, obschon so klein."[1]

„Was?", fragte sie. Der Typ war offensichtlich ein Exzentriker.

„Helenas Worte zu Hermia in *Ein Sommernachtstraum.*"

Sie entschloss sich, ihn nicht zu mögen. Er verwirrte sie.

„Er stirbt, wenn wir das Bett bewegen. Und ich werde ihn auf keinen Fall hier oben alleine lassen. Aber gehen Sie doch bitte in den Luftschutzraum."

Der Mann betrat den Raum, und da erkannte sie ihn.

Ohne Krücke, aber der geöffnete Uniformmantel war derselbe. An sein Gesicht erinnerte sie sich kaum, dafür war alles zu schnell gegangen. Er war groß und schlank und sah sportlich aus. Hatte dazu ein strahlendes Lächeln aufgesetzt.

„Er stirbt auf jeden Fall, wenn der Schlauch nicht entfernt wird."

Der Mann zeigte auf den Infusionsbeutel und fuhr mit dem Finger an dem Schlauch entlang. Eine große Luftblase war auf dem Weg zur Kanüle.

„Danke", sagte sie mit wachsender Irritation.

„Lassen Sie mich helfen."

„Danke, nicht nötig."

Rosemary wechselte den Schlauch aus.

Er blieb stehen. Sie hoffte, dass er endlich ging.

„Sind Sie immer so entgegenkommend?"

„Und Sie, sind Sie immer so schnippisch?"

„Nur, wenn ich gerade dem Tod von der Stoßstange gesprungen bin."

Er hatte sie erkannt. War das ein Zufall oder steckte da mehr dahinter? War er ihr etwa hierher gefolgt?

„Entschuldigen Sie", sagte Rosemary.

„Machen Sie sich darüber keine Gedanken, ich habe nicht aufgepasst, war mit meinen Gedanken ganz woanders."

„Trotzdem …"

„Haben Sie den hinten drin gehabt?"

„Ja, aber wie gesagt, ich komme hier schon zurecht. Sie müssen nicht …"

Konnte er nicht einfach gehen? Dieser Mann wirbelte irgendetwas in ihr auf, beschwor mit seiner rastlosen Energie einen Sturm herauf, wobei sie Kontrolle und Übersicht vorzog.

„Ich habe nichts Besseres vor."

Er trat ans Fenster und sah durch die Verdunkelungsgardinen nach draußen. Im selben Moment knallte es. Die Scheiben klirrten.

Er lachte. „Nur gut, dass wir die Gardinen haben, da sind wir sicher."

„Sie versuchen wirklich mit aller Macht, getroffen zu werden.“

„Wissen Sie, wie viele Möwen es in London gibt?“

„Darüber macht man keine Witze.“

Sein Humor gefiel ihr. Er war anders als alle Männer, die sie kannte.

„Mein Name ist Martin, Martin Linge.“

„Rosemary Reed. Sie haben Ihre Krücke aber nicht verloren, als ich … also draußen auf der Straße?“

„Nein, im Gegenteil, ich habe sie weggeworfen, Sie haben mich geheilt.“

„Müssen Sie alles ins Lächerliche ziehen?“

„Viele sehen in mir einen Komödianten, dabei bin ich eigentlich ganz ernst.“

„Was ist … mit Ihrem Bein passiert? Wurden Sie verletzt?“

„Ich habe während eines Luftangriffs auf Åndalsnes die Möwen gezählt. Und ich bin wirklich froh darüber.“

„Warum?“

„Hätte ich das nicht getan, wäre ich jetzt ganz sicher nicht hier.“

Rosemary konzentrierte sich wieder auf ihren Patienten und versuchte, die Fassung zu wahren, indem sie sich an die gewohnten Routinen hielt, nach dem Puls tastete, Fieber maß und die Atmung kontrollierte.

Sie sollte sich nicht nach anderen Männern umschauen, schon gar nicht so alten. Aber der Krieg würfelte die Menschen wahllos zusammen. Flüchtige Begegnungen. Mit einem Mal fiel ihr ein, wo sie ihn schon einmal gesehen hatte, beziehungsweise, wo ihr Mantel und Krücke aufgefallen waren.

Er setzte sich auf einen Stuhl, durchsuchte seine Taschen

und zog ein kleines Buch heraus, in dem er zu blättern begann.

„Sie müssen nicht hierbleiben, ich schaffe das auch allein", sagte sie.

„Wollen Sie mich jetzt nach draußen in den Bombenhagel schicken?", fragte er lachend.

„So habe ich das nicht gemeint."

„Ich auch nicht. Ich könnte Ihnen doch Gesellschaft leisten. Sie mental unterstützen."

Er blätterte noch immer in dem Buch. Ließ den Blick auf einer Seite ruhen, ehe er weiterblätterte.

„Was lesen Sie da?"

„Gedichte. Im Krieg sollten alle Gedichte lesen."

„Wieder Shakespeare?", fragte sie.

„Nein. Ein norwegischer Dichter. Hätte er auf Englisch geschrieben, wäre er weltberühmt."

„Sie sind Norweger?"

„Im unfreiwilligen Exil."

Er las ein paar Zeilen vor, und es kam ihr vor, als sänge er. Sie konnte nichts daran ändern, dieser Mann faszinierte sie immer mehr. Er war lustig und wirkte vertrauenswürdig, und sie fühlte sich immer sicherer, obwohl sie ihn gar nicht kannte.

„Was heißt das?"

Er lächelte neckend.

„Es handelt von Liebe und Tod, den großen Themen der Poeten …"

„Lesen Sie noch etwas, bitte."

Er las, und obwohl sie kein Wort verstand, machte alles Sinn. Es war hinreißend, wie sein Gesichtsausdruck sich mit jedem Satz änderte. Als würden die Verse eben so viel über denjenigen aussagen, der sie las, wie über den, der sie geschrieben hatte. Sie wurde ganz ruhig, und eine angenehme Müdigkeit breitete sich in ihrem Körper aus. Für einen Moment dämmerte sie sogar weg, um aber gleich darauf wieder aufzuschrecken. Hatte er es bemerkt? Sie konnte doch mit diesem Fremden im Raum nicht einschlafen! Aber sie war so erschöpft. Die stundenlangen Touren mit dem Krankenwagen waren anstrengend, die Nerven immer zum Zerreißen gespannt.

„Machen Sie ruhig ein kleines Nickerchen“, sagte er und sah von seinem Buch auf. „Ich schlafe zu dieser Tageszeit ohnehin nie.“

„Warum nicht?“

„Wir nennen das in Norwegen die Vargtime, die Stunde des Wolfes. Wahrscheinlich habe ich ein bisschen von Macbeth in mir.“

„War der nicht ein Mörder?“

„Ich dachte eher an die Zeilen: ‚Ein armer Komödiant, der spreizt und knirscht. Sein Stündchen auf der Bühn’ und dann nicht mehr vernommen wird‘.“

Ein hellerer Schimmer kam durch die Verdunkelungsgardinen. Der Luftangriff war vorüber und draußen erwachte die Großstadt wieder um Leben. Der Puls des Patienten ging ruhig und gleichmäßig. Martin steckte das Buch in die Tasche und stand auf.

„Sieht so aus, als hätte er die Nacht überlebt.“ Er ging zur Tür, zögerte aber, die Klinke nach unten zu drücken. „Wie wäre es mit Frühstück?“

„Ich habe Frühschicht.“

„Dann vielleicht Lunch?"

„Tut mir leid", sagte Rosemary und spürte, dass sie das auch so meinte. Aber Nick hatte sich zum Lunch mit ihr verabredet.

Er öffnete die Tür und trat einen Schritt auf den Flur.

„Abendessen? Letzte Chance."

„Heute Abend habe ich frei", rutschte es ihr heraus.

„Haben Sie einen Lieblingsort?"

„Zu Hause", sagte Rosemary und erkannte sich kaum wieder. Was sollte sie Nick sagen? Das alles ging viel zu schnell. Sie wollte ihn aber auch nicht einfach gehen lassen.

„Okay, dann muss ich … Gut, also, dann koch ich etwas … Ich wohne in …"

„Queen's Gate", sagte sie.

„Wie? Woher …"

„Ich wohne auch in Kensington."

„Haben Sie mich da gesehen?"

„Ich habe mich an den Mantel und die Krücke erinnert." Jetzt war sie zu weit gegangen, sie hätte niemals sagen dürfen, dass er ihr aufgefallen war.

Er strich sich lächelnd die Locken aus dem Gesicht, und sie dachte, dass sie dieses Lächeln gerne öfter sehen würde.

„Wie gesagt: ‚Ein armer Komödiant, der spreizt und knirscht sein Stündchen auf der Bühn'. Heute Abend halb acht?"

20

London, Baker Street,
gleicher Morgen, 1940

Gab es eine Sache, um die er jetzt einen großen Bogen machen sollte, dann war das eine Beziehung. Gubbins hatte ihm die Möglichkeit zu kämpfen in Aussicht gestellt, und mehr wollte er nicht.

Er nahm einen Bissen von dem unförmigen Gebäck auf seinem Teller, wischte sich die Krümel von der Hose und kaute nachdenklich. Er saß in einer Frühstücksbar in der Baker Street schräg gegenüber der Nummer 64 und wartete darauf, dass es neun Uhr wurde. Kontinentales Frühstück, Kaffee und angeblich französisches Backwerk.

Überraschend viele Frauen gingen in dem Haus auf der anderen Straßenseite ein und aus. Gubbins war noch nicht gekommen, außer er hatte einen Hintereingang benutzt. Keine der Personen, die das Haus betraten, trug Uniform. Gehörte das zur Geheimhaltung?

Wie alt mochte Rosemary sein? Jünger als seine Tochter? 22? Vielleicht 23? Sie hatte in das Essen eingewilligt, weil er sie so bedrängt hatte. Nicht mehr und nicht weniger. Kein Grund zur Aufregung.

Eine Kirchenglocke schlug. Neun Uhr. Zeit, die Straße zu überqueren und auf das Stichwort da zu sein, diese Eigenschaft war tief in ihm verankert.

Einmal Schauspieler, immer Schauspieler. Nicht selten war das Leben ein Theaterstück, das er selbst inszenierte.

Joan Armstrong stand wie beim letzten Mal tadellos gekleidet an der Rezeption, doch noch bevor er sie begrüßen konnte, hallte eine bekannte Stimme durch den Raum. Gubbins hatte hinter ihm das Haus betreten.

„Linge, welch Ehre, Sie hier bei uns zu haben. Beim nächsten Mal kommen Sie aber bitte nicht in vollem Ornat. Hier drinnen reden wir uns alle mit dem Vornamen an, keine Titel. Sind Sie bereit für den Partisanenkrieg?"

Gubbins schüttelte Martins Hand. Sein Blick war klar, die Haare ordentlich gekämmt und das Hemd frisch gebügelt. Der unverkennbare Geruch einer langen Nacht in der Stadt verriet Martin aber, dass er nicht viel geschlafen haben konnte. Gubbins Energiereserven schienen davon aber nicht beeinträchtigt zu sein.

„Ich bin bereit, Sir."

„Ausgezeichnet, ganz ausgezeichnet! Und bitte, kein Sir, einfach nur Colin."

Joan hielt ihnen die Tür auf, und Gubbins plauderte wie ein norwegischer Wasserfall im Frühling, während sie durch die Korridore des Hauses liefen.

„Es wird eine wahre Freude sein, zuzusehen, wie Sie Hitler an den Eiern packen, so er denn welche hat! Böse Zungen behaupten ja, dass er drei Rosinen in seinem Säckchen mit sich herumträgt! Na ja, wer am Ende noch lebt, wird es wissen", sagte der Oberst lachend.

Er öffnete eine Tür und winkte Martin hinein. Es waren Schüsse zu hören. Als der Rauch sich legte, sagte der Oberst: „Guten Morgen, meine Damen! Das hier ist Martin, unser norwegischer Herzensbrecher und von nun an Teil der Baker Street! Soweit ich weiß, ist er noch zu haben!"

Zehn schwer bewaffnete Frauen standen vor ihren jeweiligen

Zielscheiben und lächelten Gubbins an. „Guten Morgen, Colin! Guten Morgen, Martin!"

„Unsere eigene Schießbahn", sagte Gubbins grinsend. „Sehen Sie nur, welche Figuren wir als Zielscheibe nehmen. Das sind die Top Ten der Wehrmacht! Es ist sehr inspirierend, auf solche Berühmtheiten zu schießen. Ich persönlich trainiere am liebsten mit Goebbels. Es gibt kein besseres Mittel gegen Kater, als diesem Teufel eine Kugel zwischen die Augen zu jagen."

Gubbins hastete weiter, und immer wieder grüßten ihn Frauen mit „Guten Morgen, Colin".

„Frauen sind großartige Kriegerinnen." Gubbins zwinkerte Martin zu. „Sie sind deutlich entschiedener und rücksichtsloser als Männer. Hitlers Eier sind wirklich nur Rosinen verglichen mit dem, womit meine Frauen hier aufwarten können! Diese Mädels sind echte Kerle!"

„Das ist auf jeden Fall das, was er immer seiner Frau sagt!", warf Joan theatralisch und mit ironischem Lächeln ein.

„Joan, du bist meine rechte Hand und nicht Brutus!", beklagte Gubbins sich.

Es war ebenso überraschend wie überwältigend, was sich hinter der nüchternen Ziegelfassade mit dem anonymen Schild an der Tür verbarg. Dieses Haus beherbergte die reinste Kriegsfabrik mit vielen Produktionsfeldern. Geheime Lagerräume, Werkstätten und Laboratorien füllten die Etagen. Ganz oben lagen die Büros und ein paar Wohnungen für Menschen, die für eine Weile untertauchen mussten.

„Und damit wären wir im Herzen der Baker Street", sagte Gubbins kurzatmig, nachdem er die letzte Treppe bewältigt hatte. Joan hatte sie verlassen, um sich wieder administrativen

Aufgaben zu widmen. Gubbins hielt vor einer schusssicheren Tür und klopfte an. Nach ein paar Sekunden öffnete sie sich und Zigarettenqualm gemischt mit dem Gestank von Pulver quoll heraus.

Der Mann in der Rauchwolke sah eher wie ein Professor aus und nicht wie ein kampferprobter Partisan. Das zerknitterte Hemd steckte nur mit einem Zipfel unter dem Bund einer weiten Hose. Die Haare waren lang und widerspenstig, und zwischen den Lippen wippte eine selbst gedrehte Zigarette mit der längsten Glut, die Martin jemals gesehen hatte.

„Du Hurensohn." Der Mund verzog sich zu einem Lächeln, die Zigarette blieb aber hängen und wippte bei jedem Wort auf und ab.

„Altes Aas", antwortete Gubbins und trat ein. „Du hattest ja erst kürzlich die Ehre, eine Brücke bei Lillyhammer zu sprengen. Hier kommt nun dein Nachfolger. Darf ich dir Martin Linge vorstellen, er wird da drüben in der eisigen Einöde richtig aufräumen. Martin, das ist Professor Millis Jefferis, und den Mann, der da hinten herumrennt, nennen wir nur Nobby. Zusammen sind sie im wahrsten Sinne des Wortes Dynamit."

„Bedaure, dass wir hier etwas sparsam mit Höflichkeitsphrasen sind", sagte Jefferis. „Wir testen gerade eine neue Art von Süßigkeit."

Jefferis trat an einen Tisch in der Mitte des Raumes, auf dem Kabel, Zünder und Blöcke aus grauem Plastik lagen. Die Asche rieselte wie Schneeflocken über den Sprengstoff. Nobby schloss die Tür von einem massiven Schrank in der Ecke.

„Der Schrank ist bombensicher, keine Angst, Martin."

Jefferis drückte auf einen Auslöser in der einen Hand, während er mit der anderen die Asche von der Zigarette schnippte. Nach einem dumpfen Knall ging Nobby zum Schrank und öffnete ihn. Er verschwand in dem herausquellenden Rauch. „Es funktioniert! Die ‚Sticky Bomb' ist der Hit!"

Jefferis nahm eine Glasflasche mit einer klaren, zähen Flüssigkeit und hielt sie Gubbins und Martin hin. „Sticky Bomb, eine weitere Neuheit von Millis und Nobby. Wenn ‚Sticky' einen Panzer trifft, zersplittert das Glas und das Nitroglyzerin erledigt den Rest und zerfetzt das Gefährt und alles, was in ihm ist."

Gubbins reckte den Daumen in die Höhe. „Winni wird das lieben!"

Joan Armstrong streckte den Kopf zur Tür herein. „Oberstleutnant Durnford-Slater ist eingetroffen, Sir."

Es geschah etwas mit Gubbins. Vielleicht war es Joans Betonung. Martin war nicht entgangen, dass sie den vollen Titel und Nachnamen des Mannes genannt hatte.

„Na dann", sagte Gubbins. Das freudige Lächeln verschwand und er zuckte mit den Schultern. „Macht einfach weiter so!"

Er schlurfte hinter Joan auf den Flur und stieß Martin in die Seite.

Der junge Oberstleutnant stand kerzengerade hinter einem aufgeräumten Schreibtisch, der zu groß für ihn wirkte. Er war adrett gekleidet, mit einem ebenso breiten wie beeindruckenden Schlipsknoten. Ein jungenhaftes Gesicht mit getrimmtem Schnurrbart, die Fingernägel gepflegt. Er strahlte eine ruhige Autorität aus, obwohl er kaum 30 Jahre alt sein konnte.

„Leutnant Linge, nehme ich an?" Der Oberstleutnant kam

Gubbins auf leicht distanzierte Art zuvor. War da eine verdeckte Arroganz in den grauen Augen? Irgendetwas an dieser Eröffnung störte auf jeden Fall. Durch seine lange Zeit beim Theater hatte Martin einen sechsten Sinn für Untertöne entwickelt. Manchmal, wie in diesem Fall, wünschte er sich, weniger sensibel zu sein.

„Martin, John, das ist hier keine Militärparade", scherzte Gubbins. „John hat die Oberaufsicht über alle Aktivitäten im skandinavischen Sektor, sie werden also viel miteinander zu tun haben." Gubbins' Worte klangen in Martins Ohren fast bedauernd.

Durnford-Slater nahm einen bereits spitzen Bleistift und steckte ihn in den Spitzer. Er drehte die Kurbel betont langsam und sagte: „Wir wünschen uns eine geheime norwegische Spezialeinheit, die dem Feind schwere Schläge versetzen kann. Menschen, die mit den Verhältnissen vertraut sind, die Sturm, Schnee und Kälte trotzen können. Fühlen Sie sich einer solchen Aufgabe gewachsen?"

„Oberst Gubbins hat mir das Angebot bereits unterbreitet", parierte Martin zuckersüß. „Ich habe zugesagt und bin voller Vorfreude."

Durnford-Slater hob eine Augenbraue eine Nuance an.

„Die Gespräche mit den neuen Rekruten beginnen Punkt zwölf", sagte er.

„Dann sehen wir uns dort", erwiderte Gubbins und war bereits auf dem Weg nach draußen. „Martin, ich zeige Ihnen jetzt Ihre Höhle."

Martin lächelte freundlich und folgte Gubbins hinaus.

21

Ein Sitzungszimmer in der Baker Street, 1940

„Die Finsternis in mir, Sir, die erschreckt mich, glaub ich, am meisten. Dieser Krieg zwingt einen, die Türen zu den dunkelsten Räumen seiner Seele zu öffnen."

Der Mann, der diese Worte äußerte, hieß Rubin Langmo, der letzte Bewerber in einer langen Reihe junger Norweger, die zum Vorstellungsgespräch erschienen waren und darauf hofften, angeworben zu werden.

Obwohl die Liste für die erste auszubildende Gruppe bereits voll war, hatte Martin gegenüber Durnford-Slater darauf bestanden, Rubin noch seine Vorstellung machen zu lassen.

Dem jungen Langmo eilte der Ruf eines Abenteurers und Bohemiens voraus, weil er fast jeden Trinkwettbewerb gewann. Aber der junge Kerl hatte auch schon eine Tatkraft ohnegleichen bewiesen, bevor die Deutschen in Norwegen eingefallen waren. Er sah aus wie ein Filmstar, aber hinter den verführerisch blauen Augen und den blonden Locken verbarg sich Norwegens erster Saboteur.

Am 17. Juni hatte er das Kraftwerk in Ålvik gesprengt.

„Wenn Sie das etwas vertiefen würden", sagte Durnford-Slater und rollte mit ausdrucksloser Miene den angespitzten Bleistift zwischen Daumen und Zeigefinger hin und her. Joan saß interessiert vorgebeugt auf ihrem Stuhl und Gubbins hörte so aufmerksam zu wie schon während der gesamten Vorstellungsrunde.

„Ich könnte erzählen, was mir nach der Aktion in Ålvik

passiert ist." Rubin schaute fragend zwischen ihnen hin und her.

„Wir sind ganz Ohr", sagte Martin, bevor Durnford-Slater mit irgendwelchen Einwänden kommen konnte.

Rubin rückte auf die Stuhlkante. Er wirkte plötzlich forsch, als hätte er vergessen, dass er bei einer „Anhörung" war.

„Ich bin also auf der Flucht aus dem Westen, im Zug von Bergen nach Oslo. Und als ich aus der Westbahn steige, werde ich von einem deutschen Offizier angehalten. Er will meine Papiere sehen, und ich gebe ihm meinen falschen Pass, in dem steht, dass ich Jens Borthen heiße."

Durnford-Slater seufzte. Nach seinem Geschmack brauchte Rubin zu lange.

„Ich spreche ja Deutsch, also lüge ich das Blaue vom Himmel runter, wie ich den Führer bewundere, unser Vaterland und das ganze Paket, aber da brüllt er mich an, dass ich die Arme ausstrecken soll. Das war es jetzt, hab ich gedacht, weil in einer Manteltasche ein Colt und in der anderen eine Walther steckt. Aber er tastet den Mantel gar nicht ab, nur meinen Körper und die Beine. Ich war wirklich erleichtert, als er ein Taxi heranwinkt, mich reinschiebt und sagt, dass er mich zum Verhör mitnimmt …" Rubin hielt kurz inne, die energische Körpersprache wich einer angespannten Nervosität. „Ich hab ihn abgeknallt, kaum dass das Taxi losgefahren war. Es gehört was dazu, auf jemanden zu schießen, der so dicht neben einem sitzt, dass man seinen warmen Atem spürt. Ich hab einfach die Walther aus der Tasche gezogen und abgedrückt. Kopfschuss. Die ganze Scheibe war voll Blut, und ich dachte in dem Moment: Verdammt, warum hab ich nicht aufs Herz gezielt, das macht weniger Dreck. So was macht mir Angst. Ich bin kein gewalttätiger Mensch. Der Fahrer hat sich fast eingeschissen, als ich ihm die Mündung gegen den Hinterkopf gedrückt und geschrien hab, dass er verdammt noch mal weiterfahren soll. Raus aus der Stadt. An einer steilen Böschung runter zum Fjord hab ich mit einer Kette aus dem Kofferraum einen großen Stein an die Leiche gebunden und den Deutschen ins Wasser gerollt, wo er versunken ist."

„Gut gemacht", kam es überraschend von Durnford-Slater, der junge Kerl hatte den Oberstleutnant offensichtlich beeindruckt. Joan sah völlig hingerissen aus, und Gubbins Gesicht hatte einen staunenden Ausdruck angenommen.

„Mit einem Lappen aus dem Kofferraum habe ich das gröbste Blut weggewischt. Auf der Rückfahrt nach Oslo saß ich dann neben dem Fahrer. ‚Töten Sie mich nicht', flehte er. ‚Ich habe Kinder, Familie …' Ich hab ihm gesagt, er soll die Klappe halten. ‚Ein Wort zu irgendwem und du bist tot, und deine Kinder und deine Frau auch. Und wenn ich erschossen werde, kommt jemand anderes und macht Hackfleisch aus euch, kapiert?' Der Fahrer hat geflennt wie ein Kind und tausendmal versichert, dass er verstanden hat. Er wollte kein Geld für die Fahrt. Ich hab ihm einen Hunderter gegeben und noch mal dran erinnert, was passiert, wenn er ein Sterbenswörtchen verliert. Ich hab ihn nie wieder gesehen und noch immer ein schlechtes Gewissen. Es erschreckt mich, dass ich zu solcher Brutalität in der Lage bin, ohne zu zögern … Das kommt aus der Finsternis, alles zusammen."

„Junger Mann, herzlichen Dank für diese ausgesprochen überzeugende Bewerbung!" Gubbins brach als Erster das Schweigen. „Ich hatte schon immer sehr klare Vorstellungen, nach welchen Eigenschaften wir suchen, und Sie treffen wirklich den Nagel auf den Kopf. Die Liste ist eigentlich vollständig, aber Sie haben gerade dafür gesorgt, dass nicht zehn, sondern elf neue Rekruten ins Trainingslager einziehen."

„Danke, Sir", sagte Rubin und streckte den Rücken.

„Und der Ordnung halber: Wir sind kein Teil der traditionellen britischen Streitkräfte und haben nichts mit den norwegischen Behörden oder dem Militär zu schaffen. Wir sind etwas ganz Neues, mit der Lizenz zum Kämpfen, wenn wir es für nötig halten. Manche werden uns als gesetzlos bezeichnen, aber nehmen Sie das als ein Zeichen von Neid. Aber vor allen Dingen reden wir nicht darüber. Special Operations Executive, SOE, Baker Street, ist kein Thema für den Pub. Auf dem Papier existieren wir nicht, verstanden? Taten, keine Worte."

Martin ging zu Rubin, fasste ihn an den Schultern und sagte: „Gratuliere, wir werden eng zusammenarbeiten, und ich freue mich darauf, dich besser kennenzulernen."

Von Durnford-Slater kam kein Protest. Martin glaubte, sogar Anerkennung in seinem Blick zu sehen, ehe er hinter Gubbins den Raum verließ.

Martin überflog die Liste norwegischer Namen und trug Rubin Langmo über den anderen ein. Darunter stand Gunnar Fougner, 29 Jahre, Architekturstudium. Gefolgt von Andreas Fasting und Nils Nordland. Einige unbeschriebene Blätter, andere hatten sich schon einen Namen gemacht. Unter ihnen Odd Starheim, Frithjof Pedersen und Alf Lindeberg. Drei Freunde aus dem Sørland, die sich eine 21 Fuß lange Schnigge zusammen gekauft hatten. Sie hatten sie „Viking" getauft und waren darin über die Nordsee nach Aberdeen gesegelt. Dort waren sie im Gefängnis gelandet und wie deutsche Spione behandelt worden, bis Alf van der Hagen sich eingeschaltet hatte. Eine Handvoll junger Männer, aber was für Männer! Sie sollten ein Heer bilden, wie es bis dahin noch keines gegeben hatte.

22

Kensington,
1940

„Linge!"

Er sah nicht, woher die Stimme kam, weil ihm die Einkaufstasche, die er trug, die Sicht blockierte. Aber er wusste, wessen Stimme das war. Er würde sie nie vergessen.

Martin drehte sich um, und da stand er, aalglatt, in einem Anzug, der schon von Weitem als teuer zu erkennen war. Der Mann in dem Maßzwirn war eher mager. Seinen Augen war die Vorliebe für alkoholische Getränke anzusehen, was Anzug und Schlips zu überspielen versuchten. Das Gesicht war flach, als hätte es jemand mit einem Stiefel platt gedrückt.

„Hier treffen wir Norweger uns also wieder!" Aufgesetzt jovial streckte der Mann die Hand aus, bevor er sah, dass Martin beide Hände voll hatte. „Sie erinnern sich doch an mich?"

„Von zu Hause geflohen?", fragte Martin.

„Na ja, ich hatte ein Stipendium, das ich nutzen musste. Bin kurz vorm großen Knall gekommen. Und jetzt … Jetzt heißt es umdenken. Die Jobs sind rar."

Sein Name war Karsten Aronsen. Ein Theaterkritiker, der es sich zur Lebensaufgabe gemacht hatte, der Welt mitzuteilen, dass der Schauspieler Martin Linge nicht auf eine Bühne gehörte. Noch heute konnte er die erste Kritik zitieren, die Aronsen über ihn verfasst hatte.

Martin Linge war eine neue Bühnenbekanntschaft, und der Verfasser dieser Zeilen geht davon aus, dass sie von kurzer Dauer sein wird. Er ist sympathisch, aber in der Rolle als Nils Stensønn fehlbesetzt und linkisch.

In allen anderen Zeitungen hatte er gute Kritiken bekommen, aber diese eine schlechte hatte sich in sein Gehirn eingebrannt.

Der Mann hatte keinen Durchblick, aber diese absolute Unsensibilität, hier auf gut Freund zu machen, war gelinde gesagt überraschend.

„Ich habe Sie gestern in der Kirche gehört, das war richtig gut, definitiv einer Ihrer besseren Auftritte."

Wenn das ein Lob sein sollte, kam es so nicht bei Martin an, der kurz überlegte, die Fratze seines Gegenübers noch platter zu machen. Aber ihm eins aufs Maul zu geben, würde es nur verschlimmern. Da würde Aronsen womöglich noch glauben, dass von Belang war, was er schrieb.

„Ich bin grad auf dem Sprung", sagte Martin.

„Abendessen für zwei?"

„Hören Sie …"

„War nur ein Scherz. Wissen Sie, ich schreib über Exil-Norweger, und Sie sind mir aufgefallen. London ist ein Dorf, an jeder Straßenecke wird getratscht, und es heißt, Sie hätten da was am Laufen …"

„Da wissen Sie offenbar mehr als ich."

„Das War Office soll den Verteidigungsminister gebeten haben, Sie zum Kapitän zu befördern …"

Martin blieb ihm die Antwort schuldig. Das waren neue Informationen für ihn und es war ihm äußerst unangenehm, dass ausgerechnet Aronsen der Überbringer war. Woher hatte er sie überhaupt? Es war schließlich alles unter Verschluss, und es war undenkbar, dass es ein Leck in der Baker Street gab. Jemandem wie Aronsen war allerdings auch zuzutrauen, dass er sich bei den norwegischen Behörden eingeschleimt hatte.

„Sie sehen überrascht aus, Linge. Ich habe gute Ohren, wissen Sie. Das ist mein Job. Kapitän Linge, ist das ein Neuanfang?"

Martin setzte sich in Bewegung in der Hoffnung, dass der Schreiberling ihn in Ruhe ließ. „Ich habe nur getan, was alle verantwortungsvollen Norweger tun sollten. Ich hab mich zum Dienst gemeldet."

Aronsen verstand die Spitze offensichtlich nicht, denn er folgte ihm weiter bis Queen's Gate.

„Hier haben Sie also Ihr Zelt aufgeschlagen? Da sind wir ja praktisch Nachbarn! Ich wohne im The Gloucester."

Aronsens Reaktion wirkte aufgesetzt. Dieses „zufällige" Treffen war von ihm geplant.

„Das muss ja ein großes Stipendium sein, bei der vornehmen Adresse", sagte Martin und schloss die Haustür auf.

„Später die Woche auf ein Bier?", fragte Aronsen.

„Machen wir es spontan. Als Nachbarn wird es sich ja nicht vermeiden lassen, dass unsere Wege sich kreuzen."

Martin schloss die Tür. Blieb noch einen Augenblick dahinter stehen, um das unangenehme Treffen von sich abzustreifen. Unfassbar, wie der Kerl es schaffte, alles durch den Dreck zu ziehen, wofür Martin stand. Wenn das tatsächlich eine zufällige Begegnung war, sollte er das Ganze so schnell wie möglich abhaken. Sollte Aronsen allerdings einen Posten in der Widerstandsbewegung übernommen haben … Er schob den Gedanken beiseite. Die Begegnung mit Aronsen würde ihm auf keinen Fall sein Abendessen mit Rosemary verderben.

23

Martins Wohnung, Queen's Gate, 1940

Die Butter brannte in der Pfanne an, und er musste noch einmal von vorne anfangen.

Es lag nicht an den Zutaten. Er hatte den Schwarzmarkt abgegrast und Aalbutt bekommen, Rinderfilet, einen guten Wein und eine bunte Auswahl an Gemüse. Er war sicher, dass Rosemary gerne Gemüse aß. Es war eher die Zubereitung, die ihm Probleme machte.

Er lief ins Wohnzimmer und überprüfte noch mal, ob der Tisch ordentlich gedeckt war.

Er hatte ein paar Gedichtzeilen von Olaf Bull auf eine Karte geschrieben und sie auf das Weinglas gelegt. War das zu kindisch? Es war als verbaler Rettungsring gedacht, sollte das Gespräch ins Stocken geraten.

Zurück in die Küche. Unter einem der Deckel garte der Fisch. War er fertig? Er konnte es nur schätzen.

In diesem Moment klingelte es. Auf dem Weg zur Tür zündete er noch schnell die Kerzen an.

„Hallo", sagte Rosemary, und er vergaß alles um sich herum. Sie war so unfassbar schön. Das volle, kastanienbraune Haar hatte sie hochgesteckt, ihre Augen strahlten, und ihr Lächeln machte ihn unsicher wie einen Schuljungen.

„Treten Sie ein", sagte er und dachte, wie fürchterlich formell das klang. Er öffnete den Champagner ein wenig zu schnell, und der Inhalt schäumte über. Rosemary war augenblicklich mit zwei Gläsern zur Stelle und verhinderte, dass die kostbaren Tropfen auf dem Boden landeten.

„Auf alle abwesenden Freunde“, sagte Martin und hob das Glas.

„Auf uns“, antwortete Rosemary, und es fiel ihm schwer, nicht zu viel in diese zwei Worte hineinzuinterpretieren.

Der Küchenwecker klingelte.

„Oje!“ Martin stürzte den Champagner herunter. „Bin gleich zurück, machen Sie es sich doch bequem!“

Er versuchte, sich nicht anmerken zu lassen, dass das Bein wieder schmerzte. „Die Soße!“, rief er aus der Küche. „Das war knapp!“ Der Erfolgsdruck trieb ihm Schweißtropfen auf die Stirn.

„Jetzt bin ich aber wirklich beeindruckt!“ Rosemary stand in der Tür zur Küche. „Und ich helfe gerne.“

„Gefahr gebannt“, stöhnte Martin und verteilte die Soße über den Fisch und den Spargel. „Essen ist fertig!“

Er saß da und sah einfach nur zu, wie sie ein Stück vom Aalbutt auf die Gabel schob und zum Mund balancierte.

„Essen Sie nichts?“, fragte sie.

Die Küchenuhr schellte erneut, und es roch angebrannt.

„Das Filet!“

Rosemary legte diskret die Hand vor den Mund, als er aufstand, ihr unterdrücktes Gähnen entging ihm aber nicht. Er langweilte sie.

Die Filetstücke waren verkohlt und nicht mehr zu retten.

„Sieht aus, als könnten wir die vergessen“, hörte er ihre Stimme hinter sich.

„Verdammt“, sagte Martin.

Rosemary nahm seine Hand.

„Ich würde mich jetzt am liebsten mit einem Glas Wein aufs Sofa lümmeln. Das war ein langer Tag, um nicht zu sagen Doppelschicht."

„Okay, wollen wir stattdessen ausgehen?"

„Sie hören nicht zu. Der Fisch ist köstlich. Legen Sie noch einen Holzscheit nach, ich kümmere mich um den Rotwein."

Martin schob das Scheit mit einem Feuerhaken in die Glut und fachte das Feuer wieder an. Rosemary hatte recht. Er hatte wieder einmal versucht, Regie in der Abendvorstellung zu führen, statt den Dingen einfach ihren natürlichen Lauf zu lassen.

Die Gläser standen auf dem Beistelltisch, während Rosemary mit untergeschlagenen Beinen in der Sofaecke saß. Wie konnte er mehr als das hier erwarten?

Sie hatte die Karte von dem Rotweinglas genommen und legte sie weg, als er sich setzte, ohne die Zeilen zu erwähnen, was ihn erleichterte. Der ausgesuchte Vers war viel zu romantisch.

„Wie kommt es, dass Sie Krankenwagen fahren?"

„Weil ich eine Frau bin, meinen Sie?"

Schon wieder ein Fettnäpfchen, das war heute nicht sein Tag.

„So hab ich das nicht gemeint."

„Frauen, die Auto fahren, das ist doch ganz normal, oder nicht? In meinem Fall aber hat mein Vater darauf beharrt, mir ‚Jungssachen' beizubringen. Er hat mir zum 18. Geburtstag ein Auto geschenkt, einen Sportwagen. Ich mochte die Geschwindigkeit schon immer, zum großen Leidwesen meiner Mutter. Und Sie?"

„Warum ich Krankenwagenfahrer geworden bin?"

Sie lachte. „Was passiert ist und wie Sie in London gelandet sind."

„Ich habe Ihnen doch von den Möwen über Åndalsnes erzählt. Von dort bin ich mit einem Lazarettschiff nach England gebracht worden."

Er sah ihre müden Augen. Sie war nach der Nacht im Krankenhaus direkt zur Arbeit gegangen. Es grenzte an ein Wunder, dass sie sich überhaupt noch wachhalten konnte.

Er leerte sein Glas. Sie hatte ihres kaum angerührt und blinzelte wieder.

„Möchten Sie etwas anderes trinken, Tee, Kaffee?"

„Eine Tasse Tee wäre wunderbar."

Er ging in die Küche und setzte den Wasserkessel auf.

„Möchten Sie Milch in den Tee?", rief er. Als keine Antwort kam, ging er ins Wohnzimmer. „Wollen Sie ..."

Sie schlief. Rosemary lag zusammengerollt auf der Seite, den Kopf auf einem Kissen. Die handgeschriebene Karte hielt sie in der Hand. Er blieb einen Augenblick stehen, für den Fall, dass sie in diesem Moment die Augen aufschlug. Dann lief er in die Küche, um den pfeifenden Kessel vom Feuer zu nehmen.

Jetzt hieß es, dem Abend einen würdigen Abschluss zu geben, ihr zu sagen, dass er die zwischen ihnen entstandene Bekanntschaft zu schätzen wisse, und danach Tage und Wochen zwischen sich zu bringen. Er war zu alt für sie, in Sachen Liebe weit übers Verfallsdatum hinaus.

„Rosemary?"

Sie zuckte kurz und schlief weiter. Ihr Atem ging gleichmäßig und ruhig. Er hob sie behutsam hoch und trug sie in sein Bett. Deckte sie zu und ging in die Küche, um aufzuräumen.

Danach nahm er sich ein Plaid und legte sich aufs Sofa, die Wange auf dem Kissen, auf dem ihr Kopf gelegen hatte.

Er wurde von dem Müllwagen vor dem Fenster geweckt. Nach der Nacht auf dem Sofa stand er mit verspanntem Rücken auf und warf einen Blick ins Schlafzimmer. Das Bett war gemacht, der Vogel ausgeflogen. Er ging in die Küche. Sie hatte Frühstück für ihn aufgedeckt, die Karte mit den Gedichtzeilen lag auf seiner Teetasse. Und ganz unten stand: *Kriege ich noch eine zweite Chance? Rosemary.* Und eine Telefonnummer.

24

Queen's Gate,
1940

Ein schwarzer Wagen wartete vor dem Eingang zu seinem Haus in der Queen's Gate. Als er aus der Tür trat, glitt die Fensterscheibe nach unten, und ein Gesicht kam zum Vorschein, das ihm vage bekannt vorkam.

„Martin Linge? Trygve Lie. Steigen Sie ein, dann fahren wir Sie zur Baker Street."

Martin schossen einige Fragen durch den Kopf, als er sich auf die Rückbank schob. Der neu ernannte Außenminister Norwegens lud ihn zu einer inoffiziellen Fahrt am frühen Morgen ein. Warum? Wer hatte hier mit wem geredet? Hatte dieser Aronsen wieder seine Finger im Spiel? Martin schloss die Tür, und die Geräusche der morgendlich bevölkerten Straße verstummten in dem gepolsterten Wagen, der sanft anrollte. Zwischen Fahrer und Rückbank war eine Trennscheibe, sodass im Fond vertrauliche Gespräche geführt werden konnten.

Zwischen ihnen auf der Bank lag ein Umschlag mit der Adresse der norwegischen Exilregierung in London. Sein Name stand handgeschrieben daneben.

„Ich soll Sie vom Ministerpräsidenten grüßen."

Lie schob den Umschlag zu Martin. Er enthielt Sterne für die Uniform sowie ein offizielles Schreiben, dass er zum Kapitän befördert worden war.

„Dann muss ich wohl Nadel und Faden kaufen."

Die Beförderung war Martin nicht egal, aber die Art und

Weise, wie sie vollzogen wurde, erfüllte ihn mit Skepsis. Er hielt einen der Sterne ins Licht.

„Gratuliere“, sagte Lie.

„Danke. Ich werde mein Bestes geben, um ihnen gerecht zu werden“, sagte Martin überrascht von seinem formellen Klang.

Der Außenminister rückte seinen Schlips zurecht, räusperte sich und suchte nach den richtigen Worten.

„Ich hoffe, das inspiriert Sie zur Offenheit zwischen Baker Street und uns, wenn Sie verstehen, was ich meine?“

Martin steckte Brief und Sterne zurück in den Umschlag und legte ihn wieder auf die Bank. Man bekam in diesem Leben wirklich nichts geschenkt.

„Der Kapitänsgrad ist also an Bedingungen geknüpft?“

Ein knappes, gequältes Lachen kam vom Minister, das darauffolgende Schulterzucken sollte das vermutlich überspielen.

„Ist es zu viel verlangt, im Dialog mit der norwegischen Regierung zu sein?“

„Nun, die Art, wie wir hier miteinander sprechen, scheint mir für eine Regierung doch eher ungewöhnlich.“

„Das missverstehen Sie, Linge. Wir wissen, was Sie durchgemacht und was Sie bereits für unser Land geleistet haben. Das allein ist Grund genug für die Beförderung.“

„Mir wurde gesagt, ich hätte die Auszeichnung auf Aufforderung des War Office erhalten?“

„Das ist korrekt.“

„Und trotzdem knüpfen Sie die Ernennung an Gegenleistungen?“

Lie rutschte auf der Bank herum, ihm war sichtlich unwohl.

„So würde ich das nicht ausdrücken."

„Dann lassen Sie es mich anders formulieren: Vertrauen Sie mir nicht? Oder darauf, dass ich das Beste für Norwegen will?"

„Wir haben Bedenken, was die Special Operations Executive angeht. Die Abteilung wirkt höchst eigensinnig, wenn ich das so sagen darf."

„Ich habe gefragt, ob Sie mir vertrauen?"

„Die Regierung weiß Ihre Bereitschaft zu schätzen."

„So kann man es auch ausdrücken." Martin griff nach dem Türöffner. Lie hielt ihn zurück. „Wir sind uneinig mit den Briten, was die Vorgehensweise angeht. Wir müssen wissen, was geschieht."

„Wie können Sie uneinig sein, wenn Sie nicht wissen, was da vor sich geht?"

„Plant die SOE Aktionen auf norwegischem Boden?"

„Ich bin kein Informant, und ich werde auch nie einer sein."

„Aber könnten Sie sich bei der Leitung der Baker Street erkundigen, ob es in Ordnung ist, wenn wir zwei miteinander reden?"

„Wir können miteinander reden, aber nicht über die Baker Street. Wenn Sie etwas wissen wollen, wenden Sie sich an Gubbins."

Lie sah enttäuscht aus. Die Rolle als Unterhändler gefiel ihm ganz und gar nicht. Eigentlich ein menschlicher Zug, dachte Martin. Und Lie machte keinen unsympathischen Eindruck trotz seiner wenig verlockenden Absichten.

Als der Wagen vor der Nummer 64 hielt, blieben sie noch einen Augenblick sitzen. Es fehlte das Fazit ihrer Unterhaltung.

„Okay, Linge", sagte Lie schließlich und rieb sich eine Falte auf der Stirn. „Auch ich stehe unter Druck, genau wie Sie. Offiziell meine ich, dass Sie Ihrer Regierung Bericht erstatten sollten. Aber unter uns gesagt, sehe ich Ihr Dilemma und schätze Ihre Prinzipientreue. Nehmen Sie die Sterne und die Beförderung. Sie sind an keine Bedingungen geknüpft, abgesehen von meiner Freundschaft. Adieu, Kapitän Linge, und viel Glück."

Der Wagen fuhr los und verschwand in dem dichten Morgenverkehr.

Martin ging über die Straße zu einer Telefonzelle. Er hatte die Nummer auswendig gelernt.

Rosemary war sofort am Telefon.

„Du kriegst so viele Chancen, wie du willst", sagte er.

Sie lachte. „Versprochen, heute Abend schlafe ich nicht ein!"

25

Det Norske Teatret,
16 Tage vor der Premiere, 1991

„Ich habe die Beziehung mit Nick beendet und bin eine Woche später bei Martin eingezogen. Das war … für damalige Verhältnisse ziemlich ungewöhnlich. Dazu kam, dass er ja deutlich älter war als ich. Aber der Krieg macht etwas mit den Menschen. Wir hatten keine Zeit, zu warten. Ich wusste, dass Martin früher oder später nach Hause fahren würde, um zu kämpfen, aber in unserer eigenen kleinen Blase waren wir glücklich. Die folgenden Monate waren intensiv. Ich bin weiter Krankenwagen gefahren, Martin hat zusätzlich aber auch eine Sicherheitsfreigabe für mich erwirkt, sodass ich ihm beim Aufbau seiner Kompanie helfen konnte. Wir waren die meiste Zeit zusammen, haben verschiedene Trainingslager besucht, wobei ich ihn immer gefahren habe. Wir hatten ein gemeinsames Ziel, haben für dieselbe Sache gekämpft.

Irgendwann nahm er mich dann nicht mehr mit auf seine Reisen, und da wusste ich, dass etwas bevorstand, über das nur der innerste Kreis der SOE informiert war. Ich sah es in seinem Blick, wenn er meinem auswich, hörte es in allem, was er nicht sagen konnte, spürte die Distanz, selbst wenn wir uns körperlich am nächsten waren. Das Schlimmste war, nichts zu wissen und doch alles zu ahnen. Er musste in den Krieg und versuchte, so zu tun, als wäre alles wie immer. In einer seiner Hosen fand ich einen Zettel mit der Notiz ‚Operation Claymore‘."

Rosemary saß über ihre Aufzeichnungen gebeugt da. Es war

still im Probenraum. Benedicte strich ihr mit den Fingern über den Unterarm und drückte ihre Hand. Ihre Augen waren feucht.

Henrik Ekdahl war zu ihnen gekommen, sah etwas geniert zu Rosemary und fuhr sich mit der Hand durch die widerspenstigen Locken, genau wie Martin es immer getan hatte.

„Darf ich Sie umarmen?“, fragte er. „Das war fantastisch.“

Sie nickte und stand auf, und einen Moment lang war es, als läge sie wieder in Martins Armen. Es war ebenso verwirrend wie faszinierend.

„Es war aber nicht alles nur rosarot“, sagte sie leise. „Er wollte immer so unendlich viel, und wenn es nicht nach seiner Pfeife ging, wurde er oft abwesend und rastlos. Ich habe ihm gesagt, dass er auf Vorschuss lebt, seiner Zeit zwei Monate voraus war. Er tat das mit einem Lachen ab und versprach, seine Uhr zurück in die Gegenwart zu stellen. Außerdem machte er sich ständig Sorgen um seine Kinder, die längst erwachsen waren. Es zerriss ihn, dass er sie nicht erreichen konnte, und er befürchtete wirklich, sie nicht mehr wiederzusehen.“

„Okay“, sagte Regisseur Wang und würgte die Stimmung brutal ab. Rosemary und Ekdahl ließen sich los. „Danke Rosemary, du hast uns sehr geholfen.“

Rosemary packte ihre Notizen zusammen und sah sich um. „Weiß jemand, wo Bjørn steckt?“

26

Vestre gravlund,
16 Tage vor der Premiere, 1991

Bjørn riss sich die schweißfeuchte Mütze vom Kopf. Der vereiste Kies knirschte unter seinen Winterstiefeln. Vereinzelte Grableuchten leisteten den Toten Gesellschaft. Trotz der Dunkelheit fand er den Weg. An einer Ecke blieb er stehen und rieb sich die nasse Kopfhaut, aber je mehr er kratzte, desto mehr juckte es. Er ging weiter. Der Wind kühlte die heiße Stirn.

Der große, quadratische Granitstein war schon von Weitem zu sehen. Das Grab unterschied sich durch die aufgesetzte Büste von den anderen. Bjørn blieb schwer atmend davor stehen. Er konnte sich nicht beruhigen. Er streckte die Arme aus und legte die Hände um den Nacken der Büste. Dann drückte er die Stirn auf Martins eiskalte Haut, strich ihm über die Bronzehaare und die blinden Augen. „Vergib mir."

Es war bitterkalt und er spürte seinen Körper nicht mehr. Als er endlich die Hände wegnahm, war seine Stirn an der Büste angefroren. Panisch ruckte er mit dem Kopf nach hinten, die Haut riss auf. Blut rann ihm in die Wimpern.

Aus dem Augenwinkel sah er, dass sich jemand näherte. Er suchte verzweifelt nach seinem Hemd, konnte es aber nicht gleich finden. Stattdessen warf er sich die Jacke über und spürte die raue Wolle am nackten Oberkörper.

„Bjørn. Was ist mit dir los?"

Es war Rosemary. Er wandte sich ab, konnte ihr jetzt nicht in die Augen sehen.

„Was machst du, Bjørn?“

Er verdrängte mit aller Macht die Krämpfe. Sein Atem kam ungleichmäßig. „All das, was du erzählt hast. Zwischendurch ertrage ich diese Erinnerungen nicht. Vielleicht liegt es an Ekdahl, er ist ihm so ähnlich … Ich habe Flashbacks gehabt. Der ganz üblen Sorte.“

„Was hast du gesehen?“

„Dasselbe wie immer. Ein riesiger Deutscher mit kräftigen Armen. Er trägt nur ein Unterhemd und versucht, mir das Gewehr zu entreißen. Aber ich klammere mich daran und lasse nicht los, verstehst du? Ich lasse nicht los, auch nicht, als er mich an dem Gewehr nach oben zieht. Er ist groß, fast zwei Meter, aber ich lasse nicht los.“ Rosemary nahm Bjørns noch immer zitternde Hände, und die Berührung half. „Dann ist da eine einstürzende Wand. Ich bekomme Putz in den Mund, spucke aus, aber der Staub verklumpt sich in meiner Speiseröhre. Der Deutsche umklammert den Gewehrkolben und zieht und zerrt, aber ich halte fest. Es regnet weiße Papierfetzen, winzige Rechtecke. Der reinste Wirbelsturm bis hoch an den Himmel. Als würde die Papierwolke leben, ja als wäre nur ich tot.“

Sie sagte nichts, hielt ihn nur geduldig fest. „Du bist eiskalt. Komm, mein Taxi wartet.“

„Zimmerservice.“

„Bleib sitzen“, sagte Rosemary. „Ich mache auf.“

Er starrte auf das Logo auf dem Frotteebademantel, den er trug. Hotel Continental. Sie hatte ihn mit aufs Zimmer genommen und ihm befohlen, unter die warme Dusche zu gehen und dortzubleiben, bis er wieder aufgetaut war. Jetzt saß er in einem weichen Sessel, Hotelpantoffeln an den Füßen und eine Kompresse auf der Wunde an der Stirn. Helle, freundliche Farben um ihn herum. Blumen auf dem Tisch.

Er hörte Rosemary sagen, dass sie das Essen reinbringt. Die Tür wurde geschlossen und sie schob einen Rollwagen mit einem Tablett in den Raum. Es duftete nach gebratenem Fleisch und Soße. Die Weinflasche war bereits geöffnet. Weiße Stoffservietten, Silberbesteck und Porzellan.

„Zwei Seelen, ein Gedanke", sagte sie und verteilte Fleisch und Gemüse auf den Tellern. „Ich wollte mich mit Martin beraten, wie ich mich zu diesem Theaterstück verhalten soll. Iss, solange es warm ist."

„Was hat er gesagt?"

„Ich bin ja nicht dazu gekommen, zu fragen."

Es tat gut, etwas in den Magen zu bekommen. Langsam konnte er seinen Körper wieder spüren.

Er dachte an das, was Rosemary über schicksalhafte Sekunden gesagt hatte, die ein Leben schlagartig verändern können.

„Hast du jemals Millis Jefferis getroffen?"

„Nein."

„Er hat uns Jungs gezeigt, wie man Gebäude in die Luft sprengt. Er würde sagen, dass die Tatsache, dass du und ich jetzt hier im Theater sind – 50 Jahre danach – die reinste Mathematik ist, dass das alles mit Hilfe von Gleichungen berechnet werden kann. Und mit denselben Gleichungen kann man Sprengstoff zusammenmischen."

„Du meinst, das war unausweichlich? Dass ich es einfach akzeptieren soll?"

„Wenn man Jefferis Glauben schenken will", sagte Bjørn.

„Vielleicht hat eine solche Gleichung auch den tragischen Ausgang am Tag nach Weihnachten vor 50 Jahren vorherbestimmt? Eine Gleichung mit x und y, aber ohne Ergebnis. Ich begreife einfach nicht, wie sie etwas über ihn erzählen wollen, ohne auch von dir zu erzählen."

„Ich will aber nicht auf die Bühne, will von niemandem analysiert werden. Der Krieg ist vor 46 Jahren zu Ende gegangen. In mir herrscht aber immer noch Krieg, Rosemary. Die Nachkriegszeit hat nie geendet. Aber ich hoffe … wenn Martins Geschichte erzählt wird … die ganze Wahrheit … dass dann vielleicht auch in mir endlich Frieden einkehrt. Glaubst du, Martin hätte das alles auch ohne dich an seiner Seite erreicht?"

Rosemary legte die Gabel weg und schenkte Wein nach.

„Martin war auch ohne mich vollständig. Deshalb habe ich mich in ihn verliebt und all die Wermutstropfen in unserer Beziehung akzeptiert. In schweren Momenten habe ich gedacht, dass er ein schrecklicher Egoist ist, rücksichtslos und narzisstisch, aber das stimmt nicht. Sein Ziel hatte ganz und gar Besitz von ihm ergriffen. Meine Rolle war nur bescheiden, und vermutlich ist das auch der Grund, warum ich das Ganze nicht will. Ich war ein kleines Teilchen in einem großen Puzzle, wie wir alle. Was ihn angetrieben hat … ich glaube nicht, dass wir anderen das voll und ganz verstehen konnten, auch wenn wir in seinem Gravitationsfeld gefangen waren. Er hat Schmerz so unheimlich gut weggesteckt. Ich habe ihn geliebt, und das mein ganzes Leben lang, aber nichts war groß genug, um ihn von diesem Krieg fernzuhalten, nicht einmal die Liebe." Ein Schleier glitt vor ihre Augen. „Es fühlt sich wie Verrat an, wenn ich zustimme."

„Es ist kein Verrat."

„Das entscheidest nicht du."

„Eure Liebesgeschichte ist einfach so schön."

„Ja, aber das ist Martins und meine Geschichte. Und niemandes sonst."

Sollte er ihr seine Version der Liebesgeschichte anvertrauen, als fünftes Rad am Wagen?

„Ich habe Martin vergöttert, er verkörperte all das, was ich sein wollte … Aber danach … ich war nie wieder derselbe. Habe allein gelebt … Lass das Theater die Geschichte erzählen, Rosemary, bitte. Vielleicht ist das für uns beide wirklich das Beste."

Rosemary öffnete ihre Tasche und nahm ein vergilbtes Album heraus. *For happy memories* stand auf der ersten Seite. Darunter klebten zwei Visitenkarten, auf einer stand *Leutnant Martin Linge,* auf der anderen *Rosemary Reed.* Daneben klebte eine Weihnachtskarte mit zwei Disney-Rehen unter einem Mistelzweig.

„Ich habe das nie jemandem gezeigt", sagte sie, und ihre Worte klangen wie eine leise Warnung. Es waren leidenschaftliche Briefe, unterzeichnet mit *Für immer – Dein Martin,* Zeitungsausschnitte über den schrecklichen Tag und ein Brief von Winston Churchill. Am ergreifendsten war das Bild einer Stickerei, ein Haus zwischen zwei norwegischen Fichten, eine Tür mit Rundbogen, daneben ein Fenster, in dem der linke Flügel von der norwegischen und der rechte von der englischen Fahne verdeckt war.

„Wenn ich über all die glücklichen Momente reden wollte, würde das Theaterstück Wochen dauern", sagte sie. Ein Lächeln kräuselte ihre Lippen. Er wollte aufstehen und sie in die Arme nehmen, aber sein Bauch zog sich zusammen, als hätte er einen Schlag abbekommen. Der Augenblick der Beichte war gekommen, trotzdem sagte er nur: „Es ist auch meine Geschichte, Rosemary. Ich bin kein bekannter Kriegsheld. Ich bin der unbekannte Soldat, der in keinem Grab gelandet ist und über den niemand redet, der es den anderen aber ermöglicht hat, ins Rampenlicht zu treten. Und ich fühle, dass ich meinen Teil der Schuld beglichen habe, Rosemary. Vielleicht habe ich es verdient, dass alles erzählt wird."

„Ich will das Buch schließen", sagte Rosemary. „Martin soll in Frieden ruhen."

„Würdest du dir vorher noch meine Geschichte anhören? Von der Operation Claymore und wie ich ihn kennengelernt habe?"

Dritter Akt

BJØRN

27

Vestfjord,
4. März 1941

Land in Sicht. Martin lehnte sich an die Reling der HMS „Queen Emma“ und sog die salzige Luft ein, während er mit zusammengekniffenen Augen übers Wasser spähte.

Es war noch dunkel, aber ein schmaler, heller Streifen am Horizont kündigte den Sonnenaufgang an. Von einem Augenblick auf den anderen schossen die zackigen Zinnen der Lofotenwand aus dem Meer. Es war wie ein Wiedersehen mit einer schmerzlich vermissten Geliebten, auf das er geduldig und viel zu lange gewartet hatte. Die Umarmung würde blutig werden und Tod mit sich bringen, aber das ängstigte ihn nicht, er war voller Erwartung und Vorfreude, dass der Kampf endlich wieder begann. Das Adrenalin im Körper hob seinen Mut. Auch wenn er sich ein bisschen wie bei einer spontan vorverlegten Premiere fühlte. Die SOE brauchte ihren schnellen Erfolg, um neue Mittel bewilligt zu bekommen. Die Operation Claymore, auf die sie hintrainiert und sich vorbereitet hatten, war deswegen zeitlich vorgezogen worden.

Die Leuchtfeuer am Rand des Blickfeldes blinkten treu und freundlich. Backbord wurde die „Queen Emma“ von den Zerstörern „Somali“ und „Bedouin“ eskortiert, Steuerbord lag das zweite Kommandoschiff „Princess Beatrix“, flankiert von den Zerstörern „Tartar“, „Legion“ und „Eskimo“, mit insgesamt 500 britischen Kommando-Soldaten. Martins norwegische Einheit zählte 50 Mann. Er klopfte dreimal mit den Knöcheln auf die Reling, *toi toi toi,* und ging runter aufs Orlopdeck, wo die Jungs auf ihn warteten, bevor sie in die Landungsboote stiegen.

„Wir gehen als Erste an Land", sagte er. „Verteilt euch dort so schnell wie möglich und geht in Deckung. Wir wissen wenig darüber, welche Art von Widerstand uns erwartet. Als erste Maßnahme werden wir eine Basis im Hafen errichten, einen Funkmast aufstellen und die norwegische Fahne hissen. Wenn das getan ist, geht der Spaß erst richtig los. Das Erste, was ihr in die Luft jagt, ist die Heringsölfabrik. Hitler wird uns dafür hassen, weil er das Öl für die Dynamitproduktion braucht. Ihr habt eine Geldkassette bei euch, deren Inhalt ihr an die Arbeiter der Fabrik verteilt, damit sie etwas zum Leben haben, nachdem ihr sie arbeitslos gemacht habt. Überhaupt sind wir für die Sicherheit der zivilen Bevölkerung verantwortlich. Wir müssen sie zur Ruhe mahnen, damit sie nicht zu Schaden kommen. Danach haben wir das Vergnügen, die Öltanker auf Storøya zu sprengen. Ich bitte also um gute Zusammenarbeit mit den Briten. Denkt dran, den Bereich weiträumig zu evakuieren, damit keine Leben riskiert werden."

„Chef?" Nils Nordland streckte die Hand hoch, er sah enttäuscht aus.

„Führst du die Sprengungsaktionen nicht selber an?"

„Es gab eine Planänderung. Das übernimmt Durnford-Slater."

Ein Raunen ging durch die Reihen. Martin lag es auf der Zunge, ihnen den Grund zu nennen, aber das hätte niemandem genutzt. Mit internen Streitigkeiten und persönlichen Ambitionen wollte er seine Jungs nicht belasten. Er musste sich wohl damit abfinden, dass Durnford-Slater ihn offenbar auf dem Kieker hatte, aus welchem Grund auch immer. „Einer der weniger spektakulären Aufträge ist es, alle Seekarten aus der Stadt zu entfernen, aber das ist wichtiger, als ihr glaubt. Rubin? Dafür bist du verantwortlich!"

Rubin sah nicht gerade glücklich aus, antwortete aber mit einem prompten „Ay, Chef".

„Nicht jammern, Jungs. Wenn alles nach Plan läuft, werde ich eine unterhaltsame Sightseeingtour mit euch unternehmen. Aber das bleibt erst einmal unter uns, verstanden? Ich brauche einen Bus und 20 Männer in Bereitschaft, sobald ihr die Silvesterraketen abgebrannt habt. Ellingsen, du bist in der Gegend aufgewachsen und kümmerst dich darum, okay?"

Es ertönten drei kurze Glockenschläge. Zeit, die Barkassen zu besteigen. Geradezu andächtig schnallten die Männer der Norwegian Independent Company No. 1 ihre Helme fest.

„Denkt daran, dies ist ein Privileg. Wir dürfen für unser Land kämpfen, für die Norweger. Es ist der erste Schritt, um die Küstenlinie von Hitlers Schreckensherrschaft zu befreien, und wir sind dabei. Was auch immer dort drüben zwischen den Bergen passiert, ihr müsst an euch selbst glauben und mir gegenüber loyal sein. Ich möchte, dass ihr mir den Treueschwur ablegt, bevor wir in die Boote steigen."

Es läutete noch dreimal, dann wurde es still. Unangenehm still.

Die Männer schauten zu Boden. Rubin hob eine Hand.

„Rubin?"

„Chef, wir tun alles für dich, das weißt du. Aber wir haben schon Treue für König und Vaterland geschworen …"

Martin sah ein, dass er unklug vorgegangen war. „Eins zu Null für dich, Rubin. Der alte Linge ist übers Ziel hinausgeschossen, aber im Laufe der Morgenstunden hoffe ich auf Gleichstand! In die Boote, und viel Erfolg!"

„Bravo, Chef!", sagte Rubin. Die Jungs antworteten mit Applaus und Gelächter. Von Steuerbord war schweres Geschütz zu hören, und tiefer Ernst senkte sich über die Truppe. Die Schlacht begann. Die Männer stiegen in die Boote.

28

Svolvær, bei Bjørn zu Hause,
4. März 1941

Er schreckte aus dem Schlaf hoch und sah auf die Uhr. Viertel nach vier. Er hatte verschlafen. Seine Morgenschicht hatte vor einer Viertelstunde begonnen. Die Prügel, die das setzen würde, hatte er sich selbst zu verdanken. Bjørn rieb sich den Schlaf aus den Augen, zog Hemd und Hose an, lief in die Küche und schnappte sich zwei Scheiben Knäckebrot, ehe er sich zum Hafen aufmachte. Er stapfte in den Flur, wo hinter der Tür der lederne, fellgefütterte Wärmeanzug hing. Er hasste das klobige Teil, in dem man sich kaum bewegen konnte. Für ihn war es ein Symbol für alles Deutsche, für die Besatzung und die Hölle, die sie ihnen hierhergebracht hatten. Trotzdem war er jeden einzelnen Tag gezwungen, den Anzug anzuziehen, anders waren die zehn Stunden Arbeit bei 28 Minusgraden im Bauch des Kühlschiffes nicht zu überstehen.

Er hatte die Schule ein Jahr zu früh abgebrochen, war gerade 17 geworden und von den Deutschen vor die Wahl gestellt worden, an Bord der „Hamburg" zu arbeiten, einem umgebauten Kühlschiff zum Veredeln von Fisch für den Versand nach Deutschland, oder beim Bau der Nordlandbahn zu helfen. Obwohl ihm weder das eine noch das andere zusagte, hatte er sich für das Kühlschiff entschieden. Er lebte allein mit seiner Mutter und fürchtete um ihre Sicherheit in Svolvær, wenn er nicht da war.

Die nächtliche Kälte lag noch über dem Ort und stach in der Nase.

Irgendetwas war anders, es lag etwas Unbestimmtes, Sirrendes in der Luft. Wer hatte heute auf dem Landgang Nachtwache? Jürgen Bachmann ließ ihn vielleicht mit einem spitzen Kommentar davonkommen, aber Klaus Röckel …

Bjørn griff nach dem Geländer und setzte einen Fuß auf den Steg. Die Stiege wippte mit jedem Schritt. Dichter Rauch quoll aus den Schornsteinen des riesigen, schwarzlackierten Schiffes. Es lag im Dunkeln, einzig an der Schiffsseite leuchteten matt ein paar Bullaugen. Dumpfe Schläge waren zu hören.

Der Wachmann stand mit dem Rücken zu ihm, als hielte er nach irgendetwas auf dem Deck Ausschau. Als er sich umdrehte, erkannte Bjørn, dass dieser Morgen unter keinem günstigen Stern stand.

Klaus Röckel versperrte ihm breitbeinig den Weg. Gewehr über der Schulter, die Uniform bis unters Kinn zugeknöpft. Der Atem stand in einer Wolke vor seinem Gesicht, als würde er vor Zorn überkochen.

„Du bist eine halbe Stunde zu spät, Junge“, knurrte Röckel.

„Tut mir leid“, antwortete Bjørn in seinem besten Deutsch. Diesen äußerst nützlichen Satz hatte Heinrich ihm beigebracht. Heinrich war sein deutscher Arbeitskamerad. Ein stiernackiger Kerl mit dunkler Vergangenheit. Es kursierten Gerüchte, dass er jemanden umgebracht hatte, Bjørn hatte ihn aber nie zu fragen getraut. Er mochte Heinrich, obwohl er Deutscher war. Er war immer freundlich zu ihm und hatte ihm geholfen, wenn es schwierig wurde.

„Du machst dafür jetzt eine Doppelschicht. Kannst morgen früh um halb fünf ausmustern! Schönen Tag noch.“ Klaus grinste.

Er stellte Bjørn ein Bein, als der sich an ihm vorbeischob. Er stürzte, tat sich aber dank des gut gepolsterten Wärmeanzugs nichts. Die Scham über die entwürdigende Geste brannte trotzdem.

Er lief zwei Stufen auf einmal nehmend die Treppe hinunter und kletterte über die Leiter in den Schiffsbauch. Dampf schwallte ihm entgegen, als er die schwere Stahltür zu der Gefrierhalle öffnete. Seine persönliche Eishölle für die nächsten 24 Stunden, zwischen Bergen von Kabeljaufilets.

Heinrich sah aus wie ein Grizzly auf zwei Beinen, der gefrorenen Fisch schaufelte.

„Hat das Arschloch da oben dich vorbeigelassen?", fragte er.

In diesem Moment knallte es.

Wie ein Donner eine Zehntelsekunde nach dem Blitz, gefolgt von einer Serie von Explosionen. Der Alarm heulte los.

„Die Engländer", flüsterte Bjørn kaum hörbar. „Sie sind gelandet."

Es rauschte in den Lautsprechern, eine scheppernde Stimme übertönte den Lärm draußen. „Achtung, Achtung, alle Mann in die Kombüse!"

„Sieht so aus, als würde dir deine Schicht erspart bleiben", sagte Heinrich, ließ alles fallen und rannte zum Ausgang. Bjørn folgte ihm.

Der Lärm war ohrenbetäubend und auf der Treppe entstand ein Stau, als es erneut knallte. Das große Schiff legte sich auf die Seite. Ein paar Männer stürzten und die Nachkommenden hasteten über sie hinweg, panisch, nicht rechtzeitig aufs Mitteldeck zu kommen.

„Das Schiff sinkt, raus hier!"

Deutsche und norwegische Flüche flogen durcheinander.

Zwei Deutsche gingen aufeinander los, weil keiner dem anderen den Vortritt in die Kombüse gönnte.

„Hört sofort auf zu streiten, Jungs!"

Willy, der Schläger des Schiffes, der Zwangsarbeit für den deutschen Hafenchef leistete, packte die zwei Kampfhähne im Nacken und schlug ihre Köpfe zusammen, dass sie mit einem Ächzen zu Boden gingen.

„Hereinspaziert", rief Willy und hielt der Arbeiterschar die Tür auf. Der Alarm heulte weiter, und die scheppernde Stimme verkündete neue Kommandos über die Lautsprecher.

Im Speisesaal roch es nach Essen und Schweiß. Die Leute standen dicht gedrängt, eingehüllt in eine essigsaure Wolke aus Angst. Plötzlich riss die Schiffswand auf, eine Granate flog quer durch den Saal und explodierte, als sie auf das Hitlerbild an der hinteren Wand traf. Menschen wurden umher geschleudert, Türen aus den Angeln gerissen.

„Zu den Booten, alle Mann in die Boote!", gellte es aus den Lautsprechern.

Bjørn wurde auf die Beine gezogen. „Komm Junge, bleib hinter mir, ja?" Heinrich hatte eine Pranke auf Bjørns Schulter gelegt und zog ihn mit sich durch das Durcheinander von Armen und Beinen.

Auf dem Deck bot sich ihnen ein unwirklicher Anblick. Vor dem Hafen lagen grau gestrichene Kriegsschiffe und pumpten Salve um Salve von den Kanonendecks. Dicke, schwarze Rauchsäulen stiegen an mehreren Stellen an Land auf.

„Scheiße", murmelte Heinrich, ging zum nächsten Rettungsboot und schaffte Platz.

Es drängten immer mehr Leute an Deck und verteilten sich auf die Boote, die zu Wasser gelassen wurden.

Es herrschte Chaos, in dem die Panik einen fruchtbaren Nährboden fand. Eine Gruppe deutscher Arbeiter kletterte über die Reling und klammerte sich an die gefrorenen Trossen. Viele waren viel zu dünn angezogen und rutschten ab, landeten im Wasser zwischen den Eisschollen und schrien kläglich um Hilfe.

Heinrich wirkte gänzlich unbeeindruckt. Er warf den Motor des Rettungsbootes an und steuerte aufs Land zu, ohne sich umzusehen oder auf die Rufe seiner ertrinkenden Landsleute zu hören.

Unterdessen strömten immer mehr Landungsboote an den Kai. Soldaten in britischen Uniformen stürmten an Land und verteilten sich im gesamten Hafenbereich. Eine ganze Einheit Schützen bezog auf der Brücke Position und nahm die Rettungsboote unter Beschuss. Die Schüsse peitschten das Wasser vor ihnen auf, die Kugeln erreichten sie aber nicht. Heinrich legte das Ruder um und änderte den Kurs.

„Die schießen nicht, um uns zu töten, die wollen uns an Land lenken“, sagte er.

Bjørn wusste nicht, was er denken sollte. Er hatte Angst und war froh, bei Heinrich zu sein. Er konnte nicht glauben, dass die Engländer da waren. Vielleicht stand der Krieg bereits kurz vorm Ende und die Briten würden die Deutschen einfach im Meer versenken und Norwegen befreien. Dann wäre dies ein Glückstag ohnegleichen.

Sobald die Rettungsboote an den Kai stießen, strömten Soldaten heran und riefen hitzige Befehle. Sie hielten jeden an, der an Land stieg und schrien: „German? Norwegian?“

Dann trieben sie die Deutschen vor sich her. Heinrich wurde von zwei Männern festgehalten, und zum ersten

Mal, seit Bjørn ihn kannte, sah er klein und wehrlos aus. Sie konnten sich nicht einmal mehr voneinander verabschieden, ehe die Gruppe, der er zugeteilt worden war, sich entfernte. Heinrich drehte sich aber noch einmal um und rief Bjørn zu, dass er jetzt auf sich selbst aufpassen müsste.

Dann marschierte er weiter und stimmte trotzig ein lautes deutsches Lied an. Sofort war ein Soldat neben ihm und schlug ihm den Gewehrkolben gegen den Kopf. Heinrich ging mit gebeugtem Rücken schweigend weiter.

„Seht euch die ‚Hamburg' an!", rief eine Stimme hinter ihm.

Bjørn drehte sich um und sah zu dem Kühlschiff. Der 128 Meter lange, schwarze Riese hatte sich auf die Seite gelegt und sank wie Blei. Ein tiefer Seufzer war zu hören, als das Wasser mittschiffs in den großen Schornstein strömte, aus dem noch immer Rauch quoll. Dann versank die „Hamburg", begleitet von einem lauten Gurgeln, und das Meer glättete sich, als hätte dort nie ein Schiff gelegen.

Bjørn lief los. Er musste nach Hause und nach seiner Mutter sehen. Hatte sie den Angriff überlebt?

29

Hafeneinfahrt Svolvær,
4. März 1941

Es dämmerte, als die Landungsboote auf den Hafen zuhielten. Martins Männer saßen stumm da und umklammerten ihre Waffen. Die erste Landungswelle war am gefährdetsten. Sobald die Rampen runtergelassen wurden, waren sie Freiwild für deutsche Kugeln. Lautes Dröhnen zerriss die Luft. Die Sicht nach vorn war durch die Landerampe blockiert, aber Steuerbord und Backbord hatten sie die „Bedouin" und die „Tartar" im Blick. Die Zerstörer schossen Ladung um Ladung aufs Land ab und sorgten für einen Sturm der Verwüstung. Hoffentlich schwächte das die deutschen Truppen. Rauch stieg in den hellgrauen Himmel. Die „Somali" scherte aus, um nach Stamsund weiterzufahren, als überraschend ein schwer bewaffneter Trawler hinter einer Landzunge zum Vorschein kam und zum Gegenangriff überging. Es war ein kurzer und brutaler Kampf. Der Trawler mit dem Namen „Krebs" griff aggressiv mit schwerem Geschütz an, aber die „Somali" hielt mit aller Kraft dagegen und setzte den Trawler aus einer Distanz von über 1 000 Metern außer Gefecht. Martin zählte fünf Mann, die ins Wasser sprangen, als der Trawler volllief.

Die Rampe wurde herabgelassen, und sie bereiteten sich innerlich auf das Schlimmste vor. Doch es kam nicht. Der Anleger war bis auf ein paar erschrockene Fischer, die hinter einigen Kisten in Deckung gegangen waren, verlassen.

Ellingsen kletterte schon die Eisenleiter zum Steg hoch.

„Wo sind die Deutschen?"

„Die war'n scheißnervös und sind rauf in den Ort“, sagte ein älterer Seebär. „Wir haben auf euch gewartet! Willkommen!“

Ihr Glück war größer als erhofft. Eine Gelegenheit wie diese bekam man nicht zweimal. Jede Sekunde entschied über Leben und Tod.

„Los gehts“, sagte Martin. „Die Trägermannschaft muss so schnell wie möglich Sprengstoff und Lunten wegbringen. Wir geben Rückendeckung, falls nötig.“

Durnford-Slaters Boot hatte ein Stück entfernt am Kai angelegt, wo sie gehörig mit dem Landgang kämpften. Etliche britische Soldaten waren nicht für einen Winterkrieg gekleidet, manche trugen tatsächlich Turnschuhe und keine Handschuhe. Die Männer erlebten eine unangenehme Überraschung, als ihre Handflächen an den vereisten Leitersprossen festfroren. Ein älterer Leutnant rutschte auf dem Anleger aus und landete auf dem Hinterteil. Aber das war Durnford-Slaters Problem. Martin und seine Männer mussten sich auf ihre eigenen Aufgaben konzentrieren.

„Rubin, du verteilst zusammen mit Nils die Sprengladungen. Sieht so aus, als hätten wir keine Zeit, auf unsere britischen Freunde zu warten“, sagte Martin, ohne näher darauf einzugehen. „Wir begeben uns auf direktem Weg nach Kuba.“

Vor der Heringsölfabrik stand der Besitzer und trat auf der Stelle, elegant gekleidet mit Pelzmantel und Persianermütze. Er schaute schockiert zu, wie sie die Lunten ausrollten und Sprengladungen an den Außenwänden befestigten, ehe sie mit weiterem Dynamit ins Gebäude gingen. Eine Gruppe Arbeiter hatte sich an der Tür versammelt, verzog sich aber eilig, als sie realisierten, was dort geschah.

„Bitte“, flehte der Besitzer sie mit hoher Stimme an. „Ich

habe nichts mit den Deutschen zu tun. Nehmt mir und den Arbeitern nicht unseren Lebensunterhalt."

Martin konnte sich die Frage nicht verkneifen: „Dann wird Ihr Heringsöl gar nicht nach Deutschland geliefert, um Dynamit zu produzieren? Hat die Wehrmacht Ihnen das schriftlich gegeben?"

„Die Fabrik ist mein Lebenswerk, und das meines Vaters vor mir."

Das Funkgerät, das Ellingsen bei sich trug, sprang plötzlich an, auch an den anderen Landungsstellen lief alles nach Plan.

„Ihre Arbeiter bekommen eine Kompensation", sagte Martin und zupfte an dem glänzenden Pelzmantel des Fabrikbesitzers. „Sie haben Ihre Schafe ja wohl schon im Trockenen?"

„Chef, wir sind fertig." Rubin meldete sich zurück.

„Wartet, wartet, halt!" Der Besitzer fiel verzweifelt auf die Knie. „Hier gibt es einige andere, die das viel mehr verdienen als ich. Leute, die deutschenfreundlich sind, ich schreibe Ihnen gerne eine Liste."

„Wir haben bereits eine Liste, und Sie stehen ganz oben unter den Würdenträgern", sagte Martin. „Ich verspreche Ihnen aber, dass wir auch dem Rest einen Besuch abstatten werden. Nils, Rubin, bringt die Leute in Sicherheit und startet das Feuerwerk."

Martin drehte sich um und ging zum Ort, verfolgt von den jammernden Tiraden des Fabrikbesitzers.

„Was hast du vor, Chef?", rief Rubin hinter ihm her.

„Rausfinden, wo die Deutschen sich versteckt haben. Sobald ihr hier fertig seid, nehmt ihr euch die Öltanker auf der Landzunge vor. Komplettes Paket. Wenn wir hier fertig sind, soll auf den Lofoten nicht mehr die kleinste deutsche Holzpinne auftanken können!"

Unten im Hafen sah er Durnford-Slater ein „Hauptquartier" einrichten, bestehend aus übereinandergestapelten Fischkisten und einem Funkmast.

Auf dem Marktplatz waren die norwegische und die britische Flagge gehisst worden. Der Anblick setzte große Kräfte in ihm frei, eine schwindelerregende, wilde Entschlossenheit, wie er sie bisher nicht von sich kannte.

Soweit er es überblicken konnte, ging es weitestgehend ruhig zu. Aus einer Seitengasse waren vereinzelte Schüsse zu hören, worauf eine britische Sondereinheit loslief. Wenig später marschierten sie mit einer Handvoll deutscher Soldaten, die sich ergeben hatten, runter zum Hafen. Wenn er sich ranhielt, könnte er noch die private Angelegenheit erledigen, die er sich vorgenommen hatte. Das Gewicht des Lederbeutels, den er auf der Brust unter dem Hemd trug, war mehr als eine freundliche Aufforderung. Er enthielt 5 000 norwegische Kronen.

Durnford-Slater stand reglos da und schaute in seine Richtung, was er zu ignorieren beschloss. Den peniblen Oberstleutnant brauchte er gar nicht erst zu fragen, da war es besser, hinterher zu Kreuze zu kriechen. Und außerdem lief alles viel besser als erwartet.

Sein Ziel war der Buchladen Rødsand. Alf hatte ihm den Tipp gegeben, dass Frau Rødsand regelmäßig in ihren Heimatort Drammen fuhr. Der Laden hatte geschlossen. Es war noch früh, aber Alf hatte erzählt, dass die Familie Rødsand direkt über dem Laden wohnte. Er klopfte mehrmals, ohne Erfolg. Kurz entschlossen nahm er seinen Colt und schlug eine Scheibe ein. Er würde sie der Familie natürlich ersetzen. Als er in den Laden trat, kam aus einem Hinterzimmer eine junge Frau auf ihn zu, starrte ihn erschrocken an und murmelte in gebrochenem Deutsch, dass sie noch nicht geöffnet hätte.

„Ich bin Norweger", sagte Martin. „In britischer Uniform."

„Gott sei Dank, dass ihr gekommen seid!"

„Das mit der Scheibe tut mir leid, ich bezahle natürlich für eine neue. Sind Sie Frau Rødsand?"

Die Frau nickte, ihr Gesichtsausdruck verriet, dass sie erst jetzt das kaputte Fensterglas gesehen hatte. Martin legte den Colt auf den Tresen, knöpfte sein Hemd auf, riss den Lederbeutel mit einem Ruck von der Schnur und legte ihn neben den Revolver. „Fünftausend Kronen."

„So viel?"

„Könnten Sie das bei ihrem nächsten Besuch in Drammen an eine Adresse in Oslo liefern? Das ist für meine Kinder."

„Woher wissen Sie, dass ich ...?"

„Ich soll Grüße ausrichten von Alf van der Hagen."

Der Name des Seemannspastors beruhigte Frau Rødsand sichtlich. Ihre Schultern sackten nach unten, ihr Blick entspannte sich.

„Grüßen Sie ihn ganz herzlich zurück." Sie schaute sich hastig um, bevor sie den Beutel in einer Schublade unter dem Tresen verschwinden ließ.

„Namen und Adresse liegen bei. Und hier eine kleine Entschädigung für das Glas und die Mühe", sagte Martin und legte ein Bündel Hundertkronenscheine auf den Tisch.

In diesem Moment entdeckte er eine Gedichtsammlung von Olaf Bull. Er nahm sie in die Hand, schlug das Inhaltsverzeichnis auf. „Was wollen Sie dafür?"

„Sie haben mehr als genug bezahlt, die schenke ich Ihnen."

Er blätterte ein wenig durch das Buch und las begeistert einen Vers einer Huldigung an die Elektrizität laut vor.

Frau Rødsand räusperte sich, als jemand in den Laden trat.

„Was machst du hier, Chef?" Rubin stand hinter ihm. „Durnford-Slater ist stinksauer."

„Seekarten, Frau Rødsand", sagte Martin und fühlte sich auf frischer Tat ertappt. „Ich bräuchte Ihren gesamten Bestand an Seekarten."

„Darum sollte ich mich doch kümmern", protestierte Rubin.

„Genau", sagte Martin und dachte, dass Angriff die beste Verteidigung war. „Aber nun durftest du die ehrenhaftere Sprengetappe übernehmen. Da habe ich die Routineaufgabe erledigt."

Die Tür ging erneut auf, und ein Junge kam hereingelaufen.

„Frau Rødsand, sie sind da, die Engländer sind da …" Er blieb stehen und starrte Rubin und Martin an. „Oh Jesses, ich wollte nicht …"

Der Junge riss sich die Mütze vom Kopf. Er trug einen merkwürdigen Felloverall und Stiefel, die viel zu groß aussahen.

„Bjørn, bist du so gut, unten im Keller alles rauszusuchen, was wir an Seekarten haben? Sie liegen in dem geheimen Raum hinterm Kamin."

Bjørn nickte und verschwand über die Kellertreppe nach unten.

„Ich will ja nicht schwarzmalen, aber die Seekarten dürften nicht reichen, den Oberstleutnant zu besänftigen", sagte Rubin. „So hab ich ihn noch nie erlebt."

„Habt ihr alle Aufträge erledigt? Auch die Öltanker?"

„Es war das reinste Fest."

„Gut, dann können wir mit der sauren Galle des Briten leben. Trommel 20 Mann zusammen, wir wollen weiter nach Kabelvåg."

„Kabelvåg?"

„Ich hab euch doch Sightseeing versprochen, oder? Hat Ellingsen den Bus organisiert?"

Bjørn kam mit einem Armvoll Seekarten zurück.

„Die übernimmt der junge Langmo. Rubin, du überbringst Durnford-Slater die Karten mit einem freundlichen Gruß von mir, ja?"

30

Svolvær-Kabelvåg,
4. März 1941

Es war wie ein Rausch. Der Horizont war weiter, die Sinne offener, Blick und Gehör geschärft. Nichts um ihn herum entging ihm. Und nicht einmal das linke Bein setzte ihm an diesem Morgen sonderlich zu. Es war, als mündete alles, was er bisher getan hatte, in diesem einen Augenblick.

Er ging zügig die Hauptstraße entlang, den Dichtergott Olaf Bull in der Gesäßtasche. Kein schlechter Waffenbruder. Der rauchschwarze Himmel zeugte von der geglückten List. Hoch darüber kreisten Flugzeuge. Luftwaffe? Er beschleunigte seine Schritte. Durfte er laut aussprechen, dass er den Kampf liebte? Dass dieser Morgen mehr Sinn machte als seine gesamte trostlose Karriere als Schauspieler?

Nur ein Punkt trübte seine Freude, und das war der fehlende Widerstand. Bisher waren sie auf keinerlei Hindernisse gestoßen, seine Männer waren voller aufgestauter Energie und dürsteten nach einer Schlacht. Martin hoffte inständig, dass Kabelvåg eine Genugtuung für alle wurde. Hatte Alf van der Hagen Recht, konnte der Ort das Zünglein an der Waage sein, um Durnfort-Slater ein für alle Mal in die Schranken zu weisen. Er hatte die Information des Seemannspastors für sich behalten, denn dies waren sein Spiel, sein Land und sein unwiderrufbares Recht als Krieger.

„Kapitän Linge, Kapitän Linge!“

Martin drehte sich um. Das war der Junge mit dem seltsamen Fellanzug. Bjørn?

„Ich habe dieses Kartenbuch gefunden, da sind auch die Tidezeiten vermerkt", sagte er außer Atem und reichte Martin ein Buch in praktischem Taschenformat. Er blätterte es schnell durch und steckte es in seinen Rucksack.

„Danke, Junge."

Bjørn blieb stehen, als hätte er noch eine Frage. Im selben Moment schoss in hohem Tempo ein Taxi um die Ecke und bremste haarscharf vor ihnen ab. Etwas weiter dahinter kam Nils Nordland angelaufen. Ein dicker Mann in Polizeiuniform sprang aus dem Wagen und rannte in die entgegengesetzte Richtung davon.

„Das ist der Polizeichef!", flüsterte Bjørn. „Ein richtiger Teufel."

„Der steht auch auf unserer Liste", sagte Martin, zog seinen Colt und schoss zweimal in die Luft. Der Polizeichef fiel auf die Knie, als Nils an ihnen vorbeirannte.

„Nils, nimm den da und seinen Chauffeur mit zum Oberstleutnant. Und dann kommst du zum Bus!"

„Yes, Sir!"

Bjørn stand noch immer da. Der Motor des Taxis ging im Leerlauf.

„Hast du den Führerschein, Bjørn?"

Bjørn sah ihn an, und seine Augen blitzten.

„Ich kann fahren."

„Hast du Lust, mir Kabelvåg zu zeigen?"

Mit breitem Grinsen riss Bjørn sich den Fellanzug vom Leib und setzte sich auf den Fahrersitz.

Als er losfuhr, klopfte es an der Scheibe und die Tür ging auf.

„Spring rein, Rubin. Ich hoffe, der Bus ist unterwegs?"

„Und ich hoffe, du weißt, was du tust."

Rubin wischte sich den Schweiß von der Stirn, stellte das Gewehr zwischen die Beine und sah durch die Heckscheibe in Richtung von Durnford-Slaters Hauptquartier unten im brennenden Hafen. „Ich glaube, ich habe den Oberstleutnant niemals solche Flüche sagen hören. Hast du jetzt komplett den Verstand verloren?"

Martin konnte das Lachen nicht mehr zurückhalten. „Vertrau mir, Rubin."

„Nichts macht mir mehr Angst als Menschen, die mich darum bitten, ihnen zu vertrauen."

„Du rechnest mich hoffentlich nicht zu dieser Kategorie Mensch?" Martin beugte sich zu Bjørn vor. „Weißt du, wo das Arbeidern liegt?"

„Zum Restaurant Arbeidern, alles klar", kam es knapp vom Fahrersitz.

Bjørn gab Gas und wirbelte Schotter und losen Schnee auf. Berge und Meer flimmerten in der Morgensonne vorbei, die durch die Wolkendecke brach.

Rubin wischte mit einem Lappen über seine Waffe und sah alles andere als zufrieden aus. „Wahnsinn, das Ganze ist der reinste Wahnsinn. Wir gehen an Land, sprengen den halben Hafen, und dann haust du einfach ab, bist plötzlich weg."

„Du hast mich doch problemlos gefunden."

„Was hast du dieser Frau in der Buchhandlung gegeben?"

„Etwas, das nach Oslo gebracht werden soll", sagte Martin vage.

„Wissen wir überhaupt, was uns in Kabelvåg erwartet? Vielleicht wartet da das ganze deutsche Heer und schießt uns den Arsch weg, bevor wir überhaupt ausgestiegen sind?"

„Wer nicht wagt, der nicht …"

„Man muss vorwärts und rückwärts denken, sagt meine Großmutter immer – bevor man das eine zum anderen kommen lässt."

„Eine kluge Frau, deine Großmutter. Gubbins hat uns ausgewählt, weil wir nicht in den üblichen Bahnen denken."

„Ich zweifle sehr daran, dass der Oberstleutnant das auch so sieht."

Wenige Minuten später waren sie am Ortsrand von Kabelvåg. Bjørn wurde langsamer und zeigte auf ein weißes Gebäude am Ende der Straße.

„Arbeidern. Soll ich bis zum Haus fahren?"

„Nein, halt hier an", sagte Martin und stieg aus. „Fahr um die Ecke und park da."

Martin sah zum Himmel, wo wieder ein Aufklärungsflugzeug zu erkennen war. Rubin kam mit Bjørn dicht auf den Fersen angelaufen. Die Straße war auffallend leer. Es könnte ein Hinterhalt der Deutschen sein.

„Bjørn, du hältst Abstand, verstanden?"

Der Junge nickte, nicht sonderlich erfreut über den Befehl. Kurz darauf traf der Bus mit den Soldaten ein. Martin stieg ein und stellte sich in den Mittelgang.

„Zehn Mann kommen mit mir! Nils, du und der Rest fahren weiter zur Flakstellung! Aber unauffällig, das soll ein Überraschungsbesuch sein!"

Die Männer stiegen aus, und der Bus verschwand in einer Seitenstraße. Martin versammelte die Gruppe um sich.

„Das weiße Gebäude auf der rechten Seite ist unser Ziel, vorher zweigen noch zwei Straßen ab. Das ist der Treffpunkt der Deutschen in Kabelvåg. Drei Männer decken die Rückseite, drei die Vorderseite und die letzten drei die uns abgewandte Seite. Schießt erst, wenn ihr Schüsse hört und zielt auf die Fenster im oberen Stockwerk. Rubin, wir beiden kümmern uns um diese Seite, vorher klopfen wir aber noch freundlich an und bitten sie, sich zu ergeben."

Die Männer nahmen schnell und leise ihre Positionen ein. Rubin und Martin schlichen zur Eingangstür.

Das Aufklärungsflugzeug kreiste noch immer hoch oben über der Stadt.

Rubin hob den Blick: „Chef, ich würde sagen, die Luftwaffe weiß, dass wir hier sind."

„Dann verzichten wir auf die guten Manieren", sagte Martin, nahm eine Granate vom Gürtel, lief die Treppe hoch und stellte sich vor die Tür.

„Martin, du kannst nicht … warte!"

„Achtung! Kommt mit erhobenen Händen heraus!"

Martin sprang zur Seite und einen Augenblick später hagelten von innen Kugeln durch das Türblatt. Er fühlte keine Angst, größere Kräfte trieben ihn an, er musste sich ihnen nur hingeben und ihnen freien Lauf lassen.

Die Norwegian Independent Company beantwortete die Herausforderung und feuerte von allen vier Seiten los. Glas klirrte und aus dem Haus waren Schmerzensschreie zu hören. Martin warf die Granate durch die zerschossene Tür. Putz und Splitter flogen ihm um die Ohren. Noch bevor der Staub sich gelegt hatte, stürmten Martin und Rubin in das Gebäude. Ein toter Soldat lag auf dem Rücken im Flur, der halbe Kopf fehlte und das verbliebene Auge starrte steif an die Decke. Martin stieg über ihn hinweg und trat die nächste Tür auf, ging in die Hocke, während Rubin in den Raum feuerte.

Einen Deutschen riss es zu Boden, zwei andere leisteten erbitterten Widerstand. Rubin warf sich hinter den Toten und schoss weiter. Martin suchte in einer Türöffnung Deckung. Das anhaltende Feuergefecht machte sie fast taub. Da knatterte es plötzlich von der anderen Seite, die Fenster zerbarsten und die beiden Deutschen sackten zu Boden.

Der Rest der Kompanie war auf dem Weg ins Haus. Brüllend traten sie die Türen auf und durchsuchten die Stockwerke. Ein paar junge Soldaten kamen aus ihren Verstecken gekrochen und sahen sie mit schreckgeweiteten Augen an. „Gnade, bitte, bitte! Nicht schießen!"

„Versammelt die Gefangenen draußen!", sagte Martin und sah hinter der nächsten Tür einen deutschen Soldaten, der durchs Fenster zu fliehen versuchte, aber von Rubin gepackt und am Sprung gehindert wurde. Er zog ihn am Jackenkragen zurück, stieß ihn zu Boden und zerschoss das Funkgerät, das blinkend auf einem Tisch hinter dem Offizier stand. Sie waren offensichtlich in der Funkzentrale gelandet, auf einem weiteren Tisch neben dem Fenster stand ein Telegraf. Martin sah sich um. Laut Alfs Ausführungen musste es hier sein, aber nichts im Raum entsprach der Beschreibung: *ein Koffer aus hellem Holz, eine Tastatur und drehbare Coderäder.*

Martin packte den Deutschen an den Schultern. „Sprechen Sie Norwegisch? Englisch?"

„Beides", stotterte den Mann mit Angst im Blick. Martin richtete die Waffe auf ihn.

„Ausgezeichnet, dann senden Sie jetzt mal einen Gruß an Ihren Führer. Verstanden?"

Der Offizier nickte und setzte sich an den Telegrafen.

„Chef?", sagte Rubin. Martin antwortete mit einem Grinsen.

„An Adolf Hitler …“

Der Offizier schrieb. „In Ihrer letzten Rede“, diktierte Martin, als ein Kugelhagel hinter ihm in die Wand schlug. Rubin stürmte vor und feuerte in den Flur. Martin hockte sich hin, die Waffe auf den Deutschen gerichtet. „Weiter“, sagte er. „Wo wir gerade so schön in Schwung sind.“

„Was machst du da, Chef?“, brüllte Rubin zwischen den Schüssen. Martin ließ sich nicht aus der Ruhe bringen. „In Ihrer letzten Rede sagten Sie, dass Ihre Soldaten überall alliierten Kräften entgegentreten würden, egal wo. Stopp. Aber wo sind sie denn, Ihre Soldaten? Stopp. Martin Linge.

Stopp …“

Das Geräusch von Stahl, der über den Boden rollte.

„Raus hier! Sofort!“, schrie Rubin.

Sie stürzten zur Tür und sahen einen deutschen Soldaten nach oben verschwinden. Rubin schoss, verfehlte ihn aber. Sie folgten ihm, während hinter ihnen im Funkraum eine Granate explodierte.

Oben stand links eine Tür offen. Ein Fenster schlug im Wind. „Gib mir Deckung“, sagte Martin und betrat den Raum. Das Erste, was er sah, war die Holzkiste unter dem Fenster; quadratisch mit einem Handgriff und zwei Lederriemen, um den Deckel festzuzurren.

„Da bist du ja“, flüsterte er feierlich und mit vor Aufregung zitternder Stimme. Er hockte sich davor und strich mit den Fingern über das Holz. „Du hast wirklich die Engel auf deiner Seite, Alf van der Hagen.“

„Was ist das, Chef?“, fragte Rubin ungeduldig.

Martin war zu erregt, um zu antworten. Er löste die Riemen und öffnete den Deckel. Eine Tastatur kam zum Vorschein.

„Ist das eine Schreibmaschine?“

Bjørns aufgeregte Rufe drangen plötzlich zu ihnen hoch, gefolgt von einem Schrei vor dem geöffneten Fenster.

„Er flieht!“

Martin stand auf und sah draußen einen Mann über einen Acker in Richtung Meer fliehen. Er trug etwas unter dem Arm, eine Dokumentenmappe oder eine Schutzhülle. Bjørn kam hinter der Hausecke zum Vorschein und streckte den Arm aus.

„Verdammt.“

„Was ist hier los, Martin? Könntest du mir bitte sagen, was das Ganze soll?“

Martin klappte den Holzkoffer zu und sagte: „Bewach das hier mit deinem Leben, und spreng den Raum, wenn du ihn verlässt. Wir sehen uns am Bus.“

Er kletterte aus dem Fenster auf das Vordach und sprang zu Boden. Sein linkes Bein schmerzte, aber darauf konnte er jetzt keine Rücksicht nehmen. Zu viel stand auf dem Spiel. Er verstand nur zu gut, warum der Deutsche Richtung Meer floh, weil er die wichtigsten Teile der Maschine mitgenommen hatte. Martin gab alles, rannte so schnell er konnte. Hinter sich hörte er Bjørn und einige der anderen. Ein weiterer Deutscher rannte wild um sich schießend auf sie zu.

„Bleib weg, Bjørn!“, schrie Martin, aber ebenso gut hätte er mit einer Wand reden können. Der Junge warf sich zu Boden und robbte weiter in Richtung Strand. Martin schoss mit seinem Colt, seine Männer feuerten mit ihren Waffen. Der Deutsche ging zu Boden und blieb liegen. Martin nahm ihm das Gewehr ab, zielte und schoss, aber der Fliehende war bereits am Meer und warf die Mappe ins Wasser.

„Nein! Stopp! Halt!“, schrie Martin und schoss erneut.

Der Deutsche warf sich flach auf den Boden und die Kugeln schlugen rings um ihn in den Boden ein.

Schließlich hob der Mann die Arme und das Feuer verstummte.

„Aufstehen!“ Martin war so wütend, dass seine Stimme sich überschlug. Er stieß dem Mann die Gewehrmündung in den Bauch und schob ihn rückwärts zum Wasser. Die Bucht war windgeschützt, das Meer ruhig. Unter den Eisschollen, die auf der klaren Wasseroberfläche trieben, sah Martin die Dokumentenmappe auf dem hellen Sandboden.

„Du springst jetzt da rein und holst sie wieder raus, verstanden?“

Der Deutsche sah Martin an, als würde er nichts verstehen. Martin wiederholte den Befehl, zuerst auf Englisch, dann auf, wie er hoffte, einigermaßen verständlichem Deutsch. Als der Mann noch immer nicht reagierte, schoss er vor seinen Füßen in die Erde.

Jammernd und heulend watete der Deutsche ins kalte Wasser.

Martin zielte mit dem Gewehr auf ihn und der Deutsche tauchte unter, schaffte etwa die halbe Strecke, ehe er mit klappernden Zähnen wieder an die Oberfläche kam. Martin legte den Finger an den Abzug. „Ohne die Mappe brauchst du gar nicht wieder aufzutauchen. Es liegt ganz bei dir, ob du ertrinken willst oder klug genug bist, den Befehl zu befolgen. Mir ist das vollkommen egal, verstanden?“

Der Mann atmete tief ein, tauchte erneut, kämpfte sich bis zum Grund vor, bekam die Mappe zu fassen und brach wenige Sekunden später wieder durch die Oberfläche. Salzwasser hustend und nach Atem ringend kroch er an Land. Seine Lunge rasselte.

Martin riss ihm die Mappe aus der Hand und nahm den Inhalt heraus: Drei kleine Coderäder, genau wie erwartet.

Rubin war gerade mit dem Koffer unter dem Arm gekommen.

Dieser Fund allein wäre schon die ganze Operation wert. In Zukunft würden sie viele Schiffe und Menschenleben retten können.

31

Hafen in Svolvær,
4. März 1941

„Bringen Sie die Männer an Bord, wir sind hier fertig“, sagte Oberstleutnant Durnford-Slater. Die Aufklärungsflugzeuge kreisten über ihnen und signalisierten ihnen mit aller Deutlichkeit, was sie zu erwarten hatten. Davies, sein Vizekommandant, sah ihn verunsichert an.

„Sir, die norwegische Einheit ist noch nicht wieder zurück.“

„Das ist Kapitän Linges Problem, nicht unseres. Sollen wir hier warten, bis die Luftwaffe uns zerbombt?“

„Aber, Sir …“

„Linge hat sich dem Befehl widersetzt.“

Davies legte die Hand zum Gruß an die Mütze, drehte sich um und blieb mit offenem Mund stehen. Auch Durnford-Slater riss die Augen auf.

Denn in diesem Augenblick marschierte die Truppe von Martin Linge geschlossen die Hauptstraße hinunter zum Hafen. Vier Männer voraus, gefolgt von einer Kompanie deutscher Soldaten mit gehobenen Armen, dahinter ein Bus, der die Gefangenen vor sich her trieb. Kapitän Linge folgte in einem schwarzen Taxi. Er hatte den Arm aus dem Fenster gestreckt und wedelte mit seiner Pistole herum. Durnford-Slater hatte in seiner Zeit im Militär noch nie einen solchen Aufmarsch erlebt. Diesem Mann fehlte wirklich jeglicher Anstand.

Die Stimmung auf dem Platz war schwer einzuschätzen und explosiv. Durnford-Slater hatte die Essenslager geöffnet, um die Menschen zu beruhigen und auf andere Gedanken zu bringen. Trotzdem drohte die Lage zu eskalieren.

In den frühen Morgenstunden hatten die Bewohner noch begeistert ihre Nationalhymne gesungen und waren Hand in Hand um die provisorisch aufgestellte norwegische Flagge getanzt. Dann kamen die ersten großen Explosionen, und nachdem auch noch die Fabrik, die Öltanker und die „Hamburg" gesprengt worden waren, dämmerte es den Menschen in Svolvær, dass es sich lediglich um einen punktuellen Überfall und nicht um die Befreiung Norwegens handelte.

Der anfänglichen Freude folgten Skepsis, Angst und Wut. Die Leute begannen, sie zu beschimpfen. Er verstand zwar kein Wort, aber der Tonfall und die Art, wie man mit ihnen sprach, war deutlich genug. Die Reaktion war verständlich, deshalb aber nicht weniger bedrohlich. Es war zu Handgemengen gekommen und seine Männer konnten die Bevölkerung kaum beruhigen. Nur gut, dass die Nachrichten über das Hurtigrutenschiff „Mira" noch nicht bis zu den Norwegern gelangt waren.

Und das alles hatten sie dem Kerl zu verdanken, der jetzt aus seinem Taxi stieg. Wie ein Tourist mit einem Koffer in der Hand. Der unberechenbare Querulant von einem Schauspieler, der bei Gubbins aus unerfindlichen Gründen einen Stein im Brett hatte, wurde langsam zu einem nicht mehr tragbaren Ärgernis. Linge tat grundsätzlich nicht, was man ihm auftrug, er improvisierte, nahm Abkürzungen und missachtete alle Regeln. Durnford-Slater packte weiter seine Sachen zusammen und versuchte, Linge zu ignorieren.

„Sir!" Kapitän Linges Stimme drang durch den Lärm der

Menschenmenge. „Wir haben die restlichen Deutschen in Kabelvåg gestellt und bei der Gelegenheit gleich die Flakstellungen zerstört."

„Kabelvåg?" Er musste sich wirklich zusammenreißen, um die Stimme unter Kontrolle zu halten. „Wo in Ihrem Einsatzbefehl stand irgendetwas von Kabelvåg?"

„Ich kann Ihnen das erklären", sagte Linge. „Der Grund waren Informationen, die ich direkt vor unserer Abreise erhalten habe."

„Ihr Auftrag bestand nicht darin, die Nachbarschaft zu verwüsten, sondern bestimmte Anlagen zu zerstören und sich dann um die Lokalbevölkerung zu kümmern, damit es zu keinen Aufständen kommt."

„Sir ..."

„Außerdem sollten Sie Rekruten werben und so viele kampfbereite Menschen nach England bringen wie möglich."

„Die Ersten davon kommen hier." Linge zeigte zum Bus, aus dem einige etwas heruntergekommen wirkende Männer stiegen.

„Wo in aller Welt haben Sie die denn ausgegraben?"

Kapitän Linge grinste breit. „Ich habe das Gefängnis in Kabelvåg geräumt und allen Gefangenen Amnestie versprochen, die mit nach England kommen. Aber das sind Bagatellen im Vergleich zu dem hier."

Kapitän Linge hob den Koffer an und stellte ihn auf eine Fischkiste.

„Bagatellen im Vergleich zu dem, was Sie zu Hause in England erwartet. Sie stehen unter Arrest, nur dass Sie das wissen. Bringen Sie Ihre Männer in die Boote, bevor hier die Hölle losbricht."

Linge schnappte sich den Koffer, lief zurück zum Taxi und setzte sich hinein. Was zum Teufel hatte er jetzt schon wieder vor?

Durnford-Slater legte die Hand auf die Pistole und öffnete das Holster.

Das Taxi legte plötzlich eine rasante Wende hin und verspritzte eisige Matschkaskaden. Dann fuhr es hupend und im Zickzack über den Platz. Durnford-Slater lächelte schadenfroh. Dieser Idiot von einem Kapitän tat wirklich alles, um seine militärische Karriere ein für alle Mal zu beenden.

Die Menschenmenge wandte sich wie erstarrt dem verrückt herumkurvenden Taxi zu, das schließlich mit quietschenden Bremsen mitten auf dem Platz stehen blieb. Linge stieg aus und kletterte auf die Motorhaube. Er schoss dreimal in die Luft und mahnte die Menge zur Ruhe. Im Laufe von Sekunden hatte er sich die Aufmerksamkeit aller gesichert. Nun ja, Verrückte sind oft die besten Demagogen, dachte Durnford-Slater. Es war aber nicht von der Hand zu weisen, dass dieser Norweger Charisma hatte.

Linge sprach auf Norwegisch mit klarer, kraftvoller Stimme. Dann machte er plötzlich eine dramatische Pause, Stille senkte sich über den Platz. Und diese Stille, musste der Oberstleutnant anerkennen, war wirkungsvoller als alle Worte. Man hätte eine Nadel fallen hören können. Linge hob den Revolver und zeigte damit zu den Landungsbooten. Dann kamen vier knappe Worte aus seinem Mund und die Menge jubelte begeistert. Linge schoss noch einmal in die Luft, und eine Horde junger Männer stürmte zu den Booten.

Der Oberstleutnant knöpfte sein Holster zu, klemmte die Dokumente unter den Arm und ging zum nächsten Boot.

Kapitän Davies war neben Durnford-Slater getreten. „Eine beeindruckende Vorstellung, nicht wahr?“, sagte er mit einfältigem Gesichtsausdruck.

„Sobald Linge an Bord ist, wird er festgesetzt“, sagte Durnford-Slater. „Nehmen Sie seine Kabine als Arrestzelle.“

32

Hotel Continental, 1991

„Genau wie bei eurer ersten Begegnung hing alles von ein paar zufälligen Sekunden ab. Wäre ich nicht in dem Augenblick in den Buchladen gestürmt, um Frau Rødsand zu warnen …“

Draußen fiel jetzt dichter Schnee.

Sie waren bei Flasche Nummer zwei angekommen, und mit jedem Schluck wurde ihre Rede metaphorischer. Auch das war Martin zu verdanken, dachte Bjørn. Immerhin waren die ersten Worte, die er ihn hatte sagen hören, Olaf Bulls bildhafte Sprache gewesen.

„Wie er dastand, im Kampfanzug, mit dem Colt in der Hand, und diese Verse rezitierte. Und als er dann nach diesem ereignisreichen Morgen die Rede auf dem Platz gehalten hat … war es um mich geschehen.“

„Die Kompanie war sein Ein und Alles“, sagte Rosemary mit leicht schleppender Stimme. Sie waren inzwischen ziemlich beschwipst vom Wein. Wie offen konnte er ihr gegenüber sein? Wie persönlich werden? Sie wedelte mit der Hand herum. „Er hat ständig von euch gesprochen. Von dir.“

Ihre Worte machten ihn verlegen und glücklich. Aber da war auch noch das Andere. Das Verbotene, das ihn nie losließ. Sekunden …

„Ich bin so schnell, ich konnte nach Hause gelaufen, viel zu aufgeregt, um meiner Mutter etwas zu erklären. Ich hab ein paar Kleider in meinen Rucksack gestopft und ihr gesagt, dass ich nach England müsste. Sie hat nicht protestiert, aber geweint, als sie mich zum Abschied umarmt hat. Ich konnte ja nicht ahnen, was in Svolvær passieren würde, was sie durchmachen musste, nachdem wir weg waren, und dass ich sie erst nach dem Krieg wiedersehen würde. Der Plan war, nach der Grundausbildung in England zurückzukommen. So hatte Martin es uns in seiner Rede auf dem Marktplatz versprochen."

Es entstand eine unfreiwillige Pause. Er hielt sich an die offizielle Version, warum er gegangen war, und es fühlte sich wie eine Lüge an, obwohl er zu dem Zeitpunkt noch nicht verstanden hatte, dass ihn auch andere Kräfte nach England und zu Martin gezogen hatten.

Rosemary ging mit unsicheren Schritten zum Sekretär, nahm sich Stift und Papier und setzte sich wieder aufs Sofa.

„Ist es in Ordnung, wenn ich mir Notizen machen?"

„Natürlich", sagte Bjørn. War das die ausgestreckte Hand, auf die er wartete?

„Ich rannte runter zum Hafen, so schnell mich meine Beine trugen, aber die Landungsschiffe hatten schon abgelegt. Ich hab wie ein Verrückter hinter ihnen hergewinkt, aber keiner hat mich bemerkt. Einer der alten Fischer auf einer Bank hat sich über mich lustig gemacht und meinte, irgendjemand müsste sich ja auch um die Alten kümmern. Das hat den Ausschlag gegeben. Ich hab den Rucksack weggeschmissen und mich ins Wasser gestürzt. Zuerst hab ich die Kälte gar nicht gespürt. Hab Wasser geschluckt und hinter den Booten her geschrien. Und auf einmal wurde mir klar, dass ich etwas Saudummes getan hatte. Ich war schon ein gutes Stück vom Land entfernt, und immer noch weit weg von den Booten. Meine Arme und Beine wurden allmählich taub vor Kälte. So sollte ich also sterben an diesem strahlenden und spannendsten Tag meines Lebens."

Rosemary schrieb eifrig mit. Formte die Worte stumm mit den Lippen, als würde sie alles, was er sagte, selbst durchleben. Er beobachtete sie insgeheim. Würde es ihm gelingen, sie auf seine Seite zu ziehen? Sie hörte auf zu schreiben, schaute hoch und fragte: „Und weiter?"

Bjørn legte seine ganze Seele in die Schilderung, als stünde er gerade auf einer Bühne.

„‚Kapitän Linge', rief ich mit der letzten Kraft meiner ersterbenden Stimme, und da drehte sich auf einem der hinteren Boote ein Mann um. Das Boot vollzog eine Wende und schoss auf mich zu. Meine Beine krampften und ich hatte Mühe, den Kopf über Wasser zu halten. Ich schluckte immer mehr Salzwasser, strampelte wild und sah die graue, eiskalte, gierig fauchende Gischt um mich herum. Das Boot war noch ziemlich weit entfernt. Ich tauchte unter, die Luft ging mir aus, mir wurde schwarz vor Augen. In dieser hoffnungslosen Situation packte mich plötzlich etwas an den Haaren und zog mich nach oben. Ich durchbrach prustend und nach Luft schnappend die Oberfläche. Martin Linge persönlich hat mich an Bord gezogen. Ich hustete, erbrach mich und versuchte ein ‚Danke' hervorzupressen, aber er kam mir zuvor. ‚Idiot', sagte Kapitän Linge und lachte, und dieses Lachen werde ich mein Lebtag nicht vergessen."

„Typisch Martin", sagte sie und schwelgte in Erinnerungen.

„Das war das erste Mal, dass er mein Leben gerettet hat."

Rosemary legte den Stift weg und faltete die Hände unter dem Kinn.

„An dem Tag hatte er viele gerettet. Nachdem wir im

Arbeidern fertig waren, bat er mich, ins Gefängnis zu fahren. Er ist einfach reinspaziert, hat sich als Kapitän Linge von der Norwegian Independent Company präsentiert und gesagt, er hätte Order, alle Insassen mit nach England zu nehmen. Der Aufseher griff zum Telefon, um das zu überprüfen, aber Martin nahm ihm einfach das Schlüsselbund ab und sagte, dafür wäre jetzt keine Zeit. So ging die Entlassung der Gefangenen vor sich. Es war eine bunt zusammengewürfelte Truppe, aber Martin glaubte an sie und behielt auch recht. Die Kerle haben im Kampf gegen die Deutschen ordentlich ausgeteilt."

„Er hatte seine ganz eigene Art, die Dinge anzugehen, so viel ist sicher." Rosemary schenkte Wein nach. „Ein unverbesserlicher Optimist, der immer nach dem Guten im Menschen suchte. Es kam durchaus vor, dass wir uns gestritten haben, und wenn ein romantisches Essen den Bach runterging, weil keiner von uns nachgeben konnte, dauerte es höchstens eine halbe Stunde, bis er fröhlich äußerte, was für einen schönen Abend wir doch hätten, Katastrophen hin oder her."

„Es hat mir die Sprache verschlagen, als der Oberstleutnant Rubin und Martin Hausarrest erteilt hat, kaum dass wir an Bord des Truppentransporters waren."

Rosemary sah ihn überrascht an. „Solche Dinge hat er mir nie erzählt. Das müsste mit ins Stück."

„Heißt das, dass …?"

„Das heißt, dass ich zu viel getrunken habe." Sie stand auf, ging leicht schwankend ins Bad und kam mit seinen vom Handtuchhalter warmen Kleidern zurück. „Ich muss jetzt schlafen", sagte sie und verschwand im Nebenraum.

Bjørn zog sich an und sagte durch den Türspalt: „Danke, Rosemary."

Sie schien schon zu schlafen. Er ging leise zur Tür. Auf der Kommode in dem kleinen Vorraum lag eine Nachricht, und er konnte nicht umhin zu sehen, was dort stand: *Aftenposten, Zehn Uhr, Lobby-Bar Dagligstuen.*

Er blieb kurz verwirrt stehen, ehe er die Tür hinter sich zuzog.

33

Kommandobrücke „Queen Emma",
4. März 1941

Durnford-Slater schaute vom Navigationstisch hoch, als Martin und Rubin ankamen, und sein Blick war unbezahlbar. Sein Mund stand offen wie bei einem Fisch auf dem Trockenen. Admiral Cunningham und Brigadier Haydon beugten sich noch über die Karten.

„Kapitän Linge, ich warne Sie", setzte der Oberstleutnant an.

Martin stellte den Holzkoffer mit Nachdruck auf die Tischplatte.

Rubin blieb zusammen mit der britischen Wache an der Tür stehen.

Der Admiral hob den Blick und zog die Augenbrauen hoch. „Meine Herren, wer um alles in der Welt ist das?"

„Das hier", zischte Durnford-Slater, „ist Kapitän Martin Linge, der die norwegische Einheit leitet. Er steht unter Hausarrest, was er offenbar aus mangelndem Respekt vor …"

„Und dies hier", unterbrach Martin und löste die Kofferriemen, „ist der Grund dafür, weshalb ich mich über die Anordnungen des Oberstleutnants hinweggesetzt habe." Er klappte den Deckel auf und ließ dem Oberkommando Zeit, sich zu sammeln.

„Ich gehe davon aus, dass sie wissen, was das ist?"

Bis auf das unterschwellige Motorenbrummen und das Schlagen der Wellen an der Schiffseite wurde es still auf der Brücke.

Brigadier Haydon streckte die Hand aus und strich über das Holz.

„Grundgütiger, das ist … Ist es doch, oder?"

„Das", sagte Martin, „ist eine Enigma-Chiffriermaschine."

Der Admiral, der als gestandener Mann bereits eine imposante Karriere hinter sich hatte, wirkte mit einem Mal verunsichert. Sein Blick klebte an der Apparatur.

„Meine Herren, Linge hat gegen die ihm gegebene Order verstoßen …", protestierte Durnford-Slater, aber der Admiral winkte nur ab.

„Ich habe vergeblich versucht, es dem Oberstleutnant zu erklären und mich deshalb gezwungen gesehen, den Befehl zu missachten", sagte Martin. „Das hier ist die Chiffriermaschine der Deutschen."

„Und die haben Sie aus Svolvær mitgebracht?", wollte Brigadier Haydon wissen.

„Nein, aus Kabelvåg."

„Aber Kabelvåg war keins unserer Ziele?"

„Korrekt, Sir!" Durnford-Slater sah seine Chance. „Linge hat eigenmächtig gegen bestehende Befehle verstoßen und die Truppe verlassen …"

„Ich habe dem Oberstleutnant Kabelvåg vorgeschlagen, aber er hat mir nicht zugehört."

Durnford-Slater öffnete den Mund, aber Admiral Cunningham kam ihm zuvor.

„Fantastisch, das ist einzigartig."

„Aber funktioniert sie auch? Es sieht aus, als fehlte da was." Durnford-Slaters Protest wurde etwas zurückhaltender.

„Sie denken an die Walzenringe?", fragte Martin.

„Ja, denn ohne die Walzen ist die Maschine unbrauchbar."

Durnford-Slater lächelte siegesgewiss. Vermutlich glaubte er, Martin gerade den Gnadenstoß verpasst zu haben.

„Ich habe einen deutschen Offizier überzeugen können, zwischen den Eisschollen auf Perlensuche zu gehen“, sagte Martin, öffnete seine Brusttasche und nahm nacheinander die Ringe heraus. „Der Offizier hat ein wenig nasse Beine bekommen – sie lagen in vier Metern Tiefe.“

Er wischte einen Walzenring an seinem Hemdärmel ab und setzte ihn vorsichtig in einen der Schlitze über der Tastatur. Er passte und drehte sich im Takt mit dem Zahnrad.

Durnford-Slater kniff die Lippen zusammen.

„Verdammt!“ Der Brigadier zog die Mundwinkel in einem unmilitärischen Grinsen hoch. „Jetzt sind wir Gott und kriegen alles mit, was die Deutschen tun. Selbst, wenn der Führer auf den Lokus geht!“

Der Admiral erlaubte sich ein kurzes Lachen, ehe er wieder erzbritisch wurde. „Kabelvåg“, murmelte er kopfschüttelnd mit einem Blick auf die Karte.

Durnford-Slater meldete sich noch einmal zu Wort. „Sir, wir haben uns darauf geeinigt, den Umfang des Strandüberfalls wegen der fehlenden Fluguntерstützung einzugrenzen.“

„Umso wichtiger war es, die Flakstation zu sprengen“, sagte Martin. „Die in Kabelvåg stationiert ist. Stationiert *war.*“

„Ich habe das als zu riskant eingestuft ...“ Die Stimme des Oberstleutnants schraubte sich hoch.

„Lassen Sie Kapitän Linge erst einmal ausreden“, fuhr ihm der Admiral über den Mund.

„Danke, Sir. Der Tipp kam von einem norwegischen Kontakt in London. Manchmal ist es einfach wichtig, ein gewisses Wagnis einzugehen.“

„Dann geben Sie die Befehlsverweigerung zu?"
„Ich habe mich entschieden, auf mein Bauchgefühl zu hören."
„Was sich dann ja wohl ausgezahlt hat", sagte Brigadier Haydon und strich mit der Hand über die Chiffriermaschine. „Ich würde sagen, die Operation Claymore kann als voller Erfolg verbucht werden. Mehr als das, alle Erwartungen sind bei Weitem übertroffen worden. Und ich bin der Meinung, dass unser norwegischer Freund sich ein oder zwei Bier verdient hat."
Durnford-Slater begann, halbherzig zu protestieren, aber der Brigadier würgte ihn ab.
„Oberstleutnant! Die Sache ist abgehakt."
„Sir, wir sollten umkehren und Kurs auf Bodø nehmen."
„Kapitän Linge?"
Der Tonfall und die Körpersprache des Admirals hätten Martin Einhalt gebieten sollen. Tief in seinem Innern wusste er, dass er die Geduld seiner Vorgesetzten übermäßig strapazierte. Aber er konnte es sich nicht verkneifen. Eine solche Chance kam nie wieder.
„Die Luftwaffe ist auf dem Weg nach Svolvær, wir segeln in einem großen Bogen um sie herum und nehmen den Flugplatz in Bodø ein, während sie über den Lofoten kreisen. Damit würden sie niemals rechnen."
„Jetzt reicht es, Linge!" Durnford-Slater schäumte vor Wut.
„Oh nein, es reicht noch lange nicht", konterte Martin. „Ich kenne mein Land, und ich weiß, wie wir den Flugplatz einnehmen können. Wir haben 600 Soldaten, die bisher kaum einen Schuss abgegeben haben. Sie sind frustriert und wollen kämpfen! Aber dafür müssten Sie sich trauen zu handeln!"

Es folgte ein höchst peinliches Schweigen. Martin verfluchte sich innerlich. Wieder einmal hatte er sich mitreißen lassen. Der Brigadier räusperte sich betroffen, das Lächeln des Admirals verzerrte sich zu einer Grimasse.

„Linge, über Befehlsverweigerung und mangelnde Disziplin habe ich in Anbetracht Ihres Erfolges großzügig hinweggesehen. Ich hoffe wirklich, dass Sie nicht zu den Menschen gehören, die nur mit einer Revolvermündung an der Stirn Vernunft erkennen?“

Harte Worte von einem Mann, der ansonsten als die Essenz britischen Phlegmas bekannt war. Mit der bildhaften Umschreibung war die Botschaft des Admirals aber mehr als klar: *Ich schieße, wenn Sie jetzt nicht die Klappe halten!*

„Ay, Sir“, sagte Martin, streckte sich und schlug die Hacken zusammen.

„Trinken Sie einen mit Ihren Männern, entspannen Sie sich, wir sind auf dem Heimweg.“

„Kommst du, Chef?“, fragte Rubin, als sie außer Hörweite waren. „Trinken wir das Bier, dass uns der Admiral aufgedrängt hat?“

„Ich will die Stimmung nicht trüben.“

„Was meinst du damit?“

„Ich muss das alles erst mal verarbeiten“, sagte Martin in Ermangelung einer besseren Entschuldigung. Er wollte Rubin nicht mit seinen dunklen Gedanken belasten. Er sollte sich abreagieren.

„Es ist gut, wenn ihr Dampf ablasst, aber Grund zum Feiern gibt es nicht.“

„Aber es ist doch alles super gelaufen, Chef?“

„Das war nicht unser Verdienst.“

„Machst du Witze? Du hast gerade mit Durnford-Slater den Boden aufgewischt und jetzt schmollst du?“

„Ich schmolle nicht!“

„Und ob. Komm schon, ein Bier schaffst du schon.“

„Mindestens die Hälfte unserer Leute wird sterben, wenn wir das nächste Mal auf die Deutschen treffen. Und wir haben es nicht besser verdient.“

Rubins Blick verfinsterte sich, sein Lächeln verflog, aber da musste er durch.

„Der Angriff war stümperhaft, der Landgang eine Parodie, wären wir auf ernsten Widerstand gestoßen, hätte das ein Blutbad gegeben. Wir waren 600 Soldaten und fünf Zerstörer gegen eine erbärmliche Schar deutscher Soldaten! Es wird keine weiteren derart leicht erkauften Siege geben, das lassen die Teufel in Berlin kein zweites Mal zu.“

Rubin schüttelte den Kopf, drehte sich wortlos um und begab sich in die Messe.

Es tat Martin in der Seele weh, ihn so zu sehen, aber er hatte das einfach aussprechen müssen. „Ab jetzt heißt es knochenhartes Training und intensive Vorbereitungen auf den nächsten Angriff. Wir haben noch Meilen vor uns, bis wir die Kompanie sind, die die Nazis besiegt!“

Rubin knallte die Tür hinter sich zu.

Martin wollte sich mit einer Zigarette beruhigen, als er im Bullauge der Tür zum Mitteldeck sein verkniffenes Gesicht entdeckte. Es war erschreckend, wie ähnlich er seinem Vater wurde.

Draußen stand jemand mit einer Wolldecke über den Schultern. Es war Bjørn. Er beugte sich über die Reling und hielt nach Land Ausschau. Im Osten rollte das Nordlicht flackernd über den Himmel, davor erahnte man noch den oberen Rand der weißen Bergzacken.

„Kalte Füße?“

Bjørn richtete sich auf. Er sah aus, als ob ihn irgendwas bedrückte.

„Nein, Kapitän Linge. Es ist nur, meine Mutter, ich …“

„Abschied ist nie leicht, Junge.“

Martin begab sich in seine Koje. Die kurze Begegnung hatte ihn an etwas erinnert. Er setzte sich auf die Pritsche und blätterte durch das Kartenbuch, das der Junge ihm gegeben hatte. Er hatte Svolvær versprochen, wiederzukommen, aber waren die Lofoten tatsächlich die beste Stelle? An der Küstenlinie gab es viele potenzielle Angriffsziele, und auf den Seiten über das nördliche Vestland kam ihm eine Idee. Dort wären die Deutschen sicher überfordert, wenn sie auf toptrainierte Soldaten trafen.

Vor etlichen Jahren hatte er sich ein Kanu gebaut, mit dem er von Bergen nach Nordfjord gepaddelt war. In dem Fahrwasser kannte er jede Bucht und jede Landzunge. Florø, Måløy und den tiefen Fjord dahinter.

34

Eine Telefonzelle nahe Queen's Gate,
1941

Rosemary ging nicht ans Telefon. Martin sammelte die Münzen aus dem Fach unter dem Telefon und probierte es noch ein letztes Mal, ohne Erfolg. Sie wusste, dass er kam, aber er wollte sie vorwarnen, dass er nicht alleine war. Sie mussten ein paar Norweger bei sich beherbergen, die Baker Street nicht anderweitig untergebracht hatte.

Er hängte den Hörer ein und verließ die Telefonzelle. Rubin, Bjørn und sechs andere Neuzugänge warteten vor Queen's Gate.

„Hältst du das wirklich für eine gute Idee, Chef?", flüsterte Rubin, als der Fahrstuhl mit einem Ruck in der vierten Etage hielt.

„Ganz und gar nicht." Martin zog die Schultern hoch und öffnete die Fahrstuhltür. „Aber eine andere habe ich nicht. Sorry, Jungs, ich hoffe, die Frau des Hauses nimmt es sportlich."

Bjørn und auch die anderen jungen Männer sahen aus, als würden sie lieber das Weite suchen. Martin schob den Schlüssel ins Schloss und öffnete vorsichtig die Tür.

Im Wohnzimmer war für zwei gedeckt. Er hörte Rosemary in der Küche hantieren. Die Jungs standen mit ihrem Handgepäck da und wussten nicht so recht, wohin mit sich.

„Rosie? Ich bin wieder zu Hause!"

Rosemary schob den Kopf aus der Küchentür. Ihr Lächeln erstarb augenblicklich.

Sie schaute von Martin zu den jungen Männern und verschwand mit einem knappen „Oh!" wieder in die Küche. Der Wasserhahn wurde aufgedreht und lief eine Weile.

Rosemary erschien wieder in der Türöffnung. „Kommst du grad mal, Martin?"

Das klang unheilvoll.

„Hals und Beinbruch, Chef", flüsterte Rubin.

Sie stand am Herd und rührte vehement in einem Topf.

„Rosie, das war nicht so geplant, ehrlich."

„Das glaube ich dir gerne." Sie rührte weiter.

Martin schlang von hinten die Arme um sie und küsste ihren Nacken, aber sie schob ihn weg.

„Ich habe versucht, dich anzurufen, um dich vorzuwarnen."

„*Hiervor* wolltest du mich also warnen, vor deinen Militäraktionen aber nicht?"

„Ich darf dir nicht von den Einsätzen erzählen."

Sie ließ ihn noch ein wenig zappeln, er hatte es verdient.

„Wir haben noch kein Quartier für sie gefunden. Ich kümmere mich gleich morgen früh darum."

„Ich habe nur diesen einen freien Abend", sagte Rosemary und wischte sich eine Träne weg. „Ich hab mir solche Sorgen um dich gemacht und mich so gefreut …"

„Es tut mir furchtbar leid, ich verspreche dir, es wieder gutzumachen."

„Das ist es nicht, ich verstehe ja das Problem."

Sie legte den Kopf an seine Schulter und er schlang die Arme um sie. Sie zitterte, und er merkte, wie das Hemd an seiner Schulter feucht wurde. Dann richtete sie sich auf, lächelte, als wäre nichts gewesen und sagte: „Na gut."

Sie drehte das Wasser ab und ging ins Wohnzimmer, wo

die verlegenen Jungen noch immer in ihren Jacken standen. Martin stapfte von schlechtem Gewissen geplagt hinterher.

„Habt ihr Hunger, Jungs?“, fragte Rosemary herzlich. „Wir haben leider nur ein Hähnchen, aber reichlich Mohrrüben und Kartoffeln. Meldet sich jemand freiwillig zum Küchendienst?“

Sekunden später herrschte reges Treiben in der Küche.

Rosemary kam mit einem Stapel Teller und Besteck ins Wohnzimmer, die sie auf den Tisch stellte. Martin drückte sie an sich.

„Ich liebe dich, Rosemary.“

„Dann deckst du doch sicher gern den Tisch für mich?“

Der Sturm hatte sich gelegt und er ließ ihr mehr als gern das letzte Wort. Als er den Tisch deckte, dachte er daran, wie intensiv Rosemary während der Militäraktion in Gedanken bei ihm gewesen war.

35

Queen's Gate, später am Abend, 1941

„Ich kenne wirklich niemanden sonst, der so ein Draufgänger ist wie unser Chef."

Rubin nahm einen großen Schluck Bier. Er war in Feierlaune und machte seinem Ruf als trinkfester Bohemien alle Ehre.

Die anderen jungen Männer lachten und schlossen sich Rubin an. Wirklich alle schienen Martin zu bewundern, der sich sichtlich wohlfühlte. Rosemary war froh, ihn so glücklich zu sehen, und sie wollte ihm keine Szene machen. Nicht jetzt, nicht in dieser Situation. Was Rubin gesagt hatte, besorgte sie aber zutiefst.

„Verglichen mit Martin bin ich der reinste Schuljunge", fuhr Rubin fort. „Ich habe ständig Angst, getroffen zu werden, vor allem in den Allerwertesten!"

Lautes Lachen am Tisch, die Männer prosteten sich zu.

„Erzähl noch mal, wie du das Haus in Kabelvåg gestürmt hast, Chef!"

Rosemary bemerkte den diskreten Blick, den Martin Rubin zuwarf. Und dass er ihm unter dem Tisch ans Schienbein trat.

„Schweigepflicht, Rubin! Sonst kommt noch jemand auf die Idee, das schlechte Benehmen des Chefs zu kopieren."

Sie fröstelte innerlich. Wollte nichts hören, was ihr noch mehr Angst machte und beim nächsten Einsatz Schreckbilder verursachte.

„Sind alle satt geworden?", fragte sie und ging in die Küche, wo sie das Wasser laufen ließ, damit es die Gespräche übertönte. Natürlich war er unvorsichtig gewesen, war Risiken eingegangen.

„Es war wunderbar, Rosemary!", johlte Rubin. „Das waren die besten Kartoffeln und Karotten, die ich jemals gegessen habe!"

„Ihr habt sie selbst geschält", antwortete Rosemary, als sie sich wieder in den Raum wagte, um den Tisch abzuräumen. Bjørn sprang auf und wollte ihr helfen. „Bleib sitzen, Bjørn, ich mach das schon."

Sie wollte allein sein, schloss hinter sich die Küchentür und lehnte sich dagegen. Wut und Angst wechselten sich in ihr ab. Er hatte ihr versprochen, vorsichtig zu sein, dann aber offensichtlich doch den Helden gespielt. Aus irgendeinem Grund suchte er die Gefahr. Als fühlte er sich nur in der Nähe des Todes lebendig. Die Anziehungskraft des Krieges war nicht nur eine Frage von Pflichtgefühl. Das war in Ordnung, solange er nur für sich selbst verantwortlich war. Aber jetzt hatte er sie und musste ihr zuliebe am Leben bleiben. Dachte er jemals darüber nach, wie ihr Leben aussähe, wenn er nicht zurückkam?

Es klopfte an der Tür und Martin warf einen Blick in die Küche. „Alles in Ordnung bei dir?"

„Du hast mir versprochen, keine Dummheiten zu machen!" Sie versuchte, leise zu sprechen, aber die Gefühle gingen mit ihr durch. Er schloss die Tür hinter sich.

„Die Jungs übertreiben. Du weißt ja, wie solche Geschichten sich entwickeln. Ich hatte jederzeit die volle Kontrolle."

„Lüg mich nicht an, Martin, ich will das nicht."

„Ich lüge nicht! Ich bin doch hier, oder? Glaubst du wirklich, ich hätte etwas Gefährliches getan? Ich will nicht sterben.

Außerdem ist es bestimmt gefährlicher, hier in London Krankenwagen zu fahren."

„Du darfst das nicht machen, verstehst du? Du darfst so was nicht machen."

„Was darf ich nicht machen?"

„Dein Leben riskieren und mich allein lassen."

„Rosie." Er legte die Arme um sie und streichelte ihren Rücken. „Du warst die ganze Zeit bei mir."

„Wenn ich da gewesen wäre, hätte Rubin nicht sagen können, dass du so ein Draufgänger bist."

Er nahm ihr Gesicht zwischen seine Hände, küsste sie und fing eine Träne mit dem Zeigefinger auf.

„Morgen Abend nimmst du dir frei. Ich habe zwei Eintrittskarten für das neue Musical von Rodgers und Harts bekommen. Und anschließend gehen wir aus. Nur wir zwei."

„Okay", erwiderte sie.

Er ließ Wasser in die Schüssel laufen und begann zu spülen.

„Solltest du nicht wieder zu den Jungs gehen?"

„Ich glaube, die würden viel lieber dich sehen. Du hast ihre Herzen im Sturm erobert."

„Danke", sagte sie und ging zu den anderen. Am Tisch war es still geworden. Alle sahen sie an. „Alles in Ordnung, Miss Rosie?", fragte Rubin.

„Alles in Ordnung", antwortete sie. „Dann werde ich euch mal Decken und Laken holen. Es wird nicht ganz so sein wie im Grand Hotel, aber …"

„Wir sind so schon zufrieden", kam es vom Tisch.

Sie ging auf den Flur und öffnete den Kleiderschrank. Ein Gedanke krallte sich in ihrem Kopf fest. Martin hatte ihr weder versichert noch versprochen, vorsichtig zu sein.

36

Baker Street, nächster Tag,
1941

Das Treffen mit Gubbins war auf zwölf Uhr angesetzt.

Den Vormittag hatten sie für die Einquartierung der Kameraden gebraucht. Bjørn bekam ein freies Zimmer in Queen's Gate, auf derselben Etage wie Rubin. Der Rest der Neuankömmlinge wurde in Zimmern in der Nähe untergebracht, bis sie für die Grundausbildung zur Station 17 verlegt werden sollten.

Gubbins wartete in einem großen Raum, der von einem langen Tisch dominiert wurde, auf dem eine Reihe ausgebreiteter Karten mit möglichen Angriffszielen lagen.

Als Joan Martin hereinführte, war Durnford-Slater bereits da. Er beugte sich neben Gubbins über die Karten der norwegischen Küste. War der Oberstleutnant früher gekommen, um ungestört über ihn herzuziehen?

„Martin, wenn man vom Teufel spricht", sagte der Oberst munter, als er ihn sah. „Willkommen zu Hause."

„Vielen Dank, Sir!", erwiderte Martin.

„Sparen Sie sich das Sir. Das war ein fantastischer Job, Mann! Ich bin sicher, dass Adolf jetzt an den Nägeln kaut."

Durnford-Slater hob kurz den Blick, um sich gleich wieder auf die Karten zu konzentrieren. Es wunderte Martin nicht. Sie würden niemals Freunde werden.

Gubbins nahm ein Blatt Papier von einem Arbeitstisch und wedelte energisch damit. „Hören Sie, Martin, hören Sie sich das an: *Meine herzlichsten Glückwünsche zu der überaus erfolgreichen Operation!*" Er machte eine dramatische Pause. Durnford-Slater war in der vorgebeugten Haltung erstarrt. *„Und richten Sie einen persönlichen Gruß an Kapitän Linge aus: Ich bin von Herzen dankbar für die Rolle, die er und seine Männer gespielt haben, um diesen Einsatz zu einem großen Erfolg zu machen!*" Noch eine dramatische Pause, dann das große Finale: *„Winston Churchill!*"

„Danke, Colin", sagte Martin. „Was für eine wunderbare Auszeichnung."

„Und hochverdient", betonte Gubbins und wurde schlagartig ernst. „Das waren die guten Nachrichten."

Gubbins reichte Martin den Brief des Premierministers und tippte auf ein anderes Dokument auf dem Kartentisch. „John hat die Nacht durchgearbeitet, um den Bericht über die Operation abzuschließen …"

Der Oberst holte tief Luft, ihm war offensichtlich nicht wohl in seiner Haut.

„Auch ich habe einen Bericht geschrieben", sagte Martin, der ahnte, was jetzt kommen würde und das Heft nicht aus der Hand geben wollte. „Wir haben da oben auf den Lofoten ein paar entscheidende Fehler gemacht, Colin."

„Wirklich?" Durnford-Slater sah von der Karte auf. Er wirkte nicht überheblich, eher passiv aggressiv, aber dieses eine Wort hallte nach. Martin ignorierte es.

„Wir hätten Bodø einnehmen müssen."

Der Oberstleutnant schlug hart mit der Hand auf den Tisch. „Wenn Sie es unbedingt darauf anlegen, getötet zu werden, machen Sie das bitte allein."

„Ich bitte Sie, John", platzte Gubbins heraus. „Liegt Ihnen etwas quer im Magen, oder warum sind Sie so aufbrausend?"

„Sie haben meinen Bericht erhalten, er ist offiziell, und überdies gehört es nicht zu Kapitän Linges Aufgaben, eigene Vorschläge zu unterbreiten oder unser Vorgehen zu kommentieren."

„Ich verstehe, dass Bodø ein wunder Punkt für den Oberstleutnant ist", konterte Martin. „Aber was ist mit all dem anderen? Der Tatsache, dass die britischen Soldaten weder Handschuhe noch Winterstiefel hatten? Einige hatten nur Turnschuhe an den Füßen! Hat da irgendjemand mitgedacht? Wir waren mitten im Winter in Nord-Norwegen!"

„Wir haben März …", begann Durnford-Slater.

„Und in London blühen die Krokusse, ja, aber nicht auf den Lofoten!"

Es sah aus, als hätte er einen Wirkungstreffer gesetzt, und er hatte noch mehr in der Hinterhand. „Dass unsere Männer nicht abgeschlachtet wurden, haben wir allein der Tatsache zu verdanken, dass kaum Deutsche auf den Lofoten waren. Und die wenigen, die dort stationiert waren, habe ich in Kabelvåg gefunden."

„Ich verweise auf meinen Bericht, Colin. Linge geht zu weit."

„Die Soldaten waren unzureichend ausgebildet. Der Landgang des 3. Kommandos verlief chaotisch. Ich fordere deshalb eine solide Ausbildung, bevor wir auf die Lofoten gehen. Wann soll die Operation Ajax stattfinden?"

„Kapitän Linge!" Durnford-Slater schäumte vor Wut, und sogar Gubbins schien aus der Ruhe zu geraten. Wieder einmal hatte er seine Kompetenzen überschritten, und das würde sich rächen, ob er nun recht hatte oder nicht.

„Meine Herren! Sparen Sie sich Ihre Kräfte, bitte!" Gubbins

stützte sich mit seinen langen Armen auf der Tischplatte ab und beugte den kräftigen Nacken wie ein Stier, der die Hörner senkt. „Die Invasion in Norwegen hat einen neuen Namen bekommen. Sie heißt jetzt Operation Jupiter."

„Sind das die einzigen Neuigkeiten?"

Gubbins sah von Martin zu Durnford-Slater und wartete darauf, dass die Wogen sich glätteten.

„John, soweit ich weiß, haben Sie weitere Informationen?"

Ein säuerliches Lächeln zeichnete sich auf den Lippen des Oberstleutnants ab.

„Gehen wir Punkt für Punkt vor. Vor unserer Operation bin ich davon ausgegangen, dass Fairbairn und Sykes, zwei unserer besten Männer, Ihre Truppe ausbilden sollten, Linge. Aber die Methoden der beiden erfordern eine ganz andere Art von Disziplin, als Sie sie auf den Lofoten an den Tag gelegt haben."

„Wir haben alles getan, was uns aufgetragen wurde, und noch mehr."

„Zum Beispiel, in das Gefängnis in Kabelvåg einzubrechen und alle Verbrecher mit hierher zu bringen?"

„Wollen Sie jetzt meine Jungs wegen mir bestrafen?"

„Wir haben auch noch andere gute Ausbilder."

„Sie wollten Männer, die bedingungslos zum Kampf bereit sind!"

„Ich räume ein …", sagte Gubbins und ließ die Worte in der Luft hängen, während er mit den Fingerknöcheln mehrmals auf die Tischplatte klopfte. „Ich räume ein, dass ich um Männer gebeten habe, die zu allem bereit und fähig sind, aber vielleicht nicht gerade in einem solchen Ausmaß. Verrückt, das schon, aber so verrückt nun auch wieder nicht."

„Ich lege für jeden von ihnen die Hand ins Feuer!", beteuerte Martin. „Meine Leute werden mit Zähnen und Klauen kämpfen, und sie verdienen die beste Ausbildung. Fairbairn und Sykes."

„Um Ihre Verbrecher zu Killermaschinen zu machen?", fragte der Oberstleutnant und betonte jede Silbe. „Wollen Sie dafür die Verantwortung übernehmen?"

Martin spürte, dass er Terrain verlor.

„Die Operation Jupiter ist vorläufig auf Eis gelegt."

„Auf Eis gelegt oder nur verschoben?"

„Vielleicht wird es nie dazu kommen", sagte der Oberstleutnant, das gequälte Lächeln war zurück.

„Nie? Aber … Wir haben den Menschen in Svolvær versprochen, zurückzukommen."

„*Sie* haben das versprochen, nicht wir."

„Sie waren dabei und haben gehört, was ich gesagt habe. Das kommt einer Zustimmung gleich. 300 Jugendliche sind mit uns nach England gekommen, um für die Invasion zu trainieren."

„Wir wissen es nicht, Linge", sagte Gubbins in einem versöhnlicheren Tonfall. Die eisige Front, die der Oberstleutnant aufbaute, war ihm sichtlich unangenehm. „Sie sprechen die Probleme ja selbst an. Der Überfall war nicht durchdacht. Wir hatten zu wenig Informationen. Das ist der Kern des Problems. *The Big Brass* sucht nach Alternativen, sie fürchten, dass Hitler eine Invasion Englands anstrebt. Die gute Nachricht ist aber, dass Churchill noch immer sehr positiv über Norwegen spricht."

„Mein Abstecher nach Kabelvåg hat uns eine Enigma-Maschine verschafft!"

„Dafür spendet Ihnen Churchill ja auch gehörig Applaus! Diese Maschine ermöglicht uns wertvolle Einblicke, aber für wie lange? Reicht das aus, um eine Invasion vorzubereiten? Wir werden sehen."

„Deshalb wollte ich direkt nach Bodø! Hätten wir den Flughafen besetzt, wären wir mit Sicherheit in den Besitz umfangreicher Informationen gekommen, aber ich wurde gezwungen, den Mund zu halten …"

„Das haben Sie dann ja wohl Ihrem eigenen Verhalten zu verdanken", fauchte Durnford-Slater.

„Martin, es nützt nichts, vergebenen Chancen nachzujammern." Gubbins klang verärgert. „Wir erkennen Ihre Kenntnisse über die Norweger und die lokalen Verhältnisse an und werden Sie in größerem Umfang als bisher in die Planung zukünftiger Aktionen einbeziehen."

„Welche Operationen? Ein neues Claymore? Wenn die Operation Jupiter gestrichen wird, wofür war es dann gut, einen Teil Norwegens in die Luft zu sprengen? Svolvær brennt! Und allem Anschein nach ohne jeden Grund!"

„Martin! Ich habe noch eine Verabredung zum Lunch und brauche dafür meine gute Laune! London brennt jede Nacht. Wir können uns nicht kopfüber in eine Operation wie Jupiter stürzen. John, übernehmen Sie den Rest?"

Gubbins verließ den Raum und hinterließ eine bedrückende Stille. Entweder war er blind für Durnford-Slaters Ungereimtheiten, oder er delegierte die Verantwortung, sobald ihm eine Situation unangenehm wurde.

Durnford-Slater legte die Hand auf den Bericht, den er geschrieben hatte. „Wir können es kurz und effizient machen. Die Erfahrungen von den Lofoten haben die Frage aufgeworfen, ob wir uns möglicherweise umorganisieren müssen. Im Klartext heißt das, dass Ihre Kompanie auf dem Prüfstand steht. Es ist an Ihnen, Martin, ob sie weiterexistieren wird. Ein Fehltritt von Ihrer Seite, und Sie können sich einen neuen Job suchen."

„War es das, was Colin selbst nicht sagen wollte?"

„Oberst Gubbins hat die Verantwortung für die skandinavische Sektion mir überlassen. Zeigen Sie mir, dass Sie und Ihre Truppe tatsächlich ein Teil der SOE sind. Ich erwarte, dass Sie Willen zur Zusammenarbeit zeigen."

Es war ein ungleicher Kampf. Durnford-Slater war in der Organisation um einiges besser vernetzt als er und konnte den wirklich wichtigen Männern beständig etwas ins Ohr flüstern.

„Verstanden", sagte Martin so neutral es ging. „Und wer soll meine Männer trainieren, damit wir herausfinden, was in ihnen steckt?"

„Ich denke noch einmal über Fairbairn und Sykes nach. Bis dahin trainieren Sie Ihre Leute selbst. Das ist Ihnen doch sicher recht?" Der Oberstleutnant sah ihn fast entgegenkommend an. „Ich denke, Sie werden mit der Zeit schon begreifen, dass es unklug war, sich mit mir anzulegen, Kapitän Linge."

„Ist das eine Drohung, Oberstleutnant?"

„Nur harte Fakten und ein guter Rat. Sie können abtreten."

Der Oberstleutnant beugte sich wieder über die Karten.

Martin ging in sein Büro. Es warteten genügend Aufgaben auf ihn. Die neuen Rekruten mussten eingeschrieben und das Training für die verschiedenen Gruppen geplant werden. Außerdem musste er sich über einiges klar werden.

Auf dem Tisch vor ihm lag der Bericht über die Auswirkungen von Claymore, ausgearbeitet vom Büro des norwegischen Ministerpräsidenten. Um drei Uhr war er zu einer Besprechung bei Nygaardsvold gebeten worden. Er musste an das Geld denken, das Alf und er eingesammelt hatten. Könnte das möglicherweise die Basis für etwas Neues sein? Eine Zusammenarbeit mit der norwegischen Regierung und damit außerhalb von Durnford-Slaters Einflussbereich?

Es klopfte an der Tür, Joan steckte den Kopf herein.

„Ich habe eine Liste für Sie. Von Durnford-Slater“, sagte sie. „Über die Rekruten, die überprüft werden sollen.“

„Danke, Joan“, sagte Martin und legte die Liste gemeinsam mit dem Lofoten-Bericht zur Seite. Er musste den Kopf frei kriegen für das Treffen mit dem Ministerpräsidenten.

37

Oslo,
15 Tage vor der Premiere, 1991

Die Notiz war ihm die ganze Nacht nicht aus dem Kopf gegangen: *Aftenposten, Zehn Uhr, Lobby-Bar Dagligstuen.* Am Morgen hatte er mehrfach versucht, Rosemary zu erreichen, aber sie war weder ans Telefon gegangen, noch hatte sie zurückgerufen. Jetzt stand er in der Stortingsgata und sah zum Hotel Continental hinüber.

Bjørn war noch immer aufgewühlt vom Vortag und fühlte sich leicht fiebrig. Die letzten Flashbacks lagen mehr als ein Jahr zurück. Wie war es möglich, dass all die Fortschritte, die er gemacht hatte, auf einen Schlag wie weggeblasen waren. Sein Psychiater hatte ihm erklärt, dass es in seinem Kopf eine gute und eine schlechte Seite gäbe. Und wenn die schlechte die Regie übernahm, ging alles schief.

Dichter Verkehr pulsierte in der Stortingsgata, aber der Lärm in seinem Kopf übertönte alles. Auch musste er ständig an die Worte von Gerd Hovdens denken. *Wenn die Presse von Rosemary Reeds ablehnender Haltung zu dem Stück Wind bekommt, dann gute Nacht.* Musste er die Theaterchefin warnen? Er hatte kein Recht, sich in Rosemarys Aktivitäten einzumischen, es war ihre Entscheidung, mit wem sie redete. Außerdem sprach Rosemary sicher nicht über private Dinge mit der Presse, schließlich ging es ihr ja gerade darum, ihr Privatleben zu schützen. Oder irrte er sich?

Zehn vor zehn. Er lief zwischen zwei Autos über die Straße. Er musste mit ihr reden, bevor sie interviewt wurde. Martin, dem Chef, zuliebe. Zu spät. Rosemary saß bereits an einem Tisch am Fenster und redete mit einer Frau, die sich eifrig Notizen machte. Ein Fotograf schwärmte um sie herum und schoss Foto um Foto.

Etwas in Bjørn wurde kurzgeschaltet. Angetrieben von seinen Dämonen stürmte er herein und hörte gerade noch die Frage: „Können Sie bestätigen, dass Sie das Theater gebeten haben, Ihre Rolle zu streichen? Und dass man Sie bedrängt hat, sich umzuentscheiden?“

Bjørn wollte protestieren, aber es kam nur Kauderwelsch. Sein Gesicht versteinerte, und die Ataxie schleuderte Arme und Beine in alle Richtungen. Rosemary sagte etwas zu ihm, er verstand aber kein Wort. Er sah die Angst in den Augen der Journalistin, als der Fotograf sie beiseitezog und erkannte, dass er ihnen ganz ohne Absicht Angst machte.

Der Fotograf hielt die unfreiwillig groteske Choreografie seines Körpers in ein paar Bildern fest. Instinktiv versuchte Bjørn, ihm die Kamera zu entreißen, aber seine Beine hatten andere Pläne, und plötzlich kniete er auf dem Boden.

Das Hotelpersonal kam angelaufen und eskortierte ihn nach draußen. Er wollte nicht um sich schlagen, hatte sich aber nicht unter Kontrolle. Ein paar flimmernde Minuten später stand er draußen auf der Straße, die Jacke in den Händen, neben sich eine erschrockene Rosemary mit Tränen in den Augen.

„Tut mir leid“, sagte er, heraus kam ein unverständlicher Brei. Er versuchte es noch einmal, und als es nicht ging, wich er ein paar Schritte zurück. Weg von Rosemary, weg von den Menschen, die um sie herumstanden und sie anstarrten.

An der Ecke der Rosenkrantz' Gate drehte er sich noch

einmal um. Rosemary stand noch immer vor dem Continental. Dann schwang sie herum und ging wieder hinein.

Bjørn schloss sich in seinem Hotelzimmer ein und wachte ein paar Stunden später im Sessel auf. Vor ihm auf dem Boden lag Martins Colt. Es war alles so sinnlos. Er schwamm auf dem offenen Meer, aus dem ihn niemand an Bord eines rettenden Bootes zog.

38

Dagligstuen, Lobby-Bar,
am selben Morgen 1991

„Ich kann jetzt nichts mehr sagen, tut mir leid."

„Wir stellen es bis auf Weiteres zurück", sagte die Journalistin.

Die Aftenposten-Mitarbeiter packten ihre Sachen zusammen und zogen sich höflich zurück.

Rosemary setzte sich wieder, und der Kellner brachte ihr eine frische Kanne Tee.

Dass sie etwas über Martin schreiben wollten, hatte sie freudig überrascht. Sie hatte mit der Theaterleitung gesprochen, die keine Einwände hatte, solange der interne Konflikt in dem Artikel nicht angesprochen wurde.

Woher Bjørn von dem Interview wusste, konnte sie nicht sagen. Sie machte sich aber ernsthaft Sorgen um ihn. Er war wie eine tickende Zeitbombe, und die extremen Attacken machten ihr Angst.

Vielleicht war er auch nur zufällig in das kurze Kreuzverhör geraten und hatte sie lediglich zu schützen versucht.

Sie hätte sich das nicht antun sollen. Hätte einen Anwalt einschalten und sich selbst ein paar entspannte Tage in Basel machen sollen, statt den nächsten Flieger nach Oslo zu nehmen.

Aber selbst aus dem Jenseits zog Martin noch immer an ihr. Allein das Wissen um dieses Theaterstück, dass sich am Norske Teatret gerade alles um ihn drehte, war Grund genug für ihre Reise hierher. Und für ihr Bleiben. Sie würde nie fertig sein mit Martin Linge. Er steckte in ihrem Nervensystem, im Herzen, im Blut, in jedem gedachten Gedanken, in den verborgensten Winkeln ihrer Träume. Ob es für Bjørn ähnlich war?

Interessant, dass Martin auch heute noch für feurige Debatten und Auseinandersetzungen im Theater sorgte. Sie hatte das große Bedürfnis, zu seinem Grab zu gehen und mit ihm zu reden, war dafür jetzt aber zu erschöpft. Stattdessen wanderten ihre Gedanken in der Zeit zurück, zu seinem ersten Grab.

Ein Jahr nach Kriegsende war sie nach Norwegen gezogen, um Norwegisch zu lernen, und es war eine Fügung des Schicksals, dass sie gerade zu dem Zeitpunkt in Måløy war, als das Grab geöffnet worden war, in dem Martin in aller Heimlichkeit begraben worden war.

Die Briten wollten ihre Toten identifizieren, um sie zu kremieren und die Urnen zurück nach England zu bringen. Alle Gräber wurden geöffnet und die sterblichen Überreste nach Trondheim überführt. Das war alles sehr schwer gewesen damals, im Nachhinein war sie aber froh, dabei gewesen zu sein.

Martin wurde in Trondheim kremiert, wo im Nidarosdom auch eine Trauerfeier mit allen militärischen Ehren stattfand. Mehrere Männer aus seiner Kompanie waren zu diesem beeindruckenden Abschied gekommen. Traurig war nur, dass niemand daran gedacht hatte, seine Kinder zu informieren. Aus der Familie waren nur Martins Schwager bei der Zeremonie zugegen. Rosemary hatte sich im Hintergrund gehalten. Sie war der Bahre gefolgt, als sie ihn von Måløy überführt hatten.

Die Urne war dann später nach Oslo gebracht und auf dem

Westfriedhof beigesetzt worden, wo die Kinder dieses Mal dabei waren. Dreimal war er zu Grabe getragen worden, und war doch noch immer so lebendig.

Sie dachte an das, was sie in Trondheim nach der Trauerfeier über Martin erfahren hatte, worüber sie nur mit ihrem Ehemann gesprochen hatte.

Einer der Jungs aus Martins früherer Kompanie arbeitete im Krematorium. Er hatte sich am Tag nach der Trauerfeier auf einen Kaffee mit ihr verabredet. Und das war wieder eine dieser berühmten Sekunden im Leben, in denen etwas Wichtiges geschah.

Er erzählte ihr, dass er beim Einsammeln der Asche etwas gefunden habe und überreichte ihr geheimnisvoll, beinahe feierlich, ein kleines Silberkästchen. Der Deckel war kunstvoll verziert, mit einer erhöhten Rosenblüte in der Mitte und den eingravierten Initialen ML an der Seite.

Auf den ersten Blick sah der Inhalt aus wie ein unförmiger Metallklumpen. Als sie erkannte, was es war, kamen ihr die Tränen.

„Die Kugel hat wohl in seiner Brust gesteckt. Ich hab leider nicht rausgekriegt, aus was für einer Waffe sie abgefeuert wurde."

Das deformierte Blei sah aus wie eine Blüte. Ob sie sich beim Aufprall so verformt hatte, oder dies in der hohen Temperatur im Brennofen geschehen war, konnte er nicht sagen. „Ich hätte sie Ihnen geschickt, aber dann habe ich sie hier gesehen. Ich bin sicher, der ‚Chef' fände auch gut, dass Sie sie bekommen"

Es war unglaublich rührend und unfassbar schmerzhaft. Sie hatte sich mit einer langen Umarmung von dem Mann verabschiedet, in der sie ihre widerstreitenden Gefühle verstecken konnte, die Trauer und Freude, die mit neuer Wucht in ihr aufstiegen. Das Silberkästchen hatte sie von dem Tag an in ihrer Schmuckschatulle aufbewahrt.

Sie hätte Bjørn gerne von der Kugel erzählt, ihm etwas gegeben, von dem kein Mensch sonst etwas wusste. Aber wie würde er in seiner derzeitigen Verfassung darauf reagieren? Ihr kam eine verwegene Idee: Sie könnte ihm die Kugel als Premierengeschenk geben. Sie verwarf die Idee aber genauso schnell wieder, weil sie sich niemals von der Kugel trennen könnte. Was sie tun könnte, wäre, ihre Zustimmung zu dem Stück zu geben.

39

Det Norske Teatret,
14 Tage vor der Premiere, 1991

Theaterchefin Hovden saß in ihrem Chefsessel und las laut aus der Aftenposten vor. „Kriegsveteran Bjørn Sjøvåg hatte einen bedrohlichen Auftritt im Continental, wo er Mitarbeiter der Aftenposten angegriffen hat, die sich gerade in einer Unterhaltung mit Rosemary Reed befanden, Martin Linges Londoner Freundin. Sjøvåg, der Berater bei der Inszenierung des Stückes über den Kriegshelden am Norwegischen Theater ist, platzte unangemeldet in das Interview hinein."

Hovden setzte die Brille ab, rieb sich die Augen und sagte: „Sjøvåg?"

Bjørn starrte in die unangetastete Kaffeetasse vor sich. Er wollte jetzt eigentlich bei den Schauspielern sein, die die neue Szene probten, die sie improvisiert hatten.

„Es tut mir leid. Ich habe an das gedacht, was Sie über die Presse gesagt haben und wollte Rosemary warnen."

„Mit einem Handgemenge?"

„Das nennt sich Ataxie. Ich hatte nicht die geringste Absicht, jemanden anzugreifen."

„Aber was hatten Sie denn überhaupt dort zu suchen?"

„Wie gesagt, ich hatte das Gefühl, Rosemary von der Presse fernhalten zu müssen."

Der Blick, mit dem Hovden Bjørn bedachte, sprach Bände.

„Was soll ich Ihrer Meinung nach tun? Mich für meine Kriegsverletzungen entschuldigen?"

„Nein, natürlich nicht", sagte Hovden gereizt und studierte

die Fotos, die über zwei Seiten gingen. Auf einem war Bjørn zu sehen. Der Fotograf hatte eins mit besonders monströs verzerrtem Gesicht gewählt. Auf der anderen Seite posierte eine Handvoll Widerstandskämpfer vor der Kamera, die etwas zu rufen schienen. Die Bilder waren so arrangiert, dass sie eine Konfrontation zwischen Bjørn und den Männern zeigten.

Hovden schnaubte. „Darf ein gewaltbereiter Mensch wie Sie, Bjørn, überhaupt Berater für das Stück über den Helden Linge sein? Hat das Theater das Recht, die Geschichte anzuzweifeln? Linges Kompanie und die norwegische Exilregierung bloßzustellen?“ Hovden faltete die Zeitung zusammen.

Bjørn konnte nicht länger still sitzen.

„Das ist doch absurd!“, platzte es aus ihm heraus. „Ich war dort und wir wussten, wie unbeliebt wir bei der Regierung waren. Aber wir haben getan, was wir tun mussten! Warum sollen wir es nicht so erzählen, wie es war? Wird ein Held in den Dreck gezogen, wenn man die Wahrheit sagt?“

Bjørn schnappte sich seine Tasche und zog den Ringhefter mit den über 300 dichtbeschriebenen Seiten heraus, sein Kriegserbe. Seine Hände zitterten, als er den Ordner aufschlug und zwei Blätter daraus auf den Tisch legte.

„Die können Sie der Presse zur Veröffentlichung geben. Das sind meine Nachkriegsschulden. Die Zinsen sind mit Albträumen bezahlt, angegriffener Gesundheit, psychiatrischen Behandlungen und gestörter Motorik. Der Unterschied zwischen mir und den Schreihälsen in der Zeitung ist, dass sie Medaillen bekommen und ich aus der Hotelbar geworfen werde.“

Bjørn nahm den Ordner und warf sich die Tasche über die Schulter. Er war wütend auf sich selbst.

„Und jetzt würde ich mich gerne wieder dem widmen, weshalb ich hier bin. Dafür zu sorgen, dass Martins Geschichte so wahrheitsgetreu wie möglich wird."

40

London, Büro von Ministerpräsident Nygaardsvold, 1941

„Haben Sie Kenntnis über das Nachspiel auf den Lofoten, Linge?“

Was für eine frostige Begrüßung. Martin bereute es umgehend, keinen Blick in die Dokumente geworfen zu haben, die ihm zugestellt worden waren.

Ministerpräsident Johan Nygaardsvold sah von den Unterlagen auf, die er demonstrativ studiert hatte. Martin war ein Holzstuhl in der Mitte des Raums zugewiesen worden. Trygve Lie hatte Posten auf einem niedrigen Sofa bezogen, mit ausreichendem Abstand zu dem Mammutschreibtisch des Ministerpräsidenten.

Nygaarsvolds quadratisches Gesicht hinter der kleinen Nickelbrille sah in dem grauen Nachmittagslicht wie ein Granitblock aus. Der Mann hatte etwas Unheilvolles an sich.

„Ich weiß nicht, was genau Sie meinen?“ Martin wechselte die Sitzhaltung.

„Die Sturmtruppen sind nur wenige Stunden nach ihrem Rückzug eingerückt und haben Svolvær mit deutscher Gründlichkeit verwüstet. Terboven persönlich hat den Irrsinn irgendwann beendet. Aber Sie haben es vielleicht ja für überflüssig befunden, den Nachbericht der militärischen Aktion zu lesen?“ Nygaardsvold tippte mit einem dicken Zeigefinger auf den Stapel Unterlagen vor sich. „Den Preis für Ihren privaten Krieg, Linge, bezahlen unsere Landsleute.“

Martin hatte zwar nicht mit derselben Begeisterung wie

von Churchill gerechnet, aber doch mit einem Hauch von Anerkennung. Er sah zu Trygve Lie und glaubte, so etwas wie Ermutigung in seinem Blick zu sehen, was ihn einigermaßen aufrecht hielt.

„Mein privater Krieg?", sagte er. „Wir waren 600 Soldaten. 50 davon junge norwegische Männer, die ihr Leben für das Land riskiert haben, das sie lieben. Keiner der Soldaten hat, soweit mir bekannt, diesen Angriff als eine private Angelegenheit aufgefasst. Es ist fraglos furchtbar, dass Zivilisten Leidtragende sind, aber ich kann bezeugen, dass die Deutschen kräftig haben einstecken müssen. Dank des fantastischen Einsatzes der norwegischen Einheit."

„Zum Beispiel mit dem Beschuss und Versenken des Hurtigrutenschiffes ‚Mira'?"

Martin war nicht auf diese Art Rhetorik vorbereitet.

„Zum Beispiel mit dem Versenken des Kühlschiffes ‚Hamburg', den gesprengten Fabriken und Öllagern, die von wesentlicher Bedeutung für die Deutschen waren", antwortete er im Versuch, die aggressiven Vorwürfe des Ministerpräsidenten abzuwehren. „Die ‚Mira' war eine solide Fehlentscheidung auf britischen Befehl."

„Unschuldige Norweger wurden getötet und verletzt."

„Das mit der ‚Mira' und jedes verursachte Leid … Wir waren in Kabelvåg, als das passiert ist."

Nygaardsvolds Gesicht blieb ausdruckslos. Er stellte Fragen, schmetterte aber jede vernünftige Antwort ab, die nichts mit seiner Version der Wahrheit zu tun hatte.

„Wie sieht es mit Ihrem Realitätsverständnis aus, Linge? Sind Sie in der Lage, zwischen Fantasie und Fakt zu unterscheiden?"

„Ich befürchte, dass ich die Frage nicht verstehe."

„Lassen Sie es mich anders ausdrücken: Glauben Sie, dass die Toten auferstehen, um den Applaus entgegenzunehmen, wie im Theater?"

Martin griff mit beiden Händen an die Sitzkante, um sich zu beruhigen. Worauf wollte Nygaardsvold hinaus? Wollte er ihn verunsichern oder aus der Fassung bringen?

„Beim Angriff auf Åndalsnes habe ich beinahe mein Leben verloren, ich bin mir … also sehr im Klaren darüber, was Krieg ist und was Theater …"

Nygaardsvold öffnete den Mund, aber Martin war noch lange nicht fertig. „Wir haben den ersten Angriff seit Kriegsbeginn auf die von Hitler besetzte Küstenlinie durchgeführt. Ich denke, man sollte die Bedeutung dieser Aktion nicht unterschätzen. Nach meinem Realitätsverständnis verdient das den Beifall der Regierung. Und ganz sicher keine persönlichen Angriffe."

„Eine Vorabinformation über die geplante Aktion hätte andere Resultate bringen können."

War das der wunde Punkt? Ging es um Trygve Lies wohlmeinendes Ersuchen vor ein paar Monaten? Die Tatsache, dass er keine Informationen an die Regierung hatte durchsickern lassen?

„Die ganze Welt lobt das Resultat."

Nygaardsvold rang sich in Richtung Außenminister ein herablassendes Lächeln ab und verdrehte mäßig diskret die Augen.

„Die Interessen der Briten sind nicht notwendigerweise auch die unseren. Denen geht es doch nur darum, eine Invasion Englands zu verhindern. Norwegen kommt da als

Ablenkungsmanöver gerade recht. Aber warum sollen wir den Preis dafür zahlen?"

„Ich habe in Kabelvåg eine Enigma-Maschine gefunden, mit Chiffrierwalzen."

„Glauben Sie wirklich, dass die Briten uns befreien wollen?"

„Haben Sie gehört, was ich gerade gesagt habe? Damit können wir die Codes knacken und deutsche U-Boote daran hindern, norwegische Schiffe zu versenken!"

„Beantworten Sie meine Frage. Ja oder nein?"

„Darauf kann ich Ihnen nicht antworten."

„Genau! Wir stehen in keiner Weise hinter Aktionen wie der Operation Claymore."

Trygve Lie hatte sich zentimeterweise auf die vordere Sofakante vorgearbeitet, als fürchtete er Handgreiflichkeiten, bei denen er einschreiten müsste.

„Ist es nicht besser, irgendetwas zu tun, und dabei Fehler zu begehen, als den Kopf in den Sand zu stecken und zu hoffen, dass sich das Problem irgendwann von allein löst?"

„Ich bin hier derjenige, der die Fragen stellt, nicht Sie!"

Lie sprang auf und schob sich zwischen Martin und Nygaardsvold, die sich beide von ihren Sitzen hochstemmten.

„Dialog, meine Herren, wollen wir nicht versuchen, einen freundlichen Ton zu wahren?"

„Mein einziger Wunsch ist ein freies Norwegen."

„Und das ist auch das übergeordnete Ziel der Regierung."

Lie war ihm wohlgesonnen, was die herablassende Art des Ministerpräsidenten aber nicht aufwiegen konnte. Er hoffte, dass er sich beherrschen konnte.

„Und wie soll aus Sicht der Regierung der Widerstandskampf ablaufen?"

Der Blick des Außenministers wurde schlagartig defensiv, als erwartete er, dass der Ministerpräsident das übernahm. Da dieser aber schwieg, kam Lie mit einer weiteren Politikerfloskel: „Wir haben einen Militärausschuss benannt …"

„Grandios", fauchte Martin. „Und in der Zwischenzeit zieht Hitler die Schlinge enger!"

Das war der Tropfen, der das Fass zum Überlaufen brachte. Nygaardsvold beugte sich über den Schreibtisch und sah dabei aus wie eine Bulldogge, die Martin an die Gurgel gehen wollte.

„Wir sind für den Schutz norwegischer Interessen und norwegischer Bürger zuständig!", knurrte er. „Ich fordere Sie auf, Ihre Arbeit für die SOE schnellstmöglich zu beenden!"

Martin machte einen Schritt nach vorn, aber Lie hob die Hände.

„Wenn Sie sich beide zügeln und wieder setzen würden?"

Nygaardsvold schnaubte, hatte aber eine Sekunde später das Pokerface wieder aufgesetzt. Er rückte den Schlipsknoten zurecht und platzierte sich übertrieben theatralisch in seinem Chefsessel. Martin setzte sich ebenfalls. Nygaardsvolds letzte Initiative öffnete die Möglichkeit für eine Lösung. Das war seine Chance, die Idee vorzustellen, die er nach seinem Zusammenstoß mit Durnford-Slater gehabt hatte.

„Geben Sie mir eine Alternative", sagte er, glücklich, dass er einigermaßen ruhig klang. Diese unerwartete und willkommene Gelegenheit durfte er jetzt nicht vergeigen. „Geben Sie mir das Mandat, eine gleichwertige norwegische Einheit aufzubauen, dann verlasse ich Baker Street noch heute. Ich würde nichts lieber tun, als unter der norwegischen Flagge zu kämpfen."

Die beiden Minister wechselten einen Blick. Nygaardsvold schob die Brille hoch und vertiefte sich in seine Unterlagen. Lie nickte. Das Schweigen steigerte die Spannung.

„Und warum sollten wir Ihnen ein solches Mandat geben?"

„Aus dem gleichen Grund wie die Briten", sagte Martin. „Um etwas zu bewirken."

Dem Ministerpräsidenten entwischten ein spontaner Schnaufer und ein kurzes gönnerisches Lachen. Er fuhr mit dem Zeigefinger über einen längeren Absatz auf der aufgeschlagenen Seite.

„Wir kennen Sie, Linge. Sie sind ein Querulant, der sich mit jedem Vorgesetzten anlegt. Sie mussten das Norwegische Theater verlassen ..."

„Ich habe unter Protest gekündigt."

Der Zeigefinger markierte noch einmal den gleichen Absatz.

„... wegen eines Konfliktes mit dem Theaterchef. In Bergen hat die Geschichte sich wiederholt. Streit mit dem Leiter der Nationalen Bühne. Auch dort mussten Sie gehen."

„Ich war Vertrauensmann und habe mich für meine Kollegen eingesetzt. Das sollte der Herr Ministerpräsident durchaus zu schätzen wissen."

Wieder war das Ausbleiben einer sichtbaren Reaktion auffällig. Sie schienen nichts von dem, was er sagte, zur Kenntnis zu nehmen. Nygaardsvolds Wortflut war gleichmäßig, unbeeindruckt und ohne Puls.

„Sie sind geschieden, vernachlässigen Ihre Kinder ..."

„Meine Familie hat nichts mit diesen Dingen zu tun!"

„... Sie haben eine Geliebte, die halb so alt ist wie Sie, Sie leben in wilder Ehe zusammen."

Wo hatte Nygaardsvold diese höchst privaten Informationen

her? Aus der Baker Street jedenfalls nicht. Ein Gesicht tauchte in seiner Erinnerung auf. Aronsen. Dieser verfluchte Journalist hatte ihm von seiner Beförderung zum Kapitän erzählt. Und natürlich hatte er auch die norwegische Regierung mit Informationen über ihn versorgt. Unter dem Deckmantel des investigativen Journalisten konnte er leicht an derartige Informationen kommen. Geh nicht drauf ein. Halt die Klappe und lass es so stehen.

„Sie sind seit 15 Jahren ohne feste Arbeit, und nun haben Sie endlich eine Rolle gefunden, mit der das Fiasko überspielt werden kann."

Martin verließ den Raum, ohne die Tür hinter sich zu schließen.

„Kapitän Linge!"

Die Stimme des Außenministers gellte durch den Korridor. Er ging weiter. Hinter ihm auf der Treppe ins Erdgeschoss waren eilige Schritte zu hören, schneller als seine eigenen. Auf dem Bürgersteig holten sie ihn ein.

„Sie haben das hier vergessen." Trygve Lie hielt Martin seine Mütze hin. „Der Ministerpräsident ist äußerst gewöhnungsbedürftig, selbst für uns, die wir ihn schon lange kennen."

„Hm", antwortete Martin und nahm die Mütze.

Ein schwarzer Vauxhall glitt vor den Bürgersteig.

„Darf ich Sie irgendwo absetzen?", bot der Außenminister an. „Damit wir das Ganze etwas würdiger abschließen können? Baker Street?"

Martin nickte. „Ich kann Sie leider nicht auf einen Kaffee mit hochbitten."

Als der Wagen losrollte, setzte eine Art Katerstimmung ein. Er hatte sich dazu verleiten lassen, die Beherrschung zu verlieren. Jackpot für den Ministerpräsidenten. Er strich sich mit den Fingern durchs Haar und schaute raus auf die Straße, auf der das Leben trotz der nächtlichen Bombenangriffe geschäftig seinen Gang ging. Londons Bevölkerung war wirklich nicht leicht aus der Ruhe zu bringen.

„Politik, Linge, hat auch Theaterelemente in sich. Meinen Gegenspieler lesen zu können, ist von elementarer Bedeutung. Und manchmal muss man sich einfach zurücklehnen und darauf warten, dass die Dinge sich von allein lösen."

„Das kann ich nicht."

„Das habe ich mitbekommen." Lie lachte. „Sie werden Ihre Kompanie weiterführen. Norwegische Soldaten sollten norwegische Offiziere haben, selbst wenn sie unter britischem Kommando stehen. Und das werde ich dem Ministerpräsidenten verständlich machen. Ich bin ein Freund, Linge."

Sie hatten die Baker Street 64 erreicht. Martin öffnete die Tür.

„Wie wäre es, wenn wir Ihren Sohn nach London holen?" Lie legte eine Hand auf Martins Unterarm. „Wie ich den Ministerpräsidenten verstehe, geht es heute ausschließlich um Information."

Martin starrte die Hand an, und der Außenminister zog sie zu sich.

„Ich bin kein Informant."

„Wir könnten viele Leben retten, die Leute in Sicherheit bringen."

Martin stieg aus, blieb aber mit einer Hand an der Tür stehen. Das war eine unmögliche Wahl, auf die es dennoch nur eine mögliche Antwort gab.

„Denken Sie wenigstens darüber nach."

Er schloss die Tür und Lie fuhr davon.

Er warf einen Blick auf das bescheidene Messingschild, als er die Nummer 64 betrat: Interservice Research Bureau.

41

Baker Street, Martins Büro,
1941

Der Bericht über die Folgen des Einsatzes auf den Lofoten lag auf seinem Schreibtisch. Martin blätterte ihn durch und fühlte die Kopfschmerzen kommen. Dieses Mal würde es heftig werden. Vielleicht hätte es anders ausgesehen, wenn die Regierung über die Operation Claymore Bescheid gewusst hätte, aber die Preisgabe von Informationen hätte fatale Konsequenzen haben und das Leben seiner Jungs in Gefahr bringen können. Diese Gewissensentscheidung konnte ihm niemand abnehmen. Nur er allein konnte den weiteren Kurs abstecken. Es herrschte Krieg, und sie konnten sich nicht aussuchen, wie und mit welchen Mitteln sie kämpften. Trotzdem tat es ihm in der Seele weh, als er die Namen der 97 Geiseln las, die die Deutschen genommen hatten.

Ein Name sprang ihm ins Auge: Liv Sjøvåg. Martin überflog den Abschnitt, in dem es um sie ging.

Im selben Moment klopfte es an der Tür und Joan Armstrong steckte den Kopf herein.

„Könnten Sie mal einen Blick auf die Rekruten werfen? Durnford-Slater hat die Liste überarbeitet." Sie legte ihm eine Aufstellung von Namen auf den Tisch.

„Schicken Sie sie rein", sagte Martin.

Bjørn Sjøvåg stand in der Tür. Er war der Letzte auf der Liste, die Joan ihm gegeben hatte. Ihm eine mögliche Nähe zu den Deutschen zu unterstellen, war geradezu absurd. Hatte

Durnford-Slater beim Lesen des Berichtes nicht gesehen, dass der Name Sjøvåg auf der Liste der Geiseln stand?

„Hast du gut geschlafen?“, fragte Martin.

„Wie ein Stein“, antwortete Bjørn und blieb bei der Tür stehen.

„Setz dich. Bist du zufrieden mit deinem Zimmer?“

„Sehr zufrieden, Chef.“

Bjørn nahm auf dem Stuhl vor Martins Schreibtisch Platz, und Martin realisierte, dass der einfache Stuhl dem bei Nygaardsvold glich. Mit dem Gedanken an das grobe Kreuzverhör, dem er unterzogen worden war, nahm er sich spontan vor, ab jetzt alles ganz anders zu machen. Wollte er seine Kompanie als norwegische Einheit behalten, war kein Raum für Machtarroganz à la Durnford-Slater. Churchill sprach von einer „Band of Brothers“, ein Ausdruck, den er sich von Shakespeares Heinrich V. geliehen hatte, aus dessen berühmter Rede zu den Soldaten vor der Schlacht bei Agincourt am Sankt Crispins Tag. *Uns wen'ge, uns beglücktes Häuflein Brüder!* [2] Genau dieses Band wollte er zwischen seinen Männern.

Bjørn starrte auf ein gerahmtes Foto auf Martins Schreibtisch, auf dem Jan Herman und Martin zu sehen waren.

„Dein Sohn?“

Martin nickte und überflog noch einmal die Fragen, die er Bjørn stellen sollte.

„Dann hab ich in seinem Zimmer übernachtet?“

„Er hat nie darin gewohnt, aber wenn er es schafft, nach London zu kommen, steht es für ihn bereit.“

„Wart ihr da in den Ferien?“

„Mein Sohn Jan Herman hat auf einem Schiff angeheuert,

ohne vorher zu fragen. Ich bin ihm nach Singapur nachgereist, um ihn zurück nach Norwegen zu holen und dafür zu sorgen, dass er sein Abitur macht."

Den Rest der Geschichte ließ Martin aus und erzählte nicht, dass er seinen Sohn nur durch pures Glück gefunden hatte. Da der Kapitän des Frachters, auf dem sein Sohn arbeitete, sich weigerte, ihn abheuern zu lassen, hatte Martin das Schiff wie ein Pirat auf offener See geentert und seinen Sohn beinahe gekidnappt.

„Du hast bei Frau Rødsand in der Buchhandlung gearbeitet?"

„So oft ich konnte. Ich liebe Bücher. Aber die Deutschen haben mich dann zu der Arbeit auf diesem Kühlschiff gezwungen. Zum Fisch verpacken. Ich hatte nur die Wahl zwischen dem Schiff und dem Bau der Nordlandsbahn."

Martin horchte auf. Vielleicht sollte er die Überprüfung doch etwas ernster nehmen?

„Mit dem Wissen wächst der Zweifel", sagte er auf Deutsch.

„Hä?", Bjørn sah ihn aufrichtig verwirrt an.

„Goethes Faust. Du sprichst kein Deutsch?"

„Nein", sagte Bjørn und schüttelte entschieden den Kopf. „Und ich will das auch nicht lernen."

„Es haben aber auch Deutsche an Bord des Schiffes gearbeitet, oder?"

„Man muss kein Deutsch können, um Fisch zu verpacken."

„Hast du dich mit einigen davon angefreundet?"

„Es gab da einen, Heinrich. Der konnte ein bisschen Norwegisch, aber wir waren keine Freunde. Wir haben zusammen unten im Kühlraum gearbeitet. Er wurde gefangen genommen, als ihr gekommen seid. Erinnerst du dich an den

Mann, der zu singen begonnen hat, als ihr die Deutschen abgeführt habt?"

Der Junge schien nichts zurückzuhalten.

„Hat er mal Fragen gestellt oder wollte er Informationen von dir?"

„Nie. Manchmal kamen ein paar Kameraden von ihm zu uns nach unten, und die haben dann Deutsch miteinander geredet. Ich hab mich dann immer im Hintergrund gehalten."

Bjørn sah zu Boden und verstand offensichtlich, was hier vor sich ging. Martin konnte sich nicht entscheiden, ob er Liv Sjøvåg erwähnen sollte.

„Hast du was von zu Hause gehört?"

„Ich habe einen Brief an meine Mutter geschickt, aber ob sie den bekommen hat, ist ziemlich fraglich."

„Heißt deine Mutter Liv?"

„Woher weißt du das?"

Es gab keine schonende Weise für die Wahrheit.

„Sie wurde nach unserer Aktion festgenommen. Den Brief hat sie vermutlich nicht erhalten."

Bjørn wurde ganz still. „Ist sie …"

„Sie lebt. Sie ist in einem Gefangenenlager außerhalb von Oslo. Åneby. Ich finde, du solltest das wissen."

Bjørn schwieg. Dann kam ein Schniefen, gefolgt von einem Schluchzen.

„Ich weiß nicht, ob das hier irgendeine Prüfung ist, Chef … aber … ich will kämpfen! Bitte … lass mich gegen diese Schweine kämpfen."

Martin stand auf. Er ging um den Schreibtisch herum zu Bjørn und nahm ihn in die Arme. Der Junge zitterte am ganzen Leib, als die Tränen kamen. Martin hielt ihn, bis er wieder ruhiger wurde, und fühlte sich mit einem Mal schuldig. Bjørn atmete kräftig aus, dann richtete er sich auf und wischte sich die Tränen weg.

„Du wirst kämpfen, Bjørn, das verspreche ich dir."

„Danke", sagte Bjørn und verließ den Raum.

Martin blieb nachdenklich zurück. Er hätte Bjørn sagen sollen, was dort über seine Mutter stand. Er würde die Sache bei nächster Gelegenheit noch einmal aufgreifen, damit Bjørn es nicht von anderer Seite erfuhr.

Er nahm einen Bleistift, machte ein Kreuz hinter Bjørns Namen auf Durnford-Slaters Liste und schrieb: Überprüft.

42

The Palace Theatre, gleicher Abend, 1941

Er konnte seinen Blick nicht von Rosemary abwenden und bekam kaum mit, was auf der Bühne passierte. Für ihn überstrahlte sie sogar die Primadonna des Abends.

Ein Yankee am Hofe des König Artus. Das Publikum amüsierte sich prächtig über den umgeschriebenen Text, der nun vor britischem Nationalstolz trotzte. Das eigentliche Musical hinterließ keinen bleibenden Eindruck, aber das war nicht wichtig. Von Bedeutung war nur, dass Rosemary einen schönen Abend hatte.

Als die finale Nummer begann und das Liebespaar oben auf der Bühne *My heart stood still* sang, küsste er sie auf die Wange und flüsterte: „Das ist unser Lied. Sie singen über uns."

Rosemary sprang als Erste auf und applaudierte.

Mit einem Anflug von Wehmut verließ er das Theater. Dieses Leben war vorbei. Aber wenn er ehrlich zu sich selbst war, musste er sich eingestehen, dass er gerne dort auf der Bühne gestanden und den Applaus entgegengenommen hätte.

„Woran denkst du? Du bist so weit weg", fragte Rosemary und hakte sich bei ihm unter. Sie standen auf dem Platz vor dem Theater, umringt von Menschen.

„Tut mir leid", sagte Martin. „Meine Gedanken sind ein bisschen abgeschweift."

„Es hat dir gefallen, oder?"

„Eigentlich hatte ich nur Augen für dich."

„Jetzt mach mir das nicht kaputt."

„Der Mann, der die Hauptrolle gespielt hat …“

„Was für eine Stimme.“

„Hat der nicht falsch gesungen?“

„Bist du eifersüchtig?“

„Nein, gar nicht.“

Rosemary lächelte ihn mit dem Funkeln in ihren Augen an, das ihm immer die Beine unter dem Körper wegzog.

Eine Gestalt schälte sich aus der Menge und kam auf sie zu.

„Linge!“, rief Karsten Aronsen.

„Komm“, sagte Martin und zog Rosemary hinter sich her. Aronsen folgte ihnen.

„Haben Sie über den Artikel nachgedacht?“

Selbst aus der Entfernung hatte der Journalist eine Fahne. Sein Schlipsknoten war perfekt und der Blick scharf wie bei einem Jäger, der für seine Regierung die eigenen Leute jagte.

„Sie haben einen Mann namens Bjørn Sjøvåg in ihrer Kompanie, nicht wahr?“

„Halten Sie sich von meinen Leuten fern.“

„Wollen Sie mich der jungen Dame gar nicht vorstellen?“

„Das habe ich nicht vor, nein.“

Martin durchbohrte ihn mit seinem Blick und Aronsen ging. Er war also noch immer ausdrucksstark genug.

„Um was ging es?“, fragte Rosemary.

„Ein alter Bewunderer“, sagte Martin lachend, um sie auf andere Gedanken zu bringen.

Sie folgten dem Strom der Menschen über die Shaftesbury Avenue. Warum hatte Aronsen nach Bjørn gefragt? Wenn der Mann noch einmal auftauchte, musste er mit ihm reden.

„Sind Sie wach, Kapitän Linge?“ Rosemary schnippte vor seinen Augen mit den Fingern. „Was plagt dich?“

„Nichts."
„Kannst du mir dann ein bisschen deiner Aufmerksamkeit gewähren?" Sie zog ihn hinter sich her in eine Seitengasse.
„Wo willst du hin?"
„Wart's ab."
Etwas vor ihnen sah er eine lange Schlange junger Menschen vor einem Lokal.
„Ich habe Lust zu tanzen", sagte Rosemary.
Martin wollte protestieren, sie hielt ihn aber fest und führte ihn an den Wartenden vorbei direkt zur Tür. Der Türsteher lächelte breit, als er sie sah.
„Guten Abend, Miss Reed."
„Den wünsche ich Ihnen auch, Mr Evans."
Evans öffnete die Tür und ließ sie hinein.
„Ich hatte ja keine Ahnung, dass du hier ein VIP bist", sagte Martin.
„Beeindruckt?"
„Sehr."
„Evans fährt auch Krankenwagen, wenn er nicht gerade hier an der Tür steht. Ich habe ihn vorher angerufen. Halte dich an mich, dann ist das Leben gar nicht so kompliziert."
Drinnen war es brechend voll, aber Rosemary war vorausschauend genug gewesen, einen Zweiertisch zu reservieren.
Sie bestellten Wein. Rosemary winkte immer wieder nach links und rechts, sie schien viele der Gäste zu kennen. Das Orchester spielte Evergreens. Martin zählte zehn Musiker, begleitet von einem Sänger und einer Sängerin. Die Gäste waren jung, viel zu jung. Männer und Frauen in Uniform, auf der Jagd nach Liebe. Viele sahen schmachtend zu Rosemary und dann verächtlich, geradezu ablehnend auf den Alten

neben ihr, der nichts an diesem Ort verloren hatte. Armes Mädchen, dachten sie sicher. Entweder ihr Vater oder einer, den sie nur des Geldes wegen genommen hatte. Wenn sie wüssten. Die Schmerzen in seinem linken Bein kamen wie aufs Stichwort, als der erste hoffnungsvolle Jüngling Rosemary zum Tanz aufforderte.

„Ist das in Ordnung?", fragte Rosemary.

„Natürlich nur, wenn Ihr Vater einverstanden ist", sagte der junge Mann.

Die Worte waren wie eine Ohrfeige, aber Martin nickte und war insgeheim froh, selbst um den Tanz herumzukommen. Im Rampenlicht auf der Tanzfläche wäre ihr Altersunterschied noch deutlicher geworden. Mit einem Mal fühlte er sich unendlich alt.

Rosemary schwang herum, sie kannte alle komplizierten Schrittfolgen der modernen Tänze, sei es Swing oder Jitterbug. Machte er sich Sorgen? Ja, obwohl es keinen Grund dafür gab. Ärgerte er sich? Er war auf dem besten Weg. Mein Gott, alter Mann, lehn dich zurück, das Problem löst sich schon von selbst. Das Echo von Trygve Lie in seinem Kopf.

Aber er konnte sich nicht zurücklehnen, und so kam es, dass er irgendwann aufstand und auf die Tanzfläche ging. Er tippte dem jungen Mann auf die Schulter. „Jetzt übernimmt der Herr Papa, tut mir leid."

Das Orchester schlug einen gesetzteren Rhythmus an, als wollte es dem alten Mann entgegenkommen.

„Hörst du?" Rosemary legte die Arme um seinen Hals und summte mit. Ihr Blick glühte.

Es dauerte ein paar Sekunden, bis er realisierte, dass es das Lied aus dem Musical war, das sie gerade gesehen hatten.

„*And then my heart stood still*", sang Rosemary lächelnd. „Genau so war es für mich, als wir uns das erste Mal begegnet sind."

„Dein Herz stand still?"

„Deins nicht?"

„Nun, es hat vermutlich ein paar Schläge ausgesetzt, als du versucht hast, mich über den Haufen zu fahren."

Rosemary führte und er folgte gehorsam und konzentrierte sich darauf, ihr nicht auf die Füße zu treten.

Im Hintergrund sah er einen Jungen auf sie zukommen. Er blieb stehen und starrte Rosemary an. Sie hielt inne und sagte: „Nick?"

„Ist er das? Ist das der Grund?", fragte der junge Mann.

Rosemary sagte: „Martin, das ist Nick. Ich fahre mit ihm zusammen Krankenwagen."

„Fuhr", sagte Nick zornig.

„Hallo Nick", erwiderte Martin.

Der junge Mann starrte ihn an, schüttelte den Kopf, machte auf dem Absatz kehrt und ging.

Martin sah Rosemary an.

„Wer war das denn?"

„Ein alter Verehrer", sagte Rosemary und küsste ihn auf den Mund.

43

Det Norske Teatret,
13 Tage vor der Premiere, 1991

Hovden saß lächelnd im Chefsessel. „Eine wirklich starke Geschichte. Ich glaube, damit kriegen wir endlich die Ruhe, um anständig arbeiten zu können. Und das ist Ihr Verdienst, Sjøvåg."

Die Theaterchefin legte Bjørn eine Kopie des Zeitungsartikels hin. „Und das war ein persönlicher Brief an Sie, von Karsten Aronsen höchstselbst? Einem der profiliertesten Reporter des Zweiten Weltkriegs?"

Bjørn nickte und starrte auf den Text vor sich. Es war Jahre her, dass er den Brief von Aronsen zuletzt gelesen hatte, und es ließ ihn nicht unberührt, ihn nun in der Zeitung abgedruckt zu sehen.

Aftenposten berichtet in dieser Ausgabe über die dramatische Geschichte der Familie des Kriegsveteranen Bjørn Sjøvåg nach der Operation Claymore: *Die ersten SS-Soldaten rückten mitten in der Nacht an. Zwei Busse näherten sich über die Hauptstraße und blieben mit laufenden Motoren stehen. Soldaten schwärmten aus, die Waffen im Anschlag. Kurze, deutsche Kommandos waren zu hören, bedrohlicher als zuvor. Überall in den Häusern gingen die Lichter an. Die Bewohner kamen ins Freie und rieben sich den Schlaf aus den Augen, viele gelähmt vor Angst. Immer wieder war derselbe Befehl zu hören: „Raus! Raus! Raus!"*

Gewehrknattern, wenn Haustüren zerschossen wurden. Bis dahin hatte niemand in Svolvær sein Haus abgeschlossen, geändert hatte sich das erst, nachdem die Engländer abgezogen waren und sich die Dunkelheit über den Ort legte. Sie wähnten sich aber in einer falschen Sicherheit. Frauen, Männer und Kinder, Alte wie Junge, wurden aus ihren Häusern getrieben. Viele standen barfuß im Schnee, einige trugen nur ihre Pyjamas und froren in der Kälte. Jeder Widerstand war zwecklos. Die wenigen, die es trotzdem versuchten, wurden mit Gewehrkolben brutal niedergeschlagen.

Ein widerspenstiger Fischer, der alte Johann, wurde aus seiner Stube gezerrt. Er war in seiner Jugend ein ziemlicher Raufbold gewesen, und es steckte immer noch in ihm. „Lasst mich verdammt noch mal los!", brüllte er. „Ich kann selber gehen, ihr verfluchten Nazischweine!"

Er riss sich los, spuckte einem der Soldaten auf die Stiefel und brüllte: „Pferdepimmel!"

Der Soldat gab ihm eine Ohrfeige, nahm eine Granate und steckte sie dem Alten in den Mund.

Johann antwortete mit einem Faustschlag in das Gesicht des Deutschen. Schlagartig stürzten sich gleich mehrere Soldaten auf ihn, die Menschen standen wie paralysiert da und niemand wagte es, dem alten Fischer zu Hilfe zu kommen.

Auf Befehl eines Offiziers ließen die Schläger von Johann ab. Stattdessen schlugen sie die Fenster seines Hauses ein und kippten Benzin in sein Wohnzimmer. Dann warf einer der Deutschen eine Granate ins Haus. Es stand im Nu in Flammen. Draußen lag der alte Johann im Schnee. Um ihn herum war alles rot. Der Alte drückte sich auf die Ellenbogen hoch, spuckte rötlichen Schleim und rief: „Das hätte ich aber besser hingekriegt!"

Ein Offizier schrie: „Weiter! Los!"

Haus um Haus wurde niedergebrannt, die Hitze der Flammen

taute den Schnee. Die Deutschen griffen hemmungslos wie ein Rudel wilder Hunde alles und jeden an, der ihnen in die Quere kam. Ziellos, willkürlich und aggressiv.

Die Bewohner von Svolvær wurden nach unten zum Hafen getrieben. Die Erwachsenen versuchten, ihre weinenden Kinder zu trösten, aber die Angst war in die Nacht hineingewebt, in die Kälte, die Flammen, die im Laufe weniger Tage zum zweiten Mal ihre Stadt heimsuchten. Auf dem Rollfeld in Kabelvåg war ein Flugzeug gelandet. Josef Terboven, der Reichskommissar persönlich, war unterwegs, was nichts Gutes verhieß.

Da hallte ein schmerzerfüllter Schrei durch die Nacht. Eine weiße Gestalt kam aus einer der Gassen gelaufen. „Das ist Liv Sjøvåg", flüsterte jemand.

Ihr Gesicht war geschwollen, ein Auge blutig verklebt. Sie schluchzte und redete unzusammenhängend. Abgesehen von ihren ausgetretenen Pantoffeln trug sie nur ein dünnes Nachthemd. Sie ging gebeugt und presste sich die Hände zwischen die Beine. Als sie sie wegnahm, sahen alle das Blut. „Sie waren zu dritt", schluchzte sie. „Es tut so weh, so schrecklich weh."

Eine ältere Frau zog ihren Wintermantel aus und legte ihn um Livs Schultern. Eine andere kam zu ihr und stützte sie, damit sie nicht fiel.

„Weiter, weiter!", brüllte eine deutsche Stimme. Gnadenlos wurden sie in Richtung Hafen getrieben.

Bjørn sah von der Zeitungsseite auf. „Tut mir leid, der Text hat mich gefangen genommen …"

„Nehmen Sie sich Zeit", sagte Hovden.

„Ich bin zusammengebrochen", sagte Bjørn und kratzte sich den Unterarm. „Ein Teil von mir ringt wohl noch immer nach Luft. Später habe ich erfahren, dass sie meine Mutter mit dem Laken zu Boden gezogen haben. Sie haben nach mir gesucht. Wollten wissen, ob ich nach London gegangen war. Mit ihren Bajonetten haben sie den Schrank durchsucht, immer wieder in die Kleiderstapel gestochen. Als sie mich nicht gefunden haben, haben sie Mama vergewaltigt, diese Schweine. Und als wäre das nicht genug, geschah dann auch noch die schreckliche Tragödie mit meinem Vetter. Ist es in Ordnung, wenn ich auch noch den Rest lese?"

„Nehmen Sie sich alle Zeit."

Bjørn zwang sich weiterzulesen.

Das Hurtigrutenschiff „Richard With" hatte gerade angelegt. Leichtmatrose Einar Enoksen hielt am Landgang Wache.

Die Stadt lag im Dunkeln, das Feuer warf aber einen rötlichen Schimmer auf die Gebäude, die noch nicht den Flammen zum Opfer gefallen waren.

Auf dem Anleger war eine Gruppe Jugendlicher zusammengelaufen. Sie redeten laut und zeigten auf eine Gruppe SS-Soldaten, die sich über den Hafenplatz näherte. Irgendwie müssen Sie in den Jugendlichen eine Bedrohung gesehen haben, denn einer der Soldaten brüllte: „Bleibt ruhig, keine Dummheiten!"

Die Jungen rannten über den Landgang zum Schiff. Sie waren vielleicht zwölf oder 13.

„Dürfen wir an Bord? Bitte! Wir haben Angst."

„Lasst mal sehen, wie viele ihr seid, und ihr müsst an der Reling bleiben."

„Wir sind zu siebt."

„Wir legen in einer Stunde ab, dann müsst ihr auf jeden Fall wieder von Bord sein."

Einar war unbewaffnet, als er auf die Mitte des Landgangs trat. Seine Brust schnürte sich zusammen, als die Soldaten näherkamen. Er öffnete das Tau, mit dem der Zugang zum Schiff versperrt war, und fürchtete, das Gleichgewicht zu verlieren. Die Soldaten rannten auf ihn zu, die Gewehre angehoben.

„Hallo", sagte Einar und trat einen Schritt vor. „Nicht ..."

Es war das letzte Wort, das über seine Lippen kam. Die Deutschen schossen ihn ohne Vorwarnung nieder.

Ein Mädchen oben an der Reling schrie panisch auf. Der Soldat zielte auf sie und drückte ab, verfehlte sie aber und wurde von einem anderen Soldaten gestoppt, der zu ihm stürmte.

„Lass das, bist du verrückt?"

„Ach", sagte der erste und stieß mit der Stiefelspitze gegen Einar, ehe er plaudernd mit den anderen Soldaten über den Kai verschwand. Leichtmatrose Enoksen blieb auf dem Landgang liegen. Das Licht der Sterne spiegelte sich in seinen toten Augen. Ein letzter Gruß vom Himmel, ehe Wolken aufzogen und seinen Blick matt werden ließen.

Mit freundlichen Grüßen
Karsten Aronsen
London, 10. März 1941

Im Büro der Theaterchefin war es still geworden.

Bjørn faltete die Kopie des Zeitungsausschnittes sorgsam zusammen und steckte sie in seine Tasche, ehe er fortfuhr: „An dem Abend, an dem ich Aronsens Brief erhalten habe, habe ich bei Rubin angeklopft, der hat damals auf derselben Etage gewohnt. Ich habe es nicht ertragen, mit meinen Gedanken allein zu sein. Als niemand antwortete, habe ich die Klinke nach unten gedrückt. Die Tür war offen, er war aber nicht da. In diesem Augenblick kam mir ein verrückter Gedanke. Ich wusste, dass er einen Revolver besaß, und begann danach zu suchen. Ich hatte mich nicht mehr unter Kontrolle, stand völlig neben mir, und dabei stiegen Gefühle auf, die mir total fremd waren. Ich wollte meinem Leben ein Ende bereiten.

Ich fand die Waffe in der untersten Schublade, hinter den Unterhosen. Sie war geladen. Plötzlich bekam ich Angst, dass Rubin mich überraschen könnte. Ich rannte zurück in mein Zimmer und schloss mich ein, die Waffe in der Hand. Dann fiel mir noch ein, dass ich vergessen hatte, die Schublade zuzuschieben. Ich dachte an meine Mutter und konnte mir nicht vorstellen oder gar darauf hoffen, dass wir uns noch einmal wiedersahen. Das alles war meine Schuld. Wäre ich nicht Hals über Kopf abgehauen, wäre sie nicht auf diese Weise bestraft worden, dachte ich. Ich war schuldig, und ich musste die Konsequenzen tragen.

Es war absurd, aber irgendwann kam mir die Idee, mir noch eine Henkersmahlzeit zu kochen. Das zeigt meinen Gemütszustand. Ich erhitzte Wasser auf der Gasflamme in der Küchenecke, kochte drei Eier und stellte Pfeffer und Salz bereit. Nach zehn Minuten nahm ich den Topf vom Feuer, goss das Wasser ab und pellte die Eier. Dann legte ich sie auf einen Teller und platzierte den Revolver mit gespanntem Hahn daneben. Drei hart gekochte Eier sollten die letzte Mahlzeit meines Lebens sein.“

44

Queen's Gate,
1941

Die Luft war elektrisch geladen, als sie sich dem Gebäude näherten. Schon die Art, wie der Rezeptionist mit dem Rücken zu ihnen über den Tresen gebeugt dastand und den Telefonhörer hielt, machte deutlich, dass etwas nicht in Ordnung war. Rosemary fasste ihn fester am Arm.

Als der Rezeptionist sie durch das Fenster sah, legte er den Hörer weg und kam zur Tür gelaufen, um sie ihnen aufzuhalten, als hätte er sie erwartet. In seinem Blick lag eine Mischung aus Erleichterung und Angst. Seine Lippen zitterten. „Sir, ich muss Sie bitten, bis auf Weiteres hier zu warten. Wir haben eine Situation im ersten Stock, ich wollte gerade die Polizei alarmieren." Seine Stimme war leicht hysterisch, Schweißperlen standen ihm auf der Stirn, und er wischte sich mehrfach über die Haarsträhnen auf dem blassen Schädel.

„Was für eine Situation?", fragte Martin und legte dem Mann eine Hand auf die Schulter, als er nicht antwortete.

„Ein junger Mann, einer der Norweger ..."

„Welches Zimmer?"

„Nummer 24, Sir."

„Bjørn", sagte Rosemary. „Das ist Bjørns Zimmer."

Der Rezeptionist nahm den Hörer wieder auf.

Sie liefen zur Treppe neben dem Fahrstuhl.

„Warten Sie mit dem Alarmieren der Polizei!", rief Martin.

„Aber ich habe Schüsse gehört, Sir", antwortete der Rezeptionist panisch und stolperte hinter ihnen her.

„Chef!“ Rubin stand nur mit Pyjamahose und Unterhemd bekleidet auf dem Flur. „Er hat meinen Revolver!“, sagte er leise und eindringlich.

„Ich geh’ runter und ruf die Polizei“, flüsterte der Rezeptionist.

„Sie bleiben hier“, schnarrte Martin ihn mit strengem Blick an, und der Mann blieb stehen. „Ist er allein da drin, Rubin?“

Rubin nickte. Martin hob den Arm, suchte nach Worten, die er nicht fand und sah zu Rosemary. „Haltet euch von der Tür fern.“

„Chef“, sagte Rubin. „Du darfst nicht ...“

Er verstand auch unausgesprochen, was Rubin dachte. Es könnte ein Schuss die Tür durchschlagen wie in Kabelvåg.

Er legte ein Ohr ans Türblatt und klopfte leise.

„Ich bin`s, Martin.“

Sie hörten Bjørn drinnen etwas sagen, verstanden aber kein Wort.

„Okay“, sagte Martin und legte eine Hand auf die Klinke. „Ich komme jetzt rein, Bjørn.“

Ganz langsam schob er die Tür auf, bereit, mit einem Satz zur Seite zu springen, sollten Schüsse fallen.

Drinnen war ein flackerndes Licht zu sehen. Bjørns Schatten auf dem Verdunkelungsvorhang. Eine brennende Kerze auf dem kleinen Tisch an der Wand. Ein Teller mit drei gepellten Eiern. Ein Wasserkessel mit einem Loch, aus dem noch immer etwas Wasser tropfte, rhythmisch und gleichmäßig. Die auf die Eier gerichtete Revolvermündung. Er hatte beide Hände um den Kolben gelegt. Es knallte und der Teller zersplitterte. Der Pulvergeruch ließ das Adrenalin unmittelbar in die Höhe schnellen. Die Eier kullerten auf den Boden.

Bjørn wirbelte herum, starrte Martin verwirrt an und zielte mit dem Revolver auf ihn. „Warum hast du mir nicht alles erzählt? Von Mama? Und von meinem ermordeten Vetter?"

Martin holte Luft, um zu antworten, als Rosemary den Raum betrat. Er wollte protestieren, als eine jähe Bewegung von Bjørn ihn innehalten ließ. Der Junge senkte den Revolver, schaute zwischen ihnen hin und her. Sein Blick war verschleiert.

„Spar dir die Antwort, ich weiß es auch so – es ist dir scheißegal!"

„Es ist mir nicht egal, Bjørn."

„Halt's Maul!"

„Mit wem hast du gesprochen, Bjørn?"

„Halt's Maul, sage ich!"

Als Rosemary einen weiteren Schritt auf ihn zu machte, hob Bjørn wieder den Revolver an. Die Mündung zeigte jetzt zur Decke.

„Das war in den letzten Tagen ganz schön viel, Bjørn. Aber es wird besser werden."

„Was soll besser werden? Kannst du mir nur eine einzige Sache nennen, die wieder besser wird?"

„Erinnerst du dich, worüber wir gesprochen haben? Dass du kämpfen willst? Bald fängt die Ausbildung an."

„Gefasel und hohle Worte!"

Bleib dran, dachte Martin. So lange er redet, schießt er nicht.

„Wir haben über das Bild aus Singapur geredet."

„Du sollst still sein!"

„Weißt du, was ich gedacht habe, als ich Jan Herman hinterhergereist bin?"

„Sei still! Ich kann so nicht denken! Ich will das nicht hören!"

„Ich habe gedacht, dass er ein Idiot ist. Ich habe Monate gebraucht, um ihn zu finden. Habe mich als Heizer, Matrose, alles Mögliche verdingt, um mein Ziel zu erreichen. Weil ich Jan Herman einfach finden musste. Und ich würde es wieder tun …"

Bjørn ließ den Revolver sinken und legte ihn auf dem Schoß ab. Rosemary hatte es fast bis zu ihm geschafft. Ihre Anwesenheit hielt Bjørn im Zaum. Als sie ganz langsam die Hand ausstreckte, schob Bjørn sich ruckartig nach hinten und drückte sich die Revolvermündung unters Kinn.

„Bjørn", sagte Rosemary mit ruhiger, warmer Stimme. „Du kannst wieder in Jan Hermans Zimmer wohnen."

„Du erinnerst mich an ihn, Bjørn", sagte Martin. „Und ich würde auch für dich weit reisen. Das habe ich jedenfalls gedacht, als ich dich aus dem eiskalten Meer gezogen habe. Genau wie bei Jan Herman."

„Dass ich auch ein Idiot bin?"

„Bist du das, Bjørn? Bist du ein Idiot?"

Bjørn schloss die Augen, seine Arme fielen nach unten. Tränen tropften aus den zusammengekniffenen Augenlidern. Seine Schultern bebten in einem lautlosen Weinen. Rosemary strich ihm sanft übers Haar, nahm ihm den Revolver ab und reichte ihn an Martin weiter.

„Danke", flüsterte er. „Tausend Dank, Rosie."

„Es ist vorbei", sagte sie.

Von der Tür kam ein Geräusch, ein vorsichtiges Räuspern. Der Rezeptionist trat mit einer Flasche Wasser und einem Glas in den Raum.

„Sie brauchen keine Polizei mehr zu rufen“, sagte Martin.

Rubin nahm die Flasche und schenkte ein Glas Wasser ein. Reichte es an Rosemary weiter, die es an Bjørns Lippen setzte. Er legte beide Hände um das Glas und trank gierig.

Der Rezeptionist zog sich erleichtert zurück. Die anderen scharten sich um Bjørn.

„Glaubst du mir, wenn ich dir sage, dass mir das mit deinem Vetter schrecklich leidtut?“, fragte Martin.

Bjørn nickte kaum merklich.

„Gehen wir hoch zu uns?“, fragte Rosemary.

„Gerne“, sagte Bjørn und stand auf.

„Wir kommen nach“, sagte Martin, als sie das Zimmer verließen.

Rubin und er blieben zurück. Erst als Martin den Fahrstuhl hörte, ergriff er das Wort.

„Ich habe Bjørn beim Eignungstest durchgewinkt, aber wir können ihn leider nicht gebrauchen.“

„Ich weiß nicht, Chef…“ Rubin massierte sich den Nacken, bückte sich und hob eine Scherbe von dem zerschossenen Teller auf. „Was macht das Ganze dann für einen Sinn? Ihn aus einer Hölle zu retten und gleich in die nächste zu schicken?“

„Wenn Durnford-Slater hiervon erfährt, dann …“

„Wir halten dicht, es wissen ja nur wir beide davon. Chef, du hättest ihn sich selbst erschießen lassen können, wenn du nichts mit ihm vorhättest. Das hätte genauso gut mir passieren können. Dieses verfluchte Warten schlägt auf die Seele. Du bist zum Zerreißen angespannt, es brennt im Körper, und dann passiert gar nichts. Du bist in einer endlosen Warteschleife, das ist ungesund, verdammt ungesund.“

„Das hier ist etwas anderes, Rubin ..."

„Tut mir leid, wenn ich das sagen muss, aber Bjørn hat recht. In gewisser Weise ist es deine Schuld! Mit deiner Rede auf dem Markt in Svolvær hast du die Leute mitgerissen, 309 junge Menschen hast du übers Meer mitgenommen. Du kannst jetzt nicht kneifen und sagen, das hättest du nicht so gemeint, oder dass sie jetzt doch nicht mehr für ihr Land kämpfen dürfen."

„Du bist wirklich ein sturer Esel, Rubin."

„Ich habe ein gutes Vorbild."

„Ich habe nie gesagt, dass du mich kopieren sollst."

„Du hast gesagt, dass er dich an deinen Sohn erinnert."

„Um ihn abzulenken."

„Da kommst du nicht so einfach wieder raus ... Du wirst dich auch für Bjørn einsetzen müssen. Mit allem, was du hast."

Rubin schaffte es immer wieder, den Finger auf seine Wunden zu legen. Er war ein Hitzkopf, aber clever. So clever, dass Martin gar nicht erst den Versuch unternahm, ihn abzuweisen. „Er kann in Jan Hermans Zimmer wohnen, bis wir nach Schottland fahren."

„Ich verspreche, ihn keine Sekunde aus den Augen zu lassen."

„Der Job beginnt dann gleich morgen früh."

„Danke, Chef."

Rubin setzte sich in Bewegung, aber Martin hielt ihn zurück. „Woher hat Bjørn das erfahren?"

„Keine Ahnung, Chef. Ich habe aber den Typen in Verdacht, den die Jungs den Schleimaal nennen, dieser norwegische Journalist, der in unserem Stamm-Pub rumhängt."

„Aronsen?“

„So heißt er wohl, ja. Er hat Bjørn ein Bier spendiert.“ Martin war schneller auf der Treppe, als Rubin blinzeln konnte. „Wo willst du hin, Chef?“

„Mir Aronsen vorknöpfen.“

Rubin folgte ihm.

„Sag jetzt nichts, Rubin. Wenn du mich aufhalten willst, musst du mich festketten.“

„Ich dachte nur, dass der Kerl es nicht wert ist, sich die Knöchel aufzuschrammen.“

„Keine Sorge.“ Martin grinste. „Ich werde meinen Kopf gebrauchen.“

„Ich glaub ja nicht, dass es was nützt, mit so einem zu reden“, wandte Rubin ein, als Martin und er kurz darauf durch die Schwingtür in die Lobby des Gloucester Hotels traten. Hinter dem Rezeptionstresen döste ein uniformierter Nachtportier.

„Karsten Aronsen?“, fragte Martin.

Der Mann zuckte hoch, schaute auf die Liste vor sich und sagte: „Er ist in Zimmer 3-41, Sir.“

„Rufen Sie ihn an und sagen Sie ihm, dass er Besuch hat!“

Martin war schon auf dem Weg zum Fahrstuhl.

„Sie können doch nicht einfach …“, protestierte der Nachtportier, aber Martin hatte schon die Tür zugezogen und die dritte Etage gedrückt. Rubin hatte die Treppe genommen, und wartete dort auf ihn. Er zeigte auf eine Tür auf der linken Korridorseite.

„Aronsen!“ Martin schlug die Handfläche gegen die Tür.

Es waren schlurfende Schritte zu hören, dann erschien das glatte Gesicht des Schreiberlings im Türspalt. Martin drückte die Tür auf, lächelte freundlich und sagte: „Ich soll einen Gruß von Bjørn Sjøvåg ausrichten."

Er legte Aronsen die Hände auf die Schultern und verpasste ihm eine ordentliche Kopfnuss, die ihn zu Fall brachte. Dann machte er auf dem Absatz kehrt und ging wieder.

„Wohlverdient", sagte Rubin, als sie wieder auf dem Bürgersteig standen.

„Das Glück ist auf meiner Seite", sagte Martin grinsend und hielt beide Hände hoch. „Und ganz ohne wunde Knöchel."

„Du hast wirklich den Kopf benutzt", stimmte Rubin zu.

„Wo kommst du jetzt her?"

Rosemary hatte Kerzen angemacht. Der Kamin war angefeuert, und auf dem niedrigen Couchtisch stand Rotwein.

„Kurze Lagebesprechung mit Rubin", sagte Martin und befühlte seine Stirn nach einer Beule. „Schläft er?"

„Wie ein Baby", sagte Rosemary.

Sie war bewundernswert, und er musste sich ins Gedächtnis rufen, dass sie nur wenige Jahre älter war als Bjørn. Trotzdem trennten sie Generationen.

Die Tür zu Jan Hermans Zimmer war angelehnt und Martin schob sie vorsichtig einen Spaltbreit auf. Betrachtete den im Schlaf gefangenen Jungen, der sich die Decke unters Kinn gezogen hatte. Er tat ihm leid.

Darunter mischte sich aber auch noch ein älterer Schmerz. Weil dort eigentlich ein anderer Junge liegen sollte. Ob sie sich noch mal wiedersehen würden?

Rosemary kam und stellte sich neben ihn. Und so standen sie da wie ein Elternpaar, dass die Augen nicht von seinem neugeborenen Kind losreißen konnte.

Er küsste sie auf den Kopf und streichelte ihr mit der Hand über den Nacken.

45

Det Norske Teatret,
13 Tage vor der Premiere, 1991

Rosemary wartete am Fahrstuhl. Seit der Katastrophe mit der Aftenposten hatten sie sich nicht mehr gesprochen.

„Hallo", sagte sie und hielt ihm die Fahrstuhltür auf.

„Ich … es tut mir leid … was passiert ist." Bjørn klang wenig überzeugend. Er wusste nicht genau, ob er sich freute, sie zu sehen, oder ob es ihm eher peinlich war.

„Ich muss mich entschuldigen", sagte sie. „Ich verstehe dein Verhalten."

„Danke." Bjørn wollte nicht, dass sie sich Gedanken um ihn machte, spürte aber zugleich einen Trotz in sich aufsteigen, weil sie sich einmischte. Konnte sie nicht einfach nach Hause fahren und vergessen, dass es dieses Stück gab?

„Ich bin ja mal gespannt, was sie sich ausgedacht haben", sagte sie, als der Fahrstuhl vorm Probensaal hielt. „Ob ich mich wiedererkenne …"

„Vielleicht müssen sie ja sogar den Titel des Stückes ändern. Martin und Rosemary."

Endlich sahen sie sich in die Augen. Und lachten. Eine kurze Linderung.

Oben im Saal herrschte eine aufgeladene Atmosphäre. Die Schauspieler hatten sich auf der Bühne verteilt, einer lernte Text, andere dehnten und lockerten sich und wieder andere machten Rumpfbeugen und Liegestütz. Die Bühnentechniker trugen Requisiten und Dekorationsgegenstände herein.

Henrik Ekdahl winkte ihnen zu, als er sie sah.

„Heia, Sjøvåg! Der Ticketvorverkauf läuft besser denn je!“ Er applaudierte, die Ensemblemitglieder lachten, das Eis war gebrochen.

Rosemary stieß Bjørn in die Seite. „Martin wie aus dem Gesicht geschnitten.“

Wang unterbrach den Applaus. „Bühne frei!“

Bjørn und Rosemary setzten sich in die hintere Reihe.

Auf der Bühne bekam Rosemarys Geschichte neues Leben eingehaucht. Dieses Mal verlief die Zeitreise glimpflich und ohne Flashbacks. Benedicte war wunderbar als Rosemary, und Ekdahl war Charisma pur. Der verwegene Blick unter den schwarzen Locken beherrschte den ganzen Bühnenraum.

Rosemarys Hand tastete sich heran und schob sich warm in Bjørns.

„Ich habe ihn geliebt“, sagte sie. „Über alles.“

„Damit warst du nicht allein!“ Die Worte rutschten im wider seinen Willen heraus. Rosemarys Hand zuckte. War ihr nie in den Sinn gekommen, dass sie in der Kompanie Rivalen haben könnte? Damals hat man über solche Dinge nicht gesprochen.

„Er war die Liebe meines Lebens“, sagte sie.

Bjørn drückte ihre Hand etwas fester. Sie starrte einen Augenblick ins Leere, wie mitten in einem Gedanken eingefroren.

„Okay? Willst du damit sagen …?“

„Ruhe im Saal!“, bellte Wang.

Bjørn strich ihr mit dem Blick übers Haar. Er hätte ihr gerne gesagt, dass er nie etwas gesagt, geschweige denn, einen Annäherungsversuch gewagt hatte. Die Gefühle für

Martin hatten ihn damals vollständig überrumpelt. Er hatte es anfangs als starke Faszination abgetan, nicht als Liebe. Später hatte er von der intimen Kameradschaft und den engen Verbindungen gelesen, die zwischen Soldaten entstehen konnten.

Er sah ihr förmlich an, wie sie hinter ihrer Stirn verschiedene Szenarien durchspielte, ehe sie sich wieder auf die Bühne konzentrierte.

„Ich stehe nach dem Stück auch nackt da", sagte er so leise er vermochte. „Wir sollten beide die Chance nutzen."

Bjørn erinnerte sich an seine Verzweiflung damals. Nicht nur die Erkenntnis, nicht zu sein wie die anderen Männer in der Kompanie. Auch dass das, was ihn ausmachte, die Liebe, die er empfand, verboten war. Er saß wie auf glühenden Kohlen, wenn die anderen Kompaniemitglieder über Martin sprachen, hatte eine Heidenangst, dass die anderen etwas merkten, dass er rot wurde oder sich verplapperte. Das Unerträglichste war aber, dass er versagt hatte, als es drauf ankam. „Ich konnte nichts dafür", flüsterte er und hoffte, dass Wang es nicht mitbekam. Er war sich nicht ganz sicher, ob er sich damit auf seine Verliebtheit bezog oder auf das, was drei Tage nach Heiligabend passiert war. Hätte er ihn nicht so geliebt, wäre die Geschichte wahrscheinlich anders ausgegangen. Dieses Wissen war seine persönliche Hölle, in der er seither leben musste.

„Das tut mir sehr leid für dich …" Rosemarys Stimme fand ihren Weg durch das Gedankendickicht. Sie ließ seine Hand los.

„Ich war dort, als es passiert ist", fing er an, gerade als sich Wang vor ihnen aufbaute.

„Und?“ Der Regisseur sah Rosemary unverwandt an.

Sie suchte wieder Bjørns Hand, hielt sie fest und fragte: „Was?“

„Nach der Pause machen wir Streichungen in den neuen Szenen und fangen noch mal von vorne an.“, polterte Wang.

46

Det Norske Teatret,
13 Tage vor der Premiere, 1991

„Adieu, ciao." Rosemary hängte den Hörer des Münztelefons im Gang vor dem Probensaal ein.

Verliebt, in Henrik Ekdahl? Sie war gerade die Zuschauerin ihres eigenen Lebens gewesen, 50 Jahre zurück in der Zeit. Hatte noch einmal das Glück und die Trauer, die Höhepunkte, Enttäuschungen, die Gemeinschaft und Einsamkeit durchlebt – durch Henrik und Benedicte und ihre Improvisation. Es war schön und schmerzhaft zugleich.

Von alldem hatte sie im Telefonat mit ihrem Mann nichts erwähnt. Sie führten ein gutes Leben zusammen, vertrauten einander.

Er wusste, welchen Platz Martin in ihrem Leben einnahm, und kaum jemand sonst hätte wohl diese Ehe mit einem allgegenwärtigen dritten Part akzeptiert. Sie hatte nie etwas vor ihm verschwiegen, bis jetzt, nach 40 Jahren Ehe.

„Ich werde noch ein paar Tage bleiben", hatte sie ihm mitgeteilt. „Für einen Ausflug nach Trondheim zu Martins Familie."

Sie hatte nicht vor, dorthin zu fahren, wollte einfach nur in dem dunklen Theater sitzen und die Liebesgeschichte zwischen Martin und ihr – zwischen Benedicte und Henrik – noch einmal erleben. Mit ihnen diskutieren und über Martin reden. Über all die Schwere und die Leichtigkeit, das Gewesene, das plötzlich wieder *war.* Die Grenzen zwischen Realität und Fiktion waren fließend, und obgleich sie natürlich wusste, dass Henrik Ekdahl nicht Martin war, erweckte er etwas zum Leben, das nicht nur Schauspiel war.

Gegen Ende der Pause sah sie Bjørn in intensivem Gespräch mit Ekdahl.

Sie dachte an das, was er ihr anvertraut hatte. Ging es ihm jetzt auch wie ihr? Sie wollte diese Momente nicht mit ihm teilen, mit niemandem.

„Er war viel strenger zu sich selbst als zu uns." Bjørn sprach laut, hatte rote Flecken am Hals. „Was er von uns verlangte, verlangte er doppelt von sich selbst. ‚Als Soldaten müsst ihr lernen, den Boden zu lieben und zu eurem Vorteil zu nutzen.' Er hat uns gezeigt, Senken in der Landschaft zu finden, uns eingetrichtert, dass das Gelände die Angriffstaktik diktiert. Militärische Choreografie hat er das genannt, szenisches Arrangement."

Ekdahl schrieb alles mit, was Bjørn sagte.

„Er ließ nicht locker, bis wir das sogenannte *Combat*-Funkeln in den Augen hatten. Wenn wir im Spiegel nur Dreitagebärte, maßlose Erschöpfung und Verachtung sahen. Wenn wir uns nach einer Übung die letzten Kilometer zurück ins Lager schleppten, konnten wir uns nicht vorstellen, dass der Krieg schlimmer sein konnte als das. Genau dieses Gefühl wollte er aber in uns wachrufen. Wir sollten darauf hinfiebern, endlich kämpfen zu können."

Bjørn war bei Martin gewesen, als es passierte. War das besser oder schlechter, als die Todesnachricht an der Tür zu bekommen? Wie maß man die Intensität von Trauer? Konnte man den Schmerz zweier Menschen vergleichen? Hatte ein Mensch mehr Recht auf Trauer als ein anderer? War ihre

Liebe zu Martin mehr wert als seine? Wessen Schmerz war größer? Sie hatte ihre Trauer wenigstens ausleben können. Bjørn hatte nie auch nur über seine gesprochen.

„Einmal, in Schottland, hat er die Bewohner eines Dorfes überredet, aus ihren Häusern auszuziehen, damit wir Häuserkampf trainieren konnten. Kriegstheater hat er das genannt, das Dorf war unsere Kulisse.

Was Bjørn über Martin erzählte, erfüllte sie mit Stolz. Es kamen immer neue Details ans Licht. Aber er wirkte unruhig, bedrückt. War ein neuer Anfall im Anmarsch?

„Daneben wurden wir noch von Fairbairn und Sykes trainiert. Das hatten wir auch Martin zu verdanken."

Ekdahl schaute hoch. „Fairbairn und Sykes?"

Erzähl lieber von deiner Trauer, wie sehr du ihn geliebt hast, dachte Rosemary und begriff im gleichen Augenblick, dass Bjørn genau das ausdrückte, was er mit sich herumtrug. Eine sie beide unabhängig voneinander verbindende Trauer. Bjørn und sie mochten auf unterschiedliche Weise von Martins Tod betroffen sein, aber das Opfer war dasselbe. Die Freiheit war der Preis der Liebe.

Wang rief sie zurück zur Probe.

Vierter Akt
NORIC 1, Die Kompanie

47
Hertford,
1941

NORIC 1, die norwegische Einheit der SOE, war zum ersten Mal in Brickendonburry Manor versammelt, intern als Station 17 bezeichnet. Ein prachtvolles Anwesen außerhalb von London mit einer bis ins Mittelalter zurückreichenden Geschichte. Die SOE hatte das Trainingslager vom etwas höher rangierenden Secret Intelligence Service SIS übernommen.

Etwas Großes stand bevor, die Zeichen waren mehr als deutlich. Van der Hagen hatte ihn telefonisch vorgewarnt. „Halte deine Leute bereit und sorge dafür, dass sie trainieren. Sie müssen gnadenlos sein."

Durnford-Slater hatte ihnen letztlich und zur Überraschung aller doch Fairbairn und Sykes als Ausbilder zugewiesen. Auf Druck von Gubbins, der begeistert von Martins Idee gewesen war, die Kollekte aus der Seemannskirche diesem Zweck zu widmen. „Eine wunderbare Investition!"

Die jungen Männer saßen andächtig und aufmerksam da, sich des Status ihrer Ausbilder sehr bewusst. Wobei die beiden alles andere als herrschaftlich wirkten.

Sykes nahm eine Zeitung, rollte sie zusammen und schlug damit auf den Tisch.

„Fast alles wird zur tödlichen Waffe, wenn man nur weiß, wo man treffen muss. Lassen Sie die finstersten Ideen zu, nichts ist zu grausam."

Fairbairn fügte hinzu: „Mein Kollege will damit sagen: Willkommen in der Akademie für schmutziges Töten."

Die Männer lachten, unsicher, ob sie es überhaupt durften.

Die beiden Ausbilder wirkten harmlos mit ihren dicken Brillengläsern, der eine lang und dünn, der andere klein und gedrungen. Doch sie waren nicht zu unterschätzen. Fairbairn und Sykes waren viele Jahre bei der Shanghaier Polizei gewesen, wo man ihnen die Spitznamen *Delicate Dan* und *Mr. Murder made easy* gegeben hatte. Gemeinsam hatten sie Straßenkämpfe bestritten, die Antirebellions-Einsatztruppen ausgebildet und Scharfschützen trainiert. Die beiden hatten überdies einen höchst effektiven Kommandodolch entworfen und Nahkampfsysteme entwickelt, die alles bis dahin Bekannte in den Schatten stellten. Kurz gesagt, sie waren Experten, normale Menschen zu Killermaschinen auszubilden. Und nun waren Martins Männer an der Reihe, darunter Rubin, Nils und Bjørn.

Über die Methoden von Fairbairns und Sykes war ein Streit entbrannt, zwischen der SOE und der konservativen militärischen Führung. Churchill unterstützte sie bedingungslos. Was sie von Fairbairn und Sykes lernten, konnte über Leben und Tod entscheiden, das wusste Martin. Das neu erlernte Wissen ging aber auf Kosten der Unschuld und des Glaubens an das Gute. Und natürlich würde es auch Auswirkungen auf sie selbst haben, wenn sie sich nicht komplett unter Kontrolle hatten. Etwas Großes stand bevor. Wie groß, würde er vermutlich am nächsten Tag erfahren, da er zu einem Treffen mit The Big Brass im War Office in Whitehall eingeladen worden war.

„Man kann das Steißbein eines Mannes mit einem Esslöffel brechen oder die Pulsadern mit einem Spachtel aufreißen …" Sykes war in seinem Element, und Fairbairn fügte hinzu, dass man das Regelbuch besser in die Mülltonne warf. Man müsse töten, andernfalls würde man selbst getötet.

„Und wenn das alles nichts hilft, dann treten Sie den Deutschen in die Eier."

Erneut brauste Lachen auf. Fairbairn und Sykes vermittelten tödliche Botschaften mit sanfter Stimme und blitzenden Augen. Die Techniken waren einfach und gingen schnell in Fleisch und Blut über. Die Wände waren tapeziert mit verschiedenen Nahkampfsituationen. Sie zeigten Schläge mit geballter Faust oder flacher Hand und erklärten, wie man Kniescheiben zertrümmerte, Schienbeine brach, den Gegner blendete und sich aus tödlichen Umklammerungen befreite.

„Ein gebeugter Zeigefinger, gestützt vom Mittelfinger ist wie ein Dolch." Fairbairn zeigte die Bewegung mit seinen vernarbten Händen. „Mit genug Kraft kann ein Finger das Bauchfell des Gegners durchstoßen! Dann krümmen Sie den Finger und ziehen Ihrem Feind die Gedärme aus dem Leib!"

„Und wenn das alles nichts hilft, treten Sie ihm in die Eier", fügte sein Kollege hinzu wie einen Refrain.

„Aufgepasst!"

Fairbairn trat an einen langen Tisch mit Läufer, an dessen Ende eine leere Weinflasche stand. Eine mannsgroße Puppe war auf einem Stuhl davor platziert worden.

Ohne Vorwarnung sprang Fairbairn über den Tisch, riss im Sprung den Läufer weg und wickelte ihn um den Hals der Puppe. Dann schlug er den Puppenkopf auf die Tischplatte und stopfte den Rest des Stoffs in ihren geöffneten Mund. Zu guter Letzt zerschmetterte er die Weinflasche an der Stirn der Puppe.

„Eine Wohnung kann der gefährlichste Ort der Welt sein,

vergessen Sie das nie, wenn Sie in einen Häuserkampf verwickelt werden." Fairbairn schob sich ruhig die Brille zurück auf die Nase.

„Und wenn das alles nichts hilft …", sagte Sykes, wurde aber vom Blick seines Kollegen gestoppt.

Fairbairn hob die Handflächen. „Nichts von alledem hilft, wenn man nicht trainiert", sagte er. „In zwei Reihen aufstellen!"

Wie Choreografen eines Balletts trainierten sie Martins Männer. Sykes machte es vor, und Fairbairn korrigierte sie.

„Wer schnell sein will, trainiert langsam!", rief er. „Macht euch jede noch so kleine Bewegung bewusst."

Stunde um Stunde, bis jeder Schritt der tödlichen Choreografie in ihren Muskeln und tief in der Seele verinnerlicht war. Treffen, zerstören, töten. Martin sah es in den jungen Männern heranreifen. Ihre Blicke und ihre Körper wurden gestählt. Der Mordinstinkt war geweckt und wuchs mit der Erschöpfung, bis sie nur noch einen Gedanken hatten: *Töten!*

Fairbairn und Sykes verließen als Letzte den Raum, so ruhig wie immer. „Gut gemacht, Jungs! Heute Abend gibts Bier für alle!"

48

War Office, Whitehall, London,
1941

Dank des von Fairbairn und Sykes ausgelobten Bieres wurde es ein munterer, sehr langer Abend, an dem die beiden Herren sich als ebenso trinkfest wie kampferprobt erwiesen. Und so stand Martin nun mit einem etwas flauen Gefühl vor dem pompösen Anwesen, in dem das War Office untergebracht war. Es war seine erste offizielle Einladung zu einem Treffen der Militärspitze.

Die frühen Morgenstunden waren mit dem Studium der Seekarten und Tidetabellen vergangen, die Bjørn ihm in Svolvær gesichert hatte. Seine Gedanken klärten sich, als er die norwegische Küste mit ihren Fjorden und Untiefen und der angrenzenden Landschaft vor sich sah, und vor seinem inneren Auge zeichnete sich bereits so etwas wie ein Plan ab. Ein Angriffsziel als Brückenkopf für die Invasion. Ein Ort, den niemand auf dem Schirm hatte. Würde es erneut zum Zerwürfnis mit Durnford-Slater führen, wenn er die hohen Herren im Kriegsministerium darüber informierte? Würde Aronsen, wenn er davon erfuhr, die norwegische Regierung in Kenntnis setzen?

Martin nahm zwei Stufen auf einmal und realisierte erst am oberen Ende der Treppe, dass er das seit seiner Verletzung nicht mehr getan hatte.

Mittlerweile sah er Nygaardsvold nicht mehr ganz so negativ. Es waren viele Exilregierungen in London versammelt, und Baker Street stand mit den meisten davon auf Kriegsfuß.

Weil die Regierungen sich einfach nicht damit abfinden wollten, dass die SOE Fabriken sprengte, den Feind hinterrücks attackierte und die Zivilbevölkerung auf diese Weise in Gefahr brachte. Aber was war die Alternative? Die Antwort lag auf der Hand. Es gab keinen anderen Weg.

Im Auditorium waren hochrangige Offiziere versammelt. Martin erkannte Brigadier Haydon und Admiral Cunningham unter der militärischen Elite. Durnford-Slater war bereits da, offenbar so in ein wichtiges Gespräch vertieft, dass er Martin nicht sah.

Gubbins saß zurückgelehnt auf einem Stuhl, die Hände vorm Bauch gefaltet, als verdaute er noch eine seiner besseren Mahlzeiten. Er nickte Martin anerkennend zu.

Ein Stabsoffizier trat ans Rednerpult und kündigte den ersten Referenten an: „Meine Herren, Chief of the Imperial General Staff, Mr. Alan Brooke."

„Meine Herren, die Operation Jupiter ist reaktiviert." Er machte eine Pause, bis die Unruhe im Auditorium sich wieder legte. „Wir haben ein Zeitfenster für das richtige Momentum und müssen zuschlagen, bevor es zu spät ist. Wir mussten uns zwischen Trondheim und Bergen entscheiden, und die Wahl ist auf Trondheim gefallen."

Brooke drehte sich zu der großen Wandkarte um und zeigte mit einem Zeigestock die Prämissen für die kombinierte Aktion auf. Die erste ihrer Art seit Kriegsbeginn.

„Die Operation Claymore und die dort erbeutete Enigma-Maschine haben uns Informationen beschafft, aus denen wir schließen können, dass die Invasion vertretbar ist. Wir müssen hart und schnell zuschlagen. Es wird also nur einen einleitenden Luftangriff geben, bevor die Truppen in Trolla und Vikhammer an Land gehen werden. Gleichzeitig werden Partisanen in ganz Trøndelag aktiv werden, Baker Street kümmert sich darum. Der weitere Plan lautet dann, von Norwegen aus in Richtung Zentraleuropa vorzurücken. Fragen?“

Martin stand auf und räusperte sich. Er wollte nichts lieber, als dass Jupiter umgesetzt wurde, aber *dieser* Plan machte ihm Sorgen. Die Briten schätzten die Verhältnisse definitiv zu leicht ein. Er wusste, dass er sich damit die Kritik aller anderen einhandelte, konnte aber nicht anders.

„Sir, könnten Sie erklären, warum man als Ziel die am stärksten befestigte Stadt Norwegens auserkoren hat?“

Es wurde still um ihn herum, er spürte Durnford-Slaters Blick wie ein Gewehr im Rücken. Er redete weiter, bevor die Proteste auf ihn einhageln konnten.

„Mit einem weniger zentralen Ziel, an einem Ort ohne Eisenbahnverbindung, wäre es für die Deutschen deutlich schwerer, einen Gegenangriff zu starten, bevor wir einen Brückenkopf etabliert haben …“

„Und entsprechend schwerer für uns, weiter ins Land vorzurücken“, antwortete Brooke und richtete einen bohrenden Blick auf ihn. „Ihren Namen habe ich, glaube ich, nicht mitbekommen?“

Martin hatte in seinem Eifer wieder einmal die militärische Etikette vergessen.

„Kapitän Martin Linge, Norwegian Independent Company No. 1.“

Auf dem Podium wurde es unruhig. Haydon flüsterte Cunningham etwas ins Ohr, der wiederum Brooke informierte. Der Mund des Generals verzog sich zu einem Lächeln.

„Linge, der Norweger, Lofoten?“

„Sir!“ Durnford-Slaters Stimme klang gehetzt. „Oberstleutnant Durnford-Slater, Sir. Kapitän Linges Meinung wurde nicht zuvor mit Baker Street abgesprochen …“

„Wenn ich ausreden dürfte, Sir“, sagte Martin und setzte all seine Bühnenerfahrung ein. „Würden wir an der Nordwestküste angreifen, könnten wir den Schiffsverkehr nach Norden und Süden blockieren und damit die Nachschubwege der Deutschen für Öl und Erz kappen. Darf ich so frei sein, Ihnen als mögliche Ziele Måløy oder Askvoll vorzuschlagen.“

„Sir“, protestierte Durnford-Slater wieder, wurde dieses Mal aber vom General unterbrochen.

„Dank Ihrer Aktivitäten in Svolvær wissen wir, dass die Truppenstärke in Trondheim in den kommenden Monaten geringer als bisher angenommen ist, überdies wissen wir, wie und wo wir an Land gehen können. Ihr Vorschlag ist notiert, wir werden uns aber an unseren Plan halten.“

Der Tagungsleiter bedankte sich beim General und stellte den nächsten Redner vor, der über die Logistik des Angriffs sprach. Martin war nicht durchgedrungen. Und die Beziehung zwischen ihm und dem Oberstleutnant war durch seinen Vorschlag sicher nicht besser geworden. Aber Jupiter war Fakt. Und nur das zählte. Es war zwar noch nicht offiziell, aber jetzt konnte er seinen Jungs in die Augen blicken und sagen, dass etwas Großes bevorstand. Das tägliche Training bekam damit ein Ziel. Vielleicht würde sich doch noch alles zum Guten wenden.

Der Tagungsleiter kündigte eine Lunchpause an. Gleich darauf stand Durnford-Slater hinter Martin, doch noch ehe er sein Gift versprühen konnte, war Gubbins zur Stelle.

„Meine Herren, ein äußerst interessanter Vormittag“, sagte

er. „Und wie man es auch sehen mag, Baker Street hat auf sich aufmerksam gemacht. Trinken wir gemeinsam ein Glas in Frieden und Vertrautheit?“

49

Durnford-Slaters Büro, Baker Street,
1941

Durnford-Slater fuhr mit dem Staublappen über ein ledergebundenes Buch, stellte es zurück ins Regal, nahm das nächste heraus und wischte es ab. Er arbeitete sich systematisch durch die gesamte Büchersammlung seines Büros. Nötig war es nicht, aber die monotone Abfolge hielt die hochgepeitschten Emotionen in seinem Kopf in Schach. Denn was er jetzt brauchte, war ein klarer Kopf.

Er sollte mit sich zufrieden sein. Mit knapp 30 Jahren war er bereits Oberstleutnant und hatte als Chef des 3. Kommandos die Verantwortung für die Umorganisierung der Streitkräfte übertragen bekommen. Alles könnte wunderbar sein, gäbe es nicht diesen verfluchten Linge. Der hatte nach dem Fund der Enigma-Maschine die volle Aufmerksamkeit Churchills auf sich gezogen. In seiner rabiaten Art hatte Linge sich den Erfolg einfach unter den Nagel gerissen.

Es klopfte an der Tür, und Gubbins steckte den Kopf herein. „Du wischst Staub, John?“, fragte er lachend. „War das so dringend, dass du deshalb den Lunch ausgeschlagen hast?“

Gubbins direkte Art war eine Provokation, aber eine Erwiderung war sinnlos und würde nur für weitere ironische Bemerkungen sorgen.

„Ich mache mir ernsthaft Sorgen wegen Kapitän Linge. Sein Auftreten gestern war einfach unerhört.“

„Wir können uns keine internen Streitigkeiten leisten. Und

wie du diese Sache auch betrachtest, der Norweger gibt unserer Organisation ein Gesicht."

„Er ist eine tickende Zeitbombe, die unter einer Art Lawrence von Arabien-Komplex leidet, außerdem rückt er uns beide in ein schlechtes Licht."

Gubbins setzte sich auf den Schreibtisch. Sein Blick hatte etwas Herausforderndes. „Linge verkörpert genau die Essenz unserer Organisation. Lass es mich ganz klar sagen: Baker Street könnte ohne dich und deine fantastische Arbeit nicht existieren, es gibt aber auch die von außen wahrgenommene Arbeit, und die verkörpert niemand besser als Martin Linge."

„Wir brauchen in unserer Organisation keine Primadonna."

„Linge ist besessen. Er ist bereit, alles für sein Land zu opfern. Wollen wir die Hoffnung behalten, Norwegen den Deutschen entreißen zu können, brauchen wir Fanatiker wie ihn. Glaub mir, du wirst nicht einen Briten finden, der dasselbe Engagement mitbringt."

Gubbins war hartnäckig, wenn er sich für etwas entschieden hatte, aber mit seinem unbändigen Lob für Martin Linge hatte er Durnford-Slater einen neuen Ansatzpunkt gegeben.

„So wie ich das sehe …" Der Oberstleutnant wählte seine Worte mit Bedacht. „… Kann Linges Liebe zu seinem Land auch gefährlich für uns werden."

„Unsinn." Gubbins winkte ab. „Sind Sie neidisch auf Linge? Geht es darum? Sie haben doch nie gerne im Rampenlicht gestanden, nicht wahr?"

„Im Gegenteil. Ich achte penibel darauf, keine Gefühle zuzulassen. Aber sehen Sie denn nicht den Interessenkonflikt, der für Linge darin liegt? Seine Konfrontation mit der norwegischen Regierung ist uns doch nicht unbekannt."

„Was nur zeigt, dass wir Linge vertrauen können."

„Aber wie lange wird er sich diesen Ansprüchen wirklich widersetzen können? Wann gibt er erste Informationen preis? Linge steht unter gewaltigem Druck."

Gubbins machte ein nachdenkliches Gesicht und verlor ein bisschen von seiner energischen Entschiedenheit. Er stand auf und trat ans Fenster, sah nach unten auf die belebte Straße. „Ich zweifle keine Sekunde an Linges Loyalität, aber naiv bin ich nicht."

„Ich hätte einen Vorschlag", sagte Durnford-Slater.

„Ich bin ganz Ohr."

„Bis zur Operation Jupiter brauchen wir einen verstärkten Trainerstab. Nach Fairbairns und Sykes wäre es doch passend, Mad Jack Churchill mit der weiteren Ausbildung der Norweger zu betreuen. Er könnte dann auch Linge im Blick behalten."

„Für diese Art von Manöver habe ich wenig übrig, John. Ganz sicher nicht gegenüber einem Mann wie Martin Linge."

„Wenn er so loyal und ehrlich ist, wie Sie es sagen, hat er doch nichts zu befürchten."

Gubbins ging zur Tür, sichtlich nachdenklich.

„Okay, okay, Sie haben meine Einwilligung, aber nicht meinen Segen. Und das alles muss mit größter Diskretion geschehen. Ich will nicht riskieren, Linge zu verlieren. Er ist wichtig für uns, er ist einzigartig, und er ist ein Symbol für den Erfolg der Baker Street."

„Natürlich bleibt das unter uns", versicherte ihm Durnford-Slater.

„Noch eine letzte Sache", sagte Gubbins, als er ging. „Wir hätten Bodø einnehmen müssen."

50
The Connaught Hotel,
1941

Martin parkte vor dem Haupteingang und überreichte dem Concierge die Schlüssel.

„The Connaught! Können wir uns das leisten?" Rosemary strahlte.

„Können wir es uns leisten, es sein zu lassen?", konterte Martin.

Der Oberkellner führte sie zwischen den Tischen hindurch zu einem der verblendeten Fenster. Selbst mit zugezogenen Vorhängen büßte der Raum nichts seiner magischen Atmosphäre ein. Die Blumenarrangements waren prachtvoll wie immer, der helle, weiche Teppichboden beruhigend und die Stimmung dezent vornehm. Martin konnte sich keinen Ort vorstellen, der besser zu Rosemary passte. Woher nahm sie ihre Kraft? Sie war den ganzen Tag Krankenwagen gefahren und hatte grausame Tragödien erlebt, aber in ihr steckte so viel mehr, als die zierliche Person erahnen ließ. Das grüne Seidenkleid betonte ihre Wespentaille, reflektierte das Licht und verlieh ihren Augen einen tiefen Glanz.

Der Oberkellner erinnerte ihn mit einem leisen Räuspern daran, einen Aperitif zu bestellen.

„Ich würde Ihnen einen Kir Royal empfehlen", sagte er mit einem Nicken.

Als die Gläser kurz darauf an den Tisch gebracht wurden, verstand Martin die Empfehlung des Oberkellners. Das satte Rot harmonierte perfekt mit Rosemarys Garderobe.

„Auf alle abwesenden Freunde?", sagte Martin augenzwinkernd und in Erinnerung an ihr erstes Treffen.

„Soll ich auch wieder einschlafen?" Rosemary lachte. „Auf uns beide, Martin, ein Prosit nur auf uns."

Sie hatten gerade ein Drei-Gänge-Menü mit traditionellem Roastbeef bestellt, als eine kompakte Erscheinung energisch den Saal betrat. Mit knappen Kommandos und schottischem Akzent nahm Oberst Gubbins an seinem Stammtisch im The Connaught Platz.

Martin gab sich ehrlich Mühe, sich nicht von ihm ablenken zu lassen, aber sein Blick wanderte unablässig zu dem Bogen des hohen Fensters, an dem Gubbins mit dem Rücken zu ihnen saß. Und trotz der besten Absichten und seiner Liebsten vis-à-vis, schob sich sein Konflikt mit Durnford-Slater störend in sein Bewusstsein. Graved Lachs wurde serviert, dazu ein Weißwein mit einem unaussprechlichen Namen, der leider nicht schmeckte.

„Entschuldige mich kurz, Rosie", sagte er und legte das Besteck beiseite. „Es dauert höchstens fünf Minuten, aber dann hab ich es von der Seele."

„Damit hab ich schon gerechnet. Es geht um den kleinen Schotten da drüben, oder?"

„Das ist mein Vorgesetzter. Ich bin gleich wieder da."

„Ich rufe, wenn das Essen kalt wird."

Gubbins las Zeitung und trank einen Rotwein dazu. Er hob den Blick und rief erfreut: „Martin, setzen Sie sich doch! Danke für Ihren Einsatz heute Vormittag. Meine Frau ist noch nicht eingetroffen, aber sobald sie da ist, müssen wir das Gespräch beenden. Diese Augenblicke sind heilig, verstehen Sie?"

„Dann überspringen wir doch die Formalitäten: Durnford-Slater."

Gubbins hob die Zeitung in einer abwehrenden Geste und sagte mit gedämpfter Stimme: „Ich habe mit diesem Gespräch gerechnet, aber wohl eher in einer Woche."

„Uns bleiben keine Wochen. Wenn der Oberstleutnant weiter so vorprescht, löst sich meine Kompanie noch vor der Operation Jupiter auf. Und das wäre eine Tragödie für uns alle."

„Und was wäre Ihr Vorschlag?"

„Dass Sie ihm klipp und klar sagen, dass meine Männer von mir angeführt werden und niemandem sonst."

Gubbins verschluckte sich fast an seinem Wein.

„Ich mag Ihre Art, Martin, so gänzlich frei von britischem Phlegma. Sie wurden bei Åndalsnes verwundet, ist es nicht so?"

„Ich bin schon lange wieder gesund."

Gubbins lockerte seinen Krawattenknoten und knöpfte den Hemdkragen auf. Fuhr mit dem Finger über eine Narbe an seinem Hals. „Somme", sagte er. „Das war sehr knapp, aber ich habe mich auch wieder davon erholt. Und dennoch …" Er schaute an Martin vorbei zu dem Tisch, an dem Rosemary mit dem Rücken zu ihnen saß.

„Sie hat unvermeidlich meinen Blick auf sich gezogen, als ich an meinen Tisch gegangen bin, und ich dachte: Was zum Teufel treibt Martin da? Ist er jetzt ganz von Sinnen?"

„Wie soll ich das verstehen?"

„Sie ist jung und sie ist hübsch. Was um alles in der Welt zieht Sie raus in den Kampf, wenn Sie den gleichen Krieg auch von hier aus führen könnten? Mit ihrer hübschen Geliebten auf der anderen Tischseite? Lassen Sie uns zusammen planen und unsere Männer für uns kämpfen. Jupiter geht seinen Gang auch ohne Sie und mich."

„Das sind keine Männer, sondern Jungen. Und wenn wir angreifen, will ich an ihrer Seite kämpfen."

„Ah", sagte Gubbins. „Meine Frau ist im Anmarsch. Ich habe gehört, was Sie gesagt haben, aber jetzt ..."

Martin hatte sich bereits erhoben. „Können Sie darüber nachdenken ..."

„Ich bin fest überzeugt davon, dass Sie der erste Soldat an Land sein werden. Wenn erwähnter Gentleman es schafft, Ihnen Knüppel zwischen die Beine zu werfen, dann haben Sie es nicht besser verdient. Und ..." Er schaute in Rosemarys Richtung. „Schenken Sie ihr Blumen, Martin. Man bereut nur die, die man nicht gekauft hat. Und wünschen Sie mir Glück. Meine Kandidatur hängt auch am seidenen Faden."

Martin ging mit einem Nicken an Frau Gubbins vorbei zu seinem Tisch. Sie war eine hübsche, aber streng wirkende Dame, die den Oberst an Größe überragte und im Privaten vermutlich auch den höheren Dienstgrad bekleidete.

„Und, bleibst du jetzt den Rest des Abends bei mir?", fragte Rosemary nur halb im Scherz.

„Den Rest des Abends gehöre ich ausschließlich dir."

„Worum ging es?"

„Um Schlangen im Paradies. Nicht nur im Theater gibt es Primadonnen."

„Könntest du das vertiefen?"

„Soll das ein romantischer Abend werden oder nicht?"

„Versprich nichts, das du nicht halten kannst."

Er sah Rosemary an. Warum um alles in der Welt wollte er

eine Sekunde mehr als notwendig getrennt von seiner wunderschönen Geliebten verbringen?

„Jetzt lassen wir es uns gutgehen", sagte er und griff nach ihrer Hand. Hielt sie fest, während sie anstießen und sich tief in die Augen sahen.

Am liebsten wäre er aufgestanden und hätte laut durch den ganzen Saal gerufen, dass er wieder an die Liebe glaubte, ans Leben, dass er diese Frau liebte. Dass er an eine Zeit für Wunder glaubte, und es immer Hoffnung gab, selbst für einen schiffbrüchigen Kerl wie ihn.

„Bist du noch hier?"

„Meine Gedanken sind mit mir durchgegangen."

„Wohin?"

„In ein Land, das Rosemary Reed heißt."

„Du hast mir nie das Versprechen gegeben, um das ich dich gebeten habe", sagte Rosemary und griff nun nach seiner Hand.

„Welches Versprechen?"

„An dem Abend, als du von eurer Militäraktion zurückgekommen bist und Rubin erzählt hat, wie unvorsichtig du auf den Lofoten warst."

„Er hat maßlos übertrieben, wie schon gesagt."

„Jetzt tust du es schon wieder."

„Was?"

„Du tust es ab. Ich habe dich gebeten, mir zu versprechen, dass du im Kampf nichts Unbedachtes tust."

„Warum sollte ich das tun?"

„Weil ich dich kenne, du lässt dich mitreißen und dann wirst du unvorsichtig."

„Rosie, ich liebe dich, ich würde niemals …"

„Kannst du nicht einfach sagen: Ich verspreche, nichts Dummes zu tun?"

„Niemand kann so ein Versprechen geben."

„Dann kannst du nicht mehr in den Krieg ziehen."

„Es gibt immer wieder Situationen, in denen man Risiken eingehen muss, und dann kann ich nicht darüber nachdenken, was ich versprochen habe oder nicht. *Das* kann mich das Leben kosten."

„Ich tue viele Dinge nicht mehr, die ich früher ganz selbstverständlich getan habe. Ich krieche nicht mehr in den Ruinen herum, weil das die Arbeit der Rettungsmannschaften ist. Bevor ich dich kannte, hatte ich diese Sperre nicht."

„Und darüber bin ich wirklich sehr, sehr froh, aber …"

„Ich habe keine Angst vor dem Tod, aber davor, zu sterben und dich allein lassen zu müssen." Sie nahm die Serviette und drückte sie an die Augen. „Ein einziges Versprechen. Ist das so schwer?"

Er hätte ihr nichts lieber als dieses Versprechen gegeben, brachte die Worte aber nicht über seine Lippen. In ihm fiel eine Klappe. Er konnte nicht sagen, warum, aber so war es.

Rosemary stand auf, nahm ihre Handtasche und verließ den Tisch.

„Wo willst du hin?"

Sie ging, ohne ihm zu antworten. Der Oberkellner war augenblicklich zur Stelle.

„Wollen Sie zahlen, Sir? Wir können das draußen erledigen."

„Danke", sagte Martin und lief hinter Rosemary her. In der Eingangshalle war sie nirgends zu sehen.

Er fand sie vor dem Hotel. Sie stand um die Ecke an die Mauer gelehnt, als er kam. Er legte seine Arme um sie, drückte sich an sie, neigte den Kopf und flüsterte: „Es tut mir so leid, Rosie, ich will dir nicht wehtun."

„Ich weiß", schluchzte sie und strich ihm über die Wange. „Das weiß ich doch."

Er drückte sie fester an die Wand. Küsste sie, immer wieder.

Es war Rosemary, die sich schließlich zurückzog.

„Gehen wir nach Hause?"

Er schob die Hand in die Manteltasche und zog das Buch hervor, das er in Svolvær erstanden hatte und ihr beim Essen hatte geben wollen. Er hatte ihr eine Widmung auf die erste Seite geschrieben, die ihn jetzt beschämte, weil die Worte so unzureichend waren.

„Für dich", sagte er und drückte es ihr in die Hand. „Ich habe es auf den Lofoten gefunden, das sind seine besten Gedichte."

„Tausend Dank", sagte sie. „Hattest du dort Zeit zum Einkaufen?"

„Du warst die ganze Zeit in meinen Gedanken bei mir."

Sie schlug das Buch auf und las, was er auf der ersten Seite geschrieben hatte.

„Du weißt, dass ich eine norwegische Kollegin habe, die auch Krankenwagen fährt? Sie hat mir damals den Vers übersetzt, den du auf die Karte geschrieben hattest."

Er nahm sie an der Hand und sie gingen los.

„Zeig ihr das hier bitte nicht. Meine persönlichen Versuche neben Olaf Bulls Gedichten sind mir eher peinlich."

„Dann musst du mir übersetzen, was dort steht."

„Da steht, dass ich dich liebe und dass ich uns in jedem Wort wiederfinde, das die Liebe beschreibt, und dass die Gedichte von dir und mir handeln."

Sie blieb stehen, streckte sich und küsste ihn auf den Mund.
„Halt mich fest, Rosie“, sagte er. „Und lass mich nie mehr los.“
„Versprich es mir, Martin, versprich es.“

51

Station 17, Brickendonbury Manor,
1941

Oberstleutnant John Malcolm Thorpe Fleming Churchill war in Martins Augen bestenfalls ein Exzentriker. Der Mann hatte öffentlich proklamiert, dass man nur mit Schwert und Langbogen angemessen für einen Krieg ausgestattet sei.

Vorläufig war von dem Kriegshelden nur eine sich langsam nähernde Staubwolke zu sehen. Aber bald schon wurde die Staubwolke von sonorem Motordröhnen begleitet. Ein noch theatralischerer Auftritt war kaum denkbar. Das also war Mad Jack, auch Fighting Jack Churchill genannt. Der Mann, den Durnford-Slater ihnen als Hauptausbilder nach Fairbairn und Sykes vorgesetzt hatte.

Die norwegische Kompanie hatte auf dem Platz vor dem herrschaftlichen Haupthaus von Station 17 Aufstellung bezogen. Als das Dröhnen des schweren Motorrades von der langen Auffahrt bei ihnen ankam, tauchte Durnford-Slaters Silhouette hinter seinem Fenster im oberen Stockwerk auf. Kurz darauf bog das imposante Motorrad auf den Platz und blieb vor dem Haupteingang stehen. Mad Jack trug Kilt und Offiziersjacke, an seinem Gürtel hing ein Schwert, und quer über dem Lenker lag der legendäre Langbogen, mit dem er in Dünkirchen die Deutschen erschossen haben wollte. Aus der Seitentasche ragten die schwarzen Pfeifen eines Dudelsacks und ein Köcher mit roten Pfeilen. Zaunpfahltheatralik, dachte Martin, aber sicher wirkungsvoll, wenn man das Image eines blutrünstigen Berufsoffiziers verfolgte.

Der Kerl hatte tatsächlich einmal mit einer Schauspielkarriere geliebäugelt und 1924 in einem ziemlich obskuren Film mitgespielt, *Der Dieb von Bagdad.*

Mad Jack stieg von seinem Motorrad und schritt auf die versammelte Kompanie zu. Martin spürte eine wachsende Aversion, gepaart mit einer widerwilligen Neugier auf diesen Menschen.

Durnford-Slater trat ins Freie, hieß den neuen Ausbilder herzlich willkommen und gab NORIC 1 eine kurze Einführung, ehe er sie mit einem „Viel Erfolg, Jungs!" entließ.

„Der Spaß kann beginnen", sagte Mad Jack. *„Der Tarzan Assault Course.* Ihr habt vier Tage Zeit. Wer den Hindernisparcours in dieser Zeit nicht schafft, hat in der Kompanie nichts verloren."

Er setzte sich auf seine Maschine und fuhr die gut 200 Meter zum Start des Hindernisparcours. Martin schaute ihm kopfschüttelnd hinterher. Mad Jack Churchill hatte ihn nicht begrüßt, und Durnford-Slater, der es mit der militärischen Etikette übergenau nahm, hatte ihn komplett ignoriert. Hatten die beiden sich abgesprochen?

„So ein Spinner! Als wäre Durnford-Slater nicht schon genug." Rubin schüttelte den Kopf. „Das kann ja heiter werden."

Rubin fasste Martins Gedanken in Worte. Blieb abzuwarten, wie sich das Ganze entwickelte und womit Mad Jack noch aufzuwarten hatte.

„Wir dürfen uns auf keinen Fall aus der Bahn werfen lassen. Wir wollen nach Hause und die Deutschen ins Meer jagen."

Der *Tarzan Assault Course,* ein gefürchteter und knallharter

Test, war in Martins Augen aber viel weniger relevant als das Training, das er mit seinen Jungs absolviert hatte. Ihr Fokus war ein Krieg auf norwegischem Boden. Sie waren körperlich in Topform, und der Parcours hielt sie nur unnötig auf.

Es ertönte ein grelles Heulen. Mad Jack hatte seinen Dudelsack ausgepackt und Martin ließ seine Männer zu dem lauten Sirenenklang um die Station 17 zu den Hindernisparcours marschieren. Ihm fiel nur eine passende Beschreibung dafür ein: Katzenjammer.

„13 Minuten", sagte Mad Jack, als alle da waren. Er lehnte an einer Leiter, die an einem hohen, kräftigen Baum befestigt war. „Wer länger braucht, scheidet aus. Ihr müsst die ganze Zeit Gas geben."

20 Meter über dem Boden, am oberen Ende der Leiter, waren übereinander zwei Taue zu einem anderen Baum gespannt. „Wenn ihr fallt, dann viel Glück", sagte der schottische Gockel mit breitem Grinsen. „Im Krieg gibt es keine Sicherheitsnetze. Gewöhnt euch besser schnell daran."

„Männer der Norwegian Independent Company No. 1!" Martin baute sich breitbeinig und ruhig vor seinen Jungs auf. Er sprach Norwegisch und schickte Mad Jack einen unmissverständlichen Blick, die Klappe zu halten. Mit zwei einfachen Gesten und leicht verstellter Stimme imitierte er Fairbairn, der Sykes kommentierte: „Das, was meine werten Kollegen gerade tun, ist der Versuch, euch psychisch fertigzumachen. Tappt nicht in die Falle. Seid ganz bei euch, fokussiert, und lasst euch nicht von seinem Kilt verunsichern."

Die Jungs brachen in Gelächter aus, dem Martin genügend Raum gab, ehe er fortfuhr. „Und wenn das nichts nützt", er warf einen Seitenblick auf den Schotten, „hatte Sykes ja einen guten Tipp, wie ihr treten müsst." Erneutes Lachen. Er sah jedem einzelnen seiner Männer in die Augen.

„Ihr seid sehr viel besser als das hier, und ihr seid trotzige Norweger. Es ist was Großes im Gange, und es dauert nicht mehr lange, bis wir in den Kampf ziehen. Wenn wir als Sieger daraus hervorgehen wollen, müsst ihr bei jeder beschissenen Übung, die der Schotte aus dem Ärmel schüttelt, wie Sieger denken, verstanden? Wir werden die Deutschen ins Meer jagen."

Martin trat zur Seite, sich vollständig im Klaren darüber, dass seine Fairbairn und Sykes-Parodie ihm womöglich neue Feinde beschert hatte. Das Spiel konnte beginnen.

Ein Rekrut nach dem anderen kletterte den Stamm hinauf. Ein paar zögerten und kamen aschfahl wieder nach unten, wo sie umgehend von einer Liste gestrichen wurden. Martin machte ihnen keine Vorwürfe. Das Ganze war völlig verantwortungslos, sie setzten ihre Leben für nichts und wieder nichts aufs Spiel. Rubin meisterte die Taue mit Leichtigkeit. Ebenso Nils, Gunnar und der Rest der erfahreneren Männer. Sie waren eine taffe Truppe, von denen die Ersten bereits ins Ziel kamen, als Bjørn als letzter antrat.

„Geh kein Risiko ein!" Martin wunderte sich über den ermahnenden Unterton in seiner Stimme. „Es kommt erst in vier Tagen drauf an." Dabei musste er sich wirklich keine Sorgen machen, auch Bjørn war mit seinem Training beträchtlich gewachsen. Trotzdem fiel es ihm schwer, den Jungen ganz loszulassen.

„Danke Chef", sagte Bjørn. „Das dürfte kaum schwerer sein, als die Leiter in der ‚Hamburg' rauf und runter zu turnen."

„Das ist die richtige Einstellung, Bjørn."

„Komm schon, worauf wartest du!", brüllte Mad Jack.

Oben angekommen klammerte Bjørn sich an die letzte Leitersprosse.

„Du schaffst das, Bjørn", rief Martin. „Nicht nach unten gucken, stell dir vor, du stehst auf dem Boden und greifst nach etwas über deinem Kopf!"

Als Bjørn eine Hand nach dem Tau ausstreckte, knallte eine Serie Schüsse los. Mad Jack hielt eine Maschinenpistole in den Händen und feuerte eine Salve nach der anderen ab, um Bjørn abzulenken.

„Chef!", rief Bjørn, als er abrutschte und zu fallen drohte.

In zwei Sätzen war Martin bei Mad Jack, packte die Waffe und wollte sie ihm entreißen, aber der Schotte ließ nicht los.

„Was zum Teufel ist in Sie gefahren?"

„Er gehört nicht hierher", fauchte Mad Jack und zog an der Waffe, rasender Blick, knallrotes Gesicht.

Martin zog die Maschinenpistole und den Schotten langsam, aber bestimmt an sich heran, bis ihre Gesichter nur noch eine Handbreit auseinander waren. Er nutzte die zehn Zentimeter, die er sein Gegenüber überragte und sprach von oben herab mit Jack Churchill.

„Soweit ich es sehe, läuft hier nur einer im Rock herum." Er ließ das Gewehr los, worauf Mad Jack nach hinten taumelte.

„Sie haben zwei Möglichkeiten, Kapitän Linge", kläffte der Schotte vor Wut schäumend, bevor er sich wieder fasste. Danach fuhr er mit leiser Stimme fort, ohne jede Regung im Gesicht. Seine Augen taxierten Martin. „Entweder machen Sie den Test genau wie ihre Gefreiten. Oder Sie verlassen die Kompanie hier und jetzt."

„NORIC 1 ist meine Kompanie, sie haben gar nicht die Befugnis, mich zu entfernen."

„Ich nicht, aber Durnford-Slater."

Da also lag der Hund begraben. Es ging gar nicht um Bjørn, sondern um ihn. Durnford-Slater nutzte Mad Jack aus, und der wiederum Bjørn. Beide waren Mittel zum Zweck, um Martin zu provozieren und er war in die Falle gegangen.

„Starten Sie die Stoppuhr", sagte Martin und stellte sich vor die Leiter. Bjørn hatte es ein Stück weit geschafft, und die Übrigen, die schon durch waren, folgten dem Schauspiel mit großen Augen.

Mit jedem Meter, den er nach oben stieg, schien sich die Höhe zu verdoppeln. Der Baumstamm schwankte und das Adrenalin verebbte, als er nach dem oberen Tau griff, den Fuß auf das untere Tau setzte und den Balanceakt zum anderen Baum antrat. Plötzlich gab sein linkes Bein nach. Der Hauptnerv war wie von einem Hammerschlag gelähmt. Er rutschte ab und hing in der Luft, während seine Füße fieberhaft nach einem Halt suchten. Die Sekunden zogen sich endlos in die Länge und gerade, als die Kraft seine Finger verlassen wollte, sah er Rosemary vor sich. Plötzlich erfüllt von neuer Kraft fand erst der eine, dann der andere Fuß Halt.

Am Ende des Hochseils warteten Kletternetz, Stacheldrahtsperren, neue Hangeltaue und unterirdische, enge Rohre. Es folgten das Überqueren eines verminten Geländes, wo ständig irgendeine Sprengladung hochging, und der sogenannte „Todesritt" einen steilen Hang hinunter, wo man an einer Seilrolle mit zwei Handgriffen in rasantem Tempo ein Drahtseil hinunterschoss.

Das letzte Hindernis war eine drei Meter hohe, glatte

Mauer. Ein schräg angestelltes Rohr führte ein Stück die Mauer hinauf.

Er hatte keine Puste mehr, seine Beine brannten. Beim ersten Anlauf knackte es im linken Fußgelenk. Beim nächsten krallte er sich fest, konnte sich aber nicht ganz hochziehen. Er ließ sich fallen, stützte sich mit den Händen auf den Knien ab und schnaufte.

Mad Jack machte sich Notizen auf seinem Block und ging ohne ein Wort.

Rubin wartete ein Stück entfernt auf ihn. Die anderen liefen zusammen zurück zum Haupthaus.

„Das war Pech, Chef."

„Stoppst du meine Zeit?", fragte Martin. „Ich lasse das Essen ausfallen und mache es noch einmal."

52

Station 17, ein Unterrichtsraum,
einige Tage später, 1941

„Dynamit ist Algebra, und Algebra ist die Sprache Gottes, die Ihnen die Macht gibt, zu töten und zu zerstören."

Millis Jefferis schrieb in wahnsinnigem Tempo eine lange Gleichung an die Tafel, die mit einer doppelt unterstrichenen Zahl endete. Hinter das Ergebnis schrieb er *BANG!* Dann sah er sich zufrieden um und setzte sich hinter das Pult. In seinem Mundwinkel klebte eine weit heruntergebrannte Zigarette.

„Aber keine Sorge, ich werde Ihnen diese Sprache beibringen, bis Sie sie im Schlaf beherrschen. Gratuliere, Männer, etwas in die Luft zu jagen, ist ein erfüllendes Privileg."

Martin stand ganz hinten im Raum und beobachtete, wie seine Kompanie an den Lippen des Ingenieurs hing. Es war so etwas wie der Jackpot, dass die Sprengstofflegende diese Vorlesung hielt. Denn dass im Vorfeld jemand dagegen opponiert hatte, war Martin mehr als bewusst.

Jefferis fingerte an einer schwarzen, faustgroßen Box herum und stellte sie an den vorderen Rand des Pults.

„Die hier wird in exakt fünf Minuten detonieren." Er drückte auf einen Knopf oben auf der Box, zog genüsslich an seiner Zigarette, legte die Füße auf den Tisch und grinste zufrieden. „Früher habe ich Brücken gebaut, es ist aber viel spaßiger, sie zu sprengen."

Im Raum breitete sich Unruhe aus. Die Jungs wirkten verkrampft, warfen sich unruhige Blicke zu und starrten auf die unerbittlich tickende Uhr über der Tür.

„Es gibt zwei Arten von Sprengstoff, die Sie nutzen werden“, redete Jefferis gelassen weiter, „Das ist einmal Nobel 808. Mein persönlicher Favorit: Plastiksprengstoff.“ Er stand auf und hielt eine dicke gelbe Platte hoch, die in Zellophan gewickelt war. „Normalerweise kommt Plastiksprengstoff in Blöcken von 112 oder 224 Gramm, dieses Ding hier wiegt aber satte 2,3 Kilo. Gewaltige Sprengkraft, dazu leicht in der Handhabung.“

Jefferis schnippte über dem Dynamit die Asche von seiner Zigarette ab und fuhr fort. „Bei extremer Kälte müssen Sie den Sprengstoff möglicherweise etwas aufwärmen, bevor Sie ihn einsetzen können. Wenn der Sprengstoff weich ist, können Sie ihn wie ein Kuchenstück aufteilen.“

Die Männer lachten verunsichert und schienen Jefferis nicht ganz zu trauen.

„Das Zeug ist sehr robust, trotzdem brauchen Sie nur eine Verstärkerladung und eine Sprengkapsel, damit die Sache in die Luft geht.“ Er hielt einen Gegenstand hoch, der wie ein durchlöcherter Korken aussah, und steckte ein kleines Röhrchen in das Loch. „Die Verstärkerladung ist sensibler als der Plastiksprengstoff, und die eigentliche Sprengkapsel geht sehr leicht los, aber trotzdem geschieht nichts, bevor diese drei Komponenten nicht miteinander gekoppelt werden und man die Zündschnur anzündet.“

Es waren zwei Minuten vergangen, doch Jefferis ließ sich nicht aus der Ruhe bringen.

„Wollen Sie eine Fabrik sprengen, müssen Sie in allen vier Ecken Sprengladungen anbringen und am besten einen Meter tief vergraben. Sie sollten auch Sprengstoff an den tragenden Wänden, den Stahlkonstruktionen und den wichtigen Maschinen platzieren. Die größte Sprengwirkung wird erreicht, wenn die Maschinen laufen."

Die Tür ging auf und Mad Jack kam herein. Martin stutzte. Er hatte den Schotten nicht zu der Vorlesung eingeladen.

Noch neunzig Sekunden bis zur Detonation. Das Tuscheln der Rekruten wurde lauter, und eine greifbare Unruhe machte sich breit. Der einzige, der sich davon nicht anstecken ließ, war Bjørn. Er saß über sein Pult gebeugt da und machte eifrig Notizen. Martin war schon früher aufgefallen, dass Bjørn sich ständig alles notierte und die Geschehnisse jeden Tages in einem Buch festhielt.

Mad Jack ging nach vorn zum Pult, nahm die schwarze Box und warf sie Bjørn zu. Der Junge reagierte blitzschnell und fing sie mit beiden Händen.

Angst und Bewunderung machten sich breit. Bjørn stand wie versteinert da, während der Sekundenzeiger unerbittlich auf die Detonation zutickte.

In diesem Augenblick reichte es Martin. Er ging mit schnellen Schritten zu Bjørn und nahm ihm die Box ab.

„Tun Sie das nie wieder", sagte er zu Mad Jack.

„15 Sekunden", informierte Jefferis sie und atmete den Rauch durch die Nase aus. Es war totenstill im Raum. Mad Jack starrte Martin aus schmalen Augenschlitzen an. „dreizehn, zwölf, elf, zehn …"

Martin ging ruhig zum Fenster, öffnete es, sah nach unten und warf die Box nach draußen. Die Uhr über der Tür tickte weiter. 30 Sekunden später knallte es.

Martin sah zu Jefferis. „Sie haben gelogen, was die fünf Minuten angeht."

„Gut erkannt", sagte Jefferis mit einem Lächeln und blies

ein paar Rauchringe. „Nehmen Sie nichts als gegeben hin, Männer. Sie müssen zu jeder Zeit ganz genau wissen, was Sie tun.“ Er zündete eine neue Selbstgedrehte mit der Glut der heruntergebrannten Zigarette an und fügte hinzu: „Und vergessen Sie nie: Nicht rauchen, wenn Sie mit Sprengstoff hantieren! Die Stunde ist vorüber.“

53

In Martins Wolseley auf dem Weg nach London, selber Abend, 1941

„Was hältst du von Mad Jack?" Martin ließ den Motor des Wolseley an. Es knirschte unter den Rädern, als sie über die Allee zur Hauptstraße fuhren. Die Sonne tauchte in eine Wolkenbank dicht über dem Horizont.

Rubin schnaubte verächtlich. „Er ist ein Aufschneider."

„Er scheint jedenfalls etwas gegen Bjørn zu haben."

„Wohl eher gegen dich, Chef. Um das zu sehen, muss man nun wirklich kein Genie sein."

„Dahinter steckt Durnford-Slater. Mad Jack ist hier, um mir eine Lektion zu erteilen."

„Sag nicht, dass ich dich nicht gewarnt habe."

„Ich halte einiges aus, aber wie ist das mit Bjørn?"

„Haben die irgendwie mitbekommen, was in Queen's Gate passiert ist?"

„Dann wäre Bjørn längst rausgeflogen. Hier geht es um Macht. Ich fürchte, dass Intrigen und Widersprüche das britische Militär von innen zersetzen."

„Auf was willst du hinaus, Chef?"

„Das bleibt aber unter uns, Rubin. Jupiter wurde reaktiviert, die Landung soll in Trondheim erfolgen. Aber irgendwie glaube ich, dass da im letzten Augenblick was dazwischenkommt, wegen irgendeines politischen Problems. Wir trainieren hier möglicherweise bis in alle Ewigkeit. Es gibt aber eine Alternative. Wir könnten eine neue Kompanie gründen."

„Eine neue … Kompanie? Du meinst, innerhalb der SOE?"

„Nein, eine Kompanie, die nur uns selbst unterstellt ist. Wir beide führen sie an und nehmen von niemandem Befehle entgegen."

Rubin sah verwirrt aus dem Fenster. Dann zündete er sich eine neue Zigarette an.

„Hast du nicht gesagt, dass wir jederzeit den Marschbefehl bekommen könnten?"

„Wir rennen wie die Hamster im Laufrad herum, während ein Typ mit Pfeil und Bogen Dudelsack spielt."

Rubin kurbelte die Scheibe runter und warf die Zigarette nach draußen. Frische Luft strömte in den Wagen. „Du willst die ganze Truppe von den Lofoten wieder mit zurücknehmen? Ernsthaft? Ich kann mich da seit Bjølvefossen nicht mehr blicken lassen, und du auch nicht, das ist dir doch wohl klar?"

„Wir verstecken uns im Wald. Bauen Widerstandszellen auf. Die Deutschen mögen die Wälder nicht."

„Und woher sollen wir das Geld für Waffen nehmen? Wo sollen unsere Jungs wohnen? Wir müssten eine Bank ausrauben, um das stemmen zu können."

„Die Seemannskirche. Ich halte ein paar Reden, und dann gehen wir zurück nach Norwegen."

„Dein Plan ist also eine Hütte aus Fichtenzweigen irgendwo im Wald, mit Mistgabeln und Spaten als Waffen? Warum sollten die Jungs da mitkommen? Hier werden sie ordentlich ausgebildet, bekommen Waffen und Lohn."

„Du willst also nicht?"

Rubin kurbelte das Fenster wieder hoch und zündete sich die nächste Zigarette an. „Chef, manchmal erinnerst du mich an meinen Vater. Ich mag ihn wirklich, aber er hat einfach keine Geduld, regt sich über alles auf …"

„Ich rege mich nicht auf …"

„Dann nenn es eben genervt … Du denkst im Augenblick nicht klar – entschuldige, dass ich das so sage – aber du bist immer gleich auf 180."

„Durnford-Slater will unsere Kompanie auflösen und mich entfernen."

„Dann müssen wir dafür sorgen, dass das nicht passiert. Die Jungs brauchen dich, ich brauche dich, und Durnford-Slater braucht auf jeden Fall jemanden, der nicht nach seiner Pfeife tanzt."

Martin wusste, wie gut Rubin darin war, Situationen einzuschätzen und dass sein Freund vieles objektiver und sachlicher sah als er selbst. Es war sicher keine schlechte Strategie, sich ab und zu mit ihm abzustimmen. NORIC 1 war zu wertvoll, um es zu opfern. Er musste Durnford-Slater Widerstand leisten, ohne sich dabei selbst wie üblich zur Zielscheibe zu machen. Wenn er jetzt aufgab, würde der Oberstleutnant die Situation nutzen, um die ganze Einheit bei der erstbesten Gelegenheit aufzulösen.

Die Fahrt ging schnell, sie näherten sich bereits Queen's Gate.

„Also, wie sieht es aus, Chef? Fahren wir morgen zusammen oder muss ich den Bus zur Station 17 nehmen?"

Martin konnte sich das Lachen nicht verkneifen.

„Tun wir uns zusammen und ärgern diesen Durnford-Slater mal richtig."

„Guter Plan, Chef. Feiern wir das mit einem Bier?"

„Ich werde von meiner großen Liebe erwartet. Trink eins für mich mit."

Er setzte Rubin vor dem Pub ab. Der junge Mann wirkte

erleichtert und verschwand mit energischen Schritten im Lokal. In der letzten Zeit war einiges zusammengekommen, und selbst ein so harter Kerl wie Rubin Langmo brauchte eine gewisse Erdung.

Es klopfte an der Scheibe. Rosemary war runter auf die Straße gekommen.

„Wohin fahren wir?“, fragte sie und stieg in den Wagen. Sie duftete frisch und irgendwie anders.

„Schließ die Augen und lass dich einfach entführen“, sagte Martin und ging ein Risiko ein: „Neuer Duft?“

„Zehn Punkte für dich“, sagte Rosemary lächelnd und küsste ihn.

Es gab so viel, für das er unendlich dankbar sein sollte.

54

Station 17,
zwei Tage später, 1941

Mad Jack stand mit Stoppuhr und Pokerface da und sagte trocken: „Fünf Sekunden zu spät, sorry, Kapitän Linge."

Martin lag am Boden, sicher, nie wieder aufstehen zu können.

„Fünf Sekunden?", protestierte Rubin. „Können Sie das beweisen?"

Mad Jack steckte demonstrativ die Stoppuhr in die Tasche. „Zweifeln Sie die Entscheidungen Ihres Vorgesetzten an?"

„Sie könnten die Zeit zu spät angehalten haben!"

„Fünf Sekunden können im Kampf den Unterschied zwischen Leben und Tod ausmachen", fauchte der Schotte.

„Manchmal geht es aber auch schief, weil man seinen Kopf nicht einschaltet!" Rubin krempelte die Ärmel seines Hemdes hoch. Seinem Gesichtsausdruck nach wollte er Mad Jack direkt an die Gurgel gehen.

„Rubin!" Martin rappelte sich auf und legte Rubin die Hände auf die Schulter. „Danke für deine Unterstützung, aber wir lassen es erst mal gut sein."

„Chef", antwortete Rubin, „wir können ohne dich nicht kämpfen. Keiner der Jungs wird das tun, das kann ich dir versprechen."

„NORIC 1, alle mal herhören!"

Mad Jack las die Namen derjenigen vor, die den Test bestanden hatten. Ganz oben auf der Liste stand, wie von allen erwartet. Rubin.

Martin entschied sich, stolz auf die beiden zu sein, statt sich über seine eigene Leistung zu ärgern. Vielleicht hatte Gubbins ja recht und Jupiter war nichts für alte Männer.

Mad Jack schloss die Liste ab und gab einen kurzen Befehl, worauf die Norwegian Independent Company No. 1 geordnet unter der Führung von Mad Jack Churchill abtrat.

Martin sah ihnen nach, bis sie im Unterrichtsgebäude verschwunden waren. Rubin drehte sich noch einmal zu ihm um, bevor auch er ins Haus ging.

Martin ging in sein Zimmer, um sich umzuziehen. Er blieb lange unter der Dusche und versuchte, die Niederlage abzuwaschen. Das warme Wasser klärte seine Gedanken. Natürlich ging es nicht um fünf Sekunden, da hatte Rubin vollkommen recht, was auch immer Mad Jack behauptete. Die eigentliche Regie führte vermutlich Durnford-Slater. Mit der Tatsache, fünf Sekunden zu langsam gewesen zu sein, konnte Martin leben, nicht aber damit, dass diese fünf Sekunden ihn von der Operation Jupiter ausschlossen und er sein Versprechen nicht halten konnte, Verantwortung zu übernehmen. Er wollte an der Seite seiner Männer kämpfen. Sie sollten nicht ohne ihn im Kugelhagel der Deutschen stehen. Vor Durnford-Slater oder Mad Jack Churchill den Schwanz einzuziehen, war keine Option.

Er legte sich den Schlips um, zog den Knoten fest und nickte seinem Spiegelbild aufmunternd zu. Die Sache war noch nicht vorbei. Vorher wartete aber noch ein weiterer Test: Tee im Savoy mit Rosemarys Eltern. Es war das erste Mal, dass er sie traf, und er ging mit gemischten Gefühlen zu dieser Verabredung.

Auf dem Weg nach draußen kam der Wachhabende

angerannt. „Telefon für Sie, Kapitän Linge, aus dem Regierungsgebäude. Es ist Trygve, passt das jetzt?"

„Ein paar Minuten habe ich noch." Martin sah auf seine Uhr. Er sollte längst unterwegs sein.

„Ich wollte mich erkundigen, ob Sie noch einmal über unser letztes Gespräch nachgedacht haben."

„Was für Gedanken hätte ich mir da machen sollen?"

„Tja", seufzte der Außenminister. „Ich habe einige Male mit dem Chef gesprochen, und er hat eingesehen, wie wichtig es ist, die Beziehung zur Baker Street zu verbessern."

„Soll ich das als Entschuldigung von Nygaardsvold betrachten?"

Trygve zögerte. „Sagen wir mal als ersten Schritt in die richtige Richtung. Ich habe hart an einer möglichen Zusammenarbeit gearbeitet."

„Ich fürchte, dafür ist es zu spät. Es gibt aktuell Bestrebungen, die norwegische Einheit der 3. Kompanie einzuverleiben. Sollte es dazu kommen, werde ich nicht mehr gebraucht und verliere auch für den Ministerpräsidenten den Wert."

„Oh", sagte der Außenminister. Dann wurde es still. „Warum geht es in diese Richtung?"

„Vermutlich ist das die Summe aus vielen Dingen", sagte Martin und hörte sich an wie ein Politiker. „Aber die Reaktion der Regierung auf Claymore war möglicherweise das Zünglein an der Waage."

„Das ist nicht gut."

„Tja", sagte Martin. „Alles eine Frage der Perspektive, nehme ich an."

Es wurde still am anderen Ende. Martin verspürte aber nicht das Bedürfnis, ins Detail zu gehen.

„Ich werde mit dem War Office reden“, sagte Trygve schließlich. „Die Norwegian Independent Company ist wichtig, wichtig für unseren Verteidigungswillen!“

„Ist das auch Nygaardsvolds Meinung?“

„Das sind meine Worte. Es ist von entscheidender Bedeutung, dass norwegische Soldaten von norwegischen Offizieren angeführt werden.“

„Warum sollte sich das War Office dafür interessieren? Warum sollten die auf Sie hören?“

„Die Wege der Politik sind unergründlich. Und vielleicht habe ich ja das eine oder andere Ass im Ärmel.“

Über den Hohen und Mächtigen ist immer noch einer, der noch höher und mächtiger ist. Martin dachte an Gubbins’ Worte. Krieg wird auf verschiedenen Ebenen und mit den unterschiedlichsten Waffen geführt. Es gibt keinen Grund, irgendetwas als gegeben anzusehen.

55

Hotel Savoy,
gleicher Nachmittag, 1941

Er sah Rosemary durch das Fenster an der Rezeption warten. Das erste Treffen mit ihren Eltern, und er kam zu spät. Ein schlechterer erster Eindruck war kaum möglich. Martin betrachtete sein gehetztes Spiegelbild in der Scheibe und versuchte, seine Frisur zu richten.

„Ich weiß, ich weiß", sagte er und küsste sie leicht auf die Lippen. „Im Lager ist im letzten Moment noch etwas dazwischengekommen. Tut mir leid. Sind sie schon da?"

„Sie sind zu früh gekommen und du zu spät, das passt alles perfekt. Komm her."

Sie strich seine Haare hinter die Ohren und musterte ihn kritisch.

„Wie sehe ich aus?"

„Du hast Schweiß auf der Stirn."

„Wundert dich das?"

„Sollen wir?" Sie nahm seine Hand.

„Das ist angsteinflößender als die Lofoten."

„Mein Vater heißt Peter und meine Mutter Cornelia, kannst du dir das merken?"

„Natürlich kann ich mir das merken."

Das Oberhaupt der Reed-Familie stand auf, als sie den Raum betraten. Ein kräftiger Mann mit tragender Stimme. Rosemary hatte ihn als erfolgreichen Geschäftsmann beschrieben, dem mehrere Fabriken im ganzen Land gehörten.

„Schön Sie kennenzulernen Marvin!"

„Martin, Papa, Martin!"

„Martin, ja! Ab jetzt sollte ich dich wohl *Sohn* nennen?"

Rosemary sah entschuldigend zu Martin, der tapfer lächelte.

„Das überlasse ich Ihnen, Peter. Oder soll ich Papa sagen?"

Peter lachte laut und herzlich.

Cornelia Reed war Rosemary wie aus dem Gesicht geschnitten.

„Wir sind so glücklich, Sie endlich kennenzulernen, Martin." Sie gab sich Mühe, den Namen richtig auszusprechen. „Rosemary hat so viel von Ihnen erzählt."

„Von Ihnen auch", erwiderte Martin, was eine kräftige Übertreibung war. „Rosemary ist sehr stolz auf sie beide."

„Und Sie wohnen im selben Haus?"

„Wir …" Rosemary warf ihm einen Blick zu. „… Ja."

„Aber auf unterschiedlichen Etagen?", fuhr Cornelia fort.

„Wie wär's? Sollen wir bestellen?" Rosemary rief den Kellner zum Tisch.

„Wunderschön ist es hier. Wir sind nicht oft in der Stadt. Erst recht nicht bei diesen schrecklichen Luftangriffen", sagte Rosemarys Mutter.

„Tee und Sandwiches für alle?", fragte Rosemary.

„Wäre auch ein Bier möglich?"

„Nein, Papa. Wir sind zum Tee verabredet, da trinkt man kein Bier."

„Ich hatte Fish and Chips zum Lunch." Peter lachte. „Nur ein Pint, um den Durst zu löschen. Sie sind Oberst, richtig?"

„Kapitän." Martin fühlte sich zunehmend unwohler.

„Hast du nicht Oberst gesagt, Liebes?"

„Ich habe Kapitän gesagt", erwiderte Cornelia und nickte Martin anerkennend zu. „Kapitän."

„Royal Navy?“

„Nein, ich gehöre zu einer Art unabhängiger …“

„Ich war bei der Marine. Die Marine ist fabelhaft.“ Peter Reed lehnte sich zurück und machte es sich bequem. Seine Laune war bestens.

„Martin hat als einer der ersten den Flugschein in Norwegen gemacht, und er ist Schauspieler, aber das habe ich dir ja schon erzählt, Papa.“

Der Kellner brachte die Bestellung und Peter blickte enttäuscht in seine Teetasse.

„Haben Sie Hamlet gespielt?“

„Meistens nur Nebenrollen, Peter.“

„Welches Theater?“

„Ich habe als freier Schauspieler gearbeitet.“ Martin hatte das Gefühl, wieder in einer Prüfung zu sitzen.

Rosemary sah ihre Mutter an und verdrehte die Augen.

„Und jetzt ziehen Sie in den Krieg! Ich bin beeindruckt! Mein Arzt sagt immer, dass ich zu alt für den Krieg bin, aber ich bin ja auch schon 46! Ist das zu glauben?“

War das eine Anspielung auf Martins Alter oder gab es da irgendeine andere Anspielung? Martin ließ die Zweifel seinem Schwiegervater zugutekommen.

Peter hob seine Teetasse an: „Ein Prosit auf Martin und Rosemary. Passen Sie bloß gut auf mein Mädchen auf!“

„Martin, könnten Sie sie nicht dazu bringen, mit dieser Krankenwagenfahrerei aufzuhören?“, fragte Cornelia und legte ihre Hand vertrauensvoll auf seinen Arm. Ihr Blick war warm und offen. Sie wog ihre sogenannte bessere Hälfte wirklich auf.

„Sie arbeitet oft mit mir zusammen, und dafür bin ich sehr dankbar. Als Chauffeurin und persönliche Assistentin.“

„Das ist alles meine Schuld!“, kam es von Peter. „Sie wissen … ich konnte einfach dem Drang nicht widerstehen, ihr einen Sportwagen zu kaufen, als sie 18 wurde. Da hat man eigentlich nur die Entscheidung zwischen einem Pferd oder einem Auto, oder was meinen Sie? Wie lange ist das jetzt her, Schatz?“ Er sah zu Cornelia. „Vier Jahre?“

„Martin!“, ertönte eine Stimme und beschwor die nächste Katastrophe herauf.

Ausgerechnet Aronsen, wieso taucht der jetzt hier auf, dachte Martin.

„Guten Abend. Sie müssen wissen, Martin und ich verkehren in denselben Kreisen. Und Sie sind …“

„Ich bin Rosemary, und das sind meine Eltern.“

Martin schäumte innerlich vor Wut und warf dem Journalisten einen unmissverständlichen Blick zu. Vergeblich.

„Martin und ich kennen uns schon lange.“

„Viel zu lange“, sagte Martin auf Norwegisch, aber Aronsen ließ sich nichts anmerken und blieb am Tisch stehen.

„Wollen Sie ein Sandwich mit uns essen, Mr. …?“, fragte Peter, ehe ihn jemand aufhalten konnte.

„Aronsen. Dankeschön, sehr gerne.“

Martin kämpfte, um nicht die Fassung zu verlieren.

„Und Sie sind auch Offizier?“, fragte Peter.

„Nein, ich bin Journalist.“ Aronsen nahm einen Stuhl vom Nachbartisch und setzte sich zwischen Rosemary und Cornelia. Er versuchte sich von der besten Seite zu zeigen, sein teurer Anzug schimmerte im Licht. „Ich bedränge Martin schon seit Langem. Ich würde gerne einen großen Artikel über ihn schreiben. Ein Kriegsheld, sein Kampf, sein Erfolg, sein Privatleben, Sie wissen schon …“

„Das hört sich doch fantastisch an", sagte Cornelia, die Aronsens Charmeoffensive erlegen war. „Und warum willigen Sie da nicht ein, Martin?"

„Ich ziehe ein Leben außerhalb des Rampenlichts vor."

Es war, als hätte Aronsen nur auf die richtigen Stichworte gewartet. „Dann sind Sie deshalb Schauspieler geworden? Kommen Sie schon, Martin, das glauben Sie doch selber nicht!" Der Journalist lief vor Lachen rot an. „Er ist ein wenig eingeschnappt, weil ich mal schlecht über ein Stück geschrieben habe, in dem er mitgespielt hat. Nichts Persönliches, rein fachlich ... Und die Familie, Martin? Haben Sie was aus Norwegen gehört?"

Martin beugte sich zu ihm hinüber und sagte mit freundlich klingender Stimme auf Norwegisch: „Wenn Sie nicht auf der Stelle verschwinden, Aronsen, werde ich Sie persönlich rausschmeißen. Verstanden?"

Aronsen sah für einen Moment perplex aus, dann war die Fassade wieder da. „Alles gut, ich hab nur versucht, freundlich zu sein."

„Versuchen Sie das bitte nie wieder."

Aronsen zögerte, als erwöge er seinen nächsten Schritt. „Ich arbeite für Trygve, Martin."

Die anderen am Tisch sahen sie fragend an, unsicher, was die beiden da verhandelten.

„Tja, ich muss mich leider schon verabschieden", sagte Aronsen schließlich. „Es war mir eine Freude, Sie kennenzulernen!" Der Journalist verbeugte sich galant vor Herrn und Frau Reed und ging zum Ausgang.

„War das Norwegisch, was Sie da gerade gesprochen haben?", fragte Peter.

„Das klingt ganz wunderbar!“, sagte Cornelia. „Worüber haben Sie gesprochen?“

„Ich habe das Interview nur noch einmal abgelehnt.“

„Ein netter Kerl“, sagte Peter und sah Martin mit fragender Miene an.

„Ich finde, Sie sollten das machen, Martin“, fuhr Cornelia fort. „Meinst du nicht auch, Peter? Die Menschen werden es lieben, und in dieser Zeit brauchen wir Helden mehr denn je.“

„Möchte jemand ein Glas Brandy?“, fragte Martin.

„Lieber Cognac“, brummte das Familienoberhaupt. „Aber wir müssen an den Rückweg denken, bevor es wieder losgeht.“

Das Schlimmste schien überstanden, Martin ließ die Schultern sinken. Doch mit einem Mal war die Unruhe wieder da. Aronsen hatte unbewusst mehr oder weniger eingeräumt, als Spion für die norwegische Regierung zu arbeiten. Er wusste natürlich nicht, dass Alf van der Hagen ihn gewarnt hatte.

56

Queen's Gate,
am selben Abend, 1941

Sie schliefen miteinander, als sie nach Hause kamen. Hinterher lag sie dicht an ihn geschmiegt.

Die Wehmut überkam ihn mit neuer Wucht, wie so oft nach dem Sex mit ihr. Es war wie ein langsamer Tod. Seit seiner Kindheit hing dieser Schwermut wie ein Damoklesschwert über ihm, nicht greifbar, aber mit der Präzision eines Uhrwerks. Jede Nacht, immer zur gleichen Stunde. Und wenn es so war, badeten seine Nerven in ätzender Säure, und keine Lichtquelle konnte ihn vor der alles verschlingenden Dunkelheit retten.

„Jetzt bist du wieder abwesend", sagte Rosemary.

„Tut mir leid", sagte er. „Kannst du mir beibringen, wie ich meine Gedanken festhalten kann, damit sie nicht auf Wanderschaft gehen?"

„Solange dein Herz ihnen nicht folgt und deine Gedanken immer wieder nach Hause zurückkehren, ist alles gut."

„Ich habe den heutigen Test nicht bestanden", sagte er.

„Was sagst du da? Meine Eltern sind begeistert von dir."

„Ich mag sie auch, aber es hat mich doch ziemlich aus der Bahn geworfen, dass ich der gleiche Jahrgang wie dein Vater bin."

„Solange ich kein Problem damit habe, musst du dir den Kopf nicht darüber zerbrechen."

„Ich bin zu alt", sagte Martin.

„Für was?"

„Ich war fünf Sekunden zu langsam beim *Tarzan Assault.*“

„Was ist das?“

„Ein Hindernisparcours, den die gesamte Kompanie bestehen muss.“

„Ach, das hast du mit Test gemeint …“ Rosemary klang enttäuscht. Sie streckte sich zum Nachttisch aus und knipste das Licht an.

„Und warum hast du ihn gemacht? Hast du nicht gesagt, es stünde keine neue Aktion bevor?“

„Ich habe gesagt … dass wahrscheinlich keine Aktion bevorsteht.“

Rosemary stieg aus dem Bett und ging zur Tür, an der ihr Bademantel hing. Martin sah die Konturen ihres schlanken Körpers im Licht der Nachttischlampe. Sie zog den Mantel über und knotete den Gürtel zu. Stellte sich vor das Bett und betrachtete ihn. Er setzte sich hin und zog die Unterhose an.

„Bist du mich leid?“

„Wie bitte?“

„Du bist so verändert, seit du wieder zu Hause bist. Und ich weiß nicht, woran es liegt.“

„Ich habe noch nie in meinem Leben mehr für einen Menschen empfunden als für dich, Rosie.“

„Dann hast du eine merkwürdige Art, das zu zeigen.“

„Jetzt bist du ungerecht.“

„Bin ich das? Bei den wichtigen Fragen weichst du mir immer aus, willst dich nicht festlegen.“

„Es hat nichts mit dir zu tun, es geht um …“

„Um was, Martin?“

Er zog das Hemd über den Kopf und legte die Hände in den Schoß. Suchte nach den richtigen Worten für das, was ihn innerlich zerriss. Er liebte Rosemary über alles, aber er brannte für seine Sache.

„Du willst gehen? Hast du wenigstens einmal versucht, das Ganze aus meiner Perspektive zu sehen?“

„Rosemary …“

„Kümmert es dich denn gar nicht, wie es für mich weitergeht, wenn du stirbst?“

Der Fliegeralarm setzte ein.

„Ich muss mich beim Rettungsdienst melden“, sagte sie und ging ins Wohnzimmer. Gleich darauf kam sie mit seinen Kleidern zurück ins Schlafzimmer.

„Und du wirst mich begleiten.“

57

Earl's Court,
etwas später, 1941

In der Notaufnahme herrschte hektisches Treiben, als sie in der Garage parkten. Die Teams liefen hin und her, Kommandos rauschten aus den Funkgeräten. Über ihnen war das stetige Dröhnen der deutschen Bomber zu hören, in das sich das rhythmische Knattern des Flakfeuers schob, das den Feind abwehren sollte. Rosemary besorgte einen Helm für Martin, bekam eine Karte und eine Wegbeschreibung und schnappte sich die Schlüssel für den Krankenwagen von der Wandtafel. Dies alles mit einer nüchternen Zielstrebigkeit, die von Mut und Tatkraft zeugte, für die Martin sie nur noch mehr bewunderte. Sie liefen zu dem weißen Wagen, dem sie ihre erste Begegnung zu verdanken hatten. Sie schien eine Ewigkeit herzusein. Er sprang auf den Beifahrersitz. Rosemary fuhr vom Krankenhausgelände und stellte die Funkverbindung ein.

„Wagen 23 auf dem Weg nach Ludgate Hill!", gab sie durch.

„Nimm die Karte, Martin!", rief sie durch das Krachen neuer Detonationen, unter denen die ganze Straße bebte. „Im Handschuhfach. Und halt die Glocke griffbereit, falls wir in einen Rauchgürtel geraten."

„Nächste Straße links!" Martin spürte, wie Adrenalin durch seinen Körper schoss.

Sie fuhren direkt hinein in ein Inferno flackernder Lichter und heulender Sirenen. Rosemary lenkte den Wagen mit sicherer Hand. Sie war fokussiert, schnell und effektiv.

„Wir bleiben hier stehen. Bleib sitzen, ich will dich da

draußen nicht rumspringen haben“, sagte sie mit einem Lächeln. „Das ist zu gefährlich für ältere Herren!“

Ein Mann vom Zivilschutz klopfte an ihre Scheibe und winkte sie zu sich. Sie stieg aus und lief hinter ihm her.

Blutüberströmte Menschen, schreiende Kinder, eingestürzte Gebäude und immer wieder neue Explosionen, hitziges Flakfeuer und an den Nerven zerrende Sirenen.

Martin hatte die Eindrücke kaum verarbeitet, als Rosemary mit einer Trage zurückkam, auf der eine wimmernde Frau lag. Sie öffnete die hintere Klappe und zwei Männer schoben die Trage hinein. Ein weiterer stieg zu der Verletzten in den Laderaum. Rosemary schloss die Tür, sprang hinters Steuer und raste los.

„Den kürzesten Weg zum Barts Krankenhaus“, sagte Rosemary.

Er gab die Anweisungen, sie fuhr. Ein eingespieltes Team inmitten des Chaos.

Da gab es einen Knall, der Wagen geriet ins Schlingern und schoss direkt auf eine Wand zu.

„Verdammt!“, rief Rosemary, riss das Lenkrad herum, pumpte gleichzeitig in kurzen Stößen das Bremspedal und bekam den Wagen wieder zurück in die Spur.

„Wir haben einen Platten!“, rief der Helfer aus dem Laderaum.

Rosemary gab mehr Gas, vom rechten Vorderreifen sprühten Funken auf, aber sie behielt die Kontrolle. Minuten später bogen sie auf die Auffahrt zur Notaufnahme. Das Personal stürmte heraus, um zu übernehmen. Sobald die Patientin abtransportiert war, fuhr Rosemary auf den Platz vor dem Krankenhaus.

„Rosie, du bist einzigartig."
„Danke."
Sie sah ihn an. Da war noch etwas anderes in ihrem Blick.
„Okay", sagte sie nach einer langen Pause. „Ich habe es versucht …"
„Was meinst du?"
„Verstehst du denn nicht? Auch hier herrscht Krieg, Martin. Wir alle kämpfen, auf die eine oder andere Art."
„Ich habe den Leuten auf den Lofoten versprochen, zurückzukommen. Wärst du dort gewesen, würdest du …"
„Und wärst du hier gewesen, Martin, wirklich hier gewesen …"
„Ich habe ihnen eine Invasion versprochen."
„Was nicht automatisch bedeutet, dass du dorthin zurückkehren musst. Das hier ist auch etwas, für das wir gemeinsam kämpfen können. Du und ich."
Wie sollte er es ihr erklären? Das hier war ihr Krieg, nicht seiner, und daran würde sich niemals etwas ändern.
„Rosie …"
„Steig bitte aus." Sie wandte das Gesicht ab. „Ich meine es ernst, geh."
„Kann ich dir wenigstens helfen, den Reifen zu wechseln?"
„Nicht nötig", sagte Rosemary. „Es gibt genügend Männer, die mir dabei helfen können. Abgesehen davon schaff ich das auch wunderbar allein."
Rosemary beugte sich rüber, knallte die Tür zu und fuhr mit dem kaputten Reifen davon.

Martin lief ziellos durch die Straßen, und konnte keinen einzigen klaren Gedanken fassen. Als er zum vierten Mal an der gleichen Telefonzelle vorbeikam, blieb er stehen und durchsuchte seine Taschen nach Münzen. Er musste mit jemandem reden, auch wenn es schon nach Mitternacht war. Er steckte die Münzen in den Schlitz und wählte eine Nummer.

„Rufe ich zu spät an?“

„Ich gehe immer ans Telefon“, antwortete Trygve Lie. „Ist etwas passiert?“

„Das wollte ich eigentlich Sie fragen. Was sagt das War Office?“

„Dann haben Sie also nicht über unser Gespräch nachgedacht?“

Es war kein gutes Zeichen, dass er mit einer Gegenfrage antwortete.

„Ich denke, dass niemand anderes die Verantwortung für meine Männer übernehmen sollte.“

„Ich kann das mit dem War Office besprechen.“

„Haben Sie das noch nicht getan?“

„Und was bekommen wir als Gegenleistung?“

„Ich muss wissen, dass es stattfindet, Trygve.“

„Ich habe noch nicht aufgegeben, Ihren Sohn herzuholen.“

„Das sind zwei verschiedene Dinge, das hier hat nichts mit Jan Herman zu tun.“

„Warum vertrauen Sie uns nicht?“

„Weil ich niemandem traue.“

Der Außenminister stöhnte. „Es ist kein Verrat, mit Norwegens Regierung zusammenzuarbeiten.“

„Wenn meine Jungs sterben, weil Informationen durchsickern, ist das schlimmer als Verrat.“

„Und wenn die norwegische Regierung nicht vorbereitet ist, kann das noch mehr Leben kosten.“

„Was tun Sie dafür, zivile Leben zu retten, wenn Sie Informationen bekommen?"

Das Schweigen überraschte ihn nicht. Sobald nach konkreten Maßnahmen gefragt wurde, kam nichts mehr.

„Das hängt von den Umständen ab." Noch eine politische Floskel.

„Ich verlange das Kommando über meine Einheit zurück, dann sehen wir weiter. Und ich brauche mehr Soldaten. Geben Sie mir 30 Mann aus dem Exilheer. Das wäre schon mal ein Anfang, aber ich verspreche nichts."

„Passen Sie auf, dass Sie den Bogen nicht überspannen, Linge."

„So weit wie notwendig."

„Morgen kommt ein Artikel in der Evening Standard. Über den Krieger Martin Linge. Geschrieben von Karsten Aronsen. Ein durchgängiges Lob auf Ihren Einsatz."

„Ich habe nie darum gebeten ..."

„Ich wurde informiert, dass Sie jedes Interview vehement abgelehnt haben."

„Und warum dann das Ganze?"

„Karsten ist ein wertvoller Mitarbeiter. Sehen Sie es als eine ausgestreckte Hand."

„Erwarten Sie jetzt Applaus von mir?"

„Ich weiß nicht, Martin."

„Dann hoffe ich, dass Sie mit dem War Office reden. Gute Nacht."

Mehr gab es nicht zu sagen. Und Aronsens Artikel würde er auf gar keinen Fall lesen. Er wog den Telefonhörer in der Hand. Sollte er in der Notaufnahme anrufen? Oder war sie schon wieder zu Hause?

Er hängte den Hörer ein und ging über die Straße zu dem etwas schäbigen Hotel, in dem oft neue Rekruten untergebracht wurden.

58

Det Norske Teatret,
sieben Tage vor der Premiere, 1991

„Dass er die Nacht im Hotel verbracht hat, habe ich erst gemerkt, als ich am frühen Morgen nach Hause kam. Ich hab mir fürchterliche Sorgen gemacht und unseren Streit bereut und dass ich ihn weggeschickt habe."

Es regnete, als sie aus dem Theater kamen. Ein Tiefdruckgebiet hatte mildes Wetter gebracht, über dem Osloer Kessel lag klammer Dunst.

Auch im Theater herrschte gerade Tiefdruckstimmung. In den letzten Wochen hatten sie einige Talfahrten erlebt.

Aber Henrik Ekdahl wuchs täglich in seiner Rolle als Martin. Die Szenen mit Rosemary gaben ihm den nötigen Kontrapunkt für die Tiefe und Verletzbarkeit.

„Lorry?", fragte Bjørn. Sie hatten es sich zur Angewohnheit gemacht, nach den Proben noch etwas zusammen zu trinken, um wieder in der Wirklichkeit zu landen, und das Bedürfnis war an diesem Abend größer denn je. Er sah die Leute bei ihren Weihnachtseinkäufen wie in einer in Zeitlupe angespielten Filmsequenz, während sein innerer Motor auf Hochtouren lief.

„Gerne", sagte Rosemary. „Mein Flug nach Basel geht erst morgen früh."

„Welcher Flug?" Ein Anflug von Panik schlich sich in Bjørns Stimme.

Rosemarys Blick flackerte. „Ich muss nach Hause, Weihnachten mit meinem Mann vorbereiten."

„Wir befinden uns gerade in einer schwierigen Phase, da ist unsere Kritik besonders wichtig“, stotterte er im vergeblichen Versuch, das Unausweichliche aufzuschieben.

„Wir können nicht mehr machen“, sagte Rosemary.

Aber da irrte sie sich. Es gab noch etwas zu tun, eine Sache zu erzählen. Sie gingen schweigend das letzte Stück zum Lorry und suchten sich einen Ecktisch.

„Das könnte hier auch London während des Krieges sein“, sagte Rosemary und sah sich um. Er verstand, was sie meinte. Die blank polierten Zapfhähne, die auch britisches Bier anboten, das knisternde Kaminfeuer wie in ihrem Pub damals an einem Wintertag, und wenn man die Augen schloss, roch es sogar ein bisschen nach Fish and Chips.

Rosemary bestellte Stockfisch und ein Guinness, Bjørn gepökelte Lammrippe und ein Pils.

„Wie gesagt“, meinte Rosemary und kehrte zurück zu der Nacht, die Martin im Hotel verbracht hatte. „Er hat sich bei mir gemeldet, als ich wieder zu Hause war, verzweifelt wegen der vielen Entscheidungen, die er fällen musste.“

„Wir haben in unserer Gruppe viel über ihn gesprochen“, sagte Bjørn. „Er hat uns das Gefühl gegeben, wichtig zu sein, er war Chef, Kamerad und Psychologe. Er hat sich für uns eingesetzt, immer, selbst in den unmöglichsten Situationen …“ Bjørn suchte verzweifelt nach einem Ansatz. „Aber dann war da wieder dieser dunkle Zug in seinem Gesicht, sein von der Welt abgewandter Blick.“

„Die zwei Masken des Theaters“, sagte Rosemary. „Komödie und Tragödie. Er hat gesagt, er zöge die lächelnde Maske vor, aber die tragische hätte sich in seine Haut eingebrannt und wäre nicht mehr abzubekommen.“

„Weil es keine Alternative für ihn gab. Er wollte gewinnen, musste gewinnen."

Rosemary schüttelte den Kopf und sah ihn traurig an. Sie stocherte mit der Gabel in ihrem Essen, bekam aber kaum einen Bissen runter.

„Es war wohl genau das … Wäre er nur ein bisschen mehr wie alle anderen gewesen …"

„Wäre er wie alle anderen gewesen, wären vermutlich noch mehr Menschen gestorben", sagte Bjørn.

Die Zeit lief ihm davon, und noch immer hatte er nicht von den letzten Minuten in Martins Leben erzählt.

Sie sah ihm offenbar an, dass der Weg, auf dem seine Gedanken wanderten, steil und uneben war.

„Zur Premiere komme ich zurück", sagte sie aufmunternd. „Wenn du mich dabeihaben willst."

Das gab den Ausschlag. Wenn der Vorhang hochging, wäre es zu spät für sie beide.

„Es würde mich sehr freuen, wenn du kommst", log er. „Zünden wir noch ein Licht auf seinem Grab an, bevor du abreist?"

Sie bezahlten und riefen ein Taxi, Minuten später waren sie bei Martin. Die Lichter kauften sie auf dem Platz vor der Kapelle.

„Inzwischen denke ich, dass die Liebe in verschiedene Saisons oder Zeitzonen aufgeteilt ist." Rosemary wischte Eis von dem Grabstein. „Und Martin und ich hatten eine vorbestimmte Strecke zusammen. Nur, dass ich irgendwann in der Zeit eingefroren bin."

„Wie eine Uhr …", sagte Bjørn, zündete die Kerze an und stellte sie neben die Büste. „ … In der ein Zahnrad klemmt."

So wie in ihm. Es war höchste Zeit, Rosemary einen Blick auf die Komponenten werfen zu lassen. Auf die schuldverkrustete Seele in ihm.

„Martin Linge kam jedenfalls nicht mit Gebrauchsanleitung“, sagte sie und strich ihm über das Bronzehaar.

„Bitte hör mir zu, Rosemary, solange ich noch den Mut dazu aufbringe … Ich werde sie bitten, noch eine Änderung vorzunehmen, und es ist mir wichtig, dass du davon weißt.“

Er nahm den Lederordner aus seiner Tasche und überreichte ihn ihr.

„Ich möchte, dass du das liest. All diese Seiten sind von mir, aber lies auf alle Fälle die letzten zehn.“

Es ging ein Zucken durch Bjørns Körper. Die Worte quollen aus ihm heraus und er war so damit beschäftigt, das Unaussprechliche in Worte zu fassen, dass er blind für Rosemarys Reaktion war. Das Geständnis war ein Marathon, die Ziellinie die schmerzvolle Erkenntnis.

„Ich habe ihn geliebt, Rosemary. Das hat ihn das Leben gekostet. Ich habe Martin Linge getötet.“

59

Gubbins' Büro, Baker Street,
1941

Durnford-Slater klopfte dreimal an Oberst Gubbins' Tür und wartete geduldig. Selbst kochend vor Wut hielt er sich noch an Regeln und Etikette.

Jack Churchill hatte bereits seinen Platz in der Sitzgruppe in der Ecke des geräumigen Büros eingenommen. Gubbins stand an einem Barschrank mit einer Flasche und drei Gläsern in der Hand. „Sie sind eine Minute zu spät!", bellte er.

„Es ist nur ...", setzte Durnford-Slater an, als Gubbins' Lachen von den Wänden widerhallte.

„Setzten Sie sich, John! Wunderbar, mal etwas an Ihnen aussetzen zu können, alter Knabe!"

Durnford-Slater setzte sich und suchte Jacks Blick.

„Es ist nur ...", wiederholte er, „dass jemand Jacks und meine Empfehlung einfach ignoriert und Kapitän Linge wieder auf die Liste derer gesetzt hat, die den *Tarzan Assault* bestanden haben."

Gubbins stellte die Flasche mit dem schottischen Whisky auf den Tisch, zog den Korken mit einem Ploppen heraus, füllte etwas in ein Glas, schnupperte daran, leerte es und bekam einen verträumten Blick. „Aha", sagte er. „Dieser Jemand könnte Colin Gubbins gewesen sein." Der Oberst setzte sich hinter den Schreibtisch und lehnte sich in seinem Stuhl zurück.

„Was ist passiert? Warum wurden die Regeln geändert?", fragte Jack.

„Genau das wollte ich auch fragen. Wenn Sie so freundlich wären, uns aufzuklären, Colin?“ Es widerstrebte Durnford-Slater, den Oberst mit Vornamen anzusprechen, aber in diesem Fall und mit dem Whisky auf dem Tisch machte er eine Ausnahme.

„Sie werden nächste Woche nach Schottland entsandt, Jupiter rückt näher, und außerdem ist es an der Zeit für ein paar grundlegende Entscheidungen.“

„Linge war fünf Sekunden zu spät am Ziel. Er hat den Test nicht bestanden.“

Gubbins schenkte ein und gluckste mit der Flasche um die Wette. Es bereitete ihm ein offensichtliches Vergnügen, sie auf die Folter zu spannen.

„Linges Engagement hing zu keinem Zeitpunkt vom Bestehen des *Tarzan Assault* ab. Haben Sie beide den Test bestanden?“

Die Antwort konnten sie sich sparen.

„Hab ich mir schon gedacht“, brummte Gubbins.

„Was ist dann der Sinn eines Tests, wenn er keinerlei Bedeutung hat?“

„Er hat Bedeutung, aber nicht in Bezug auf Martin. Der ist so einzigartig, weil er sein Land verloren und nichts mehr zu verlieren hat. Ich bin mir bewusst darüber, dass das für manch einen provozierend ist, aber Martin ist entschlossener, risikobereiter und wilder als alle anderen. Und das dürfen wir uns nicht entgehen lassen.“

„Kriechen Sie jetzt vor den norwegischen Behörden zu Kreuze?“

„Jack“, sagte Gubbins in fast väterlichem Ton. „Da kennen Sie mich aber schlecht.“

„Was wollen Sie damit sagen?"

Gubbins nahm eine Zeitung von der Tischplatte und schlug die Mittelseiten mit einem doppelseitigen Artikel und einem Foto von Martin Linge in voller Uniform auf. Die Schlagzeile in fetten Lettern lautete: *The warrior!*

„Der Artikel, meine Herren, mag von einem patriotischen Landsmann verfasst worden sein, aber er fängt sehr präzise unsere Situation ein: Der Lofotenangriff ist nach wie vor die einzige bedeutungsvolle Vorzeigeaktion der SOE, und wir alle kennen den Grund."

Durnford-Slater starrte auf das Bild von Kapitän Linge, um sich nicht in den Text vertiefen zu müssen, aber bestimmte Stichworte aus der Einleitung waren nicht zu übersehen: *war hero, praised by Churchill, charismatic, innovative.* Den Rest konnte er sich zusammenreimen. Die reinste Lobhudelei über den Einsatz des Norwegers und ein schwerwiegendes Argument für das weitere Wirken der SOE.

Gubbins schob die Gläser zu ihnen rüber und hob sein eigenes. „Martin Linge wird die norwegischen Soldaten in den Kampf führen. Ohne Linge keine Militäraktion und auch keine Operation Jupiter von unserer Seite. Meine Herren, stoßen wir an, um die Kröten zu schlucken?"

Durnford-Slater erhob das Glas und trank mit den anderen. Zum Schweigen gebracht mit einem Zeitungsartikel.

„Überwachen wir ihn trotzdem weiter?"

60

Queen's Gate, ein paar Tage später,
1941

Blumenduft schlug ihr entgegen, als sie die Tür öffnete. Die Wohnung war kaum wiederzuerkennen. Lilien, Rosen, bunte Herbststräuße, Orchideen, Nelken, Topfpflanzen, ja sogar eine große Palme. Martin erwartete sie mit einer Flasche Champagner in der Hand. Dabei sah er nicht so aus, als hätte er ein schlechtes Gewissen.

Sie hörte Bjørn im Zimmer hantieren. Er schaute kurz nach draußen, begrüßte sie und verschwand wieder im Zimmer.

„Martin?", fragte Rosemary.

Er lachte etwas zu laut und zuckte mit den Schultern.

„Ich konnte mich nicht entscheiden, welche Blumen ich dir kaufen sollte."

„Du bist verrückt! Warum schenkst du mir denn überhaupt Blumen?"

„Weil du es verdienst."

Er öffnete die Flasche und reichte ihr ein Glas. Sie nahm es mit einigem Misstrauen entgegen.

„Du sagst mir aber schon noch, was wir hier feiern."

Im selben Augenblick klopfte es an der Tür, und Rubin steckte den Kopf herein.

„Hallo, ich will Bjørn abholen, ist er bereit?"

Bjørn öffnete die Tür und kam mit seinem Seesack heraus.

„Du ziehst aus?"

Rubin wirkte verunsichert. Sein Blick ging von Martin zu Rosemary.

„Wir sollen nach Schottland … haben gerade den Marschbefehl erhalten … Endlich ist es so weit."

Rosemary ließ sich auf einen Stuhl fallen und stellte das Glas auf den Tisch. Sie war müde von einem langen Tag im Krankenwagen, aber der Boden unter ihren Füßen schwankte nicht deshalb. „Martin?"

„Ich weiß, wie kurzfristig das ist", begann er. „Die Jungs fahren schon heute. Wir dann in zwei Tagen."

„Wir?"

Rubin räusperte sich. „Miss Rosemary? Der Bus wartet auf uns …"

Sie stand auf, ging mit unsicheren Schritten zur Tür und nahm sie nacheinander in den Arm. „Passt auf euch auf!"

„Wir sehen uns ja in ein paar Tagen, nicht wahr?"

Rosemary wusste nicht, was sie antworten sollte und sah ihnen hinterher, bis sie sichtlich verwirrt im Fahrstuhl verschwanden. Sie ging zurück zu Martin, der mit einer Fotografie in der Hand dastand. Das Bild zeigte den Strand an einem idyllischen Fjord.

„Wenn der Krieg vorbei ist, bauen wir uns hier ein Haus. Das ist die Spitze von Langodden. Einer meiner besten Freunde wohnt gleich nebenan, er wird das Haus für uns entwerfen." Er zeigte auf einen Felsen etwas oberhalb des Strandes. „Wir werden Kinder haben und uns nie mehr trennen. Ich habe dir einen Job besorgt."

„Versteh ich dich richtig? Du hast mir einen Job in Norwegen besorgt?"

„Nicht in Norwegen, in Schottland. Wir werden zusammenarbeiten, Rosemary. Du fährst im Ausbildungslager den Krankenwagen."

Sie nahm einen der Blumensträuße und drehte ihn in der Hand. Wunderschöne rote Rosen.

„Du fährst zur Ausbildung nach Schottland und willst, dass ich mitkomme?"

„Du wolltest doch, dass wir zusammen kämpfen."

Sie legte die Blumen weg.

Er wollte sie umarmen, aber sie wich zurück. Hatte er sie wirklich so gründlich missverstanden?

„So habe ich das nicht gemeint", begann sie. „Ich habe dabei an London gedacht. Hier werde ich gebraucht …"

„Das War Office besteht darauf, dass ich die norwegische Einheit bei allen zukünftigen Einsätzen anführen soll, und … Ja, das ist ein Befehl."

„Warte … Es geht also nicht bloß um die Ausbildung? Es steht ein weiterer Einsatz bevor?"

„Wir trainieren … für die Operation Jupiter …"

„Lehn ab, du kannst doch ablehnen, oder?"

„Das wäre das Aus für die Kompanie, ich glaube nicht, dass ich das kann."

„Doch, es muss möglich sein! Du hast gesagt, dass wir uns nie wieder trennen!"

„Deshalb habe ich ja darum gebeten, dass du eine Anstellung als Fahrerin im Lager bekommst."

„Die richten also extra eine Stelle für mich ein?"

„Sie haben eine Stelle eingerichtet, ja."

„Braucht ihr da oben tatsächlich Fahrer, oder ist das bloß dir zuliebe?"

„Rosie, wie soll ich … Ich weiß es nicht, aber eins weiß ich sicher: dass ich dich brauche!"

Sie konnte ihm einfach nicht böse sein. Schließlich hatte

er alles versucht und sich wirklich Mühe gegeben, ihr die Nachricht sanft beizubringen. Aus Fürsorge? Oder als Inszenierung des Schauspielers und Regisseurs, um seinen Abgang nach Schottland zu erleichtern?

„Du verstehst doch wohl, dass ich nicht mit dir gehen kann."

„Warum denn nicht? Du hast mich doch auch gefahren, als wir das Lager inspiziert haben und …"

Er sah plötzlich so verloren aus wie ein kleiner Junge, der beim Lügen ertappt worden war.

„Wir müssen zurück nach Norwegen, unser Land befreien. Dieses Mal geht es nicht nur um eine einzelne Sabotageaktion, nach der wir dann gleich wieder verschwinden. Ich muss dabei sein, wenn das passiert, Rosie, ich habe keine andere Wahl."

Als er diesmal seine Arme um sie legte, ließ sie es geschehen, doch es fühlte sich anders an als sonst.

„Kannst du mir versprechen, keine Dummheiten zu machen?"

„Ich verspreche es. Sobald wir eine sichere Stellung aufgebaut haben, komme ich zurück, und dann können wir gemeinsam nach Norwegen gehen."

„Das sagst du doch nur, um Frieden zu bekommen."

Er drückte sie fest an sich und strich ihr wieder und wieder über die Haare.

„Ich habe so lange auf eine solche Gelegenheit gewartet … mein ganzes Leben."

„Martin …"

„Etwas Sinnvolles zu tun, etwas, dass einen Unterschied macht."

„Du musst dich nicht dafür rechtfertigen, dass du lebst, Martin."

Das Traurigste waren nicht die Worte, die er aussprach, sondern das, was er nicht sagte. Sogar mit ihrer Liebe empfand er sich selbst als eine große Enttäuschung.

61
London,
1941

Zwei Tage später fuhr sie ihn zum Bahnhof. Es war ein strahlend schöner Herbsttag, wie gemacht für einen Spaziergang in Hampstead Heath. Anschließend hätten sie zu Hause kochen können, um sich danach zu lieben. Sie hätten füreinander leben und trotzdem ihren Beitrag im Krieg leisten können. Aber Martin war so nicht gestrickt.

Sie redete sich ein, dass es nur für eine kurze Zeit sein würde und er bald wieder da war. Sie zwang sich, daran zu glauben. Wurde es für sie unerträglich, konnte sie noch immer den Job als Fahrerin annehmen. Aber im Grunde war es nicht die Entfernung, die den Keil zwischen sie trieb, sondern die Geheimniskrämerei.

Sie würde von der nächsten Operation erst erfahren, wenn sie vorüber war. Baker Street war kompromisslos, was die Geheimhaltung anging. Rein rational gesehen verstand sie das auch, ihr Herz akzeptierte es aber trotzdem nicht. Martin hatte immer wieder damit argumentiert, dass so doch auch sie selbst geschützt würde. Es kursierten Gerüchte über deutsche Spione in London. Man wusste nie, wo der Feind sich befand, wer zuhörte und wer Sympathien für die Nazis hatte. Menschen wurden gekidnappt und unter Folter verhört, und die Folgen konnten katastrophal sein. Darum war es für alle das Beste, so wenig wie möglich zu wissen.

Martin redete unablässig, er war aufgedreht, voller Energie, versuchte, Späße zu machen und plante, was sie unternehmen würden, wenn er erst wieder zurück war. Er hasste Abschiede und nutzte seine beschwingte Stimmung als Schutzschild.

Sie hatte ihm nicht viel zurückzugeben. Die Nacht hatten sie damit verbracht, alles noch einmal durchzusprechen, weshalb es jetzt kaum noch etwas zu sagen gab. Vorwürfe und Ermahnungen würden sie nur noch weiter entzweien.

Rosemary parkte den Wagen und schaltete den Motor aus.

Martin seufzte. „Ich rufe dich an, sobald ich in Aviemore angekommen bin."

„Ich begleite dich noch zum Gleis", sagte sie.

Er nahm seinen Seesack und sah auf die Uhr. „Wir haben nicht mehr viel Zeit."

Der Zug sollte in fünf Minuten abfahren. Hand in Hand gingen sie zum Bahnsteig.

„Versprich mir, dass du vorsichtig bist."

Er stellte den Seesack ab und nahm sie in die Arme.

„Ich komme zurück, Rosie. Ich habe mein ganzes Leben gebraucht, um dich zu finden. Da werde ich jetzt doch wohl nicht so dumm sein, einfach zu sterben?"

„Mach keine Witze! Du musst mir versprechen, nicht übermütig zu werden!"

„Ich verspreche es."

„Was versprichst du?"

„Ich verspreche, nicht übermütig zu werden. Und der Fahrjob ist noch immer zu haben."

Sie küssten sich. Der Schaffner blies in seine Pfeife. Der Zug rollte bereits an, als Martin leichtfüßig auf das Trittbrett sprang und ihr noch einmal zuwinkte. Er sah alles andere als unglücklich aus, eher erwartungsvoll und bereit für das große Abenteuer.

62

Drumintoul Lodge, Schottland,
1941

Es regnete in Strömen, als der Bus mit NORIC 1 auf dem Platz vor der Drumintoul Lodge, dem Verwaltungsgebäude der Special Training School 26 in der Nähe von Airsaig in Inverness-shire hielt. An keinem anderen Ort in Schottland regnete es so viel wie dort.

Das alte Steinhaus wirkte mit seinen Türmchen, Spitzen und Erkern wie aus einem Märchen. Zugewuchert mit wildem Wein und umringt von hohen Bäumen war es wie ein Eingangstor zu den mächtigen Cairngorm Mountains, die direkt dahinter begannen. NORIC 1 hatte von Glasgow eine beschwerliche Reise über schlechte Straßen bis hierher gehabt. Im Bus hatte es nach Schweiß und Leder gestunken. Eine Gruppe aufgekratzter junger Männer, die dem Krieg zu Hause eine Etappe nähergekommen waren.

„Das war die bisher übelste Busfahrt meines Lebens", stellte Nils Nordland fest. „Da kriegt man ja eine Darmverschlingung."

Nils war der intuitive Typ, eine 22-jährige Künstlerseele mit einem ganz besonderen Talent für Dynamit.

„Eine heiße Dusche und ein kaltes Bier", stöhnte Rubin, schnitt eine Grimasse und rieb sich den Rücken. „Mehr verlange ich nicht."

„Kein Spaß unter der Dusche heute?", fragte Gunnar grinsend. „Sieht dir gar nicht ähnlich."

Gunnar war mit seinen fast 30 Jahren der älteste der Truppe, dabei aber ein Kindskopf. Doch weil er nichts vergaß, war er bestens geeignet für Spionageaufträge und als Funker.

„Meine Hände sind eingeschlafen", sagte Rubin und ballte sie immer wieder zu Fäusten.

„Mal sehen, was Durnford-Slater zu bieten hat", sagte Martin zur Freude der Männer und sah durch die Windschutzscheibe des Busses. Der Oberstleutnant war bereits zu ihrem Empfang angetreten. Ein einfacher Soldat hielt einen schwarzen Regenschirm über den Kopf seines Vorgesetzten, von dessen Rand der Regen kaskadenartig herabfloss.

Die Männer stiegen aus und standen gebeugt im kalten Herbstregen.

Durnford-Slater sah auf seine Uhr und wartete darauf, dass die Kompanie sich richtig aufstellte.

„Willkommen, NORIC 1, willkommen bei Nummer 26. Hier werden echte Krieger aus Ihnen gemacht, echte Funker, echte Organisatoren, echte Saboteure. Einige von Ihnen werden vorab ausgesendet werden und ohne Uniform operieren. Ihr Ziel ist Sabotage und der Aufbau von Widerstandszellen.

Als Zivilisten unterliegen Sie nicht dem Schutz des militärischen Rechts, also bereiten Sie sich bestmöglich vor."

Durnford-Slater musterte die Männer, die in Habachtstellung im prasselnden Regen standen. „Im Krieg ist nichts vorhersehbar. Jupiter kann morgen losgehen, vielleicht aber auch erst in zwei Monaten. Das Training beginnt aber schon jetzt. Die Glenmore Lodge, wo sie einquartiert sind, liegt eine Stunde Fahrzeit von hier entfernt, und sie werden diese Distanz zu Fuß und in voller Kriegsmontur zurücklegen. Kapitän Linge bekommt die Koordinaten, zu denen sie vorrücken müssen. Ich würde Ihnen raten, sich von der

Straße fernzuhalten. Wir werden dort patrouillieren und wer erwischt wird, wird zurückgebracht und darf den Weg von vorne beginnen, verstanden?" Ein enttäuschtes Raunen kam von der klatschnassen Truppe auf dem Appellplatz.

„Sie glauben doch wohl nicht, dass Zeit zum Ausruhen bleibt, wenn Sie in Norwegen landen und die Deutschen uns aufs Korn nehmen?" Durnford-Slater lächelte dünn.

Rubin sah aus, als wollte er dem Oberstleutnant an die Gurgel gehen. „Was für ein Arschloch", fauchte er durch zusammengebissene Zähne. „Müssen wir das akzeptieren, Chef?"

Martin setzte seinen Rucksack auf. Es gab keinen Grund, den Konflikt noch zu vergrößern und der Enttäuschung, die er im Namen seiner Jungs spürte, nachzugeben. „Je eher wir aufbrechen, desto schneller sind wir da!"

„Beschwer dich nicht, wenn zu viele Sterne am Himmel stehen", rief Nils. „Sagst du das nicht immer, Chef?"

„Da oben sind keine Sterne", brummte Rubin. „Nur Katzenpisse." Die anderen fielen ein, und ließen ein reichhaltiges Sortiment norwegischer Flüche hören.

Martin rief seine Jungs zu sich: „Durnford-Slater kann kein Wort Norwegisch, ihr könnt also so viel fluchen, wie ihr wollt. Ihr dürft euch auch Namen für ihn ausdenken. Wenn der Oberstleutnant die harte Tour will, kann er sie kriegen. Wir sind härter als er es jemals sein wird, okay? Seht euch um, schaut in die Berge und denkt an Norwegen. Natürlich ist das ein schlechter Ersatz, aber lasst euch davon leiten, nehmt die Natur um euch herum in Besitz. Den Regen, die Kälte, den Wind, einfach alles. Wollt ihr das, oder wollt ihr das nicht?"

Die Männer standen still da, während der Regen aus ihren Uniformmützen auf die Jacken troff. „Ich habe euch gefragt, ob ihr das wollt?"

„Ja, das wollen wir", rief Rubin.

„Natürlich wollen wir das", murmelte Bjørn.

„Ich kann euch nicht hören!", sagte Martin.

„Wir wollen!", riefen einige.

„Ich höre euch noch immer nicht."

„Wir wollen!", kam es von der ganzen Truppe.

„Glenmore Lodge!", rief Martin und setzte sich in Bewegung. Die Kompassnadel zeigte direkt in die hohe, nasse Heide. Er drehte sich ein letztes Mal um und sah Durnford-Slater hinter einem Fenster im ersten Stock.

Sie brauchten Stunden, bis sie endlich am Ziel waren, doch im Laufe des harten Marsches war die Sonne herausgekommen und hatte die klitschnassen Uniformen ein wenig getrocknet. Als sie die endlose Heide hinter sich hatten, lag ein fruchtbares Tal vor ihnen. Sie hatten Hirschrudel und anderes Wild gesehen. Die Müdigkeit machte einer mechanischen Ausdauer Platz, die ihnen das Gehen erleichterte. Woher diese Kräfte kamen, wusste niemand.

Die Sonne neigte sich zum Horizont, als hinten im Tal die weiße, herrschaftliche Glenmore Lodge zum Vorschein kam. Ein früheres Jagdschloss, das einem verarmten Lord gehört hatte. Die SOE hatte es vor der Zwangsversteigerung gerettet, indem sie hier ihr Ausbildungszentrum für Partisanenkriege eingerichtet hatte. Unterhalb davon wurde Loch Morlich von den letzten Sonnenstrahlen in rosa Pastellfarben getaucht.

„Seid ihr bereit für einen letzten Einsatz? Sollen wir es denen zeigen?"

Martin war Feuer und Flamme, sie hatten bewiesen, was sie drauf hatten, trotzdem wollte er noch mehr. Er war sich sicher, dass die Militärführung sie beobachtete, wenn sie aus den Bergen nach unten kamen.

„Wir sind bereit."

Martin begann zu laufen und die Männer folgten ihm über den steinigen Weg nach unten. Als sie den Platz vor dem Gebäude erreichten, nahm er den Rucksack ab und rannte weiter zum See. Er riss sich die nasse Uniform vom Leib und watete ins Wasser. Hinter sich hörte er überraschte Ausrufe.

„Chef! Was …?"

Er ging weiter, bis er hüfthoch im Wasser stand. Die Kälte brannte auf seiner Haut, trotzdem zwang er sich, langsam zu atmen.

„Ist das nicht eiskalt?" Rubin lachte unsicher und begann mit dem Ausziehen. Die anderen folgten seinem Beispiel.

„Doch!", rief Martin. „Das ist verflucht noch mal scheißkalt!"

„Wie machst du das? Was ist dein Geheimnis?"

„Mein Geheimnis …? Ihr müsst einfach … auf die Kälte scheißen, auf das alles und vor allem auf den Oberstleutnant!"

Von einem Fenster des Offiziersraums aus beobachtete Durnford-Slater ungläubig das Schauspiel am Loch Morlich. Er war eine halbe Stunde zuvor mit dem Auto angekommen. Eine Truppe fahlweißer Norweger warf sich ins Wasser. Ihr Lachen erinnerte an eine Gruppe junger, übermütiger Männer, die sich im Hyde Park gegenseitig nass spritzte.

63

Aus Rosemarys Sammelalbum,
1941

Geliebte Rosie,

es fühlt sich wie ein Jahr an, obwohl wir erst vor ein paar Tagen Abschied genommen haben. Ich habe mehrmals versucht, dich anzurufen, aber dich leider nicht erreicht.

Ich darf nicht schreiben, wie der Ort heißt, aber es ist atemberaubend schön hier oben.

Am Abend trainiere ich mit den Jungs alternative Kampftechniken, die ich während meines Schauspielstudiums gelernt habe: Wie man seinen Zorn kontrolliert, unter Druck ruhig bleibt, indem man negative Gefühle zulässt, wie quälend sie auch sein mögen. Wer seine persönlichen Ängste kennt, kann lernen, sie zu kontrollieren.

Ich trichtere den Jungs ein, jede Alltagssituation als Training zu betrachten. Zu lernen, bedrohliche Situationen vorherzusehen, Verstecke in der Landschaft auszuspähen, in jedem Haus Gefahren zu wittern, hinter jeder Tür, jedem Fenster. Wir trainieren den Häuser- und Straßenkampf in einem sogenannten Übungsdorf, das du dir ungefähr wie die Westernkulisse in einem Filmstudio vorstellen kannst. Falsche Fassaden, die Häuser, Wohnblocks, enge Passagen und Sackgassen nachbilden. Ein Mechanismus, der an die Trommel eines selbstspielenden Pianos erinnert, projiziert Ziele, deutsche Soldaten in Lebensgröße, ein bisschen wie im Marionettentheater, in die Kulisse. Plötzlich erscheint der Feind hinter einem Fenster, aus einem Keller, auf einem Dach, in einer Türöffnung, und du musst schießen, bevor er wieder verschwindet. Wenn du das verpasst, giltst du als ‚tot'. Am Anfang hat die Kompanie noch ziemlich schlecht dagestanden, aber inzwischen gehören wir zu den Besten. Das schreibe ich dir nicht, um dich zu beunruhigen, sondern im Gegenteil, um dir zu versichern, dass das Training hier die besten Chancen fürs Überleben gibt. Unser Witzbold Gunnar hat gestern Straßenschilder für unser Übungsdorf geschreinert. Gassen und Plätze werden nach verhassten Personen benannt. Wir hatten viel Spaß, als wir sie angebracht haben. Weitere Namensvorschläge sind herzlich willkommen.

Wir lesen und lernen Gedichte. Wer keine Sprache hat, kann nicht denken oder erklären, warum er kämpft. Ich bin überzeugt, dass der Krieg, ja, jeder Krieg, auch ein Kampf des Verstandes ist. Wir diskutieren über Philosophie und die grundlegenden Fragen des Lebens. Wer sind wir? Wovon träumen wir? Wofür kämpfen wir?

Liebste Rosemary: Jede Stunde ohne ein Lebenszeichen von dir ist wie in einem Boot ohne Ruder auf dem Meer zu treiben, wie eine Wanderung durch die Wüste. Und doch, so seltsam es ist, fühle ich mich dir näher als je zuvor.

Für immer Dein Martin

64

Aus Rosemarys Sammelalbum, 1941

Geliebte Rosie,

gestern Abend waren wir mit 40 Mann im Aufenthaltsraum versammelt, und ich habe mich gefühlt, als hätte ich 40 Söhne. Rubin und Bjørn haben von ihrem ersten Abend in Queen's Gate erzählt, als du für sie gekocht hast. Nicht nur ich vermisse dich. Wir haben auf dich angestoßen.

Nils Nordland hat ein spontanes Klavierkonzert gegeben. Er hat Grieg gespielt und wir haben *So seh aufs neu ich jene Berg und Tale* mitgesungen. Das war ein überwältigender Augenblick, der den Jungs Kraft gegeben hat. Kunst und Kultur halten uns aufrecht, während wir warten. Wir haben Shakespeares St. Crispins-Tag-Rede analysiert, und Bjørn hat es schön in Worte gefasst: *Shakespeare zu lesen, ist wie Training mit scharfer Munition. Die Gedanken reichen weiter und sind treffsicherer als die Kugeln eines Gewehres.*

Ich mache mir ein wenig Sorgen um zwei Jungs, die schon nach Norwegen vorgeschickt wurden. Wir haben schon eine Weile nichts mehr von ihnen gehört. Noch haben wir keine Informationen zu unserer Abreise. Wir verbringen unsere Tage auf einem Gluthaufen, der jeden Augenblick zu einem Feuer aufflammen kann.

Schreib mir, Rosemary, und seien es nur ein paar Zeilen, ich brauche dich hier, brauche dich immer, und sei es nur durch ein paar Worte auf Papier.

Für immer Dein Martin

65

Aus Rosemarys Sammelalbum, 1941

Liebste Rosie,

du kannst dir nicht vorstellen, wie gut es tut, von dir zu hören! Ich schlafe mit deinen Worten am Herzen ein, wenn wir draußen übernachten, zusammengedrängt in unserem Fuchsbau. Hier oben herrschen raue Sitten, und wir erleben viel Widerstand. Vor Kurzem hat uns ein bekannter norwegischer Offizier als paramilitärische Bande bezeichnet, die sich in den Bergen herumtreibt und das Gesetz in die eigenen Hände nimmt. So viel dazu. Natürlich ist mir klar, dass wir lateral und unabhängig denken müssen. Der Partisanenkampf hat seine eigenen Prämissen und kann nicht nach rigiden Prinzipien geführt werden. Das ist ein sehr persönlicher Kampf und kein normaler Kriegsdienst.

Auf den Berggipfeln liegt Schnee, und ich plane in Gedanken schon unsere gemeinsamen Skitouren, wenn Norwegen wieder frei ist. Unterhalb unseres Lagers, am Fuß des Berges, ist ein malerischer See, der genauso gut auch in der Telemark liegen könnte. Uns springen die Fische förmlich an den Haken, die überm offenen Lagerfeuer gegrillt köstlich schmecken.

Auf dem See trainieren die Jungs, Minen an Schiffen anzubringen. Ständig knallen Schüsse, ein Kraftwerk fliegt in die Luft, Züge entgleisen, Gruben brennen, Verräter werden geschnappt … Kriegstheater. Wir spielen sowohl Feinde als auch Alliierte, und Gnade dem, der in Gefangenschaft gerät.

Das hiesige Klima, Regen, Kälte und Schnee sind unsere Lehrmeister und Verbündeten. Wenn das Wetter dir eigentlich nahelegt, aufzugeben, du aber weitermachst, mit wunden, erfrorenen Füßen, schlotternd vor Kälte, weil die völlig durchnässte Uniform alle Wärme aus deinem Körper saugt, dann gelangst du an deinen inneren Kern und weißt, was in dir steckt. Wir testen unsere absoluten Grenzen aus, und ich kann nur sagen, dass meine Jungs die besten der Welt sind. Ich bin schwer beeindruckt. Und das gibt mir die Hoffnung, dass wir das Richtige tun und tatsächlich etwas ausrichten können, Rosie, selbst wenn wir für ein kleines Stück Himmel direkt in die Hölle marschieren.

Ich vermisse dich, brauche dich, liebe dich!

Für immer Dein Martin

66

Aus Rosemarys Sammelalbum,
1941

Liebste Rosemary,

bald ist es so weit. Wir sind in der abschließenden Phase, bevor NORIC 1 verschiedene Aufgaben zugeteilt werden. Die Jungs sind müde von der Warterei, ihnen fehlt die Motivation, und das Training ist anstrengender denn je.

Die größte Angst aller ist es, nicht gut genug zu sein. Weil sie dann hier in England in irgendwelchen Lagern arbeiten müssten. Ich hoffe wirklich, dass keiner meiner Jungs dort landet. Viele werden eine Spezialausbildung anhängen oder für Spezialaufträge eingesetzt. Und die, die dann noch übrig sind, sind der harte Kern, die Spezialsoldaten von NORIC 1.

Aber was soll das alles, eigentlich will ich dir nur sagen, dass ich dich liebe!

Für immer Dein Martin

67

Aus Rosemarys Sammelalbum, 1941

Meine aus tiefstem Herzen vermisste und geliebte Rosemary, wie ich mir wünschte, dich hier an meiner Seite zu haben. Bevor du weiterliest, öffne das dem Brief beigelegte Päckchen. Ich habe den Inhalt in einem kleinen Laden in der nächsten Stadt gefunden. Er hat dort auf dich gewartet!

Ich stelle mir vor, dass du den Ring am Finger trägst, wenn du weiterliest, und ich bin einfach mal so frech, es als ein Ja zu deuten und dass wir ab jetzt verlobt sind?

Ich vermisse dich so sehr!

Für immer Dein Martin

68

Drumintoul Lodge,
1941

Oberst Gubbins schob rastlos Dokumente auf dem Kartentisch hin und her, um den sie sich versammelt hatten. Er hatte seine Ankunft am Morgen angekündigt und ein Dringlichkeitstreffen einberufen. „Die Deutschen haben den Walzensatz der Enigma-Maschine ausgetauscht; damit hat sich unser Fenster nach Trondheim geschlossen."

„Bedeutet das, dass wir blind in Norwegen einmarschieren?", fragte Mad Jack.

„Das will The Big Brass tunlichst vermeiden", erwiderte Gubbins. „Aber wenn wir Jupiter abblasen, verschenken wir das Momentum. Vorläufig rechnet Hitler unseres Wissens nach mit keiner Invasion. Sollte er aber doch etwas ahnen, weiß er auf keinen Fall, wo es passieren wird."

„Woher wissen wir das?", fragte Mad Jack.

„Die Deutschen hören uns ab, und das nutzen wir für uns. Wir haben verdeckte Funkagenten, die falsche Informationen über das Wo eines Angriffs verbreiten. Wir gehen davon aus, dass in Berlin totale Verwirrung herrscht. Damit kaufen wir uns ein wenig Zeit, und das ist unsere Chance. An der Nordwestküste Norwegens wurde vor wenigen Tagen ein deutscher Marineattaché observiert. Aller Wahrscheinlichkeit nach mit einer Lieferung neuer Chiffriercodes und Schlüsselwalzen."

„Sie denken an einen Überfall? Um die in Besitz zu nehmen?"

„Eine Operation in kleinerem Maße, mit weniger Schiffen und Truppen."

„Ist das gut durchdacht?" Durnford-Slater sah skeptisch aus.

„John", sagte Gubbins. „Die britischen Streitkräfte demontieren sich gerade durch ihre internen Unstimmigkeiten. Die Marine kann sich nicht mit dem Heer einigen, und die Luftwaffe hat noch eine dritte Meinung. Im Augenblick sind wir die einzige Institution, die im Stande ist, etwas auf die Beine zu stellen, ironischerweise, weil wir uns nicht an die Spielregeln halten."

„Darf ich einen Vorschlag machen …", meldete Martin sich zu Wort.

„Florø!", sagte Gubbins. „Die Wahl ist auf Florø gefallen."

„Das kenne ich wie meine Westentasche."

„Dann wäre das abgemacht. Und wir müssen so schnell wie möglich loslegen. Der Name der Operation ist *Kitbag*. Morgen früh ist die Strategiesitzung."

„So wie mit Akaba?", fragte Martin.

„Wie bitte?" Mad Jack sah ihn irritiert an.

„Ihr kennt doch wohl eure Helden? Lawrence von Arabien?"

„Ah", rief Gubbins. „Natürlich, ein Angriff durchs Hintertürchen, mit dem niemand gerechnet hat, weshalb alle Kanonen aufs Meer ausgerichtet waren. Ein schöner Vergleich."

„Ein hinkender Vergleich", konterte Durnford-Slater. „Lawrence und seine Nomaden haben eine Wüste durchquert, die vor ihnen noch niemand durchquert hatte, um Akaba einzunehmen. Der Angriff war nicht nur unerwartet, sondern ausgeschlossen."

„Ein Angriff auf Florø birgt ebenfalls ein großes Risiko: Die Küste ist voller Untiefen und Schären. Ein Überfall in einer Jahreszeit mit den Stürmen und Unwettern fällt für die Besatzungsmacht wohl auch eher in die Kategorie ‚ausgeschlossen'. Ich kann nicht erkennen, dass da was hinkt."

Es wurde still im Raum. Der letzte Stich ging an Martin, hinterließ aber einen bitteren Beigeschmack. Woher kam nur dieses hartnäckige Bedürfnis, den Oberstleutnant in seine Schranken zu weisen? Im Grunde genommen schadete er sich damit nur selbst.

„Kann ich Sie unter vier Augen sprechen, Oberst?", fragte Durnford-Slater. Gubbins und er verließen den Raum, kurz darauf folgte ihnen Mad Jack.

Martin blieb mit einem Haufen unbeantworteter Fragen zurück. Wie lange würden sich Jupiter und die endgültige Invasion durch einen solchen vorgezogenen Überfall verzögern? Durnford-Slater hatte recht mit seinem Einwand, dass das Ganze überstürzt wirkte, aber vielleicht stand noch etwas anderes dahinter. War die SOE erneut von der Auflösung bedroht? Was sollte er Rosemary jetzt sagen? Er stützte sich mit den Händen auf der Tischplatte ab, auf der ein paar große Karten von Trondheim ausgebreitet waren. Pfeile und Codes markierten Truppenverschiebungen und strategische Ziele. Er kannte die Stadt aus seiner Gymnasialzeit, und irgendwo in einem hinteren Winkel seines Kopfes rumorte etwas, das er aber noch nicht greifen konnte. War der Plan auf Herz und Nieren geprüft? Waren Sie ausreichend informiert? Ein Überfall auf Florø könnte die Lösung sein, beschwor aber neue Konflikte mit Nygaardsvold und der Regierung herauf. Sein Blick fiel auf eine rote Ledermappe mit der

Etikettierung: JUPITER – STRENG GEHEIM. Es war sehr SOE-untypisch, geheime Akten offen herumliegen zu lassen. Martin nahm sie in die Hand und verstand im gleichen Augenblick, worum es hier ging. Er legte sie zurück auf den Tisch und wollte gehen, als Mad Jack in der Tür auftauchte und seinen Verdacht bestätigte.

69

Drumintoul Lodge,
Sekunden später, 1941

Sie wollten ihn testen, ihn zu einem Fehler verleiten. Durnford-Slater versuchte wirklich mit allen Mitteln, ihn loszuwerden.

„Ich verstehe“, sagte Mad Jack.

„Was?“, konterte Martin und verließ den Raum, um zu telefonieren.

Mad Jack folgte ihm.

„Ich verstehe Ihr Dilemma.“

„Welches Dilemma?“

„Den Druck, dem Sie ausgesetzt sind.“

„Sind Sie Durnford-Slaters Laufbursche?“

Martin erwartete keine Antwort, warf Münzen in den Schlitz und wählte Rosemarys Nummer. Private Gespräche wurden gewöhnlich von Münzapparaten mit einer fiktiven Adresse geführt. Mad Jack blieb schräg hinter ihm stehen.

„Wären Sie so freundlich ... Das ist ein privates Gespräch.“

Rosemary antwortete direkt.

„Ich bin es.“

„Mama kann jeden Augenblick anrufen.“

„Hast du meinen Brief mit dem Päckchen bekommen?“

„Ja, das war ...“

„Ein bisschen weiter, wenn's geht.“

„Was?“, fragte Rosemary.

„Nicht du, hier ist ein etwas anhänglicher Offizier.“

„Der Ring ist wunderschön.“

„Ist das ein Ja?“

Mad Jack rührte sich nicht vom Fleck, und Martin formte ein „Verpiss dich“ mit den Lippen, was endlich Wirkung zeigte.

„Ich habe Angst, noch einmal verletzt zu werden.“

„Deine Stelle ist noch frei.“

„Darüber haben wir doch gesprochen.“

„Willst du mich dann wenigstens besuchen kommen?“

„Es ist ja gar nicht so, dass ich nicht will, aber wenn du wieder wegfährst …“

Martin schob alle Gedanken an Florø beiseite.

„Bitte, Rosie, ich miete irgendwas Romantisches außerhalb vom Lager. Und dir tun ein paar freie Tage sicher auch gut. Es ist wunderschön hier, fast ein bisschen wie in Norwegen.“

„Vielleicht klappt es mit einem Kurzbesuch, nach der nächsten Woche.

„Perfekt.“

„Aber jetzt muss ich auflegen, ich hab Mama versprochen …“

Das Gespräch brach ab. Er hatte zu wenige Münzen eingeworfen.

Mad Jack kam zurück. Er lehnte sich an die Wand, die Arme vor der Brust verschränkt.

„Ich habe im letzten Winter einen französischen Priester kennengelernt. Er hatte gerade Zwillinge bekommen, nach zwei etwas älteren Söhnen. Er war Mitglied einer Widerstandsgruppe. Sie haben ihn festgenommen, als er seinen Söhnen gerade eine Gutenachtgeschichte vorgelesen hat. Seine Frau hat die Neugeborenen gestillt. Sie haben ihn auf jede erdenkliche Weise gefoltert. Er soll mit einem Gebet um Vergebung auf den Lippen gestorben sein – für seine Folterknechte. Er hat kein Wort gesagt, das irgendetwas verraten hätte. Am Tag seiner Bestattung kam die Gestapo zurück und hat die ganze Widerstandsgruppe festgenommen. Der Kirchendiener hatte sie verraten. Keiner hatte geahnt, dass er ein Informant war."

„Ist es das, was Sie von mir denken?"

„Ich sage nur, dass man niemandem trauen kann."

Mad Jack zog ein Foto aus der Brusttasche und reichte es ihm. Darauf war Martin im Gespräch mit Aronsen zu sehen, an einer Straßenecke. Er wusste nicht, ob er laut lachen oder seufzen sollte. Die Puzzleteile fielen an ihren Platz. Wenn das der Grund für Durnford-Slaters Kampagne gegen ihn war, änderte das maßgeblich die Perspektive. Die SOE befand sich in einer exponierten Lage, und selbst die unbedeutendste Indiskretion könnte fatale Folgen haben. Aber dass ausgerechnet eine Operettenfigur wie Mad Jack Churchill einen Grund suchte, ihn in ein zweifelhaftes Licht zu rücken, war absolut jenseitig.

„Wissen Sie was?" Er gab Jack das Foto zurück. „Statten Sie der norwegischen Regierung gerne einen Besuch ab und zeigen Sie denen ihr Fotoalbum. Ist Colin mit von der Partie, oder haben Sie das allein mit John ausgeheckt?"

„Ich will nur sagen, dass es anstrengend sein muss, zwei Herren zu dienen, auf Kosten Ihrer eigenen Landsleute."

„Welche Landsleute? Von was zum Teufel reden Sie da eigentlich?"

Mad Jack lachte unsicher. Er schwankte, ließ aber noch nicht locker.

„Sind es nicht genau genommen noch mehr Gründe?

Norwegen, meine Männer, ich selbst, die Regierung, Baker Street? Meine Frau? Was verstehen Sie eigentlich unter Loyalität?"

„Das war nie eine Frage für mich ..."

„Natürlich nicht! Sie müssen ja auch nicht Ihr eigenes Land angreifen. Sie haben keine Regierung, die gegen Sie arbeitet, keine Kinder, die sich im Einzugsbereich des Angriffs befinden. Was bitte ist das für eine Loyalität, mit der Sie sich schmücken, wenn die Sie keinen Scheißdreck kostet?"

Mad Jacks Arroganz war Unsicherheit gewichen.

„Es geht Sie zwar nichts an, aber ich will Ihnen etwas sagen", fuhr Martin fort. „Ich habe eine schmerzvolle Entscheidung getroffen. Aber ich strauchele nicht, und ich scheiße auch nicht in mein eigenes Nest. Das verstehe ich unter Loyalität. Richten Sie das gerne Ihrem Busenfreund John aus."

Dem Schotten hatte es die Sprache verschlagen. Er reckte aber die Faust hoch und grinste dämlich.

Martin sah die Hand an und sagte: „So einfach ist das, verdammt noch mal, nicht." Er ging zur Tür und drehte sich noch einmal um. „Ich schlage vor, Sie räumen den Tisch im Sitzungsraum auf. Es ist dumm, Unterlagen so offen rumliegen zu lassen."

70

Drumintoul Lodge,
1941

Die Operation Kitbag war beschlossene Sache. Das Strategietreffen war gelaufen und Gubbins auf dem Rückweg nach London. Mad Jack und er selbst sollten mit einer Spezialeinheit bereits am nächsten Tag Kurs auf Florø nehmen. Bis zu Rosemarys Besuch würde er rechtzeitig zurück sein. Eine Sorge weniger. Aber Martin hatte Bauchschmerzen. Das Ganze war überstürzt, und in Bezug auf Ausrüstung und Truppenstärke war die Aktion runtergestuft worden. Keiner seiner besten Männer war dabei, weder Rubin noch Bjørn oder Nils. Die zwei von Durnford-Slater abgestellten Männer waren verhältnismäßig frisch in der Kompanie. Er wurde den Gedanken nicht los, dass das alles ohnehin nur ein abgekartertes Spiel war.

Martin blieb vor dem Haupthaus stehen und atmete die klare Herbstluft ein. War die Operation Kitbag ein „Akaba" ohne jede Chance auf Erfolg?

Die Sonne kämpfte mit der dünnen Wolkendecke und ließ die Berggipfel immer wieder kurz erstrahlen. Die weite Landschaft beflügelte seine Gedanken. Warum weitermachen, wenn ihm nur Misstrauen entgegengebracht wurde?

Rosemary hatte ihm noch keine Antwort gegeben und er wusste nicht, wie er damit umgehen sollte. Im Moment konnte er nur darauf hoffen, dass etwas passierte, das den Knoten für ihn löste. Nur noch diese eine Aktion. Operation Kitbag. Wenn es ihm auch dort gelang, die neuen Buchstabenwalzen und Codeschlüssel zu finden, liefe alles nach Plan. Sobald die Invasion anrollte, würde es einfacher werden. Bis dahin musste er sich wohl oder übel damit abfinden, dass das Leben ihn von einem Dilemma ins nächste katapultierte.

Er ging in sein Zimmer, um zu packen. Ganz oben in seinem Rucksack lag wie immer Olaf Bull.

71

Basel, vier Tage vor der Premiere, 1991

Sie wollte Bjørn nicht verurteilen, bevor sie Gewissheit hatte. Mit ein wenig Abstand fühlte sie sich in der Lage, das Ganze auch aus seiner Perspektive zu betrachten. Sie hatte die mehr als 300 dicht beschriebenen Seiten gelesen, die er ihr mitgegeben hatte. Es war ein ganzer Roman, mit klareren, gnadenloseren und schärferen Beobachtungen als alles, was sie je über Martin gelesen hatte. Und streckenweise tiefgreifender und detaillierter, als sie selbst sich an manche Begebenheiten erinnerte. Auf dem Theatermanuskript stand zwar nicht Bjørns Name, aber jede Szene trug den Stempel seiner Textvorlage, ohne die das Stück nicht existieren würde.

Nach wie vor konnte sie nur schwer akzeptieren, dass er aus Liebe gehandelt hatte, da er sich damit in gewisser Weise unangreifbar machte. Aber was, wenn es gar keine Liebe war? Hatte der junge Bjørn von damals das Recht, seine Faszination für Martin auf eine Ebene mit ihrer Liebe zu stellen? Martin war ein bekannter Schauspieler, was Bjørn sicher beeindruckt und verleitet hatte, seine eigenen Gefühle falsch zu verstehen.

Rosemary war mit einer Angina pectoris in Basel gelandet, weshalb ihr Mann darauf bestanden hatte, vom Flughafen direkt ins Krankenhaus zu fahren. Er hatte damit einen Herzinfarkt verhindert und ihr das Leben gerettet. Vielleicht war es an der Zeit, sich ein für alle Mal von der Vergangenheit zu verabschieden. Um das zu schaffen, brauchte sie aber

Gewissheit, und vielleicht half das auch Bjørn, diese Dinge hinter sich zu lassen.

Es war der Tag vor Heiligabend, sie war aus dem Krankenhaus zurück, am Abend wollten sie und ihr Mann den Baum zusammen schmücken. Dazu gehörte auch der Weihnachtsstern aus der Queen's Gate. Vom Weihnachtsfest 1940, dem einzigen Weihnachten, das sie mit Martin verbracht hatte. Er wollte unbedingt einen goldenen Stern auf der Baumspitze und hatte dafür einen aus Pappe ausgeschnitten. Als er das Goldpapier auf die fünfte Zacke geklebt hatte, war eine Bombe gefallen, die das ganze Haus zum Beben gebracht hatte. „Frohe Weihnachten", hatte er lachend gesagt und den Stern an der Baumspitze befestigt.

Sie lief durch die Altstadt, in der Manteltasche die kleine Silberschatulle. So kurz vor Weihnachten störte man eigentlich niemanden mehr, aber Florian Müller hatte ihr versichert, dass sie ruhig kommen könne und ihr seine Hilfe angeboten. Er war ein Kollege ihres Mannes, Antiquitätenhändler und Waffenspezialist.

Der Schnee legte sich auf Dächer und Turmspitzen und rundete die scharfen Kanten ab. So eine kühlende Schicht, die sich lindernd auf alle Erinnerungen legte, wünschte sie sich auch in ihrem Innern.

Ein Messingglöckchen kündigte ihre Ankunft an, als sie über die Schwelle trat. Im Laden war es angenehm warm. Staubpartikel wirbelten durch das Licht, das durch die Fenster auf die Antiquitäten fiel, die irgendwie den Duft von Erinnerungen verströmten.

Hinten im Laden erhob sich eine zierliche, graue Gestalt und kam lächelnd auf sie zu. „Es ist mir eine Freude, helfen zu können", sagte Florian Müller und streckte ihr eine grazile Hand entgegen.

„Und dafür bin ich Ihnen sehr dankbar", sagte Rosemary und überreichte ihm das kleine Kästchen. Müller stellte es auf dem Holztisch ab, klemmte sich eine Uhrmacherlupe vors rechte Auge und öffnete die Schatulle.

„Ah, interessant", sagte er andächtig, als er die deformierte Kugel gegen das Licht hielt. „Die meisten deutschen Scharfschützen haben eine Mauser 98 benutzt, aber danach sieht es hier nicht aus, das kann ich schon sagen."

Ihr stockte der Atem.

Sie hatte auf eine einfache Antwort gehofft, mit der Bjørn und sie beruhigt in die Weihnachtszeit gehen konnten.

„Aber", sagte Rosemary, „Aus welcher Waffe stammt sie dann? Kann es ein englisches Gewehr gewesen sein?"

„Am ersten Weihnachtstag bin ich zu einem Abendessen eingeladen, wo ich jemanden treffe, der sich mit solchen Dingen sehr viel besser auskennt als ich. Wenn ich die Kugel dorthin mitnehmen dürfte, könnten mein Expertenfreund und ich die Untersuchung über einem Glas Cognac fortsetzen. Das wäre sicher der Höhepunkt der ansonsten eher drögen Zusammenkunft."

„Ich fliege am 27. Dezember früh nach Norwegen. Denken Sie, dass Sie …?"

Müller rieb sich mit den Fingern über die Stirn und sah sich die Kugel noch einmal durch die Uhrmacherlupe an. „Die Manschette kommt mir irgendwie bekannt vor, aber ich komm noch nicht drauf, was es ist. Rein nach Augenmaß würde ich auf Munition vom Typ 7.26 Millimeter Standardsortierung tippen. Die ist ziemlich weit verbreitet."

„Aber was für Waffen hatten die Deutschen? Ich denke, wir können davon ausgehen, dass der Schuss von einem erfahrenen Scharfschützen abgefeuert wurde."

„Die Besten hatten gute Waffen, aber der Schuss kann natürlich auch aus einem gestohlenen oder beschlagnahmten Gewehr gekommen sein. Russische Gewehre waren bei den Deutschen sehr beliebt. Ich setze mein Vertrauen auf den Cognac am ersten Weihnachtstag und habe hinterher hoffentlich qualifiziertere Informationen für Sie", sagte Müller und begleitete sie freundlich zur Ladentür. Durch das Fenster sah sie ihn die Silberschatulle in die Tasche stecken und sich wieder an seinen Arbeitstisch setzen.

Ihr blieb nichts anderes übrig, als abzuwarten.

72

Glenmore Lodge,
1941

Sie hatten versagt.

Die Operation Kitbag hatte sich als totales Fiasko erwiesen. Martin und Mad Jack standen vor dem Schreibtisch des Oberstleutnants, gerade aus Lerwick zurück, wo sie die toten Soldaten beerdigt hatten.

Durnford-Slater schien den Augenblick zu genießen. Die ganze Situation spielte ihm in die Hände. Die missglückte Operation hatte zu einer Anhörung geführt, wie es das militärische Protokoll verlangte. Der Oberstleutnant hatte zwar die Verantwortung für die Durchführung des Einsatzes, der Fokus der Anhörung lag aber darauf, den Schaden für die eigenen Befehlshaber weitestmöglich zu begrenzen.

Infolgedessen war alles heruntergespielt worden. Die Tatsache, dass er jetzt vor dem Oberstleutnant Rechenschaft ablegen musste, schmerzte deutlich mehr als die Brandwunden, die Martin sich bei der Aktion zugezogen hatte. Wieder einmal sah es so aus, als würde er noch vor der Ziellinie ins Stolpern geraten. Sollte Durnford-Slater zu dem Schluss kommen, dass der Fall vor ein Tribunal musste, würde der Oberstleutnant mit Sicherheit alles nur Erdenkliche tun, um Martin für immer aus dem aktiven Dienst zu entfernen.

„Das Unglück geschah, als der Flotillenchef mich zu einer Besprechung bat, um die ganze Aktion abzublasen", erklärte Mad Jack.

Martin fügte hinzu: „Wir haben die Situation aber unter

Kontrolle bekommen und hätten den Einsatz trotz des Unglücks durchführen können."

„Und wie? Mit drei Toten, sieben Verletzten und einem brennenden Schiff?"

„Das Feuer konnte dank Jack gelöscht werden. Und die Verluste sind mir schmerzlich bewusst. Zwei von ihnen waren meine Männer."

Durnford-Slater klappte das Protokoll zu.

„Ich werde der Militärführung empfehlen, Sie vor ein Tribunal zu stellen, Linge. Bis dahin stehen Sie unter Aufsicht."

„Es war nicht Martins Fehler", protestierte Mad Jack. „Dann müssen Sie mich auch vor das Tribunal bringen. Und das wäre …"

„Es reicht. Sie stehen beide unter Aufsicht und dürfen sich dann vor dem Tribunal äußern."

„Und was ist jetzt mit Jupiter, Sir?"

Ein triumphierendes Lächeln zeichnete sich auf den dünnen Lippen des Oberstleutnants ab. „Niemand ist unentbehrlich! Nicht einmal ein ‚Fighting Jack' oder ein ‚Viking Linge'. Abtreten!"

Jack warf Martin einen bedeutungsvollen Blick zu. Die Entscheidung des Oberstleutnants stärkte die zwischen ihnen wachsende Kameradschaft. Der Krieg würfelte die Menschen in ungewöhnlichen Konstellationen zusammen. Ein gemeinsames Schicksal war kein Trost, wohl aber eine gemeinsame Frontlinie.

73

Special Training School 26,
1941

Auf dem Appellplatz herrschte hektisches Treiben. Wagen und Busse standen bereit, während Soldaten in Felduniformen und mit Gepäck aus dem Haupthaus strömten.

Rubin rannte ihm entgegen, als Martin den Platz überquerte.

„Chef!“, rief er. „Willkommen zurück.“

„So glorreich war die Aktion nicht“, brummte Martin.

Rubin nahm ihn kurz und herzlich in den Arm. Die Brandwunden unter den Bandagen schmerzten. Sie hatten sich seit Kitbag nicht mehr gesehen.

„Ich soll nach Norwegen! Mit den Widerstandszellen arbeiten!“

„Jetzt gleich?“

„Vorher haben wir noch eine Übung. Danach werden wir rüber geflogen und sollen nördlich von Trondheim abspringen. Endlich geht es los, Chef, endlich!“

„Jupiter und Trondheim.“

„Wir erfahren ja nicht viel, aber eigentlich kann das doch nichts anderes sein, oder?“

„Sind noch andere aus unserer Kompanie dabei?“

„Ja, Nils und fünf oder sechs andere … die Namen fallen mir grad nicht ein.“

Sie hatten sich also für Trondheim entschieden und wollten blind zuschlagen. Ob die Entscheidung richtig war, würde sich im Nachhinein erweisen.

„Mir wäre es ja lieber, wir würden zusammen kämpfen, aber …“

„Mir auch, Chef!“ Rubin kickte einen Stein über den Boden. Rückte seinen Helm zurecht.

Martin freute sich für Rubin, es missfiel ihm aber aufs Schärfste, dass die Militärführung seine Truppe aufteilte, ohne ihn auch nur zu fragen. Rubin hatte ihm bei der Operation Kitbag gefehlt. Vielleicht wären die Dinge anders gelaufen, wäre er dabei gewesen.

„Pass gut auf dich auf, Rubin.“

„Du auch, Chef! Und wer zieht dir jetzt die Ohren lang? Was glaubst du?“ Rubins unschuldiges Gesicht öffnete sich zu einem breiten Grinsen. „Da wartet übrigens jemand auf dich. Im The Owl! Die schafft das schon. Das mit den Ohren, meine ich.“

Rubin rannte zum Bus. Er drehte sich noch einmal um und grinste. „Verausgab dich nicht! Wir sehen uns in Norwegen!“

Rosemarys Auto stand vor dem Dorfpub, dem einzigen im Umkreis vieler Meilen. Der Wirt wartete bereits mit dem Schlüssel in der Hand auf Martin. „Sie haben das beste Zimmer, Sir. Nummer vier, mit Aussicht.“

Martin stürmte über die schiefe Treppe nach oben, aufgeregt wie ein kleiner Junge. Ohne ein Wort warf er sich in ihre Arme. Sie küssten sich, streichelten sich, hielten sich fest.

„Übrigens, guten Tag“, sagte Rosemary, nachdem sie sich für einen Moment aus seiner Umarmung gelöst und durchgeatmet hatte. Dann ließen sie sich aufs Bett fallen. Martin zog ihr den Pullover über den Kopf, und sie knöpfte sein Hemd auf. Der Diamantring, den er ihr geschickt hatte, steckte am rechten Mittelfinger. Sie bemerkte die Bandage an seiner Brust.

„Was ist passiert?“

Er antwortete mit einem Kuss auf ihren Hals, aber sie hielt ihn zurück. „Martin, ich will wissen, was das ist.“

„Nur eine Bagatelle. Ich erzähle es dir später, jetzt komm schon.“

Die Brandwunden hielten ihn nicht ab, und er streichelte ihren Rücken, vergrub sein Gesicht in ihrer Halsbeuge und sog ihren Duft ein, doch sie wehrte ihn ab.

„Martin!“ Sie riss sich endgültig los und kroch in eine Ecke des Bettes. „Antworte mir!“

Er setzte sich auf, strich sich die Haare aus dem Gesicht und suchte nach den richtigen Worten.

„Es gab ein … Feuer an Bord.“

„An Bord? Wo?“

„Auf dem Weg nach Florø, ein … Überraschungsangriff.“

„Überraschungsangriff?“

Er begann zu erzählen und verlor mit jedem Wort, das aus seinem Mund kam, mehr Boden unter den Füßen.

„Die BBC war sogar live dabei, um über alles zu berichten. Sie hatten sich in der Messe breitgemacht, wo wir die Granaten scharf gemacht haben. Das ist eine gefährliche Arbeit, weshalb ich das BBC-Team gebeten hatte, den Raum zu verlassen. Draußen über der Nordsee zog ein Sturm auf. Eine Welle hob das Schiff unerwartet an und ein Scheinwerfer ging zu Boden. Kurz darauf knallte es und Flammen loderten empor. Der Raum war voller Qualm. Überall krochen Menschen herum. Und dann brach Panik aus, alle wollten nur noch weg. Zwei meiner Männer lagen tot am Boden, Rolf und Karl Otto. Sie hatten gerade erst in der Kompanie begonnen.“

Rosemary sah ihn mit unverhohlener Enttäuschung an. Wieder einmal war er gefahren, ohne ihr etwas zu sagen.

Er bat um Vergebung, versicherte ihr, dass das nicht noch einmal passieren werde und er sie doch nur schützen wollte.

„Wie soll ich dir danach jemals wieder vertrauen?"

Rosemary zog sich den Pullover an, trat vor den Spiegel und richtete ihre Haare. Dann drehte sie sich zu ihm um. „Ich habe jede Sekunde, die du weg bist, Angst um dich."

„Das ging alles so schnell", sagte er.

„Du hast mir versprochen, kein Risiko einzugehen und keine Dummheiten zu machen."

„Die Menschen lagen um mich herum, was hätte ich denn tun sollen?"

„Du hättest Deckung suchen und um Hilfe rufen können."

„Der Granatenkasten hatte Feuer gefangen, jemand musste die Flammen löschen."

„Und warum ausgerechnet du?"

„Hätte ich erst nach Freiwilligen suchen sollen? Das Schiff hätte jederzeit in die Luft gehen können!"

Sie nahm ihre Tasche, legte die Jacke über den Arm und öffnete die Tür. „Leb wohl, Martin, ich kann nicht mehr."

Die Tür fiel hinter ihr ins Schloss. Er hörte ihre Schritte auf der Treppe, als er sich das Hemd anzog und zuknöpfte. Dann hastete er ihr hinterher.

„Rosemary!"

„Du hast es mir versprochen!", sagte sie und stellte ihre Tasche auf die Rückbank des Wolseleys.

„Fahr nicht, ich habe nicht unverantwortlich gehandelt!"

„Wenn du unbedingt sterben willst, dann mach nur weiter, aber erwarte nicht, dass ich da mitmache."

„Wenn ich das nicht …"

„Ich, ich, ich! Kannst du mal versuchen, dich in meine Lage zu versetzen? Nur für einen Augenblick?"

„Ich sehe es doch von deiner Seite, und ich verstehe …"

„Du verstehst gar nichts! Denkst du jemals darüber nach, wie das für mich ist? Was mit mir passiert, wenn du …"

Ihm fehlten die Worte. Unsicher fuhr er sich mit der Hand durch die Haare und wurde sich plötzlich der Tatsache bewusst, dass sie beobachtet wurden. Mad Jack stand vor dem Pub und sah zu ihnen herüber.

Rosemary knallte die Tür des Wagens zu, ließ den Motor an, kurbelte die Scheibe herunter und sah mit einem Mal ruhiger aus. „Ich kann dich nicht zwingen, Martin, das weiß ich. Ich habe akzeptiert, dass ich an zweiter Stelle stehe, und für eine gewisse Zeit hatte ich mich damit abgefunden. Aber ich will nicht zu deiner Witwe werden. Dafür liebe ich dich zu sehr."

Sie zog den Diamantring von ihrem Finger, nahm das Schächtelchen aus der Handtasche und steckte ihn hinein. Auf dem Sitz neben ihr lag die Gedichtsammlung von den Lofoten.

„Adieu, Martin", sagte sie und reichte ihm beides, ehe sie zögernd losfuhr. Er rannte neben dem Wagen her und hielt sich im Türgriff fest, bis der Wolseley zu schnell wurde.

„Ärger, Kamerad?" Mad Jack war neben ihn getreten.

„Weißt du, wann der nächste Zug nach London fährt?"

Er ging mit Mad Jack zurück zum Lager.

„Ich fürchte, erst morgen. Aber du kannst nicht fahren, wir müssen vor dem Tribunal antreten."

„Ich bin zurück, so schnell es geht!"

„Wenn nicht, steckst du wirklich in Schwierigkeiten."

„Weißt du, ob ich mir hier irgendwo ein Auto leihen kann?"

Sie hatten das Hauptgebäude erreicht.

„Lass mich nachdenken", sagte Mad Jack.

Martin ging auf sein Zimmer, um seine Jacke und seine Geldbörse zu holen. Den Ring und die Gedichtsammlung ließ er liegen. Warum hatte er nur wieder ein solches Chaos angerichtet? Was auch immer er tun würde, es konnte nur schiefgehen, trotzdem musste er es ein letztes Mal versuchen. Er würde sich sonst niemals verzeihen. Er drehte noch einmal um und nahm das Kästchen mit dem Ring. Wenn sie ihn nicht zurücknahm, würde er ihn ihr hinterherwerfen. Auf dem Weg nach draußen hörte er, wie ein Motor angelassen wurde, ein tiefes, sonores Dröhnen. Vor dem Eingang saß Mad Jack auf seinem Motorrad. Er stieg ab, als er Martin kommen sah.

„Nicht zu schnell, Kamerad! Und viel Glück bei deinem Gang nach Canossa!"

Er nahm Helm und Motorradbrille ab und reichte sie Martin. „Und denk dran, dich in die Kurven zu legen!"

Martin stieg auf das Motorrad. Den kräftigen Motor unter sich zu spüren, gab ihm neue Kraft. Vielleicht war ja doch noch was zu retten?

„Danke Jack. Ich schulde dir was."

„Sei einfach rechtzeitig zum Tribunal wieder hier."

74

Paddington, London,
1941

Blitze zuckten über London, vom Boden und aus der Luft. Aus der Distanz sah es so aus, als wäre die ganze Stadt immer wieder elektrischen Stößen ausgesetzt. Das Dröhnen des Motorrads übertönte das ferne Grummeln der Bombeneinschläge und Flugabwehrkanonen. Hitler hatte die Strategie geändert, die Luftwaffe flog einen zweiten, unerwarteten Angriff.

Martin hatte von unterwegs angerufen, aber Rosemary war nicht ans Telefon gegangen, die Angst zerriss ihn fast, je weiter er sich dem Zentrum näherte. In der Zentrale sagten sie ihm, dass Rosemary Schicht im Krankenwagen habe, sich aber schon lange nicht mehr gemeldet hätte. Die Worte gingen ihm nicht aus dem Kopf. *Lange nicht mehr gemeldet …*

Berge von Ziegelsteinen und klaffende Löcher in der Straße zwangen ihn, langsam zu fahren. Der beißende Gestank von Kordit und die staubige Luft brannten in seiner Lunge und trieben ihm Tränen in die Augen. Die Gläser der Brille beschlugen, und er blieb stehen, um sie zu säubern.

Durch den Lärm hörte er plötzlich das metallische Läuten eines Krankenwagens, dann sah er den schwachen Schein von abgeblendeten Scheinwerfern, damit sie von oben nicht zu sehen waren. War das Rosemarys Wagen? Er starrte durch den Rauch, sah aber erst auf den letzten Metern, dass es ein anderer war.

Er fuhr aufs Geratewohl weiter, nahm weder die Bomben noch die einstürzenden Häuser wahr, fokussiert nur auf einen weißen Krankenwagen mit einer unverletzten Rosemary hinter dem Steuer.

An der nächsten Kreuzung stand ein Krankenwagen. Der Fahrer hatte die Scheibe heruntergedreht, der Motor lief im Leerlauf.

„Entschuldigung“, sagte Martin, „haben Sie vielleicht …“

„Sorry, ich kann jetzt nicht reden.“ Der Mann kurbelte die Scheibe hoch und fuhr weiter.

Martin schaltete den Motor aus, stieg vom Motorrad und hob den Kopf. Vor seinen Augen löste sich alles auf. Farben, Menschen, Geräusche, Lichter und Gebäude wurden zu einem Morast aus Verzweiflung, in dem er immer tiefer versank.

Dann schoss plötzlich ein Auto aus dem Rauch, eine Silhouette hinter einer Windschutzscheibe, ein bekanntes Profil, als der Wagen in hohem Tempo an ihm vorbeifuhr.

„Rosemary!“

Er warf den Motor an und raste hinter dem Krankenwagen her. Ein Lastwagen scherte vor ihm ein und versperrte ihm die Sicht. Fluchend versuchte Martin zu überholen, aber die Straße war zu schmal. Er bog rechts in eine Seitengasse, hatte keine Ahnung, wo er war und das Gefühl, eine Ewigkeit unterwegs zu sein, bis er auf die nächste Parallelstraße voller Krater und Löcher kam, auf der das Motorrad gefährlich durchgeschüttelt wurde. An der nächsten Kreuzung bog er erneut ab und einen Augenblick später war er vor dem Lastwagen. Er konnte nur hoffen, auf dem richtigen Weg zu sein.

Plötzlich wusste er wieder, wo er war. Dieser Ort hatte sich mit all seinen Gerüchen, Geräuschen und Gefühlen in seine

Erinnerung eingebrannt: *My heart stood still,* sang es in ihm. Hier hatte er die Straße überquert, als Rosemary auf ihn zu gerauscht war.

Der weiße Krankenwagen stand in der Einfahrt. Jemand schlug die Hecktüren zu und rannte in das Gebäude.

„Fahr jetzt bloß nicht weg!", flüsterte er und holte auf den letzten 200 Metern zum Krankenhaus alles aus dem Motorrad heraus. Er bremste neben dem Wagen, sprang von der Maschine und klopfte an die Scheibe.

Rosemary starrte ihn an. Ihre Stirn blutete, und sie wirkte verwirrt. Er riss sich Brille und Helm vom Kopf und öffnete die Tür.

„Was ist passiert? Du blutest?"

Sie zog die Stirn in Falten, ihr Blick flackerte.

„Martin? Wie …?"

Sie wollte aussteigen, sackte aber auf dem Sitz zusammen. Ein Krankenpfleger kam aus der Notaufnahme angelaufen, um ihr zu helfen.

„Alles in Ordnung, Miss Reed?"

„Kein Grund zur Sorge", antwortete sie.

Martin nahm ihre Hände. Sie wollte sie ihm entziehen, doch er ließ nicht los, während der Krankenpfleger ihr in die Augen leuchtete.

„Ist Ihnen übel?"

Rosemary nickte schwach. „Vielleicht ein bisschen …"

„Sie haben eine Gehirnerschütterung", sagte der Pfleger. „Für heute sind Sie genug gefahren, Miss Reed."

„Aber …"

„Kommen Sie mit rein. Wir finden einen Ort, an dem Sie sich ausruhen können."

„Nicht nötig, ich komme klar!"

Martin nahm ihr die Autoschlüssel ab. „Du tust, was er sagt."

Sie holten sie aus dem Auto und führten sie zum Eingang. Rosemary hielt sich an seinem Arm fest und sagte: „Es geht mir gut, ich brauche nur ein bisschen frische Luft."

„Du darfst aber auch keine Dummheiten machen, Rosie."

„Es gibt hier eine Dachterrasse."

„Es ist besser, wir setzen uns hier unten hin", sagte Martin. Direkt vor der Rezeption war eine Sitzgruppe, aber sie entwand sich seinem Griff, ging zum Fahrstuhl und drückte den Knopf. Ihre Haltung war gebeugt, als kämpfte sie gegen Übelkeit an. Er blieb unschlüssig mitten im Raum stehen und fragte sich, was er tun sollte.

Sie drehte sich um und sagte: „Kommst Du mit?

75

Ein Krankenhaus, London,
1941

Als sie allein im Aufzug standen, ärgerte sie sich, dass sie ihn gebeten hatte, mitzukommen. Er sollte nicht glauben, dass es so einfach war. Dass eine Fahrt nach London alles wieder in Ordnung bringen würde. Martin sah sie an, aber sie wich seinem Blick aus. Erst musste sie wieder zu Kräften kommen. Erleichtert atmete sie auf, als der Fahrstuhl oben ankam und sie auf die weitläufige Dachterrasse traten.

Der Bombenangriff ging weiter. Der Anblick war erschreckend, aber auch faszinierend. Ein überwältigender Wahnsinn aus Farben und Geräuschen.

„Ich werde nicht wieder denselben Witz machen", versicherte Martin ihr. „Den mit der Möwenscheiße …"

Er war verunsichert, wie ein plötzlich erwachsen gewordener Junge, der sich noch nicht an den neuen Körper gewöhnt hatte.

„Du hättest nicht kommen sollen."

„Nimm mich zurück, bitte, ich flehe dich an, ich wünsche mir nichts mehr."

Wenn sie jetzt nachgab, würde sie es bereuen.

„Ich glaube nicht, dass es das ist, was du willst, Martin."

„Ich bin hier, ich bin dir nachgefahren, weil ich ohne dich nicht leben kann."

„Könntest du bitte aufhören?"

„Ich fahre nicht nach Schottland zurück, bevor ich nicht fertig bin."

„Sobald sie dich rufen, bist du unterwegs …“

„Nein! Ich werde ablehnen! Wenn du mich zurücknimmst, sage ich ihnen nein!“ Er ging vor ihr auf die Knie und holte das kleine Schächtelchen mit dem Ring heraus.

„Martin, tu das nicht.“

Eine gewaltige Explosion erschütterte das ganze Gebäude. Der Knall war wie eine Warnung und gab ihr neue Entschlossenheit.

„Willst du?“ Er hielt ihr den Ring hin.

„Nein, Martin, ich will nicht.“

„Zehnter Januar? Ein neues Jahr, ein neues Leben? Nur du und ich?“

„Ich will nicht, dass du das für mich tust, denn ein solches Opfer würdest du nicht ertragen. Du würdest dich selbst für den Rest deines Lebens verachten, wenn du nicht fährst, und irgendwann würdest du auch mich hassen. Fahr zurück nach Schottland.“

„In der Seemannskirche?“

„Ich will, dass du fährst, ich will dich nicht hier haben.“

„Den Termin in der Kirche bestelle ich so oder so.“

Sie schlug die Hände vors Gesicht und hörte weder die Bomben noch das Flakfeuer. Nur Martin, nichts anderes existierte. Er legte die Arme um sie, hielt sie fest und sagte: „Ich bringe dich jetzt nach Hause. Mit dem Motorrad. Wir müssen nach Hause.“

„Ich habe eine Gehirnerschütterung.“

„Deshalb solltest du auch nicht nachdenken, sondern einfach nur Ja sagen.“

76

Seemannskirche,
später am selben Abend, 1941

Martin wartete auf einer Bank in der Mitte der Kirche. Alf van der Hagen war in die Sakristei gegangen, um einen Blick in den Terminkalender zu werfen. Trotz der späten Stunde war Alf wie üblich bei der Arbeit gewesen, wenn auch nicht im Dienst der Kirche, sondern der Widerstandsbewegung.

Die Tür ging auf, und der Seemannspastor kam mit einem herzlichen Lächeln und der Bibel unter dem Arm zurück in den Kirchenraum. „Gute Neuigkeiten, Linge! Der zehnte Januar ist hiermit für das Brautpaar reserviert."

„Danke! Vielen, vielen Dank, Alf."

„Grüß Rosemary und gratuliere ihr von mir."

Martin stand auf, um zu gehen, aber Alf war in die Bank getreten und gab ihm ein Zeichen, sich wieder zu setzen. Der Pastor sah sich vorsichtig um und legte die Bibel auf die schräge Ablage vor ihnen.

„Nur eine kleine Sache", flüsterte er, faltete die Hände und fuhr mit gedämpfter Stimme fort: „Vater unser, der du bist im Himmel … Theta hat ein paar Beobachtungen gemacht … geheiligt werde dein Name …"

Er schob Martin die Bibel zu. „… Dein Reich komme …"

Martin schlug sie auf und nahm den Umschlag heraus, der darin steckte. Er enthielt Fotos eines Schiffes, das er sofort wiedererkannte. Es war die „Tirpitz", das weltgrößte Schlachtschiff.

„Laut Theta ist es eben vor Trondheim vor Anker gegangen."

Alf rezitierte die letzten Zeilen des Vater Unsers, während Martin sacken ließ, was diese Information bedeutete. Es lagen noch andere Fotos in dem Umschlag, und diese Bilder zeigten mit aller Deutlichkeit, welch gewaltige Kriegsmaschinerie die Deutschen rund um Trondheim aufgebaut hatten.

„Die Aktion auf den Lofoten hatte einen größeren Effekt auf den Feind, als wir es erwartet haben. Sie haben ihre Vorkehrungen getroffen und die Verteidigungslinien verstärkt …", sagte Alf.

„Weiß Baker Street davon?"

„Du bist bis jetzt der Einzige. Ich habe die Fotos gerade erst bekommen."

„Kann ich sie mitnehmen?"

„Das war die Absicht. Solche Nachrichten dürfen wir nicht am Telefon übermitteln. Man weiß ja nie, wer mithört."

„Danke, Alf."

Martin ging zum Ausgang. Er wollte nicht das Risiko eingehen, in der Kirche noch mehr zu sagen. Er verfluchte die Umstände, sein eigenes Schicksal und den Krieg. Er hatte keine andere Wahl, er musste zurück nach Aviemore. Wie sollte er Rosemary das klarmachen, nachdem er gerade erst beteuert hatte, dass er mit der Baker Street fertig war? Der nächste Gedanke war leichter. Sie wusste es, war sich längst im Klaren darüber, hatte es in seinem Blick gesehen, seiner Stimme gehört und ihn sogar gebeten, wieder zu fahren.

Vielleicht war es gut, wenn die Wunde in ihrer Liebe gar nicht erst zu verheilen begann.

Er suchte eine Telefonzelle und wählte die Nummer ihrer Wohnung in Queen's Gate. Sie war sofort am Apparat.

„Rosemary …"

„Ich weiß …“, sagte sie. Vermutlich hörte sie es ihm an. „Du musst wieder fahren.“

„Ich habe das Datum von Alf bestätigt bekommen. Zehnter Januar … Wir werden das Haus bauen, von dem ich gesprochen habe … Ich verspreche es dir.“

„Adieu, Martin. Ich wünsche dir alles nur erdenklich Gute.“

„Leg nicht auf … Rosemary?“

Das Freizeichen. Er ließ den Telefonhörer hängen, ein letzter zitternder Ton zwischen ihnen. Dann setzte er die Brille auf, ließ den Motor an und verließ London.

77

Svolvær,
drei Tage vor der Premiere, 1991

Es war Heiligabend, der Tag war fast vorüber.

Bjørn war am 23. nach der letzten Theaterprobe nach Norden gereist. Sie hatten das Stück noch immer nicht ganz durchgespielt. Andauernd ging etwas schief, ständig war Wang mit irgendetwas unzufrieden.

Den neuen Schluss hatten sie separat geprobt. Ein szenisches Arrangement mit zwei Schauspielern und ohne Text.

Später hatten sie diskutiert, ob Bjørns Name mit dem neuen Schluss in die Rollenliste aufgenommen werden sollte. Ihm selbst war das wichtig, die Theaterchefin wollte der Rolle aber keinen Namen geben, und so wurde er nur *Ein norwegischer Soldat,* der von einem Schauspieler gespielt wurde, der mehrere Nebenrollen verkörperte. Bjørn blieb damit also der unbekannte Soldat im Schatten der Ereignisse. Das entbehrte nicht einer gewissen Ironie. Seine eigenen Pläne waren so ganz anders.

Er hatte den Tag genutzt, um das Haus aufzuräumen und einige Kapitel seines Lebens abzuschließen. Im strahlenden Sonnenschein war er die Route des Überfalls auf die Lofoten noch einmal abgelaufen. Vom Kai, an dem die „Hamburg" gesunken war, nach oben zur Buchhandlung Rødsand, wo er Martin zum ersten Mal begegnet war. Weiter mit dem Taxi nach Kabelvåg, vorbei am Arbeidern und wieder zurück in den Hafen von Svolvær, wo er an den Rand der Kaimauer getreten war, von der er vor langer Zeit ins Meer gesprungen und den Barkassen hinterher geschwommen war. Irgendwann hatte er dann auch wieder Martins Stimme gehört, der lachend sagte: *Du Idiot, mach doch keine Dummheiten!* Bjørn hatte sogar das Gefühl, die Hand zu spüren, die ihn an den Haaren aus dem Wasser zog.

Der Rest des Tages war Routine gewesen. Er hatte eine Kerze auf dem Grab seiner Mutter angezündet, war dann nach Hause gegangen und hatte sich sein Weihnachtsessen gekocht. Dorsch mit Leber und Rogen, rohen Zwiebeln und Petersilienbutter. Genau wie früher. Er hatte sogar für sie beide gedeckt und die Weihnachtslieder aufgelegt, die sie so liebte.

Jetzt lockte ihn das Nordlicht aus dem Haus. Als Lehrer hatte er seine Schüler immer abends draußen versammelt, um ihnen zu erklären, was es mit dieser Aurora borealis auf sich hatte, die seit jeher als ein Vorbote für etwas Großes, Wichtiges galt. Geburt oder Tod.

Bjørn lehnte sich mit dem Rücken an ein Bootshaus am Rand des Kais und schaute gen Himmel. Die Lichter waren an diesem Weihnachtsabend außergewöhnlich schön. Ein federleichter, anfangs schillerndgrün leuchtender Vorhang, der in immer neuen Mustern und Farben hin und her wogte.

Auch in der Nacht nach dem Überfall auf die Lofoten hatte es Polarlichter gegeben. Er hatte bei der Überfahrt nach England an der Reling gestanden. Irgendwann war Martin gekommen, hatte sich neben ihn gestellt und gefragt, ob er es bereute. Er erinnerte sich noch genau an die Worte: *Es ist nie leicht, Adieu zu sagen, Junge.*

Dieses Mal war der Abschied größer. Premiere und danach: Vorhang. Nein, er bereute nichts.

„Sei kein Idiot!“, flüsterte Martin.

„Der Nebel lichtet sich, und das Auge sieht klar“, antwortete Bjørn.

78

Auf dem Weg nach Schottland,
1941

Das entgegenkommende Auto hupte wütend und blinkte mit den matten Scheinwerfern. Die Brücke war zu schmal für zwei Fahrzeuge, und sie hatten einander zu spät gesehen. Martin konnte auf der glatten Straße aber keine Notbremsung hinlegen. Der Hagel trommelte auf den Helm. Das Motorrad geriet ins Schlingern und als er schon mit dem Leben abgeschlossen hatte, war er plötzlich aus dem Hagel wieder raus. Es gelang ihm, das Motorrad zu stabilisieren und irgendwie zwischen Auto und Brückengeländer hindurch zu manövrieren. Er spürte die Plane der Ladefläche an seiner Jacke, als er an dem Wagen vorbeifuhr. Der Luftdruck brachte ihn erneut ins Schlingern, er fing sich aber wieder und brüllte vor Erleichterung.

Am Horizont erkannte er schließlich die Landschaft, in der die Drumintoul Lodge lag.

Zehn Minuten später wurde er von einem Wachmann angehalten. „Kapitän Linge, es tut mir leid, aber Sie müssen hier warten. Befehl von oben."

„Natürlich", sagte Martin, doch als der Soldat zu seinem Wachhäuschen ging, gab er Gas und raste über den Appellplatz zum Verwaltungsgebäude.

Sekunden später klopfte er an die Tür von Durnford-Slater. Er wartete nicht auf Antwort, sondern trat durchnässt und schmutzig ein. Der Oberstleutnant wollte protestieren, doch Martin öffnete den Umschlag und breitete die Fotos ohne ein

Wort auf dem Tisch aus. „Ich hoffe, unsere Jungs sind nicht bereits unterwegs?“

Durnford-Slater verlor für einen Moment die Fassung. Dann wurde ihm bewusst, was dort vor ihm lag.

„Erwartet uns das in Trondheim?“

„Die ‚Tirpitz‘ ist gerade erst vor Anker gegangen. Das größte Schlachtschiff der Welt.“

„Mein Gott, Nebelwerfer, Raketenartillerie ... Minenwerfer, Karl-Gerät.“

Der Oberstleutnant setzte sich auf den Rand des Schreibtisches, das Gesicht blass, die Hände im Schoß. „Das wird, das darf das Urteil des Tribunals nicht beeinflussen, aber ...“ Durnford-Slater sah Martin unverstellt an. „Respekt, Linge. Gut gemacht, Martin.“

Gleich darauf war der Oberstleutnant wieder steif wie ein Stock. Er ging mit langen Schritten zur Tür und verschwand in Richtung Funkzentrale. Der Raum war leer, was Durnford-Slater vor Frustration und Wut zittern ließ.

„Wo zum Henker ist der diensthabende Funker!“

Aus dem Nebenraum war ein Rauschen zu hören. Durnford-Slater warf einen Blick auf den Flur und brüllte den nichts ahnenden Mann, der aus der Toilette kam, zornig an. „Sind Sie noch bei Sinnen!“

Der Soldat, ein pickeliger, junger Mann, hastete zu seinem Platz. „Verbinden Sie mich unmittelbar mit der Air Force!“

„Ja, Sir, natürlich, Sir.“

Der Soldat setzte sich den Kopfhörer auf, zog die Schultern hoch, gab Meldung und versuchte es erneut. Schließlich steckte er die Kontakte um und probierte es noch einmal. Die Antwort blieb aus.

„Irgendwas stimmt da nicht, Sir. Eigentlich sollten wir Kontakt bekommen!"

„Sitzen Sie da nicht untätig rum. Tun Sie was!", brüllte der Oberstleutnant.

79

Über Norwegen,
1941

Die Maschine vibrierte stark, als sie den Sinkflug begann. Auf dem Flug über das Festland waren sie unter stärkeren Beschuss geraten als erwartet, weshalb der Pilot einige Ausweichmanövern fliegen musste. Es war unerträglich, untätig in der Maschine zu sitzen und auf die nächste Explosion zu warten. Ein gezielter Schuss konnte sie alle auslöschen, ohne dass sie auch nur irgendetwas dagegen tun konnten. Ihr Leben lag längst nicht mehr in ihrer eigenen Hand. Die Lampen an der Decke der Kabine wurden eingeschaltet, und Leutnant Waage, der die Verantwortung hatte, sie aus dem Flugzeug zu bringen, hob die Hand.

„Macht euch bereit!"

Die Männer standen vom Metallboden auf. Rubin überprüfte noch einmal die Ausrüstung seines Fallschirms. Er sollte als Erster springen.

Die kreisrunde Luke am Boden wurde geöffnet. Dunkelheit und Kälte strömten zu ihnen herein, durchlöchert von den Lichtreflexen der Flakgeschütze. Wie explodierende Sterne. Es war unbegreiflich, dass sie noch nicht getroffen worden waren, andererseits waren sie den Großteil der Strecke so hoch geflogen, dass die Kanonen sie nicht erreichen konnten. Jetzt, in Absprunghöhe, schwebten sie aber in Gefahr. Woher wusste der Pilot, dass er am richtigen Ort war? Es kursierten Horrorgeschichten über Truppen, die im Meer gelandet und ertrunken waren. Mitten im Winter vor der Küste

Norwegens hätten sie nicht den Hauch einer Chance. Schon eine Landung in einem seichten Fluss konnte lebensgefährlich sein.

Rubin verdrängte die Gedanken und konzentrierte sich auf die Aufgabe. Sobald sie unten waren, musste sich die Einheit sammeln. Der Wind konnte sie über einen weiten Bereich verteilen, und in dem tiefen Schnee würden sie nur langsam vorwärtskommen. Sie hatten ein gutes Warnsystem entworfen, um den Feind auf Distanz zu halten, unfehlbar war es aber nicht.

Im Hinterkopf steckte auch noch immer die Angst, den Schirm falsch gefaltet zu haben. Sie hatten bis zum Erbrechen trainiert, die 28 Sektoren des Schirms richtig zu packen, und eigentlich beherrschte er es im Schlaf. Trotzdem blieb immer ein Zweifel.

Rubin schob die Beine durch das Loch und spürte den eisigen Wind an seiner Hose. Sein Blick ging zu der erhobenen Hand des Leutnants. Sobald er sie senkte und „Go!" rief, würde er sich durch das Loch fallen lassen. Die Beine geschlossen, die Knie gebeugt und die Arme an den Seiten angelegt, um den Hosenbund zu halten. War der Schirm erst geöffnet, konnten sie nur auf Gott vertrauen.

Das Adrenalin trocknete ihm den Hals aus und er hatte ein flaues Gefühl im Magen. Über den Lautsprecher kamen kurze, metallische Kommandos. Leutnant Waage rief: „Bereithalten, Nummer Eins."

Rubin starrte ins Dunkel und wartete darauf, dass Waage den Arm senkte. Er holte tief Luft, hielt sich mit den Händen an beiden Seiten der Öffnung fest.

„Achtung, Achtung. Die Operation wurde abgesagt. Ich

wiederhole: Die Operation wurde abgesagt! Wir fliegen zurück zur Basis, Befehl von der Zentrale."

Rubin stemmte sich zitternd auf seine Arme. Hatte er richtig gehört? Was war passiert? Jemand zog ihn zurück auf den welligen Boden des Fliegers.

Zwei Männer schlossen das Loch. Unruhe breitete sich unter den Soldaten aus. Die Enttäuschung stand ihnen in die schwarz geschminkten Gesichter geschrieben.

„Verdammt!" Rubin riss sich den Helm vom Kopf. Er war schweißnass, aber jetzt einen Rückzieher zu machen, war schlimmer als alles andere. Widerwillig setzte er sich auf seinen Platz, rieb sich das Gesicht mit den Händen und bekam die schwarze Kriegsbemalung an die Finger. All das Warten, die schier grenzenlose Erwartung und dann das.

80

Verwaltung, Trainingslager,
1941

Martin lag die ganze Nacht wach. Die hektische Fahrt zurück ins Lager und der Abbruch der Operation, waren ein nervenaufreibendes Wettrennen gegen die Zeit gewesen. Und gegen die Katastrophe. Er wälzte sich hin und her, bis es draußen hell wurde, und sehnte sich nach Rosemary. Diese Sehnsucht war nicht verschwunden, seit er sich in London auf das Motorrad gesetzt hatte.

Trotz all der Geschehnisse bestand Durnford-Slater darauf, die Anhörung durchzuführen. Sie sollten einzeln befragt werden. Durnford-Slater wollte Jack befragen, und Gubbins, der unerwartet für das Tribunal angereist war, sollte sich Martin zur Brust nehmen.

Er stand im Vorzimmer des Verwaltungstrakts. Durch die Fenster sah er die frisch verschneiten Bergspitzen des Cairngorm-Gebirges und stellte sich vor, wie schön es jetzt wäre, Hand in Hand mit Rosemary spazieren zu gehen. Sollte er an diesem wahnsinnigen Wettlauf wirklich weiter teilnehmen? War die Befreiung Norwegens abhängig von seinem Einsatz? Seinem Opfer? Natürlich nicht, so groß war seine Rolle nicht. Rosemary hatte Recht. Es gab viele Möglichkeiten, Krieg zu führen, und ihr Einsatz war nicht weniger wichtig als seiner. Er sollte es so machen wie Gubbins. Den Krieg aus der Distanz führen, aus dem Savoy, dem Connaught, dem Ritz, und dabei ein Glas Bordeaux trinken. Musste er unbedingt an vorderster Front dem Tod direkt gegenüberstehen?

Er wurde aus seinen Gedanken gerissen, als eine junge Unteroffizierin ihn bat, ihr zu folgen. Sie ging über den Flur zu einer Tür und führte Martin hinein.

Gubbins saß hinter einem Schreibtisch. Auch er schien nicht viel geschlafen zu haben, aber für den Oberst war das eher die Normalität.

Es überraschte Martin, dass sonst niemand zugegen war. Er hatte sich das Tribunal deutlich offizieller vorgestellt.

„Setzen Sie sich, Martin."

Gubbins klang nicht sonderlich ernst. Er faltete die Hände vor dem Bauch und lehnte sich zurück. Dann zeichnete sich ein breites Lächeln auf seinem Gesicht ab. „Es gibt nur wenige Menschen, die mich mehr verärgert haben als Sie, Martin."

„Verstanden, Sir." Martin wagte es nicht, einen so saloppen Ton anzuschlagen wie der Oberst.

„Es wäre mir eine wahre Freude gewesen, Sie vor einem Tribunal zu sehen … vor einem halben Jahr. Aber wider besseren Wissens habe ich Sie wirklich zu schätzen gelernt." Er strich sich amüsiert über das Kinn und schüttelte den Kopf. „Und seien Sie sich gewiss, *das* ist vermutlich das Irritierendste für gewisse Leute."

Wie oft bei Gubbins wusste Martin nicht, ob die Worte eine Beleidigung waren oder der Oberst ihm eines seiner unkonventionellen Komplimente gemacht hatte.

„Sie haben uns alle gerettet. Trondheim wäre eine fürchterliche Tragödie geworden."

„Ich war lediglich zur rechten Zeit am rechten Ort. Ihr Dank gebührt Alf van der Hagen."

Gubbins nahm einen Umschlag vom Pult und wog ihn in der Hand. „Dieses Schreiben ist gestern gekommen, ich hielt es für angemessen, es Ihnen persönlich zu überbringen. Gehen wir zu den beiden anderen?"

Gubbins wartete die Antwort nicht ab, zog resolut die Tür auf und marschierte durch den Flur zum Planungsraum.

Mad Jack und Durnford-Slater waren schon dort. Entweder hatte die Anhörung seines Verschworenen von Kitbag im Eiltempo stattgefunden, oder sie war abgebrochen worden. Auf dem Tisch in der Mitte des Raumes stand ein Modell. Martins Herz setzte einen Schlag aus, denn er erkannte das Terrain. Dort war ihm alles vertraut: jeder Baum und jeder Strauch, jeder Sund und jeder Felsen im Meer. Es war Måløy.

Gubbins räusperte sich. „Meine Herren, bevor wir zur Tat schreiten, möchte ich Ihnen etwas mitteilen. Wir haben einen Mann in unserer Mitte, der wegen exzellenter Führung und herausragendem Kampfesmut mit dem Distinguished Service Cross ausgezeichnet wurde."

Oberstleutnant Durnford-Slater streckte den Rücken und sah Gubbins erwartungsvoll an. Er schien die Dankesrede bereits auf den Lippen zu haben.

„Meinen Glückwunsch, Kapitän Linge!"

Martin hob überrascht den Blick. Erst glaubte er, sich verhört zu haben, aber der Oberst steckte den Orden an Martins Uniform, trat einen Schritt zurück und musterte ihn kritisch.

„Der hängt dort ganz wunderbar!"

Mad Jack verzog das Gesicht zu einem Grinsen und hielt Martin kameradschaftlich die Hand hin: „Gute Arbeit!"

Auch Durnford-Slater rang sich ein bemühtes Lächeln ab, die Anerkennung in seinem Blick war aber echt.

Gubbins richtete seine Aufmerksamkeit auf das Modell von Måløy und Umgebung.

„An die Arbeit! Nach dem gestrigen Abbruch befinden wir uns in einer schwierigen Lage. Wir haben aber einen Plan B und zum Glück ist der auch bereits gut vorbereitet!"

„Der Ort ist sehr gut gewählt für eine Landung", begann Martin. Er musste sich selbst zügeln, um nicht vor Begeisterung zu platzen. „Ich kenne …"

„Keine Namen, bitte", warf Durnford-Slater ein. „Das könnte eben so gut Argentinien sein."

Ihre Blicke begegneten sich, und Martin dachte spontan an ein Duell.

Der Oberstleutnant deutete auf das Modell. „Die Küstenartillerie ist aller Voraussicht nach hier stationiert, und auf der kleinen Insel auf der rechten Seite werden uns leichtere Batterien erwarten."

„Tut mir leid, das sagen zu müssen, aber vermutlich ist es genau umgekehrt."

„Wollen Sie damit behaupten, dass wir uns irren, Linge?"

„Nein, aber auf dieser ‚kleinen Insel' könnte uns durch schwere Artillerie großer Schaden zugefügt werden. Ich kenne den Fjord, das Land und die Menschen dort. Ich bin dort geschwommen, habe gejagt und gepaddelt. Der Ort eignet sich perfekt für die Operation Jupiter, jetzt, da Trondheim auf Eis gelegt ist. Ein paar Dinge sollten aber berücksichtigt werden, bevor wir an die Details gehen."

„Einen Augenblick, wir werden die 119 mit 50 Schwadronen aussenden …", sagte Durnford-Slater mit unterdrückter Verärgerung.

„Die Deutschen brauchen von der nächsten Landebahn aus mit ihren Fliegern nicht mehr als 30 Minuten …"

„Lassen Sie mich ausreden, Linge!"

„Die Bomber brauchen länger", warf Mad Jack ein.

„Wir werden einen Angriff koordinieren, um die Luftwaffe zu lähmen", kam es scharf von Durnford-Slater.

Martin hatte ein schlechtes Gefühl. Irgendetwas stimmte hier nicht.

„An diesen drei Punkten könnten die regulären Truppen an Land gehen. Einmal hier auf der kleinen Insel, dann der zentrale Landungspunkt in der Mitte und an dieser Landzunge. Die wäre auch für eine größere Zahl von Truppen geeignet. Die könnten dann den deutschen Garnisonen den Weg abschneiden, die sich mit Sicherheit in der Nähe ..."

„Es werden keine regulären Truppen geschickt, Linge! Es handelt sich hierbei nicht um die Operation Jupiter."

„Was heißt das? Was soll es denn sonst sein?"

Er kannte die Antwort, und sie war ebenso einleuchtend wie frustrierend.

Mad Jack senkte den Blick und nahm einen Teil des Modells in die Hand.

Auch Gubbins war offensichtlich nicht wohl in seiner Haut. „Machen wir einen Spaziergang, Linge?"

Draußen war es klar und trocken. Kühle Luft strömte ihnen aus den Bergen entgegen.

Sie gingen schweigend nebeneinander her.

„Dann ist Jupiter mit Trondheim gestorben?", fragte Martin, als es ihm zu lange dauerte.

„Ja", brummte Gubbins. Er blieb stehen und stemmte die Arme in die Seite. Es fiel ihm nicht leicht, seine natürliche Autorität zu wahren.

„Dann war die Auszeichnung bloß ein Zückerchen, um die bittere Pille zu versüßen?"

Gubbins sah ihn verärgert, fast ein bisschen gekränkt an. „In keiner Weise! Sie haben das DSC erhalten, weil Sie es verdienen, Martin. Sie haben mehr als die meisten anderen erreicht. Sie haben eine Kompanie aufgebaut, und Ihre Männer vergöttern Sie. Wir alle brauchen Helden. Vergessen Sie das nie!"

„Erzählen Sie mir, was da vor sich geht. Sie reden doch sonst nicht um den heißen Brei herum. Das Ganze sieht aus wie eine vollumfängliche Operation, aber ...?"

„Es wird eine kombinierte Operation mit Air Force, Marine und Bodentruppen."

„Ich höre da noch immer ein ‚aber'."

„Mit der Operation Archery sollen deutsche Truppen aus anderen Teilen Europas in Norwegen gebunden werden. So viele wie möglich."

„Operation Archery? Aber das macht doch keinen Sinn."

Gubbins stellte sich breitbeinig hin, als erwartete er einen Sturm. Der Blick unter seinen dunklen Augenbrauen war hart, und ein ironisches Lächeln zeichnete sich auf seinen Lippen ab.

„Wir wollen Hitler in Panik versetzen. Ihn glauben lassen, dass wir bereit sind für die Invasion Norwegens."

„Aber wir tun nur so? Das wird keine richtige Invasion?"

Es dauerte einen Augenblick, bis Martin die Konsequenzen von Gubbins' Worten bewusst wurden. Und dann brach alles in sich zusammen. Eine Zeile von Olaf Bull kam ihm in den Sinn: *ein fallender Stein in deinem Gemüt.* Sein ganzes Leben lang war er davon heimgesucht worden. Wie oft hatte er versucht, diesen fallenden Stein zu fangen, aber immer wieder rutschte er ihm aus den Händen und fiel weiter und weiter. Er war im Begriff, Rosemary zu verlieren, und jetzt wurde ihm auch noch der Rest seines jämmerlichen Daseins genommen. Der Stein fiel endlos weiter *bis in alle Ewigkeit.*

„Das ist doch komplett sinnlos! Wahnsinn. Die reinste Idiotie! Wir wollen die Deutschen aus dem Land haben, weg von norwegischem Boden! Wie um alles in der Welt können Sie mir so etwas anbieten?"

Gubbins war nun vollends der rationale Offizier.

„In den letzten Wochen hat sich sehr viel verändert, es geht um das große Ganze", sagte er sachlich.

„Das große Ganze", schnaubte Martin. Er konnte nicht mehr stillstehen, lief weiter und ruderte mit den Armen, um die Frustration loszuwerden. „Und für dieses große Ganze sollen meine Landsleute bezahlen? Und alle Lasten tragen? Geht es dabei wieder nur um Politik? Ein PR-Vorstoß für die Baker Street, um allen zu zeigen, dass es sie noch gibt."

Gubbins konnte kaum mit Martin Schritt halten. „Pearl Harbour und die USA haben die Spielregeln verändert", sagte er keuchend. „Außerdem wartet Stalin auf der anderen Seite ungeduldig darauf, dass die Alliierten eine neue Frontlinie eröffnen ... Wer sich da nicht anpasst, wird nicht überleben."

„Verdammt! Wie lange existieren diese Pläne schon?"

„Beruhigen Sie sich, Martin. The Big Brass hat viele Bälle in der Luft, und es herrscht nicht gerade Einigkeit. Es wird immer mehrere alternative Pläne geben."

„Und wie zum Henker soll ich meinen Leuten das erklären? Soll ich Sie bitten, für eine Lüge ihr Leben zu riskieren?"

Gubbins blieb stehen. „Ganz einfach. Sie sagen es ihnen nicht."

„Das kann ich nicht tun, Colin. Dann sehe ich mich gezwungen, mich zurückzuziehen."

„Dann wird es keine Operation Archery geben."

„Sie können das nicht von mir abhängig machen!"

„Das kommt auch nicht von mir, sondern von ganz oben, und der Bescheid ist unmissverständlich: Ohne Linge keine Operation!"

81

Ostküste von Schottland,
Weihnachten 1941

„Doch, ich habe mich entschieden, ich komme nach Hause", flüsterte Martin und versicherte sich, dass niemand ihn hörte. „Die ganze Sache ist vollkommen sinnlos, und ich vermisse dich."

Der erhoffte Freudenausbruch blieb aus, weshalb er immer unsicherer und drängender wurde.

Er hatte die Kompanie für die Weihnachtsfeier versammelt. Aus dem Festlokal hallten vertraute Klänge. Nils sang ein norwegisches Weihnachtslied und begleitete sich selbst am Klavier. Sein klangvoller Tenor trug bis ins Foyer, wo Martin Rosemary endlich an den Apparat bekommen hatte. Am nächsten Tag sollten sie die Nordsee überqueren und mit der Operation Archery beginnen.

„Was ist mit deinen Jungs? Bjørn, Rubin und Nils? Kannst du ihnen auch befehlen, nicht zu gehen?" Sie legte ihren Finger wie immer direkt auf die Wunde.

„Nein, wenn sie auch einen Rückzieher machen, würde das die ganze Operation gefährden."

Es entstand eine Pause, in der er Rosemary förmlich denken hörte. Schließlich sagte sie: „Es gibt da doch wieder etwas, das du mir nicht erzählst."

„Nein, nichts, warum glaubst du …"

„Weil ich es dir anhöre."

„Es ist nicht wichtig."

„Was ist nicht wichtig?"

Er kam nicht davon, sie hatte ihn unter dem Brennglas gefangen.

„Sie setzen mich unter Druck. Churchill soll angeblich gesagt haben, die Voraussetzung für die Operation wäre meine … Ach vergiss es."

„Dass du dabei bist?"

„Jetzt hast du mich dazu gebracht, es trotzdem zu sagen."

„Das war mir schon klar, als du so wenig besorgt um deine Männer warst. Wenn du nach Hause fährst, wird die Aktion abgeblasen. Das hat nichts mit Rubin und den anderen zu tun."

„Es gibt auch noch einen anderen Grund, über den kann ich aber nicht am Telefon reden."

„Es ist seltsam für mich, das zu sagen, weil das in der Regel deine Worte sind … aber du hast keine andere Wahl. Ich wünsche mir nichts mehr, als dass du nach Hause kommst, aber die Verantwortung kannst du nicht allein tragen."

„Du sagst also, dass ich fahren soll?"

„Du wirst dich selbst hassen, wenn du es nicht tust."

„Ich bin müde, Rosemary, so verflucht müde."

„Und du würdest auch mich hassen, wenn ich jetzt nachgebe …"

„Rosemary …"

Das Gespräch wurde unterbrochen, er hatte keine Münzen mehr. Frustriert hämmerte er mit der Faust gegen den Apparat.

„Chef?"

Bjørn war nach draußen gekommen, hinter ihm im Festsaal war das Lied verstummt. „Chef, Rubin will eine Rede halten, kommst du?"

Rubin stand bereits auf dem Podium. Er schirmte die Augen mit seiner Hand ab und sah sich im Saal um. Mit der anderen versteckte er etwas hinter seinem Rücken. Er suchte weiter, bis er Bjørn und Martin fand.

„Hallo? Hallo, alle zusammen! Darf ich um eure Aufmerksamkeit bitten?"

Die Gespräche an den Tischen verstummten, und Rubin fuhr fort: „Der Weihnachtswichtel hat in diesem Jahr nur ein einziges Geschenk gebracht, und auf dem Zettel steht: „Für den Chef von den Jungs! Kommst du zu mir hoch, Chef?"

„Martin Linge! Martin Linge!", kam es rhythmisch von der ganzen Kompanie. Die Jungs waren gut drauf, und die Lautstärke stieg, als Martin die Bühne betrat. Er verbeugte sich lächelnd und fühlte sich schlecht.

„Ich weiß ja nicht, ob du dir das gewünscht hast", sagte Rubin munter, „Aber die Jungs sehen dich halt als jemanden, der immer da ist – ehrlich, klug, vertrauenswürdig, auch wenn alles andere den Bach runtergeht. Als wir auf die Lofoten gefahren sind, hast du uns aufgefordert, dir die Treue zu schwören. Ehrlich gesagt, fanden wir das damals ganz schön heftig. Aber das hat sich mittlerweile grundlegend geändert! Wir sind deine Männer, bis das Dovre-Gebirge in sich zusammenfällt! Einer für alle, alle für einen! Auf den besten Chef der Welt!"

Rubin reichte ihm, was er hinter dem Rücken gehalten hatte. Es war ein Teddybär. Die Soldaten lachten und johlten durcheinander. Bravo-Rufe ertönten. Um den Hals des Plüschbären hing ein Brief an einer roten Schnur. Rubin starrte auf den kleinen Umschlag. „Du musst ihn öffnen, Chef!"

Er enthielt eine Weihnachtskarte. Der Text bestand aus einem einzelnen Wort: JA! Mit einem Herz drumherum und unterschrieben mit: ROSEMARY.

Rubin musterte ihn und sah fast enttäuscht aus.

„Danke Rubin, das ist … überwältigend!"

Er umarmte Rubin, und die Soldaten klatschten. Martin nahm das Mikrofon.

„Danke Jungs, vielen, vielen Dank! Das hatte ich wirklich nicht erwartet …" Sein Hals schnürte sich zu, Schauspieler und Kapitän waren vollkommen außer Gefecht gesetzt, und von seinen rednerischen Fähigkeiten war nichts mehr geblieben. „Wir haben wirklich … viel durchgemacht, um dahin zu kommen, wo wir jetzt sind, und wir haben noch viel vor uns … Und noch mehr, wenn wir morgen aufbrechen … Viel, viel mehr."

Rubin kam ihm zu Hilfe. „Wir werden die Deutschen ins Meer jagen!", rief er. Martin warf ihm einen dankbaren Blick zu.

Der ganze Saal antwortete mit einem rhythmischen: „Ins Meer, ins Meer, ins Meer!"

Martin reckte den Plüschbären in die Höhe. Voll des Glücks und der Verzweiflung.

„Und ich … ich werde … für euch da sein!"

Er sprang vom Podium nach unten, während die Jungs noch applaudierten. Ging zur Bar und bat um Münzen, um Rosemary zurückzurufen.

Sie ging nicht ans Telefon. Vielleicht saß sie im Krankenwagen.

Rubin näherte sich, offensichtlich hatte er noch mehr auf dem Herzen.

„Gratuliere, Chef!"

„Danke, Rubin. Du musst da hinter den Kulissen ganz schön geschuftet haben."

„Ein paar Telefonate habe ich schon geführt", sagte Rubin stolz. „Aber es war nicht so schwer, sie zu überreden, um es mal so zu sagen. Die Idee mit dem Bären kam übrigens von ihr. Die Jungs wollten dir eigentlich Damenunterwäsche schenken."

„Ich glaube, ich ziehe den Bären vor", sagte Martin lachend.

„Stimmt was nicht, Chef?"

Martin schüttelte den Kopf. Er hätte Rubin gerne alles gesagt, aber nicht an diesem Abend. Er und die anderen verdienten ein unbekümmertes Fest.

„Ich kann Rosemary nicht erreichen."

„Bjørn sagt, du hättest eben erst mit ihr gesprochen."

Rubin kannte seinen Chef zu gut.

„Das ist nur das Lampenfieber. Das war immer so, bevor der Vorhang sich hebt."

„Chef …"

„Ich gebe eine Runde für alle aus. Bestellst du, während ich versuche, die Braut zu erreichen?"

Rubin zog sich zurück, sah aber nicht überzeugt aus.

Als Rosemary wieder nicht antwortete, wählte er eine andere Nummer.

„Alf."

„Hier ist Martin. Ich kann Rosemary nicht erreichen. Ich fürchte, es ist ihr etwas zugestoßen, und ich weiß nicht, wann ich wieder in der Nähe eines Telefons bin."

„Ich kann versuchen, sie zu finden."

„Ich brauche einen Pastor, Alf. Ist die Leitung sicher?"

„Diese Leitung ist verschlüsselt, aber ganz sicher kann man sich nie sein."

„Kennst du schon die letzten Neuigkeiten? Also was wir vorhaben?"

„Du denkst an …"

„Ja."

„Man kann dir das nicht vorwerfen, Martin."

„Alles, wofür wir gekämpft haben, geht vor die Hunde, und ich kann es nicht mal den Jungs sagen."

„Mit der Wahrheit ist uns nicht immer am besten gedient."

„Aber soll ich wirklich zulassen, dass meine Jungs dafür ihre Leben riskieren? Was soll ich ihnen sagen, wenn um sie herum Körper von deutschen Granaten zerfetzt werden?"

„Manche Dinge können wir nicht kontrollieren. Dann hilft dir nur der Glaube, Martin. Ich rede nicht von Gott, sondern von dem Glauben an das, was du tust. Eine andere Möglichkeit haben wir nicht."

„Dann gib mir etwas, woran ich glauben kann, irgendetwas, dass das hier rechtfertigt."

„Erst neulich wurde ein deutscher Kurier beobachtet … genau dort, wo du hinsollst. Vielleicht kannst du dort unschätzbar wertvolle Informationen sichern?"

„Worüber?"

„Über eine Chiffriermaschine, die die Deutschen ‚SHARK' nennen. Eine neue Art Enigma, die den Alliierten das Leben schwer macht. Vier Räder statt drei und kaum noch zu dechiffrieren."

„Wo?"

„Die Deutschen haben eine Vorliebe für Hotels."

82

In der Nähe von Aviemore,
1941

Sie empfand die überwältigende Stille und die offene Landschaft beinahe als bedrohlich. Und seit sie London verlassen hatte, wurde sie das Gefühl nicht los, einen fatalen Fehler begangen zu haben.

Sie kurbelte die Scheibe hoch, fuhr weiter und ließ die Sorgen am Straßenrand zurück. Bestimmt hatte er mittlerweile den Plüschbären bekommen und die Karte gelesen. Er rechnete aber sicher nicht damit, dass sie kam. Sie hatte Weihnachten mit ihren Eltern feiern wollen, doch nach dem Telefonat hatte sie sich in ihren Wagen gesetzt und war losgefahren, ohne über die Konsequenzen nachzudenken. Sie wusste nur, dass sie ihn sehen musste.

Ihr Magen zog sich schmerzhaft zusammen, als sie vor sich das Lager sah. Sie rollte langsam zum Wachhäuschen, in dem ein junger Soldat vor sich hin döste. Er zuckte zusammen, als sie an die Scheibe klopfte.

„Ich bin hier, um Kapitän Linge zu sprechen, Sir."

„Sie sind abgereist, Ma'am. Es sind kaum noch Leute im Lager."

Rosemary gefror innerlich zu Eis.

„Wohin? Können Sie mir bitte sagen, wo sie sind?"

„Sorry, Ma'am." Der Wachmann schüttelte beklommen den Kopf.

„Hören Sie, es ist sehr, sehr wichtig, dass ich Kapitän Linge finde, könnten Sie vielleicht …"

Das Telefon im Wachhäuschen klingelte und der junge Wachmann griff danach wie nach einer Rettungsboje.

„Einen Augenblick", sagte er, floh in das Telefongespräch und blätterte durch das Protokoll, das vor ihm lag. Sie blieb stehen und starrte ihn an. Würde sich nicht mit der halbherzigen Antwort abspeisen lassen.

Schließlich hob er den Blick und legte die Hand auf den Hörer. „Ma'am, ich kann Ihnen wirklich nichts sagen, es tut mir leid, aber …"

„Ich bin seine Verlobte." Sie sagte es laut und deutlich. Es ging ihn zwar nichts an, aber vielleicht änderte es seine Meinung.

Als nichts geschah, ging sie zurück zu ihrem Wagen. Sie würde trotz der unschönen Erinnerungen im selben Pub wie beim letzten Mal übernachten. Vielleicht konnte sie am nächsten Tag ja dem Lagerkommando etwas entlocken.

Als sie losfahren wollte, kam der Wachmann angelaufen. Er wedelte mit einem Stück Papier.

„Sorry, aber ich habe nicht verstanden, dass Sie die Frau des Chefs sind!" Er sah sich um und flüsterte. „Ich mache das nur für den Kapitän … Er ist … er ist einer von uns!"

Er drückte ihr die Kopie einer Karte in die Hand, auf der an der Küste ein Kreuz gemacht worden war.

„Das haben Sie aber nicht von mir, okay?"

„Danke!"

Der junge Mann strahlte sie an.

„Sie sollten sich beeilen, ich weiß nicht, wie lange sie noch da sein werden."

„Verstehe", sagte Rosemary. „Ich bin Ihnen wirklich sehr dankbar."

Sie fuhr nach Osten in Richtung Küste. Es hatte zu schneien begonnen, dicke, nasse Flocken, die den Weg glatt und schwer befahrbar machten. Irgendwann begann der Wagen seltsam zu ruckeln, und sie brauchte eine ganze Weile, um zu realisieren, dass es nicht von dem Weg kam, sondern von ihrem rechten Vorderrad. Rosemary fluchte nur selten, doch in diesem Moment kam das ganze Repertoire des Krankenhauspersonals über ihre Lippen.

83

Ostküste von Schottland,
spät in der Nacht, 1941

Es war die schwärzeste Weihnachtsnacht, die er jemals erlebt hatte. Nach dem Fest hatte er in einer Kirche Zuflucht gesucht und war von warmem, freundlichem Licht empfangen worden. Es duftete nach Weihrauch, und es gab sogar einen Weihnachtsbaum, weshalb er sich fast wie zu Hause fühlte. Von dem Kirchendiener abgesehen, war er allein. Martin war kein Kirchgänger, er glaubte aber, dass Gott, so es ihn denn gab, offen für ein Gespräch war. Er setzte sich auf eine Bank in der Nähe des Altars und hoffte auf eine Verbindung zu etwas, das größer als er, ja größer als das Leben war.

„Kannst du auf Jan Herman und Kari aufpassen?" Er starrte auf das Kruzifix und wiederholte die Worte. Fühlte sich innerlich leer und ausgebrannt. Er glaubte nicht daran, dass Gott sich auf so einen Handel einließ, erst recht nicht, wenn man so selten mit ihm sprach. „Rosemary", flüsterte er, wusste aber nicht, wie er weitermachen sollte.

Er hätte gerne geglaubt. Zuversicht gehabt. Doch seine Vorstellungskraft reichte dafür nicht aus, stattdessen konnte er nur immer wieder ihren Namen flüstern, bis daraus ein Gebet wurde. Und vielleicht reichte das. Er hatte das Größte, was das Leben zu bieten hatte, erleben dürfen. Mehr zu erwarten, war Hochmut, und plötzlich war die Zuversicht da, dass Rosemary am Leben war. Und diese Gewissheit gab ihm Kraft. Endlich wurde ihm klar, dass auch dieser Einsatz, dieser Überfall Sinn ergab und rechtfertigte, dass sie ihre Leben riskierten. Er wollte gehen, entschied sich aber spontan anders und entzündete eine Kerze für Jan Herman, eine für Kari und eine für Rosemary.

Draußen vor der Kirche schlug er den Kragen gegen den kalten Seewind hoch und ging schlotternd über die Hauptstraße. Bis zu ihrem Aufbruch waren es noch ein paar Stunden. Er wollte versuchen zu schlafen, vielleicht von Rosemary träumen.

Sie war todmüde und schaffte es auf der letzten Etappe kaum noch, die Augen aufzuhalten. Laut Karte lag das Hotel unten am Hafen. Die Straße war menschenleer und gemäß der Verdunkelungsverordnung brannte nirgendwo Weihnachtsbeleuchtung. Eine einsame Gestalt zeichnete sich ein Stück vor ihr auf der Straße ab. Die gerade Kopfhaltung und das leichte Hinken kamen ihr bekannt vor. Es konnte niemand anderes sein. Sie kurbelte die Scheibe herunter und hupte, und der Mann drehte sich um.

„Martin!"

Ihr stiegen Tränen in die Augen, und gleich darauf war er da, riss die Autotür auf und half ihr, auszusteigen. Er drückte sich an sie.

„Rosemary? Wie ist das möglich?"

Sie küsste ihn zur Antwort.

„Komm", sagte er. „Es ist gleich da vorne." Er riss sich los, lief vor dem Auto her und wies ihr den Weg zum Parkplatz. Dort fielen sie sich erneut in die Arme. Sie taumelten eng umschlungen durch die menschenleere Rezeption, standen Arm in Arm im Fahrstuhl und verschwanden in seinem Zimmer. Er warf die Tür hinter sich zu und weckte damit sicher seine Nachbarn. Nicht einmal beim Ausziehen trennten ihre Lippen sich. Die Müdigkeit war wie weggewischt. Es gab nur noch sie beide.

„Wie hast du mich gefunden, Rosemary? Wie?“

Sie antwortete nicht, wollte ihn nur halten, wollte, dass dieser Augenblick nie zu Ende ging.

„Rosemary, jetzt sind wir verheiratet. Der Rest ist nur ein Segen, trotzdem kann ich es nicht abwarten, mit dir durch den Mittelgang der Kirche zu schreiten. Ich bin der glücklichste Mann der Welt.“

84

Fornebu, zwei Stunden vor der Premiere, 1991

„Hier ist der Kapitän, wir haben den Anflug auf Fornebu begonnen und werden in etwa 15 Minuten dort landen."

Rosemary schrak aus dem Schlaf auf und warf einen Blick auf die Uhr. Noch zwei Stunden bis zur Premiere.

Sie hatte auf dem Flug noch einmal ihre letzten Stunden mit Martin erlebt. Irgendwo im Grenzland zwischen Schlaf und Wirklichkeit hatten sich Vergangenheit und Gegenwart vereint. Martin war nicht mehr da, als sie aufwachte, und ihre erste Reaktion war Wut. Vielleicht hatte er es aber auch ganz einfach nicht geschafft, sie zu wecken, schließlich war sie zuvor anderthalb Tage unterwegs gewesen, ohne zu schlafen. Sie zog sich rasch an, fuhr nach unten zum Hafen und sah gerade noch das Schiff auslaufen. Das Wetter war schrecklich, sodass das Schiff schon im Hafen kräftig zu rollen begann. Martin stand achtern und winkte ihr zu.

„Ich liebe dich!" Der Wind trug seine Worte zu ihr. Sie blieb stehen und sah das Schiff kleiner und kleiner werden.

Als es aus ihrem Blickfeld verschwunden war, ging sie zurück ins Hotelzimmer.

Auf dem Tisch lag ein Umschlag mit sehr viel Geld und einem Brief an sie.

Er begann mit einem Zitat von Olaf Bull.

Wann streifte es mich je, dieses blendende Licht? Dieser sinnlos reiche Strahlenschein, der warm sich brechend die Wange der Frau umspielt, die mein ist und doch nicht ahnt, warum.

Das Geld war für das Brautkleid bestimmt, das er für sie bestellt hatte. Sie sollte es nach Weihnachten in der Bond Street anprobieren. Der Auftrag, den sie bekommen hätten, sei für die norwegische Einheit nicht sonderlich gefährlich, versicherte er ihr. Sie sollten sich um die Zivilbevölkerung kümmern und in der Hafengegend einige Gebäude sprengen. Die britischen Kommandos sollten gegen die Deutschen kämpfen. Nur Bjørn war Mad Jacks 3. Kommando zugeteilt worden.

Bjørns Bekenntnis hatte Rosemarys alte Wunde wieder aufgerissen und neue Trauer aufkeimen lassen. Trauer über die absolute Sinnlosigkeit.

Müller war am ersten Weihnachtstag mit der Kugel zu ihr gekommen. Er hatte keine Neuigkeiten, aber einen Abguss angefertigt, den er einem weiteren Spezialisten geschickt hatte. Vielleicht warteten die Ergebnisse der Expertise bereits am Informationsschalter der Fluggesellschaft in Fornebu auf sie. Sie hoffte auf gute Nachrichten für Bjørn und eine plausible Erklärung, eine Auflösung der Spannung wie durch den letzten, perfekten Akkord einer Symphonie. Martin verdiente einen solchen Schlussakkord.

Es lag keine Nachricht für sie am Informationsschalter. Nach ein paar Minuten im Taxi war sie in der Stadt, wo sie im Hotel Bristol ein Zimmer reserviert hatte. Aber auch an der Hotelrezeption wartete keine Nachricht auf sie.

„Kann sie vielleicht verlegt worden sein?“, fragte sie den Mann an der Rezeption, der in seiner Ehre gekränkt sofort antwortete: „Im Hotel Bristol verschwinden keine Nachrichten. Brauchen Sie Hilfe mit Ihrem Koffer, Frau Reed?“

Als sie nicht gleich antwortete, schnippte der Rezeptionist mit den Fingern, und ein Laufbursche kümmerte sich um das Gepäck.

Als sie endlich allein in ihrem Zimmer war, legte sie sich schwer atmend aufs Bett. Die Schmerzen in ihrer Brust waren wieder da. Ein weiterer Herzinfarkt? Würde sie im Theater sterben, während vor ihr Martins letzte Sekunden zum Leben erweckt wurden? Ein solcher Abgang hätte was.

Fünfter Akt
DER KRIEG

85

Det Norske Teatret,
20 Minuten vor der Premiere, 1991

Die Fackeln vor dem Theater brannten. Der König und die Königin wurden in wenigen Minuten erwartet.

Der Dresscode forderte einen Smoking. Bjørn hatte so etwas noch nie besessen, aber wenn es schon sein musste, dann bitte von bester Qualität. Ein Corneliani, angepasst von einem Schneider, dazu Fliege, Lackschuhe, goldene Manschettenknöpfe und sogar ein passender Mantel. Ein Abschied erster Klasse. Euphorie löste die Depression ab. Aber was spielte das für eine Rolle? Er hatte irgendwo gelesen, dass Theater die Kunst des Augenblicks ist, dass aber ein einziger Augenblick reicht, um dem Zuschauer Katharsis zu geben. Genau darum ging es. Auch Bjørn hoffte auf Katharsis, wenn der Vorhang fiel.

Die Generalprobe mit Kostümen, Masken, voller Beleuchtung und Pyrotechnik war wunderbar gewesen. Ohne dass jemand erklären konnte, wie es geschah, war aus dem Chaos plötzlich Magie geworden und selbst erfahrene Theaterleute waren zu Tränen gerührt gewesen. Katharsis. Er musste darauf achten, rechtzeitig zu gehen.

„Showtime", flüsterte Bjørn.

Mit Herzklopfen ging er zum Bühneneingang. Im Foyer machte das Sicherheitspersonal Stichproben unter den Premierengästen, und das wollte er vermeiden. Er ging durch den Künstler-Eingang nach oben zu seiner Garderobe. Auf der rechten Seite des Schminkspiegels war eine abschließbare

Schublade. Er drehte den Schlüssel herum, öffnete sie und nahm das braune Futteral heraus. Das raue Leder hatte die Form der Waffe. Martin Linges Pistole, die er vor 50 Jahren in Måløy bei sich getragen hatte. Der Colt war frisch geputzt und geölt und lag gut in der Hand. Bjørn fuhr mit dem Zeigefinger vom Hahn bis zur Mündung über den glänzenden Stahl. Seine Lebensversicherung. Er überprüfte noch einmal das Magazin. Die Waffe war geladen. Dann entsicherte er sie, damit auch alles richtig funktionierte. Eine teuer erkaufte Routine.

Gedankenverloren legte er sie zurück ins Futteral.

Nachdem er das Holster unter der Jacke befestigt hatte, verließ er die Garderobe. Über den mittlerweile vertrauten Korridor betrat er von der linken Seite her den Saal. Reihe fünf, ganz außen, er musste nach dem Vorhang rasch auf die Bühne kommen können. Alles war ins Rollen geraten, jetzt gab es kein Zurück mehr. Nach dem zweiten Vorhang würde Bjørn Sjøvåg nicht mehr der unbekannte Soldat sein.

Die letzten Zuschauer betraten den Saal, dann bezogen die Sicherheitsleute Stellung, und bald darauf ertönte *Gott segne unseren König!* Der Saal erhob sich, als das Königspaar eintrat. Er sah kurz ein blasses, ernstes Porzellangesicht auf der anderen Saalseite.

Ihre Blicke begegneten sich, und es sah so aus, als wollte Rosemary ihm etwas sagen.

86

Shetland,
26. Dezember 1941

Martin stand an der windabgewandten Seite des Schiffes an der Reling und zündete sich eine bereits ziemlich heruntergebrannte Lucky Strike zum zweiten Mal an. Das vom Sturm aufgewühlte Meer passte ins Bild. Er zog Nahrung daraus, wie er es so oft als Schauspieler getan hatte. Nicht selten hatte er seine Texte am Meer eingeübt, am liebsten bei starkem Wind, um seine Stimme zu trainieren.

Sie hatten eine längere Überfahrt vor sich, und das war gut so, denn sie mussten alles hinter sich lassen, um sich voll und ganz der kommenden Aufgabe widmen zu können. Es war seine Verantwortung, die Männer psychisch vorzubereiten und dafür zu sorgen, dass sie mit der richtigen Einstellung an Land gingen.

Er schnippte die Kippe über die Reling und drehte sich, um ins Innere des Schiffes zu gehen, blieb dann aber wie angewurzelt stehen. Vollkommen fehlkostümiert in einer etwas zu großen Kampfuniform stand Karsten Aronsen vor ihm. Die sonst so sorgsam gekämmten Haare wehten im Wind, sein Gesicht war aufgedunsen wie nach einer Schlägerei. Aronsen wühlte in seiner Brusttasche und hielt Martin einen Presseausweis der BBC unter die Nase. Diese Art von Omen hatte Martin sich nun wirklich nicht gewünscht.

„Ich soll über die Geschehnisse berichten“, sagte Aronsen und versuchte sich an einem Lächeln.

„Wer hat geredet?“

Aronsen antwortete mit einem Grinsen.

„Haben Sie jemals den Artikel gelesen, den ich über Sie geschrieben habe?“

„Auf was wollen Sie hinaus?“

„Ich dachte, dass Sie den Zusammenhang dann vielleicht erkennen. Der Artikel hat Baker Street geholfen, ein paar richtige Entscheidungen zu fällen.“

„Sie meinen, dass ich Ihnen etwas schuldig bin?“

„Wo soll der Überfall stattfinden? Denn es geht doch wohl um einen Überfall?“

„Denken Sie wirklich so schlecht von mir? Dass ich rede, wenn mir ein Speichellecker wie Sie in den Arsch kriecht?“

„Noch wäre Zeit genug, um die lokale Bevölkerung zu warnen. Das Angebot, Ihren Sohn zu holen, steht übrigens noch immer.“

Die Tür ging auf, weitere Soldaten kamen an Deck, um die frische Seeluft zu genießen oder eine Zigarette zu rauchen. Mad Jack und Rubin unterhielten sich angeregt über irgendetwas.

„Die Deutschen würden sofort Lunte riechen.“ Er sah zu Rubin und hoffte, dass das Gespräch mit Aronsen damit beendet war.

„Sie spielen mit dem Leben anderer Menschen.“

„Sie etwa nicht?“

Er hätte ihn verprügeln sollen, musste sich seine Wut aber für den Kampf aufsparen, der vor ihm lag.

„Es ist meine verdammte Pflicht, dafür zu sorgen, dass die Menschen informiert werden.“

„Und meine verdammte Pflicht ist es, für die Sicherheit meiner Jungs zu sorgen.“

„Und wenn es um Ihre Familie ginge? Wir könnten die Schäden begrenzen."

„Und wie wollen Sie das machen, ohne die Leben sämtlicher Soldaten aufs Spiel zu setzen?"

Aronsen wich seinem Blick aus und suchte nach Argumenten, schien aber keine zu finden.

„Sie sind pathetisch, Linge."

„Soll mir recht sein."

„Ich werde Sie persönlich für jeden Norweger verantwortlich machen, der bei dieser Operation sein Leben lässt."

„Hoffen wir mal, dass überhaupt jemand liest, was Sie da zusammenkritzeln."

Aronsen verstand endlich den Wink und zog sich zurück.

„Sag mal? Wie ist das möglich?", fragte Rubin und sah dem Journalisten hinterher. „Jack, wie wär's, wenn ich dich dafür bezahle, vor der Kabine dieses Idioten Dudelsack zu spielen, solange wir unterwegs sind?"

Mad Jack grinste. „Dafür musst du mich nicht bezahlen, das mache ich freiwillig."

87

HMS „Prince Charles“,
26. Dezember 1941

Zigarettenrauch waberte wie Nebel durch den Sammlungsraum in der Mitte des Schiffes. Die Jungs von NORIC 1, 33 kampfbereite Männer und er selbst, hatten ganz hinten Platz genommen. Die restlichen Männer gehörten zur 3. Kompanie unter der Leitung von Mad Jack.

Sie waren nicht vollzählig, weil einige Männer im letzten Moment der Mut verlassen hatte. Einer aus Yorkshire hatte sich in den Fuß geschossen und hartnäckig behauptet, es wäre ein Unfall gewesen, wobei niemand es übers Herz gebracht hatte, ihn der Lüge zu bezichtigen. Und Rubin hatte beim Frühstück beobachtet, wie einer der Häftlinge aus Kabelvåg eine halbe Tasse Salz unter seinen Käse geschaufelt und die Brotscheibe dann gegessen hatte, ohne eine Miene zu verziehen. Nach dem Frühstück war er direkt in die Krankenstube in Lerrick gebracht worden.

Die große Mehrheit der Männer wartete aber darauf, endlich kämpfen zu können. Viele boten der Furcht die Stirn, indem sie ihr Aussehen martialisch veränderten.

Martin ging von Tisch zu Tisch, setzte sich und redete mit jedem, wobei er genau darauf achtete, was in den Blicken der Männer geschrieben stand. Das Alter schien dabei definitiv eine Rolle zu spielen. Die wenigen Teenager sahen in Mitsoldaten über 20 bereits alte Männer. Manche erfassten in ihrem jugendlichen Übermut überhaupt nicht, wie gefährlich Krieg war, sie betrachteten das alles als einen großen Spaß und hielten sich selbst für unsterblich. Dass ein Mann wie er selbst mit seinen 47 Jahren in den Krieg zog, war für sie vollkommen unbegreiflich. Vielleicht dachten sie aber auch, dass er ohnehin bald sterben würde. Anderen gab es Sicherheit, dass er dabei war. Das hoffte er zumindest.

„Das Ziel ist noch immer geheim", sagte Martin. Am Tisch saßen vier Männer und versuchten sich mit einem Kartenspiel abzulenken. „Ihr werdet es aber rechtzeitig erfahren. Unsere Aufgabe ist es, in der Hafenregion größtmöglichen Schaden anzurichten. Außerdem sollen wir die Zivilbevölkerung schützen."

Glaubte er seinen Versicherungen eigentlich selbst? Er blieb sich die Antwort schuldig.

„Wir sollen also nicht richtig kämpfen?" Die jungen Männer sahen ihn enttäuscht an.

„Es wird heftig genug werden. Die Wehrmacht betrachtet die Soldaten in der ersten Reihe als Kanonenfutter, aber die werden sich wundern. Bleibt nicht zu lange hier, schlaft noch ein bisschen."

„Wenn wir morgen sterben, wäre es verdammt dumm, die letzten Stunden zu verschlafen."

„Mag sein, aber mit ein bisschen Schlaf steigen eure Chancen, am Leben zu bleiben."

Mad Jack ließ den Dudelsack erklingen, was einen jungen Sørländer zu Tränen rührte. „Ich habe noch nie eine Frau gehabt. Ich will nicht sterben, ohne wenigsten einmal gevögelt zu haben!"

Die anderen am Tisch lachten und versprachen, ihm eine Frau zu spendieren, wenn er im Gegenzug darauf achtete, sich nicht sein bestes Stück abschießen zu lassen.

Unter der Oberfläche brodelten die Gedanken und Gefühle. Die meisten dieser jungen Männer hatten ihre Leben gerade erst begonnen und kaum etwas, worüber sie reden konnten. Manche hatten keine Ausbildung, einige waren Einsiedler und kamen von abgelegenen Höfen mit zwei Kühen und ein paar kargen Weiden an einem steilen Hang. Viele hatten ihre Gemeinde nie verlassen. Sie hatten sich ein einfaches, stilles Leben in Sicherheit gewünscht.

„Wir greifen Norwegen an", sagte Nils. „Ich weiß nicht … irgendwie fühlt sich das …"

„Schalte deine Gefühle aus, Nils. Wenn der Rauch der Flieger in deinen Augen brennt, müsst ihr weiter, immer weiter. Verstanden? Ihr müsst vorrücken."

„Aber wie sollen wir im Rauch Freund und Feind unterscheiden?"

„Wer ein Gewehr auf euch richtet, ist ein Feind. Die erste Kugel ist die wichtigste. Seid draufgängerisch, aber nicht dumm. Und geht jetzt endlich schlafen. Morgen früh um vier Uhr werdet ihr geweckt."

Martin dachte an die Dinge, die sie erwarteten. Die jungen, deutschen Soldaten waren für den Kampf trainiert und durch die Propaganda zu fanatischen Anhängern des Führers geformt worden.

Am letzten Tisch saß ein etwa 30-jähriger Mann, der sich gleich nach Martins Rede in der Seemannskirche gemeldet hatte. Sein Blick war feucht, als er Martins Hand ergriff und sie festhielt. „Chef, es gibt niemanden, mit dem wir lieber in den Krieg ziehen würden als mit dir. Lasst uns endlich über diesen Tümpel kommen, damit wir loslegen können. Je schneller, desto besser!"

Es knackte im Lautsprecher. „Darf ich kurz um Ihre Aufmerksamkeit bitten?" Mitten im Raum stand Karsten Aronsen mit einem Mikrofon in der Hand. „Mein Name ist Aronsen und ich soll die Aktion für die BBC dokumentieren, aber da ich Norweger bin, möchte ich Sie alle gerne begrüßen und mich vergewissern, dass es in Ordnung ist, wenn wir hier ein bisschen filmen?"

„Suchen Sie sich lieber ein Gewehr und machen Sie sich nützlich!", rief Rubin und erntete den Applaus der Jungs.

Aronsen lachte verunsichert, fuhr sich mit der freien Hand durch die Haare und sah zu Martin.

„Ich nehme das mal als ein Ja …" Er ging zurück in eine Ecke des Raumes, von wo aus er aus sicherem Abstand zu filmen begann.

„Bjørn, können wir kurz unter vier Augen sprechen?" Martin nahm ihn mit an Deck. Sie gingen an eine windgeschützte Stelle außerhalb der Hörweite der anderen.

„Ich habe gerade erfahren, dass du Mad Jack und der 3. Kompanie zugeteilt wurdest."

„Was?" Bjørn sah enttäuscht aus. „Ich dachte, unsere Kompanie …"

„Das dachte ich auch, die Entscheidungen werden aber weiter oben gefällt."

Er wollte Bjørn nicht verunsichern, hielt es aber für wichtig, ihm das mitzuteilen, bevor sie auf die Landungsboote verteilt wurden.

„Deshalb wollte ich mit dir reden. Wir gehen in Matrogen, Kukkelurvika und auf Måløyna an Land. Du sollst mit nach Måløyna. Das kann hart werden. Wir wollen die Stadt in die Zange nehmen."

„Ich …“, begann Bjørn. Er wirkte stolz, verwirrt und ängstlich gleichermaßen.

„Unser Ziel ist Måløy. Den Jungs kannst du das sagen, nicht aber Aronsen, verstanden?“

„Danke Chef, alles klar.“

Der Junge schien mit dem Befehl, den er erhalten hatte, gleich mehrere Zentimeter zu wachsen.

„Ein paar Dinge musst du im Gedächtnis behalten.“

„Was, Chef?“

„Lass dich nicht von Rachegedanken verleiten. Nutz deinen Kopf. Deine Mutter braucht dich noch.“

„Ich werde mein Bestes geben.“

„Und halte dein Gewehr instand. Es wäre dumm, wenn es sich verklemmt, wenn es darauf ankommt. Und jetzt solltest du schlafen gehen.“

Bjørn zögerte.

„Was passiert … hinterher? Wenn wir den Ort eingenommen haben?“

„Eins nach dem anderen, Bjørn.“

Er war nicht sonderlich glücklich mit der Antwort, aber Martin konnte ihm nicht mehr sagen.

„Ab ins Bett! Müde Helden taugen nichts.“

Bjørn drehte sich um und ging.

Martin zündete sich eine Zigarette an. Er war rastlos und voller Erwartungen. Der Himmel über ihm klarte auf und die Sterne kamen zum Vorschein. *Keine Klage unter den Sternen …*

„Solltest du nicht auch ein bisschen schlafen?“ Rubin trat neben Martin und spuckte in die dunkle, glitzernde See.

„Schlafangst.“

„Ich auch“, sagte Rubin.

„Bjørn soll mit Mad Jack kämpfen.“

„Scheiße.“

„Wahrscheinlich müssen wir Haus für Haus vorrücken.“

„Wir sind bereit, Chef.“

„Ich weiß, dass du das bist. Aber trotzdem, aus nächster Nähe, wenn du deinem Gegenüber in die Augen schaust, bevor du ihn tötest, ist es viel schwerer.“

„Ich habe diesen Deutschen im Taxi getötet, ich weiß, wie das ist.“

Sie standen einen Moment schweigend da. Die Glut der Zigaretten glomm im Wind auf.

„Es gibt etwas, das ich nicht mit an Land nehmen will. Kannst du es Rosemary geben, falls …“

„Chef!“, protestierte Rubin.

„… ich mich verspäte …“, sagte Martin.

„Natürlich.“

„Rubin hör zu, es handelt sich nur um einen Überfall, um mehr Deutsche nach Norwegen zu locken.“

„Was? Aber das macht doch keinen Sinn!“

„Wird die Festung Europa geschwächt, können die Alliierten weiter südlich an Land gehen.“

„Verdammte Scheiße! Was sagen wir den Jungs?“

„Nichts. Befehl von Gubbins.“

Martin sah sich um und dämpfte seine Stimme noch mehr. „Bevor wir uns zurückziehen, dringen wir beide ins Hauptquartier ein. Das ist das Ulvesund Hotel. Die Deutschen haben eine neue Enigma entwickelt, der wir den Namen SHARK verpasst haben. Finden wir sie, hat die Sache wenigstens was Gutes.“

Er packte Rubins Schultern und drückte sie väterlich. Dann drehte er sich um und ging zu seiner Kabine.

88

In Durnford-Slaters Kabine,
27. Dezember 1941

Trotz der kurzen Nacht fühlte er sich ausgeruht. Noch einmal ging er die Abläufe auf dem Pappmodell durch, das auf dem Tisch in seiner Kabine stand. Die Hauptverantwortung für sämtliche Geschehnisse an Land lag bei ihm, also musste er seine Augen überall haben. Er fuhr mit den Fingern über die Landschaft und prägte sich das Terrain ein, bis er das Gefühl hatte, mit geschlossenen Augen in Måløy einmarschieren zu können.

Er selbst wollte mit seiner Einheit in Matrogen an Land gehen, der deutschen Garnison den Weg abschneiden und möglichst viele Gegner töten.

Mad Jack sollte Måløyna einnehmen, während Martin Linge und Algy Forrester in der Kukkelurvika an Land gingen. Algy und der vierte Trupp sollten augenblicklich über Gate 1 vorrücken, während die Norweger für die Sprengungen verantwortlich waren. Darüber machte er sich die größten Sorgen. Würde Linge sich an den abgesprochenen Ablauf halten oder erneut auf eigene Faust agieren?

Er ging auf die Brücke, wo er bereits erwartet wurde.

„Sie ist da“, sagte der wachhabende Offizier aufgeregt. „Da vorn liegt die ‚Tuna‘.“

Durnford-Slater blinzelte ins Dunkel und nahm durch die Gischt den Turm des U-Bootes wahr, das in Ruheposition die Einfahrt in den Nordfjord markierte.

Brigadier Haydon trat neben ihn.

„Wir sind also auf dem richtigen Weg“, brummte er zufrieden. „Auf direktem Kurs und nur eine Minute hinter dem Zeitplan.“

Der Funker kam angelaufen und reichte Durnford-Slater eine Meldung.

„Die ‚Tuna‘ meldet, dass alle Leuchttürme Signal geben.“

„Dann werden wir also nicht erwartet“, sagte der Oberstleutnant.

89

Schifffahrtsrinne nach Måløy,
27. Dezember 1941

Die „Kenya“ manövrierte in die schmale Fjordöffnung ein, gefolgt vom Rest der Flotte. Alle Schiffe fuhren ohne Licht und mit geringstem Tempo. „Gott, ist das schmal da vorne!“ Brigadier Haydon wischte sich den Schweiß von der Stirn. „Da kann man ja auf beiden Seiten den Fels berühren.“

Durch den dunklen Rauch der sieben Schiffe näherten sich die ersten Hampden-Flugzeuge. Sie donnerten über den Fjord in Richtung Rugsundøy. Gleich darauf ging am Boden das reinste Feuerwerk los. Der fingierte Luftangriff war ein Täuschungsmanöver, niemand würde daraus ableiten, dass auch Landungstruppen folgten, sodass die Schiffe sich der Küste weiter unentdeckt nähern konnten.

Die Barkassen wurden zu Wasser gelassen und die Schotten geschlossen. Alle hielten die Luft an. Die erste Landungswelle war bereits auf dem Weg nach Halneset. Schliefen die Deutschen oder warteten sie auf sie?

Martin und Rubin waren auf dem Weg zu ihren Booten. Beide gehörten der nächsten Welle an, die in Kukkelurvika an Land gehen sollte. Rubins Augen waren vom Schlafmangel gerötet, trotzdem strahlte er puren Kampfeswillen aus. Eine bessere rechte Hand konnte man nicht haben.

Im Osten war ein erster Lichtschein am Horizont zu erkennen, während vor ihnen Måløyna in Sicht kam.

„Wenn die Batterie an Land das Feuer eröffnet, wird es blutig“, sagte Rubin, als sie sich trennten.

„Hoffen wir, dass Mad Jack ihnen das Maul stopft“, erwiderte Martin und zeigte auf die Landungsboote, die zu Wasser gelassen worden waren, um die Halbinsel mit dem schweren deutschen Geschütz einzunehmen. Sie warteten auf den Feuerschutz durch die „Kenya“.

„Feuer frei!“

Die Worte kamen laut durch das Megafon und reichten bis zu der Barkasse, in der Bjørn wenige Meter hinter Mad Jack stand. Er umklammerte seine Jacke, in Todesangst erstarrt, während ihm der Übermut, der ihn weitertrieb, Magenkrämpfe bereitete.

Die Kanonen der „Kenya“ schossen Kaskaden von Leuchtgranaten ab, die wie Nordlichter am Himmel hingen. Das Signal zum Kampf war damit gegeben. Von Halneset aus waren heftige Schusswechsel zu hören, begleitet von Angstschreien und dem Knattern der Maschinenpistolen. Sie hatten die Deutschen tatsächlich im Schlaf überrascht. Dann war wieder das Donnern der Kanonen der Kreuzer zu hören. „Kenya“ und „Onslow“ ließen Granaten über Måløyna regnen, während sie langsam an der Insel vorbeifuhren. Gleich darauf folgte „Offa“, die während der Landung der Truppen das Hinterland unter Beschuss nahm.

Weitere Leuchtraketen zerrissen den Himmel, während der Beschuss von Måløyna langsam abebbte. Die Insel war ein einziges brennendes Chaos. Zwei Hampden-Flugzeuge flogen in geringer Höhe über die Insel und warfen zusätzlich Rauchbomben ab. Mad Jack erhob sich ganz vorn im Boot, er hatte den Langbogen auf dem Rücken und Pfeilköcher und Schwert am Gürtel. Er nahm seinen Dudelsack und begann einen Militärmarsch zu spielen, der laut durch den

Rauchteppich drang. Bjørn dachte, dass er sich als deutscher Soldat in diesem Moment vor Angst eingeschissen hätte.

Ein Maschinengewehr aus einer Stellung südlich des Ortes feuerte auf sie, aber die Kreuzer richteten ihre Kanonen aus und gaben den Landungsbooten Deckung. Dann fuhren die Barkassen auf den Strand in Måløyna auf. Mad Jack war bereits an Land und hatte einen roten Pfeil auf die Sehne gelegt. Der Rauch lag dicht über ihnen und gab ihnen Schutz. Was sie dahinter erwartete, wusste niemand.

90

Kukkelurvika,
27. Dezember 1941

Algy Forrester und der vierte Trupp arbeiteten sich den Hang oberhalb des Strandes hinauf. Er war bekannt dafür, wie ein Wilder zu kämpfen und führte seinen Trupp mit Todesverachtung durch den Kugelhagel der erwachenden Deutschen in Richtung des Zentrums von Måløy, wo sie die erste Verteidigungslinie erwartete.

Immer mehr Boote erreichten das Land. In einem Bereich abseits des Kreuzfeuers lud Aronsen mit seinem Filmteam seine Ausrüstung aus der Barkasse.

Die Flugzeuge warfen weitere Rauchbomben ab.

Martin bezweifelte den Nutzen, da der Rauch kaum Schutz bot und das Chaos verschlimmerte, sodass sie kaum erkennen konnten, was sie sprengen sollten und welche Gefahren dort möglicherweise lauerten.

„Nils“, sagte er. „Nimm Ellingsen und ein paar weitere Männer mit zu der Anlage am Kaiende. Als Erstes müssen wir das Dynamitlager sprengen. Es sollte einfach sein, seid aber trotzdem vorsichtig. Achtet auf Scharfschützen und bringt Zivilisten in Sicherheit. Rubin und ich geben euch Feuerschutz.

„Ja, Chef!“ Nils wollte schon loslaufen, blieb dann aber wie angewurzelt stehen und zeigte zum Himmel: „Verdammt!“

Martin drehte sich um und sah sofort, was geschehen würde. Eine der Hampden-Maschinen war getroffen und schmierte über dem Meer ab. Schlimmer aber war, dass eine

Rauchbombe auf Abwege geraten war und in Richtung von Rubins Barkasse fiel, die sich dem Strand näherte.

„Rubin!“ Nils und Martin schrien gleichzeitig, konnten aber nichts tun. Die Rauchbombe landete mitten zwischen den dicht an dicht sitzenden Soldaten. Der Himmel glühte mit einem Mal weiß, Phosphor und brennendes Öl spritzten. Kurz darauf knallte es. Die Munition explodierte. Leuchtraketen und Kugeln flogen umeinander. In das Knallen mischten sich laute Schmerzensschreie. Flammen loderten auf.

„Ins Wasser, Rubin!“, schrie Martin. „Runter vom Boot!“

Er warf den Rucksack ab und watete ins Wasser, um zu helfen. Rubin sprang wie eine lebende Fackel mit den anderen brennenden Soldaten ins eiskalte Wasser. Sie mussten mehrmals untertauchen, da der Phosphor immer wieder entflammte, sobald sie an die Luft kamen. Martin riss sich die Jacke vom Leib und schlug auf die Flammen ein, als Rubin erneut die Oberfläche durchbrach.

Überall waren Schmerzensschreie zu hören. Martin half Rubin an den Strand. Die Uniform hing ihm in Fetzen vom Leib, an den Armen hatte er böse Brandwunden. Dass er dem Tod um ein Haar entkommen war, hinderte ihn aber nicht daran, sich gleich auf den Feind zu stürzen.

„Er sitzt fest!“, rief jemand. „Leutnant Komrower ist mit dem Bein unter der Barkasse eingeklemmt!“

„Wohin willst du, Chef?“, rief Rubin und sah Martin noch einmal in das Wasser waten.

Der Rauch brannte in Augen und Hals, er konnte kaum atmen.

„Weg da, Chef! Das Boot fliegt jeden Moment in die Luft!“

Martin ignorierte Rubins Rufe. Auch die Proteste der

anderen ließen ihn kalt. Das Gesicht des Leutnants war schmerzverzerrt und er schien nichts mehr mitzubekommen, als hätte er sich bereits mit dem Tod abgefunden.

Martin fand keinen Halt an dem glatten Rumpf der Barkasse. Schließlich legte er seine Hände um die Kante und schob mit aller Kraft. Das Boot rührte sich nicht.

Immer mehr Leute schrien, dass er sich in Deckung bringen sollte, er aber war vollkommen ruhig, als stünde er außerhalb der Geschehnisse, und schätzte nüchtern die Situation ein. Die Flammen umzüngelten die Kisten mit dem Dynamit. Es konnte eine Minute dauern, vielleicht aber auch nur zehn Sekunden. Seine Füße fanden keinen richtigen Halt. Die Hitze schien ihm die Haut vom Körper zu brennen. Er drehte sich mit dem Rücken zum Boot, packte erneut zu, fluchte und betete zu allem, was ihm in den Sinn kam. Ob Götter oder Teufel war ihm in diesem Moment egal. Er spannte Körper und Beine an und das Boot hob sich mit einem Ruck an.

„Schnell, solange ich es noch halten kann!"

Keine Reaktion von Komrower. „Los, bring dich in Sicherheit!", rief er erneut, und endlich kam Bewegung in den Leutnant. Er zog sein Bein weg und verschwand in den Wellen. Gleich darauf tauchte sein Kopf wieder auf und er robbte an Land.

Rubin stürmte ins Wasser, packte Martin und zog ihn hinter sich her.

Die brüllend laute Wirklichkeit riss ihn aus seiner Blase, in der er nichts anderes wahrgenommen hatte als Komrower, das brennende Boot und das glatte Metall. Er war vollständig orientierungslos, als Rubin ihn an Land zog, erschöpft, kalt und nass.

Sie kämpften sich als Letzte den Hang hinter dem Strand hoch, als hinter ihnen die Barkasse in die Luft flog. Holz, Steine, Stahlsplitter und Glas flogen in alle Richtungen, und es grenzte an ein Wunder, dass keiner von ihnen getroffen wurde. Sie sahen Forrester und seinen Trupp 4 hinter einer Kurve in Gate 1 verschwinden. Gleich darauf begann ein wütendes Feuergefecht.

Leutnant Komrower hinkte hinter ihnen her. Er nutzte das Gewehr als Stock und sah Martin dankbar an.

„Kapitän Linge, Sie haben mir das Leben gerettet! Wie kann ich Ihnen nur danken?"

Dann folgte er seinem Trupp.

„Alles okay, Chef? Bist du bereit?"

Martin musterte den jungen Mann, der vor ihm stand. Verbrannt und schmutzig, voller kompromisslosem Kampfeswillen. Was sie taten, war gut und machte Sinn. Er war nass und ihm war schwindelig, aber der euphorische Rausch, den er auf den Lofoten gespürt hatte, war plötzlich wieder da. Rubin und er waren ein gutes Team. Sie würden diese Sache überstehen, alle zusammen. Und sie würden etwas Großes leisten, die Welt würde sich an sie erinnern, und an diesen Tag.

„Bereit für das Feuerwerk?"

Rubin nickte. „Ich gehe mal davon aus, dass Nils am Dynamitlager schon die Zündschnur in der Hand hat."

91

Måløyna,
27. Dezember 1941

„Angriff!", brüllte Mad Jack und stürzte sich in den Rauch.

Bjørn war direkt hinter ihm. Er war halb taub von der Bombardierung, hatte Tränen in den Augen und sein Magen rebellierte. Man hatte ihnen gesagt, dass sie sich in die Hose scheißen würden, doch das glaubte er erst jetzt.

Eine Granate aus einem der Bomber riss direkt vor ihm den Signalturm weg. Die Trümmer fielen brennend in sich zusammen, und er verlor Mad Jack aus den Augen, als er unentschlossen stehen blieb und sich umsah.

Alles, was ihnen beigebracht worden war, war wie weggeblasen. Sie sollten das Gelände für sich nutzen und nach Straßen suchen, auf denen sie vorrücken konnten. Aber wenn alles schwarzer Rauch war und es überall um ihn herum brannte und explodierte – wohin sollte er da gehen, auf was sollte er schießen? Die Kugeln pfiffen ihm um die Ohren und immer wieder hörte er die Schreie der Getroffenen, trotzdem stand er wie versteinert da. Er konnte ebenso gut von den eigenen wie von den Deutschen getroffen werden. Seine kraftlosen Hände zitterten, und immer wieder setzten auch Augen und Ohren aus.

Das schrille Pfeifen des Dudelsacks riss ihn schließlich aus seiner Trance. Es drang wie ein Schimmer der Hoffnung durch den Rauch zu ihm. Mad Jack war nicht weit entfernt. Bjørn riss sich zusammen, umklammerte das Gewehr und folgte der Melodie. Es liefen noch andere Schatten durch den Rauch in dieselbe Richtung. Mad Jack spielte weiter und hatte bald mehr als die Hälfte des 3. Kommandos wieder eingesammelt.

In dem Moment eröffneten die Deutschen irgendwo im Rauch das Feuer. Die Männer warfen sich zu Boden. Grinsend schulterte Mad Jack das Instrument, legte einen Finger an die Lippen und einen roten Pfeil an den Bogen. Er kroch ein kleines Stück vor, zielte und schoss. Ein Schrei war zu hören, und Mad Jack schoss erneut.

Die Deutschen feuerten los, aber es klang verhaltener.

Mad Jack gab den Männern das Zeichen zum Angriff. Bjørn schoss in den Rauch, bis seine Finger taub wurden. Mad Jack bedeutete ihnen mit einer Geste, einzuhalten. Der Rauch zog langsam ab, und mit einem Mal sahen sie, worauf sie geschossen hatten. Vor ihnen standen zwei qualmende MG 38. Die Schützen hingen noch an den Lederriemen, die sie mit den Waffen verbanden. Einem steckte Mad Jacks roter Pfeil im Auge. Seinem Kameraden hatten die Kugeln die ganze Brust aufgerissen. Auch die beiden, die den Munitionsgürtel gefüttert hatten, lagen tot am Boden.

„Wo seid ihr, verfluchte Deutsche!“, flüsterte Mad Jack und sah sich um. Jetzt, da der Rauch sich verzogen hatte, wurde der Schaden sichtbar, den die Kreuzer angerichtet hatten. Überall waren Brandherde, Häuser und Schuppen waren eingestürzt. Aber es war kein Deutscher zu sehen. Vermutlich warteten sie an einem anderen Ort auf sie, denn diese vier waren gewiss nicht allein gewesen.

Vom Land hörten sie noch immer erbitterte Kämpfe, und eine gewaltige schwarze Rauchsäule quoll rechts von Kukkelurvika in die Höhe.

„Das war das Dynamitlager!“, sagte Mad Jack mit einem Grinsen.

Er stürmte eine kleine Anhöhe hoch, als wäre die Sprengung ein Marschbefehl für ihn. Die oben liegenden Stacheldrahtrollen durchtrennte er mit einem Schwerthieb. Der als exzentrisch abgestempelte Spleen von Mad Jack erwies sich bei einem Angriff wie diesem mit einem Mal als nützlich und effektiv. Dieser Mann bewegte sich in seiner eigenen Liga.

Sie erreichten die erste Kanonenstellung. Von dort waren brennende Baracken und eine verlassene Verteidigungslinie zu sehen. Der harte Widerstand, mit dem sie gerechnet hatten, ließ noch immer auf sich warten.

„Hat irgendwer Korporal Hall gesehen?“, fragte Mad Jack, als alle oben versammelt waren.

„Vorsicht!“, rief Bjørn.

Wie aus dem Nichts kam ein deutscher Soldat auf sie zugerannt. Bjørn riss das Gewehr hoch, aber die Waffe klickte nur.

Mad Jack zog sein Schwert und schleuderte es in die Brust des Soldaten. Der Deutsche fiel um, und im Fallen warf er eine Granate. Mit ihrer Explosion begann der Gegenangriff. Plötzlich standen sie mitten im Kugelhagel.

Bjørn kauerte sich hin. Der Soldat neben ihm schoss fluchend auf einen Erdwall etwas unterhalb von ihnen.

Plötzlich verstummte sein Gewehr und der Mann kippte nach hinten, krümmte sich zusammen und presste sich die Hände auf den Bauch.

„Charlie ist getroffen!“, hörte er jemanden rufen, gefolgt von einem weiteren Schmerzensschrei. Auch der Soldat links von Bjørn ging zu Boden, Blut spritzte aus seinem Oberschenkel in Bjørns Gesicht. Er spuckte aus und leerte sein

Magazin auf den Erdwall unter ihm, dann drehte er sich um, um seinem Kameraden zu helfen, der aber bereits von einem Sanitätssoldaten versorgt wurde. Schlechter stand es um Charlie. Blut quoll ihm aus dem Bauch, sein Gesicht voller Angst erstarrt. Bjørns Magen zog sich zusammen und er erbrach sich. Er wischte sich den Mund sauber, atmete tief durch, wechselte das Magazin und schoss weiter.

Mad Jack gab einen neuen Befehl: „Bjørn, Neil und Buster, ihr kommt mit zu dem Steinhaufen da unten! Der Rest von euch gibt uns Deckung!"

Sie hasteten den Hang hinunter, während die anderen die Deutschen in Schach hielten. Bjørn warf sich hinter den Steinwall, und gleich darauf erwiderten die Deutschen das Feuer. Es kam aus einer Öffnung, die zu einem unterirdischen Bunker gehören musste. Mad Jack rollte sich auf den Rücken, nahm eine Granate aus dem Gürtel, zog mit den Zähnen den Splint heraus und kroch um den Wall herum, so nahe wie möglich an die Öffnung heran. „Schießt Leute, schießt!"

Mad Jack robbte zu dem Bunker, während Bjørn und die beiden anderen ihre Magazine leerten.

Er wollte die Granate gerade werfen, als ein Soldat aus der Öffnung trat und die Hände hob.

„Wir haben sie, Boss! Wir haben die Deutschen!" Es war die Stimme von Korporal Hall.

Einer nach dem anderen kamen 15 verängstigte, blasse, unbewaffnete Soldaten zum Vorschein, gefolgt vom Korporal und zwei britischen Soldaten mit gezückten Maschinengewehren.

„Es gab noch einen zweiten Eingang", sagte Hall.

„Gute Arbeit", erwiderte Mad Jack und steckte den Splint

zurück in die Granate. Dann trat er vor den Mann, der die deutsche Einheit anführte.

„Kapitän Butzinger“, sagte der Mann hörbar verärgert.

„Sind da noch mehr von euch?“, fragte Mad Jack.

„Nein“, kam es vom Kommandanten.

„Hall, du und deine Männer bringen die Gefangenen aufs Festland. Scofield hält hier die Stellung und gibt Meldung an die Zentrale, dass Måløyna unter Kontrolle ist. Der Rest geht über den Sund nach Morteneset und veranstaltet ein kleines Feuerwerk.“

Bjørn folgte Mad Jack wie ein Schlafwandler, benommen von dem irrwitzigen Tempo des Schotten, seinem Wagemut und den schnellen Entscheidungen. Sie waren mitten im Gefecht, und alles war anders, als er es sich vorgestellt hatte. Aber wie intensiv und wie lange sie auch trainiert hätten, nichts hätte sie auf das hier vorbereiten können. Er musste einfach darauf vertrauen, von einem Augenblick zum anderen richtig zu handeln.

92

Bei den Öltanks, Måløy Hafen,
27. Dezember 1941

„Ein Riesenerfolg!“ Nils lachte, als Rubin und Martin angelaufen kamen.

Die ganze Gruppe war rußverschmiert, was das weiße Lächeln in den stolzen Gesichtern des Sprengungsteams aber nur hervorhob.

Das Dynamitlager war ein großer Krater, es wirbelten noch immer Holzsplitter durch die Luft.

„Millis’ Training war wirklich effektiv.“ Martin nickte den Männern anerkennend zu. „Da drüben sind die Öltanks.“

Auf dem Weg zum nächsten Ziel bot sich ihnen ein düsteres Bild. Die ersten gefallenen Briten wurden zu den Booten getragen, und Martin fürchtete, Bjørns Gesicht unter den Opfern zu sehen. War er bei Mad Jack sicher? Lebte er noch?

Die Truppen kamen nur langsam voran. Die Deutschen hatten sich im Freien und in den Häusern verschanzt, weshalb kaum vorherzusagen war, von wo die nächsten Schüsse kommen würden. Martin war dankbar, dass seine Jungs an dieser gefährlichen Form der Kriegsführung nicht teilnehmen mussten.

Vor ihm weckte etwas seine Aufmerksamkeit. Ein älterer Zivilist in einem Kittel und mit einem Besen in der Hand kam auf sie zu. Es war der erste Einheimische, den er gesehen hatte, Måløys Bevölkerung schien rechtzeitig in Deckung gegangen zu sein.

Mit wildem Blick und zerzausten Haaren steuerte er auf

eine Tonne zu, wo er mit einer Schaufel auf etwas einzuschlagen begann.

„Verdammt noch mal!“, schrie er und hämmerte die Schaufel mit einer Wucht nach unten, die man ihm nicht zugetraut hätte. Der Alte keuchte. „Dieser Teufel hatte euch auf dem Korn!“

Rubin und Martin waren sogleich bei ihm und stützten ihn.

Hinter der Tonne lag ein toter deutscher Soldat.

„Danke“, sagte Martin. Ohne es zu ahnen, hatten sie sich in Lebensgefahr befunden. Sie mussten vorsichtiger vorgehen. Auch etwas entfernt von der vorderen Frontlinie waren sie nicht sicher.

„Geh jetzt in Deckung, Kamerad“, sagte Martin und schlug dem Alten anerkennend auf die Schulter, der stolz in einem kleinen Dorfladen verschwand und die Tür sorgsam hinter sich schloss.

Rubin zeigte auf das Abzeichen an der Uniform des toten Soldaten.

„Ein Edelweiß.“

„Ein Gebirgsjäger“, sagte Nils.

„Verdammt“, antwortete Martin.

Deutsche Gebirgsjäger in Måløy machten alles viel gefährlicher.

Sie hasteten weiter zu den Öltanks, jetzt deutlich wachsamer. Immer neue Gefallene und Verwundete wurden nach Kukkelurvika transportiert.

Durnford-Slater tauchte wie aus dem Nichts auf der Straße auf. Sie hatten ihre Kämpfe miteinander gehabt, aber die Ruhe, die der Vorgesetzte mitten im Kampf ausstrahlte, war beeindruckend.

„Måløyna ist gesichert“, sagte der Oberstleutnant. „In der Stadt ist es aber noch ziemlich unübersichtlich.“

„Wir bieten gerne unsere Unterstützung an, John, wenn Algy Verstärkung braucht.“

„Mad Jack und der dritte Trupp werden sich gleich dem vierten Trupp anschließen. Wir warten ab, wie sich das entwickelt.“

„Aber, John ...“

„Halten Sie sich an die Aufgaben, die ich Ihnen gegeben habe, Martin.“

Durnford-Slater war wieder weg, bevor Martin widersprechen konnte. Tief in seinem Inneren wusste er, dass der Oberstleutnant recht hatte. Er machte sich aber Sorgen um Bjørn, und dass die Gebirgsjäger die Stadt eingekesselt hatten.

„Nehmt zwei Sätze mit Zündschnüren und zwei Sprengkapseln für jeden Tank“, sagte Martin. „Und befestigt die Sprengsätze mit Klebeband, damit sie sich nicht lösen können. Zum Schluss koppelt ihr die Sprengladungen und achtet darauf, dass ihr Abstand nicht zu groß ist.“

Mit einem Mal knallten Kugeln mit einem metallischen Klingen gegen die Öltanks.

„In Deckung!“, rief Martin.

93

Gate 1, Måløy,
27. Dezember 1941

Kapitän Algy Forrester lag hinter einem brennenden Autowrack mitten auf der Gate 1.

Es war ihnen gelungen, die erste Verteidigungslinie der Deutschen zu durchbrechen und sie ins Zentrum zurückzudrängen. Der weitere Vormarsch wurde ihnen aber durch Elitesoldaten und Scharfschützen verwehrt.

Viele Häuser brannten, einen großen Teil der Stadt hatten sie unter Kontrolle. Die Zivilisten waren in Sicherheit gebracht worden und hielten sich aus dem Ortskern fern.

Für einen Stellungskrieg fehlte ihnen die Zeit, da sie sich vor der Dämmerung zurückziehen mussten. Schon jetzt war der angerichtete Schaden aber so groß, dass Hitler toben würde.

Algy wollte weiterkämpfen. Ging es nach ihm, war der Welt nicht damit gedient, so viele Deutsche am Leben zu lassen. Er fasste einen einsamen Entschluss, suchte Blickkontakt mit dem nächsten Soldaten, hob einen Arm und gab zu verstehen, dass er weiter vorrücken wollte. Vereinzelt anerkennendes Nicken, andere sahen entsetzt aus. Er verlangte nicht, dass sich die anderen in Gefahr brachten, er wollte nur, dass sie ihm Rückendeckung gaben. Algy war gut ausgerüstet mit zwei Maschinenpistolen, genug Munition und fünf Granaten am Gürtel.

Er warf seinen Männern einen letzten Blick zu, wartete noch zwei Sekunden, richtete sich auf und rannte mit einem wahnsinnigen Brüllen los. Er stürmte über die Straße, während er aus der Hüfte wahllos um sich schoss, gedeckt durch das Feuer hinter ihm. Algy warf die erste Granate durch ein Fenster, hinter dem sich Schützen befanden, und stürmte weiter. An den Schüssen hinter sich hörte er, dass seine Leute ihm folgten, und er fühlte sich unbesiegbar. Der Feind wich zurück und floh in Seitengassen, wo sie eine Chance hatten, die Gegner zu stellen. Er bewegte sich wie im Rausch. Algy brüllte und schoss, schoss und brüllte. Warf Granaten und setzte seinen tödlichen Lauf in Richtung Ulvesund Hotel fort. Er wollte das Hauptquartier stürmen und das Übel an der Wurzel packen. Den Widerstand brechen. Die Kugeln pfiffen ihm um die Ohren, aber er stürmte weiter. Auf der Treppe nach oben griff er nach dem zweiten Maschinengewehr.

Die erste Kugel war wie ein kräftiger Schlag. Algy sah das Mündungsfeuer in einem der Fenster auf der anderen Straßenseite. Die Schmerzen kamen erst mit den nächsten beiden Schüssen, und es verging noch ein weiterer Augenblick, bis er zu Boden ging und realisierte, dass das Leben in einem dunklen Strom aus ihm herauslief. Er begann zu zittern, die Schmerzen wurden unerträglich. Seine Lippen formten ein Wort, das seinen Mund aber nicht mehr verließ.

94

Bei den Öltanks,
27. Dezember 1941

Sie waren in einer schwierigen Position gefangen. Sobald einer von ihnen sich bewegte, schlugen weitere Kugeln in den riesigen Tank.

„Ich hab oben am Blockhaus was gesehen." Nils zeigte zur Anhöhe links über ihnen.

„Wir können sie erledigen", sagte Rubin voller Eifer. „Wenn wir uns in einem Bogen von den Baracken da drüben nach oben arbeiten."

Martin war skeptisch. „Dafür müssten wir auf alle Fälle die offene Fläche vor den Gebäuden überqueren. Das ist verdammt riskant."

„Und wenn wir die Pillbox-Strategie anwenden?", fragte Nils. „Wir haben das doch trainiert."

Durnford-Slater tauchte ein weiteres Mal wie aus dem Nichts auf. „Wir müssen uns beeilen, Martin, uns läuft die Zeit davon."

„Wieso haben wir es denn so eilig?", fragte Nils.

„Es wird bald dunkel", sagte Durnford-Slater, ohne es weiter zu vertiefen. „Kümmert euch um die Heckenschützen! Jetzt!", sagte er und verschwand wieder.

„Da war der Geist wieder weg", spaßte Rubin und warf Martin einen fragenden Blick zu. „Der Kerl ist wirklich eiskalt."

„Was wollte er damit sagen?" Nils ließ nicht locker.

„Kümmern wir uns zuerst um die da oben", antwortete

Martin. „Sergeant Ellingsen! Schießen Sie alles, was Sie haben, auf diese Drecksäcke da oben ab, damit sie auf andere Gedanken kommen!“

Ellingsen ließ sich nicht zweimal bitten. Und während er und seine Männer das Blockhaus unter Feuer nahmen, rannten Nils, Rubin und Martin dicht an den Baracken entlang zurück und dann ein Stück entfernt über den Hang nach oben.

Der Anstieg durch den nassen Schnee war mühsam und langsam, bis sie endlich hinter einer Schneewehe Deckung suchen konnten.

„Okay, Pillbox.“ Martin nickte. „Nils, du schießt als Erster, während Rubin und ich vorrücken. Wer von uns zuerst Deckung findet, übernimmt das Feuer, der andere läuft weiter. Du rückst gleichzeitig vor, Nils. So machen wir es, bis einer von uns nah genug ist, um denen eine Granate ins Haus zu werfen, okay?“

Nils gab ihnen Feuerschutz, und Rubin und Martin stürmten über den offenen Platz. In einem Fenster blitzte Mündungsfeuer auf, und Martin warf sich auf den Boden, rollte zur Seite und kauerte sich hinter einen Schneehaufen. Die Kugeln pflügten sich dicht vor ihm in den Schnee, aber Rubin rannte weiter und schoss wie ein Wilder auf das Haus.

Das Feuer wurde erwidert, Schnee wirbelte auf, aber Rubin schaffte es im Zickzack bis hinter einen Bretterstapel.

Martin rappelte sich auf, stürzte zur Ecke des Hauses, während Nils, der inzwischen den Schneehaufen erreicht hatte, zu feuern begann.

Rubin lugte kurz hinter dem Bretterstapel hervor und hob zwei Finger. Dann knallte es wieder, und er zog den Kopf ein.

Trotz der Gefechtsgeräusche aus der Stadt war es um sie herum still, als wäre alles in weite Ferne gerückt. Martin lauschte auf die stumme Gefahr. Er sah von Rubin zu Nils und verstand, dass der nächste Zug gemäß der Pillbox-Strategie von ihm kommen musste.

Rosemarys Ermahnung, die er verdrängt hatte, seit sie an Land gegangen waren, meldete sich: „Tu … nichts … Dummes …“

Martin verbannte sämtliche Gefühle und stürmte laut schreiend vor. Er schlug den Gewehrkolben durch ein Fenster, warf die Handgranate und die Brandbombe hinein und ging in Deckung, bevor mit der Explosion auch die Flammen kamen.

Das Blockhaus brannte sofort. Er rollte sich von den Flammen weg, während Rubin das Gewehr anlegte. Der Vordere der beiden Deutschen, die durch die Tür taumelten, wurde von Rubins Kugel getroffen. Er schoss auch auf den zweiten, als sein Gewehr eine Ladehemmung hatte. Da war Nils zur Stelle und schlug dem Gegner den Kolben seines Gewehres ins Gesicht. Der Soldat ging von Krämpfen geschüttelt zu Boden.

„Machen wir da weiter, wo wir aufgehört haben“, rief Martin. „Wir müssen nach unten zu den Öltanks.“

Rubin blieb stehen und zeigte zum Ort. „Chef, Ulvesund!“

Rauch stieg aus dem Zentrum auf, wo das Hotel lag. Hatten die Deutschen ihr Hauptquartier angesteckt, damit sie keinen Zugang bekamen? Wenn dem so war, standen die Deutschen aber verdammt unter Druck.

„Durnford-Slater hat recht“, sagte Martin. „Es eilt, wir müssen den Job zu Ende bringen.“

Sie rannten zurück zum Sprengungsteam. Als sie den Weg überquerten, begegneten sie zwei Männern, die den Leichnam von Algy Forrester abtransportierten.

„Was ist passiert?", fragte Martin.

„Ein Heckenschütze hat ihn erwischt."

„Beim Versuch, das Hotel zu stürmen."

„Was ist mit dem Rest seiner Truppe?"

„Die sitzen zwischen zwei deutschen Stellungen in der Klemme."

Martin hielt nach Durnford-Slater Ausschau. Er musste eine Entscheidung treffen.

„Nils, du bringst das hier zu Ende, anschließend gehst du mit deinem Team zur Konservenfabrik. Das ist unser letzter Auftrag, danach geht ihr zurück zum Landungsort."

„Chef, bedeutet das …?" Nils' Stimme zitterte.

„Ja, leider. Wir fahren wieder zurück."

Nils stand die Enttäuschung ins Gesicht geschrieben, doch darum konnte er sich jetzt nicht kümmern.

„Ich erklär es dir, wenn wir wieder an Bord der ‚Prince Charles' sind. Rubin, sei vorsichtig!"

Er verstieß gegen seine Order, hatte aber keine andere Wahl. Durnford-Slater war nicht zu sehen, und sie hatten nicht die Zeit, nach ihm zu suchen. Sein Gewissen plagte aber etwas ganz anderes, als sie in Richtung der Flammen rannten, die aus dem Zentrum emporloderten. Er hatte das Versprechen gebrochen, das er Rosemary gegeben hatte, und er würde es jetzt ein weiteres Mal brechen.

95

Friedhof, Måløy,
27. Dezember 1941

„Der kürzeste Weg wäre da rüber."

Rubins Bedenken waren nachvollziehbar. Ein Friedhof lag direkt vor ihnen, und Aberglaube hin oder her, es sträubte sich etwas in ihnen.

„Ist auf jeden Fall sicherer als die Straße", sagte Martin und lief los, doch schon nach wenigen Metern mussten sie hinter den Grabsteinen Deckung suchen.

Rubin tätschelte den Stein vor sie. „Mach ein bisschen Platz, Kamerad, ich komme bald."

Er begann so wild zu lachen, dass seine Schultern bebten, und Martin wurde davon angesteckt, obwohl die Kugeln nur so um sie herumflogen. Dann drehte er sich abrupt um und erwiderte das Feuer.

„Lauf zum nächsten Stein, Rubin! Ich geb' dir Feuerschutz!"

Rubin stürmte nach vorn.

„Jetzt bist du dran, Chef."

Martin rückte vor, während Rubin schoss, und so ging der makabre Tanz von Grab zu Grab weiter. In Stein gehauene Namen und Jahreszahlen flimmerten über seine Netzhaut und brannten sich dort ein, während er mit Kugeln und Granaten um sich warf. Erschöpfung, Kälte, Wille und Zielstrebigkeit mündeten in einem fast gleichgültigen Zustand. Furcht gab es nicht mehr. Nur das eine Ziel, das alles rechtfertigte. SHARK, Enigma. Er musste es bis zu seinem Ziel schaffen, bevor es zu spät war.

Rubin schoss wieder, und plötzlich kippte ein deutscher Soldat leblos über ein Holzkreuz. Die beiden anderen ließen ihre Gewehre fallen und rannten weg.

Vor ihnen lag Gate 1, übersät von Leichen vor brennenden Häusern und rauchenden Ruinen. Überall war das Geknatter von Maschinengewehren zu hören.

Der aus dem Hotel aufsteigende schwarze Qualm trieb ihn weiter.

„Wir können es über die Böschung versuchen, oder am Wasser entlanglaufen.

„Warum nicht direkt?“

„Heckenschützen“, sagte Rubin.

„Direkt“, erwiderte Martin.

Deutsche Jagdflugzeuge flogen immer tiefer über Vågsøy. Maschinenpistolen knatterten ununterbrochen. Bjørn und die 3. Kompanie drückten sich dicht gedrängt an ein rotes Gebäude. Wollten sie weiter, mussten sie über einen offenen Platz, der von deutschen Schützen im Lagergebäude auf der anderen Seite kontrolliert wurde.

Sie hatten 15 Gefangene, die sie mitschleppen mussten.

Durnford-Slater war zur Stelle und informierte Mad Jack, ehe er einen kurzen Befehl gab. „Vorrücken, das ist entscheidend.“

„Das ist eine lange Strecke ohne jede Deckung“, wandte Mad Jack ein.

„Dann rennt“, antwortete der Oberstleutnant.

Im selben Moment wurde die Stadt von einer weiteren gewaltigen Explosion erschüttert. Durnford-Slater zog sich zurück. Wohin er ging, konnte Bjørn nicht sagen.

Jack schien kurz nachzudenken, dann starrte er auf die Gefangenen. „Vielleicht nicht ganz nach den Cricket-Regeln", grinste er und wechselte dann zu schlechtem Deutsch. „Ihr bildet eine Kette und lauft da rüber. Schnell, dann überleben, langsam, ihr tot."

„Bitte, nein!", sagte einer der Gefangenen.

„Doch, doch," antwortete Mad Jack und zielte auf sie. „Lauft!"

Sie trieben die Gefangenen durch den meterhohen Schnee. Bjørn und die anderen folgten seitlich hinter ihnen, die Gewehre im Anschlag.

„Nicht schießen, nicht schießen!", riefen die Deutschen, während sie sich durch den Schnee kämpften.

Bjørn rechnete damit, dass der Feind auf der anderen Seite des Platzes jeden Moment das Feuer eröffnete, doch es blieb still. Irgendwann blieb Mad Jack stehen und rief: „Wir sind das 3. Kommando! Ergebt euch und kommt heraus!"

Nicht ein Schuss wurde abgefeuert. Eine Tür ging auf und vier deutsche Soldaten kamen mit erhobenen Händen aus dem Lagergebäude.

Mad Jack zündete sich eine Zigarre an und grinste zufrieden. „So macht man das, Jungs! So macht man das!"

96

Gate 1,

27. Dezember 1941

Sie rückten von Haus zu Haus vor und kamen dem Hotel immer näher. 50 Meter vor ihnen wartete die 4. Kompanie der Briten. Erschöpft, führungslos und unter dem ständigen Beschuss der letzten verbliebenen Gebirgsjäger. Rubin und Martin suchten Schutz in einem Hauseingang. Das Gebäude vor ihnen war das letzte Hindernis.

„Was glaubst du, wie viele da drinnen sind?"

„Schwer zu sagen. Vielleicht nur einer, vielleicht wollen sie uns aber auch genau das glauben lassen. Gut möglich, dass die Hölle losbricht, sobald wir weiterlaufen."

„Dann sollten wir reingehen und zählen", sagte Martin.

Sie nahmen ihre Waffen und stürmten los. Rubin schoss das Schloss der Tür auf. „Kommt raus oder wir schießen!"

Von drinnen war kein Laut zu hören.

„Gib mir Deckung!" Martin trat die Tür auf.

Rubin riss die Waffe hoch, und Martin stürmte in das Zimmer. Entsetzt blieb er stehen.

„Nicht schießen, Rubin, nicht schießen!"

Eine Familie drängte sich verängstigt in eine Ecke des Raumes. Vor ihnen stand der Esstisch. Der Vater hob zitternd die Hände.

„Wir sind Freunde", sagte Martin. Bestimmt schwer zu glauben, so verrußt und dreckig, wie sie waren. „Norweger, Freunde", fuhr er fort.

Der Vater versuchte, trotz seines Schocks, etwas zu sagen.

„Da …“ Er rang nach Atem.

Im selben Moment trat ein deutscher Soldat mit gezückter Pistole durch eine Seitentür in den Raum. Es war unmöglich, ihn zu erschießen, ohne nicht auch andere zu gefährden. Der Mann zielte auf Martin, den Zeigefinger am Abzug. „Lasst die Waffen fallen, oder ich schieße“, sagte der Deutsche.

Sie blieben eine Sekunde mit gehobenen Waffen stehen. Der Deutsche legte die Pistole an den Kopf der Tochter. „Ich wiederhole, Waffen fallen lassen.“

Martin ließ die Maschinenpistole sinken und wollte sie fallen lassen, doch noch ehe jemand verstand, was genau vor sich ging, warf Rubin sich über den Tisch, riss die Decke mit sich, schlang sie um den Kopf des Deutschen und schlug ihn auf die Tischkante. Der Deutsche drückte ab, der Schuss traf aber nur den Kronleuchter über ihm. Rubin packte einen Glaskrug, der auf dem Tisch stand und schmetterte ihn in das Gesicht des Gegners.

„Das war's“, sagte Rubin.

Der Vater versuchte erneut, zu sprechen. „Es … es …“

Dann wurde ihm schwindelig, und er musste sich setzen. Die Töchter halfen ihm.

„Gibt es noch einen anderen Ausgang?“, fragte Martin.

Die Frau deutete zu einer Treppe am anderen Ende des Raumes.

„Ihr könnt durch den Keller gehen.“

Von der Kellertreppe aus konnten sie einen Teil der Straße überblicken, ohne selbst gesehen zu werden. Der Weg war frei und nur vereinzelte Schüsse waren zu hören. Die vierte Einheit hatte sich in einem Hauseingang hinter einem Lastwagen verschanzt, der quer zwischen zwei Häusern stand.

Schräg gegenüber warteten die Gebirgsjäger hinter einer Barrikade aus Tonnen, Kästen, Autos, herausgerissenen Türen und anderen Dingen, die irgendeinen Schutz boten. Das war der sichtbare Teil des Gegners. Die viel größere Gefahr ging aber von den Soldaten aus, die sich in den umliegenden Häusern befanden.

Hinter den Linien der Feinde stieg Rauch aus dem Hotel auf. Mit jeder Sekunden schwanden die Chancen, die Codewalzen von SHARK zu finden. Doch aufgeben kam nicht infrage.

Da kam ein englischer Soldat um die Ecke gerannt und kauerte sich neben Martin.

„Kapitän Linge", begann er. „Wir sind bereit, wenn ..." Etwas unterbrach den Satz. Ein kleines Loch in der Stirn zwischen den Augenbrauen. Als der Knall kam, war er bereits tot.

„Wir können hier nicht bleiben. Rubin, ich laufe rüber zum Lastwagen, und sobald ich da bin, geben wir dir Feuerschutz, okay? Geh in Deckung!"

Die Euphorie war wie weggeblasen, die nasse, halb gefrorene Uniform und die schmatzenden Stiefel raubten ihm die Kraft, und plötzlich war auch die Todesangst wieder da. Die Übelkeit betäubte seinen Gaumen, als er losrannte und überall um ihn herum Kugeln pfiffen. Zehn Meter, sieben, fünf, drei. Ein Querschläger schlug gegen seinen Helm und prallte ab. Er taumelte, stürzte zu Boden und rollte weiter. Jemand packte ihn und zog ihn hinter den Lastwagen. Er hob den Blick, und Rubin beugte sich über ihn.

„Rubin, du solltest ..."

„Hab von dir gelernt, dass Befehle dazu da sind, ignoriert zu werden."

„Willkommen!“, sagte ein junger Sergeant, der aus einer Fleischwunde am Hals blutete. „Willkommen an der Sickergrube der Deutschen, dem Sammelbecken ihrer ganzen Scheiße.“

In diesem Moment hörten sie Mad Jacks Dudelsack, als wären die Worte des jungen Soldaten ein Signal gewesen. Er spielte *The March of the Cameron Men.*

97

Vor dem Ulvesund Hotel,
27. Dezember 1941

„Gruppiert euch um, verteilt euch und feuert, was das Zeug hält!"

Sie mussten das Momentum ausnutzen. Martin ging voraus und schoss aus der Hüfte. Hinter ihm folgten Rubin und die 4. Kompanie. Das Knattern der Maschinenpistolen und die Explosionen der Granaten verschmolzen zu einem einzigen Dröhnen. Von Norden aus, im Rücken der deutschen Verteidigungslinie, stürmte die 3. Kompanie vor, angeführt von Mad Jack. Eingekeilt zwischen diesen beiden Fronten hatten die Gebirgsjäger keine andere Wahl, als in eine der Seitenstraßen zurückzuweichen. Aber sie kamen nicht weit, weil Mad Jacks Männer ihnen den Weg abschnitten. Einige leisteten erbittert Widerstand, die meisten ergaben sich aber.

Müdigkeit und Kälte waren vergessen. Es roch nach Sieg, und der Rausch nach der Katharsis, der Reinigung, stellte alles andere in den Schatten.

Mad Jack hob sein Schwert und kam mit Bjørn an der Spitze der anderen Flanke auf ihn zu.

Mitten aus dem Schwarm tauchte plötzlich auch Aronsen auf, angsterfüllt und aufgeputscht. Ein Fotograf zog eine schwere Kamera auf einem Karren hinter sich her und filmte alles, auf das Aronsen, der selbst hinter einem Wagen in Deckung gegangen war, zeigte. „Das ist doch Wahnsinn, Linge, kompletter Wahnsinn."

Die Straße bis zum Hotel war frei, die Verteidigungslinie

durchbrochen. In der Ferne waren noch vereinzelte Schüsse zu hören, während die Briten begannen, ihre Gefangenen abzutransportieren. Nur eine Sache stand jetzt noch aus, und die musste er allein erledigen. In der gegenwärtigen Lage wollte er nicht einmal Rubin dabeihaben.

„Erledigt“, sagte Mad Jack und reichte Martin die Hand.

„Perfekt gespielt“, antwortete Martin, legte Bjørn die Hand auf die Schulter und sagte: „Gut, dich zu sehen.“

Der Junge strahlte erschöpft, aber stolz.

Plötzlich war Durnford-Slater wieder zur Stelle.

„Jack, Linge. Wir packen zusammen und ziehen ab.“

Ein kurzer Blickkontakt reichte, um zu sehen, dass das beherrschte Auftreten des Oberstleutnants eine in ihm lodernde Wut kaschierte. Martin durfte kein Lob dafür erwarten, die Initiative ergriffen und die 4. Kompanie angeführt zu haben.

Hinter ihnen knallte es. Flammen schlugen aus einem Fenster des Hotels. Aronsen hatte die Fassung wiedergefunden und filmte. Martin sah ihn an. „Wenn du etwas Besonderes filmen willst, Aronsen, komm mit.“

Ehe jemand reagieren konnte, stürmte er über die Straße und die Treppe hoch zur Eingangstür. Plötzlich rissen Kugeln Splitter aus dem Balken über ihm. Wo kamen die jetzt her? Keine Zeit, darüber nachzudenken. Martin stürmte in den Qualm und die Flammen. Er wusste, wonach er suchte. Er hörte die Rufe von draußen. „Martin! Chef! Komm zurück! Komm da raus!“ Sie erreichten ihn aber nicht.

Rubin schrie sich heiser, während er Martin ins Flammenmeer folgte.

Auch Bjørn rannte los, wurde aber von Aronsen festgehalten. „Lass mich los, verdammt!“, brüllte Bjørn. Im gleichen Moment zischte eine Kugel so dicht an ihm vorbei, dass er sie an der Wange spürte. Bjørn sah ein Blitzen in einem Fenster in der ersten Etage schräg gegenüber vom Hotel. Aronsen zog ihn in den Schutz eines Hauseingangs. Widerwillig musste Bjørn sich eingestehen, dass der Journalist ihm das Leben gerettet hatte.

„Du hast doch gehört, was der Oberstleutnant gesagt hat. Wir sollen zurück zu den Booten.“

„Sie haben mir keine Befehle zu erteilen!“, fauchte Bjørn. Er würde nirgendwohin gehen, solange Martin und Rubin noch im Hotel waren.

„Rückzug! Rückzug!“

Mad Jack beorderte seine Einheit zu den Landungsbooten. Er selbst zögerte aber noch und sah immer wieder zum Hotel. Noch immer kein Zeichen von Rubin und Martin.

„Komm schon, Bjørn!“ Aronsen legte ihm die Hand auf die Schulter. In seinem Blick war Mitgefühl. „Du kannst nichts tun. Wir können nur hoffen, dass sie wieder rauskommen.“

„Aber … Wir müssen doch … Warum sollen wir zu den Booten? Das ist doch erst der Anfang?“

„Der Anfang?“ Aronsen schüttelte den Kopf. „Das ist eine einmalige Militäraktion und nichts anderes.“

„Sie lügen!“, schrie Bjørn. „Es kommen weitere Truppen, Flugzeuge und dann werden wir …“

„Zurück nach England“, sagte Aronsen. „Komm schon.“

Der Kameramann legte die Filmausrüstung auf den Karren und zog damit ab. Aronsen setzte sich in Bewegung. Bjørn folgte ihm zögernd, geschockt und voller Zweifel. Er drehte sich um und sah Mad Jack, der noch immer wartete, obwohl jetzt alle Einsatztruppen auf dem Weg zu den Booten waren. Bjørn blickte zu dem Fenster, in dem er das Mündungsfeuer zu sehen geglaubt hatte. Wenn der Heckenschütze noch dort oben war und Rubin und Martin aus dem Hotel kamen …

Bjørn rannte an der Hauswand entlang zu der Tür des Hauses, in dem der Heckenschütze sich befand.

98

Ulvesund Hotel,
27. Dezember 1941

Die Flammen züngelten an den Wänden des Foyers empor bis zur Zimmerdecke, die nur noch aus glühenden Balken bestand. Wie lange würde es dauern, bis alles in sich zusammenstürzte? Die Fenster waren in der Hitze explodiert, und ein Luftzug strömte herein. Martin blieb in dem Bereich, der nicht so heiß war, genau wie damals, als es in ihrer Dachwohnung in Bergen gebrannt hatte.

Rechts war eine Tür mit dem deutschen Reichswappen. Daneben führte eine Treppe nach oben. Die Stufen waren vom Feuer noch unversehrt. Er legte die Hand auf die Klinke. Die Tür war verschlossen. Er warf sich dagegen, doch sie rührte sich nicht. Er versuchte es mit der Treppe, stürmte die Stufen hoch, aber der Flur im ersten Stock brannte lichterloh. Dort würde er nicht durchkommen. Als er wieder unten ankam, sah er durch den Rauch eine Gestalt. War doch noch ein Deutscher im Haus? Er zog den Colt aus dem Gürtel, legte den Finger auf den Abzug.

„Chef, hast du sie nicht mehr alle?"

„Raus mit dir, Rubin, ich bin direkt hinter dir. Ich will nur noch …"

„Du stirbst, wenn du hierbleibst."

Im gleichen Moment stürzte vor ihnen ein Balken zu Boden. Rubins halb verbrannte Jacke fing erneut Feuer. Er warf sich hin und rollte sich über den Boden, um die Flammen zu ersticken. Martin zielte auf das Schloss der Tür und drückte ab. Stürzte in den Raum, der bislang unversehrt war und in den nun ebenfalls Flammen schlugen. An den Wänden standen Archivschränke mit unzähligen Akten. Er zog einige Schubladen heraus, sah aber nichts als Papier. Alles war alphabetisch geordnet, auf den Schränken waren Buchstaben. Aber wonach sollte er suchen? S für SHARK? E für Enigma, C für Codes? Er riss einzelne Mappen heraus, blätterte sie durch, erkannte aber schnell, dass das alles keinen Sinn machte. Ratlos blieb er mitten im Raum stehen.

Vor der hinteren Wand stand ein Schreibtisch, an dem bereits die ersten Flammen leckten. Wichtige Nachrichten müssen schnell zugänglich sein, dachte er.

Auf dem Boden lag ein Flickenteppich. Martin hob ihn an und schlug damit auf den Mahagonitisch, um die Flammen zu löschen. Die oberste Schublade war verschlossen. Er schoss, und wurde fast von dem Querschläger getroffen. Er zog eine Mappe nach der anderen heraus, bis er ganz unten fand, was er suchte: „GEHEIM" stand auf einem Dokument.

In dem Moment stürzten zwei Männer in den Raum. Rubin schlug der Länge nach hin, über ihm stand ein Gebirgsjäger mit einem breiten Dolch.

Martin schoss, ohne zu zögern, obwohl er auch seinen Kameraden hätte treffen können. Der Deutsche stand einen Moment schwankend da, dann sackte er auf die Knie und klappte zusammen. Martin drehte sich um und sah, dass die Mappe Feuer gefangen hatte. Er schlug DIE SCHÜSSEsie auf das Pult, packte die anderen und reichte sie Rubin. „Bring sie in Sicherheit, jetzt!"

Dieses Mal protestierte Rubin nicht. Er nahm sie und rannte los. Das mit „GEHEIM" beschriftete Dokument steckte Martin in seinen Rucksack. Als er sich vorbeugte, fiel etwas aus seiner Brusttasche. Es war feucht, und die Schrift war auf dem Papier zerflossen. Es war die Karte von Rosemary mit dem einen, wunderbaren Wort. „Ja!"

Er steckte sie in die Hosentasche. Nahm seinen Rucksack und rannte durch die Flammen zur Ausgangstür. Draußen fiel ein Schuss. Er sah, wie Rubin sich auf der Treppe hinwarf, und fürchtete, er könne getroffen worden sein, doch dann rappelte sein Kamerad sich auf und lief weiter.

Hinter Martin wüteten die Flammen. Er musste das Haus verlassen, auch wenn draußen möglicherweise Heckenschützen lauerten.

99

Haus auf der anderen Straßenseite,
27. Dezember 1941

Es fühlte sich an, als würde er etwas Verbotenes tun, etwas unverzeihlich Dummes. Er könnte jetzt sicher an Bord einer der Barkassen auf dem Weg zur „Prince Charles“ sein. Bier, Essen und Feierstimmung. Aber Bjørn konnte nicht einfach gehen. Martin hatte ihn damals aus dem eiskalten Fjord gerettet. Die neun Monate, die seitdem vergangen waren, fühlten sich wie ein ganzes Leben an. Ein Leben, das er einzig und allein diesem Mann schuldete. Und was wäre seine Liebe wert, wenn er ihn jetzt im Stich ließ? Er liebte Martin, so unglücklich ihn das auch machte.

Er blieb stehen, um sich zu orientieren. Der Schuss war, wenn er sich nicht irrte, aus einem der hinteren Fenster im zweiten Stockwerk gekommen. Oder waren noch weitere Deutsche im Haus, die von verschiedenen Positionen schossen?

Bjørn umklammerte den Schaft seines Gewehres. Er legte es an, die Mündung etwas nach unten, sodass er es im Bruchteil einer Sekunde nach oben wippen und schießen konnte. Der Druck des Kolbens auf seine Schulter war der einzige Halt, den er hatte. Alles andere zerfloss. Er schlich sich so leise er konnte an der Wand entlang die Treppe hoch.

Waren da über ihm Schritte? Schwer zu sagen, das Prasseln und Rauschen der brennenden Stadt übertönte alles.

Im ersten Stock war eine Tür halb geöffnet. Es könnte eine Falle sein, aber jede vergeudete Sekunde machte die Situation für Martin und Rubin gefährlicher. Wenn sie noch am Leben waren. Er schob die Tür mit der Mündung des Gewehres auf und hob die Waffe an. Der Raum war leer. Teller auf einem Tisch, ein halbvolles Glas Milch, ein paar alte Zeitungen auf dem Boden.

Er schloss die Tür und ging weiter nach oben. Sein Puls stieg mit jedem Schritt. Der Feind musste über ihm sein.

Da fielen drei Schüsse. Verdammt, verdammte Scheiße. Er versuchte, die Bilder in seinem Kopf zu verdrängen. Das konnten weder Rubin noch Martin sein. Doch die Richtung, aus der die Schüsse kamen, war eindeutig. Sie waren hinter der Tür abgefeuert worden, vor der er stand.

Er hob die Waffe an, trat die Tür auf und schoss.

Drinnen war es dunkel, aber er zielte auf den Schatten dahinter. Aber der Schatten fiel nicht, sondern bekam Konturen. Ein Mann in einem Unterhemd, mit kräftigen Oberarmen und einem Gewehr. Bjørn spürte die Hitze des Mündungsfeuers.

„Arschloch!", brüllte der Heckenschütze, dessen Zeigefinger sich langsam krümmte. Es war vorbei, jetzt würde er sterben. Bilder zogen an seinem inneren Auge vorbei. Er hörte die Schreie seiner Mutter und sah seinen Vetter Einar zu Boden gehen. *All das ist meine Schuld, dachte er, Ich bin schuld, ich bin schuld, ich bin …*

Die Waffe klickte. Der Deutsche drückte noch einmal ab. Erneut nur ein Klicken. Die beiden blieben für einen Augenblick reglos stehen. Die Augen des Heckenschützen bohrten sich in die seinen. Bjørn versuchte, das Gewehr anzuheben, aber seine Arme gehorchten ihm nicht. Durch den Nebel sah er den Gewehrkolben wie in Zeitlupe auf sich zukommen. Er erkannte noch, dass es keine deutsche Waffe war, bevor ihn der Kolben am Kopf traf und alles dunkel wurde. Das Letzte, was er mitbekam, war der Ruck, mit dem der Deutsche ihm seine Waffe entriss.

100

Ulvesund Hotel,
27. Dezember 1941

Die Wand hinter der Rezeption stürzte in sich zusammen. Brennende Balken, zersplittertes Glas und eine eingefallene Mauer. Rauch quoll herein und raubte ihm den Atem. Er drückte sich den Ärmel seiner Jacke auf die Nase, sah kaum die Hand vor Augen. Die Flammen schlugen von der Seite herein und breiteten sich im gesamten Eingangsbereich aus. Aber er wusste, wo die Tür war, warf sich auf den Boden und robbte an der Wand entlang. Allein die Hitze drohte, ihm die Haut zu versengen. Er folgte dem Luftzug und schaffte es über die Türschwelle nach draußen. Es knallte ein paarmal, er wurde herumgeschleudert und landete auf der Treppe, schlug mit dem Kopf auf und kroch in Richtung eines brennenden Autos mitten auf der Straße. Er war am Leben, fühlte sich aber unendlich erschöpft und müde. Auf der anderen Straßenseite sah er den Rücken von Mad Jack. Der Schotte hatte den Kopf in den Nacken gelegt und betrachtete irgendetwas, das Gewehr gesenkt.

Er sah Rubin auf sich zu laufen, hörte aber nicht, was er sagte. Sein Freund schien zu schreien, aber alles war so weit weg. Wo war Rosemarys Karte? Er wollte nicht ohne sie gehen, konnte nicht ohne sie gehen. Die ganze Treppe stand jetzt in Flammen.

Rubin beugte sich über ihn, und in diesem Moment verstand Martin, dass er sterben würde. Dass es für ihn vorbei war. Es stand in den Augen seines Freundes geschrieben, war aus der Art zu entnehmen, wie er ihm über die Stirn strich und seinen Namen rief. Martin versuchte aufzustehen, aber Arme und Beine gehorchten ihm nicht. Er öffnete den Mund, um etwas zu sagen, aber seine Lippen zitterten unkontrolliert. *Nimm den Rucksack, Rubin!* Er war sich nicht sicher, ob er es sagte oder nur dachte. Aber Rubin verstand, was er meinte. Martin musste blinzeln, als ihm etwas Warmes ins Auge tropfte. Auf Rubins Gesicht zogen sich feuchte Streifen durch den schwarzen Ruß. Der Junge hob ihn vorsichtig an und nahm ihm den Rucksack ab, in dem die wichtigen Codes von SHARK steckten.

Verschwinde Rubin, bleib nicht hier!

Wieder knallte es. Ein rollendes Dröhnen, das seinen Körper ergriff. Durch das Flimmern vor seinen Augen sah er Mad Jack, der zu ihnen lief. Rubin schnappte sich Mad Jacks Gewehr und schoss auf irgendetwas auf der anderen Straßenseite. Was es war, sah Martin nicht mehr, weil sein Blick immer weiter verschwamm. Der Boden unter ihm zitterte und bebte, als wollte er sich öffnen. Er bekam noch mit, wie Mad Jack Rubin wegzerrte, und dachte, dass er auch zusehen sollte, Land zu gewinnen. Dann kam ihm wieder Rosemarys Karte in den Sinn. Sie war es, an die er dachte, als das Hotel über ihm zusammenbrach. *Vergib mir, Rosemary, vergib mir!*

101

Det Norske Teatret,
letzte Szene vor dem Vorhang, 1991

Im Saal herrschte Totenstille. Nach dem Inferno aus Lichtreflexen, Explosionen, Flammen, Schüssen, Schmerzensschreien und Kriegsgebrüll hatte es den Menschen die Sprache verschlagen. 200 Statisten des Heimatschutzes hatten zwischen den Bankreihen, aus Luken im Auditorium und auf den Treppen auf jeder Seite des Publikums Krieg geführt. Ein Sturmangriff auf sämtliche Sinne.

Rosemary saß in Tränen aufgelöst auf der vorderen Stuhlkante. Aber in ihr war etwas aufgebrochen. Der Schmerz in der Brust war weg. Sie vergab Bjørn alles, denn er hatte es ihr ermöglicht, Martin näherzukommen, als sie es zu Lebzeiten jemals gewesen war.

Die Drehbühne bewegte sich, und wo gerade noch eine brennende Stadt im Vestland gewesen war, war jetzt ihre Wohnung in Queen's Gate.

Benedicte Brekke war allein auf der Bühne.

Es klopfte an der Tür und eine Frau in britischer Uniform stand davor, als Benedicte öffnete.

„Ich komme vom Office der Baker Street … Es geht um Martin Linge …"

Benedicte bat sie herein, und sie setzten sich aufs Sofa. Rosemary war nicht die Einzige, die ihr Taschentuch hervorholen musste.

„Was ist mit ihm passiert? Ist er verwundet worden?"

„Er ist gefallen."

Erst Verwirrung, dann ein Gesichtsausdruck, als würde das Bewusstsein für einen Moment aussetzen. Benedicte verkörperte das so perfekt, so richtig.

„Sind Sie sicher?"

Die Frau nickte hilflos.

„Nein, nein, das kann nicht wahr sein … hören Sie? Das ist … das ist … unmöglich!"

Der Mann, der Rubin spielte, tauchte in der Türöffnung auf. Stand mit der Mütze in der Hand da und starrte Benedicte an. Die Frau erhob sich, räusperte sich und sagte: „Ich muss zurück ins Office. Es tut mir wirklich sehr, sehr leid."

Er ging zu Benedicte und legte die Arme um sie. Einer nach dem anderen kamen die Jungs durch die Tür. Fast wie an jenem Abend nach dem Überfall auf Svolvær, als sie mit einem Hühnchen zehn hungrige Mäuler gestopft hatte.

„Könnt ihr zum Essen bleiben?"

Bjørn sah auf die Uhr. Die Vorstellung dauerte noch 50 Sekunden. 46 … Er schob die Hand unter die Smokingjacke und legte die Finger um das Holster des Colts, als wäre dies sein einziger Halt. Er würde jetzt keinen Rückzieher mehr machen.

Das Licht wurde gedimmt, und die Drehscheibe bewegte sich, sodass Wohnzimmer und Küche auf der Bühne zu sehen waren. Benedicte deckte den Tisch, während die Küche von Rubin und den Jungs übernommen worden war. Das Licht war auf die Kameraden gerichtet. Rubin drehte sich zu den anderen um, er hielt einen Kartoffelschäler in der Hand.

„Hat irgendjemand von euch vor, jetzt aufzugeben?"

Rubin legte die Spitze des Kartoffelschälers an seinen

Daumen und drückte zu. Dann reichte er ihn den anderen, die alle seinem Vorbild folgten. Sie legten die Daumen über der Tischplatte zusammen, und ihre Arme bildeten einen Stern. Sie sahen einander in die Augen, während ihr Blut sich vereinte.

„Für Martin", sagte Rubin.

„Für den Chef", antworteten alle.

Das Licht wurde heller, verwandelte die Schauspieler in Silhouetten, bevor es abrupt von totaler Finsternis abgelöst wurde. Dann brach der Applaus los. Alle sprangen auf.

Bjørn verließ seinen Platz und ging durch die Tür auf der rechten Seite des Saals. „Für Martin", wiederholte er. „Für den Chef."

Er blieb einen Augenblick stehen, nachdem die Tür hinter ihm ins Schloss gefallen war. Links lag die Vorbühne, von der die Schauspieler für den Applaus auftraten. Die Tür davor führte zur Rezeption. Noch einen Schritt, dann war es vollbracht.

102

Det Norske Teatret,
Vorhang, 1991

Rosemary sah zur anderen Seite des Saals hinüber. Bjørn hatte seinen Platz verlassen. Wollte er auf die Bühne, um den Applaus entgegenzunehmen? Sie hatte in der Pause erfolglos nach ihm gesucht. Auch an der Rezeption hatte sie nichts Neues erfahren. Die Antwort von Müller war noch nicht gekommen.

Das Ensemble versammelte sich für eine gemeinsame Verbeugung. Das Publikum war begeistert, und als Henrik Ekdahl in dem langen Mantel die Bühne betrat und seinen feurigen Blick ins Publikum warf, brauste der Applaus noch einmal auf. Ekdahl umarmte Benedicte, und das Liebespaar wurde vom Beifall getragen.

Bühnenbildner und Regisseur Wang kamen auf die Bühne. Er trug eine pfauenfarbene Smokingjacke. Ekdahl sah zur Seite. Kam jetzt Bjørn? Auch Wang hielt nach ihm Ausschau, aber nichts geschah. Ekdahl lief nach draußen, war aber gleich wieder da und flüsterte Wang etwas ins Ohr. Das Ensemble bildete eine lange Reihe auf der Bühne und machte eine letzte Verbeugung. Dann fiel der Vorhang, und im Saal ging das Licht an. Bjørn blieb verschwunden.

Ganz hinten in ihrem Gedächtnis regte sich etwas. Eine Erinnerung aus Queen's Gate. Der aufgewühlte Rezeptionist, der von einem Jungen erzählte, der sich das Leben nehmen wollte. Wie hatte sie übersehen können, dass der neue Schluss des Stückes nichts anderes war als der verzweifelte Versuch, eine Antwort zu bekommen: War Martin gestorben, weil der Deutsche mit Bjørns Gewehr geschossen hatte? Bjørn wälzte diese Frage seit 50 Jahren und hatte nun endlich vor Publikum gebeichtet. Vor 800 Zeugen im Saal hatte er die Schuld an Martins Tod auf sich genommen. Weil er im entscheidenden Augenblick versagt hatte. Sie wollte nach draußen und nach ihm suchen, aber niemand durfte vor dem Königspaar den Saal verlassen, und deren Abgang zog sich quälend in die Länge.

Schließlich kam das Signal, dass das Publikum seine Plätze verlassen durfte, und Rosemary bahnte sich gegen den Strom der Premierengäste ihren Weg zur Bühne.

Hinter dem Vorhang floss der Champagner. Die Schauspieler umarmten sich, Bjørn war nirgends zu sehen.

„Rosemary, du bist zurück!“ Ekdahl umarmte sie stürmisch.

„Du warst … großartig“, antwortete sie. „Wo ist Bjørn?“

„Der hat sich wohl vor dem Applaus aus dem Staub gemacht, der Schlaumeier“, sagte Ekdahl lachend, er war glücklich über den Erfolg. „Aber der taucht schon wieder auf, wenn ihm bewusst wird, dass hier Champagnerkorken knallen und die Kritiker verstummt sind.“ Dann verabschiedete Ekdahl sich. Journalisten und Publikum wollten die Stars des Abends sehen. Rosemary war das nur recht. Der stechende Schmerz in der Brust und die Angst packten sie erneut und trieben sie noch einmal zur Garderobe. Vielleicht hatten sie Bjørn dort gesehen.

„Er hat darum gebeten, ihm ein Taxi zu rufen“, erhielt sie als Antwort.

„Hat er gesagt, wohin er wollte?“

„Der Taxifahrer hat nach dem Fahrtziel gefragt und Bjørn hat gesagt, dass er zum Friedhof will, zum Vestre Gravlund.“

„Könnten Sie mir auch eins rufen?"

Der Mann wählte eine Nummer.

Im selben Moment kam Ekdahl mit einem Fotografen angelaufen.

„Ist Bjørn aufgetaucht? Die Presse hätte gerne ein Foto mit uns dreien."

„Martin, ich meine … Henrik. Kann ich dich kurz sprechen?"

Der Fotograf ging höflich ein paar Schritte zur Seite.

„Er ist am Grab, und … ich habe mir ein Taxi gerufen."

„Oh", sagte Ekdahl. „Meinst du, dass er … hat er …?"

„Ich warte auf eine wichtige Nachricht aus der Schweiz, ich kann das jetzt nicht erklären, aber vielleicht wissen wir dann endlich, aus welcher Waffe die tödliche Kugel kam … Gibt es eine Möglichkeit … kannst du irgendwie das Taxi anrufen, wenn die Nachricht in der Zwischenzeit kommt?"

„Hast du die Nummer von dem Taxi?"

„25 36", kam es diskret von der Rezeption. „Der Kontakt kann über die Zentrale hergestellt werden. Ihr Taxi ist da, Frau Reed, es steht in der Rosenkranz' Gate."

Rosemary rannte zur Tür. „Sei kein Idiot", flüsterte sie. „Bjørn, tu jetzt nichts Dummes!"

103

Vestre gravlund,
1991

„Heute Abend war Premiere, Chef. Du lebst wieder, im Theater. Eigentlich wollte ich mir auf der Bühne das Leben nehmen, während des Applauses, aber dann bin ich auf eine bessere Idee gekommen. Weißt du was, Chef? Ich habe eingesehen, dass ich noch nie eine Hauptrolle gespielt habe, nicht einmal in meinem eigenen Leben. Ich bin ein ‚weiterer Mitwirkender' mit dem Rollennamen ‚Unbekannter Soldat'. Der Typ, der im Schatten steht … Aber die Menschen wissen das jetzt, sie haben verstanden, dass ich nicht dazu in der Lage war, für dich zu tun, was du für mich getan hast … Dieses deutsche Schwein hat mich mit seinem Gewehrkolben umgehauen … Und ich … ich habe meine Waffe losgelassen, als ich ohnmächtig wurde."

Martin starrte ihn blind und stumm an. Der Friedhof um sie herum leuchtete wie der Himmel. Kerzen, aufgestellt von trauernden Seelen, bildeten unbekannte Sternbilder.

„Ich bin von einem wahnsinnigen Knall wieder aufgewacht und habe eine Sekunde gebraucht, bis ich wusste, wo ich war. Ein Körper hing aus dem Fenster. Ich sah mich um, aber es war sonst niemand im Raum … nur ich und dieser Heckenschütze im Fenster.

Ich kroch zu ihm, stand auf und sah nach draußen. Aus dem Mund des Mannes rann dunkles Blut. Aber in den Augen war noch Leben und das Gewehr hielt er noch immer in den Händen. Es war mein Gewehr, Chef. Er hob die Waffe und versuchte, zu zielen, prahlte grinsend damit, dich erschossen zu haben. Ich war so außer mir, dass ich keine Angst mehr hatte. Ich packte seine Stiefel und kippte ihn aus dem Fenster. Es knallte, und die Kugel riss Putz von der Wand des Hauses. Der Typ schlug mit leerem Blick unten auf der Straße auf."

Bjørn hielt eine Kerze in der Hand, die er von einem der angrenzenden Gräber genommen hatte. Er stellte sie neben die Büste und entfernte die Reste der letzten Kerze, die er dort platziert hatte. „Was da wirklich alles passiert ist, habe ich erst begriffen, als ich unten auf der Straße stand … regungslos. Ich konnte mich nicht mehr bewegen. Starrte nur vor mich hin. Deine Hand mit dem Colt … mehr war unter dem qualmenden Steinhaufen nicht zu sehen. Ich sah die Kerben im Kolben, eine für jeden toten Deutschen. Unter der Pistole lag die Karte von Rosemary, sie war größtenteils verbrannt, aber die zwei Buchstaben waren noch zu lesen: ‚Ja!'

Dann sah ich das gleißend helle Licht am Himmel. Wie Tausende von weißen Schmetterlingen mitten im Winter … Was auch immer das war, es segelte weiß flimmernd nach unten auf die Stadt. Ich kroch auf den Schutthaufen und warf Steine und Balkenreste zur Seite, aber das alles nützte nichts. ‚Sei kein Idiot!', brüllte ich, um die Tränen irgendwie zurückzuhalten. ‚Mach keine Dummheiten!' Ich streckte die Hand aus und fing eines dieser weißen, flimmernden Dinger ein. Es war Papier, kleine, weiße Etiketten mit der Aufschrift ‚Sardinen'. Die Jungs hatten die Konservenfabrik gesprengt. Es war so absurd, Chef, so sinnlos. Denn vermutlich war es diese Explosion, die das Hotel über dir zum Einsturz gebracht hatte. Die Etiketten rieselten auf uns herab wie Schneeflocken."

Bjørn legte seine Hände an die Seiten der Büste und hielt Martins Kopf. Zärtlich und zugleich fest. Redete direkt zu den irislosen Augen.

„Oben vom Schutthaufen sah ich die ersten Barkassen in den Sund fahren. Sie ließen mich zum zweiten Mal im Stich. Aber dieses Mal konntest du mich nicht aus dem Fjord ziehen. Ich habe nichts verstanden. Wir hatten doch gerade erst angefangen. Du hast nie gesagt, dass das wieder nur ein Überfall war und die Operation Jupiter …"

Bjørn legte seine Lippen auf Martins Mund, küsste ihn, bis die Frostschicht taute und flüsterte: „Mach ein bisschen Platz, Chef, ich komme bald."

Er schob die Hand unter die Smokingjacke, spürte das Gewicht der Waffe, öffnete das Holster und zog den Colt heraus. „Ich hätte es niemals zulassen dürfen, dass du mich damals gerettet hast. Ich hätte den Abzug drücken müssen. Dann hättest du überlebt, hättest Rosemary geheiratet und Kinder mit ihr bekommen, Enkel … mit deinem Tod ist die Wirklichkeit in tausend Stücke zersprungen … Ich habe es nicht geschafft, sie wieder zusammenzusetzen."

Die Mündung unter dem Kinn, dicht über dem Adamsapfel, leicht schräg in Richtung Hinterkopf. Der Tod ist ein geschlossenes Fenster, das man zerschlagen muss, um einzutreten. Es ist, wie nach Hause zu kommen, keine Reise ins Unbekannte. Er erwartete nicht, das Licht zu sehen, von dem viele Sterbende sprachen. Vielleicht aber einen Funkenregen grüner Sonnenpartikel, wenn die Kugel wie ein sterbender Meteorit ihren Weg fand. Endlich ergriff er die Macht über sein verfehltes Leben und ergab sich der Ewigkeit.

„Bjørn!"

104

Vestre gravlund,
1991

Diese Stimme würde er unter Tausenden anderen erkennen. Gleich darauf trat Rosemary in sein Sichtfeld, sie wurde langsamer, blieb stehen und rief noch einmal seinen Namen.

Er entschied sich, nicht zu reagieren. Sie sollte sich nicht in die letzten Gedanken drängen, die er hier auf dieser Erde haben wollte.

„Es war nicht deine Schuld!"

„Du warst nicht dabei", rief er.

„Ich kann es beweisen."

„Wenn du näherkommst, drücke ich sofort ab."

Sie hörte nicht auf ihn, sondern kam einen Schritt näher. Schließlich wusste sie aus der Queen's Gate, dass er ein feiger Hund war, den man immer irgendwie überreden konnte.

Er musste abdrücken, bevor sie ihn wieder manipulierte. *Eins … Der Herr ist mein Hirte … Zwei … Mir wird nichts mangeln … Drei … Er weidet mich auf einer grünen …*

Etwas flog vor ihm auf den Boden. Klirrend. Ein Deckel sprang ab und ein Metallklumpen fiel aus der Box. Er zuckte zusammen.

„Sei kein Idiot!" Rosemarys Stimme zerschnitt seine Gedanken.

Er wollte sich auf keine Diskussion einlassen, aber dieser Metallklumpen zog ihn wie magisch in den Bann. „Was ist das?", fragte er.

„Das ist die Kugel, die Martin das Leben gekostet hat. Ein

Waffenexperte in der Schweiz hat sie sich angesehen, um herauszufinden, aus was für einer Waffe sie abgefeuert wurde. Seine Expertise sollte mein Premierengeschenk für dich sein."

Ihre Stimme zitterte nicht, der Blick war fest.

„Wo hast du die her?"

„Das ist eine lange Geschichte. Die Antwort soll heute Abend kommen. Du willst doch sicher auch Gewissheit."

„Das liegt hinter mir, ich habe bezahlt."

„Das Taxi wartet auf dem Parkplatz, wenn wir jetzt zurück zum Theater fahren, liegt die Expertise bestimmt vor."

„Du warst nicht da, du kannst dir nicht vorstellen, wie schrecklich das war."

Sie schluckte. Dann nickte sie. „Erzähl es mir, Bjørn."

Bjørn zitterte so stark, dass er den Colt für einen Moment absetzen musste. Der Zeigefinger am Abzug war taub, und er streckte ihn vorsichtig aus.

„Ich habe dir davon erzählt."

Rosemary trat einen Schritt vor. Und die Erkenntnis durchspülte ihn wie eine plötzliche Sturmwelle, dass sie ihn beinahe schon wieder überlistet hatte. Er drückte die Mündung unter das Kinn, wollte sie warnen, nicht näherzukommen, doch als er den Mund öffnete, zuckten Erinnerungen aus Måløy über seine Netzhaut. Dann setzte die Ataxie ein.

105

Vestre gravlund,
1991

Bjørn fiel, spürte aber keinen Schmerz.

Rosemary hatte bei dem Schuss geschrien, und irgendwann war dieser Schrei und die Frage, was für ein Gewehr es gewesen war, das der Deutsche ihm abgenommen hatte, auch zu ihm durchgedrungen.

„Sag es, Bjørn, sag es!"

Er rang nach Worten, den Mund voll Blut, und schluckte. Seine Stimme klang wie ein sich langsam drehender Propeller: „Es war eine … Sten…"

Wie lange dauerte es, bis die Gedanken fortgespült waren, das Gehör versagte, die Falten der Seele sich glätteten und die Last der Sünden von einem abfiel?

„Mosin!", hörte er jemanden rufen. „Vintovka Mosinja!"

Er erkannte die Stimme und drehte ihr den Kopf zu. Jemand näherte sich. Waren das Soldaten? Was machten die hier, in seinem Tod?

„Es war eine Sten Gun …" Die Worte quollen aus seinem blutgefüllten Mund. Ihm wurde kalt, das Leben zog sich zurück und übrig blieb nur zitternde Kraftlosigkeit. Es *waren* Soldaten, er erkannte die Uniformen von NORIC 1. Ein großer Mann mit schwarzen Locken trat aus den Schatten ins flimmernde Licht und wedelte mit einem Papier in der Hand herum. Es war Martin, der sich über ihn beugte, mit ihm fiel und ihm zuflüsterte: „Mosin …"

Auch Rubin war da, und die anderen Jungs der Kompanie.

Martin packte ihn und zog ihn aus dem Dunkel, in dem er herumstrampelte.

Er lachte gurgelnd, fragte, was die Worte zu bedeuten hätten, doch dann riss der Film, das Bild fror ein, die Geräusche verebbten und das Licht übernahm. Er glitt durch die Strahlen auf die andere Seite. Martins Gesicht zeichnete sich vor dem Weiß ab. Auch Rosemary war da, Tränen rannen über ihre Wangen. Sie hielt seine Hand und flüsterte etwas, das er nicht hörte. Das Geräusch einer Tür, die geschlossen wurde, das Ende des Lebens, und er dachte: Warum habe ich das nicht schon vor langer Zeit getan? Es war so leicht, so sorgenfrei.

106

Ullevål Krankenhaus,
Januar 1992

Rosemary saß an seinem Bett, als er wach wurde. Er sah sie durch zwei Löcher wie durch ein Fernglas, fasste sich an den Kopf und spürte die Bandage. Auf der rechten Seite seines Gesichts ertastete er etwas, eine Art Schraube, die seinen Oberkiefer zusammenhielt.

„Wo … ist … Martin?", fragte er. Jede Silbe brannte in seinem Kiefer wie Zahnschmerzen.

„Martin?", fragte Rosemary.

„Er war doch eben noch hier, hat mir geholfen, mir …"

„Meinst du Ekdahl? Henrik Ekdahl?"

Bjørn wurde unsicher, er versuchte, einen logischen Zusammenhang zu finden.

„Wie …? Ich verstehe das nicht."

„Die Kugel ist in deinen Gaumen eingedrungen und ist direkt neben dem rechten Auge wieder ausgetreten. Es war eine sehr komplizierte Operation."

„Martin", flüsterte er mechanisch.

„Ekdahl hat die Nachricht aus der Schweiz gebracht. Sie kam per Fax, kurz nachdem ich mich auf die Suche nach dir gemacht hatte. Als er mich über die Taxizentrale nicht erreichen konnte, hat der Chef des Heimatschutzes ihm angeboten, ihn zu fahren."

„Aber … da waren doch Soldaten?"

„Zwei Statisten haben Erste Hilfe geleistet, während wir auf den Krankenwagen gewartet haben."

Rosemary hielt ihm eine Zeitungsseite hin: *Drama auf offener Bühne! Der Mann, der hinter dem Erfolgsstück des Norwegischen Theaters steht, bei Schießunfall schwer verletzt.*

Er sah weg, außerstande, die Eindrücke zu verdauen.

Rosemary hielt ihm eine andere Zeitung hin: *Hat sich 50 Jahre Vorwürfe gemacht. Bjørn Sjøvågs Geschichte.*

„Jetzt läuft der Verkauf bestimmt gut?"

„Alles ausverkauft, sie mussten die Spielzeit verlängern."

Freute er sich, am Leben zu sein? Er hätte es vorgezogen zu sterben, vor dem König.

Rosemary öffnete ihre Tasche und nahm drei Umschläge heraus. Zwei davon trugen das Logo des Theaters, der dritte war einfach nur weiß. Sie öffnete den ersten vom Theater. Es war ein Fax, verfasst auf Deutsch. Bjørn versuchte, es zu lesen, bekam aber sofort Kopfschmerzen.

„Die Kugel, die Martin getötet hat, kam aus einer Mosin Nagant, wie sie die Scharfschützen des russischen Heeres nutzen. Eine populäre Kriegsbeute der Deutschen", sagte Rosemary.

Seine Augen wurden unter der Bandage feucht. „Woher weißt du das? Stimmt das wirklich? Dann trifft mich … keine Schuld?"

Rosemary nickte. Ihr Blick war mitfühlend, aber sie biss sich auf die Unterlippe. Log sie ihn an, um ihm die Last zu nehmen? Dann erinnerte er sich, dass jemand das Wort „Mosin" gerufen hatte. War das Martin gewesen … oder Ekdahl?

„Im Grunde war es …", fuhr sie fort, „… ein Glücksfall, dass dieser Deutsche dir die Sten Gun abgenommen hat."

„Glücksfall?"

„Ich weiß nicht, wie ich es anders ausdrücken soll. Das

Gewehr des Schützen war entweder verklemmt oder er hatte keine Munition mehr, hast du gesagt. Rubin hat mir erzählt, dass der Deutsche erst am Fenster zum Vorschein kam, nachdem Martin gefallen war, und dass er den Mann erschossen hat. Ohne dein Gewehr hätte er sich vermutlich nicht am Fenster gezeigt. Nur weil du da warst, konnten sie ihn ausschalten. Du hast dafür gesorgt, dass Martin gerächt wurde, Bjørn."

Bjørn streckte sich nach ihrer Hand aus, hielt sie fest.

„Wir wollten nach seiner Rückkehr heiraten. Alf van der Hagen sollte uns trauen. Ich habe gerade das Brautkleid anprobiert, als es passierte. Mit einem Mal war da so eine unerklärliche Leere. Ich habe mir damals gesagt, dass ich nur müde bin und mir die Warterei zusetzt. Dass die plötzliche Angst nichts heißen müsse.

Als Rubin ein paar Tage später vor meiner Tür stand, hatte ich gerade die Nachricht erhalten. Wir haben lange zusammen im Wohnzimmer gesessen und geschwiegen. Dann hat er mir erzählt, was passiert ist, Augenblick für Augenblick. Er hat mir erklärt, warum Martin getan hat, was er getan hat. Warum er in dieses Hotel musste, obwohl der Überfall eigentlich schon vorbei war und sie den Befehl zum Rückzug erhalten hatten.

Nur durch den Fund der Codes für die neue Enigma-Maschine konnte er sich und den Jungs gegenüber diesen Überfall rechtfertigen. Ich habe viele Jahre gebraucht, um zu akzeptieren, dass er sich dafür geopfert hat."

„Er hat Tausende von Menschen gerettet ...", begann Bjørn, bremste sich aber. Sie hatte all diese Gedanken sicher viele Male gedacht und ihr eigenes Fazit gezogen. Bjørns

Schmerz war gelindert. Rosemary würde den ihren mit ins Grab nehmen.

Sie tätschelte seine Hand und sagte: „Ich fahre morgen nach Hause. Mein Mann hat Geburtstag."

Ein Sonnenstrahl brach durch die Wolken und fiel durch das Fenster auf Rosemary. *Der Schein vergang'ner Sommertage, fällt durch des Fensters Laubgirlande.*

Es war so, als hörte er Martin laut aus dem Gedichtband von Olaf Bull vorlesen:

Wann streifte es mich je, dieses blendende Licht? Dieser sinnlos reiche Strahlenschein, der warm sich brechend die Wange der Frau umspielt, die mein ist und doch nicht ahnt, warum. Wo alles nah und fest ist, alles endet und vergeht, für nimmer Teil der Ewigkeit, oh Gott!

„Die Entscheidung lag immer nur bei Martin, nie bei jemand anderem, Bjørn. Für ihn zählte nur das, für das er brannte. Er konnte nicht anders, und erst als ich das erkannt habe, konnte ich auch akzeptieren, dass er fort war."

Er sah ihre Erschöpfung, sie strahlte aber auch eine Klarheit aus, wie er sie so noch nie zuvor bei ihr gesehen hatte.

„Was ist mit dir passiert, nachdem sie dich dort zurückgelassen hatten?", fragte sie.

„Du siehst ja, was aus mir geworden ist", sagte Bjørn. „Mir war ja klar, dass ich abhauen musste, bevor die Deutschen zurückkamen. Unweit von Kukkelurvika lag ein Ruderboot am Strand. Ich bin bis zum Festland gerudert und dann fort, weg von Måløy. Ich bin gerannt, immer weiter, bis heute."

Sie nickte und reichte ihm den nächsten Umschlag.

„Der ist von Hovden. Sie will, dass du noch über andere unbekannte Helden schreibst."

„Über welche? Da gibt es unzählige."

„Das entscheidest du selbst."

Bjørn legte den Kopf auf das Kissen und starrte an die Decke. Gesichter aus der Kompanie tauchten auf und verschwanden wieder.

Rosemary reichte ihm den letzten Umschlag.

„Den kannst du öffnen, wenn ich gegangen bin. Das ist etwas, was ich von Rubin bekommen habe, er hat es mir aus Schottland geschickt."

Sie stand auf, ging zum Kleiderhaken, zog sich den Mantel an und legte die Hand auf die Klinke.

„Danke, Rosemary", sagte Bjørn. „Ich weiß nicht, wie ich …"

„Dann sehen wir uns bei der nächsten Premiere, ok?"

Sie winkte ihm zu und schloss die Tür hinter sich.

Epilog

Bjørn öffnete den letzten Umschlag. Er enthielt eine vergilbte Schwarz-Weiß-Fotografie. Auf die Rückseite des Fotos hatte Rubin geschrieben: *Liebe Rosemary, heute hatten die Jungs und ich unsere persönliche Gedenkstunde für den Chef!*

Bjørn betrachtete das Foto ganz genau, lehnte sich zurück und schloss die Augen.

Glenmore Lodge, die schneebedeckten Berge, die Heideflächen und der See. Am Strand lag ein Kanu. An Bord, genau in der Mitte, war ein Blumenkranz mit roten, weißen und blauen Blumen. Auf dem Sitz hinter dem Kranz stand ein gerahmtes Foto von Martin, daneben, von Blumen umrankt eine aufgeschlagene Gedichtsammlung von Olaf Bull. Fünf Worte waren unterstrichen: *Diese Unruhe, die nie stirbt.* Martins Handschrift am Rand.

Einer nach dem anderen gingen die Jungs zum Kanu und legten ihre Mützen hinein. Zum Schluss kam Rubin und legte seine auf den grünen Hügel aus Filzmützen. Er drehte sich zur Kompanie um und sagte: „Wir setzen den Kampf fort!"

Rubin watete ins Wasser und zog das Kanu mit sich. Gab dem Boot einen letzten Stoß, als das Wasser ihm bis zum Bauch reichte. Über dem See lag ein leichter, weißer Dunst. Die Sonne brach durch die Wolken, als das Kanu und mit ihm all die Gelöbnisse und Gedanken in das Weiß tauchte. Hunderte von Stimmen riefen: „Für Martin, für den Chef!"

Nachwort

Der Roman basiert auf dramatischen Geschehnissen im Leben von Martin Linge, er handelt von Widerstand, Krieg und Liebe, wobei wahre Begebenheiten voller Mut, Liebe und Entschlusskraft mit der Fiktion verwoben wurden.

Ich habe viele Tage und Nächte mit Linge verbracht, habe versucht, mich in ihn hineinzuversetzen und die Welt aus seiner Perspektive zu betrachten, die Geschichte durch seine Augen zu erleben. Das ging so weit, dass ich sogar nachts mit ihm geredet habe. Was wir dabei besprochen haben, bleibt aber unser Geheimnis.

Über das Leben von Martin Linge ist manches bekannt, vieles andere ist aber auch heute noch ein Mysterium. Das gilt im Besonderen für seine Zeit in London und die Arbeit in der Geheimorganisation *Special Operations Executive.* Eine spannende Zeit, die viel Raum für Fantasie lässt, sodass Fiktion und Wirklichkeit hier ineinanderfließen. Manche Ereignisse habe ich in der Zeit verschoben und für die Handlung des Romans ausgeschmückt. Ein Beispiel ist der Fund der Enigma-Maschine. Eine Quelle besagt, nur die Code-Walzen wären gefunden worden, eine andere geht davon aus, dass die Maschine vollständig war. Letzteres tut auch dieser Roman.

Martin Linge war Schauspieler an norwegischen Theatern. Damit haben Hauptperson und Autor denselben Hintergrund, was mich glücklich macht. Vielleicht war es der Schauspieler in ihm, der ihn so einzigartig gemacht und inmitten der Dramatik des Krieges auserkoren hat, andere zu führen? In diesen Zeiten erleben wir mit Wolodymyr

Selenskyj ebenfalls einen Schauspieler, der wie ein Fels in der Brandung steht und die Ukraine im Kampf für die Freiheit anführt.

Dieses Buch ist der Tatkraft und der Liebe gewidmet.

Øystein Wiik

Danksagung

Kein Roman entsteht in einem Vakuum, und auch ich hatte viele gute Helfer auf dem Weg von der Idee bis zum fertigen Buch. Viele dieser Menschen verdienen Dank, einige aber haben eine besondere Bedeutung für dieses Buch gehabt, das es ohne sie nicht geben würde.

An erster Stelle möchte ich Helge Hjelle danken, dem Initiator des Måløyraidsenteret. Er hat mich auf Martin Linge aufmerksam gemacht, hat mir von dessen Leben und dessen Taten berichtet. So entstand auch die Idee, die Geschichte des Kapitäns und Schauspielers zu erzählen.

Aslak Nore war mein Lektor für „Linges Mission". Danke für deine Einsicht, deine Klugheit und deine Kreativität. Außerdem danke ich dem gesamten Team des Kagge Verlages.

Zum Schluss möchte ich mich auch bei der Familie Linge für die guten Gespräche bedanken. Nur so konnte ich den Menschen Martin Linge richtig kennenlernen.

Verwendete Zitate

1 William Shakespeare: **Ein Sommernachtstraum**
Übersetzt von August Wilhelm von Schlegel.
Originalzitat: „*Though she be but little she is fierce!*"

2 William Shakespeare: **König Heinrich V.**
Übersetzt von August Wilhelm von Schlegel.
Originalzitat: „*We few, we happy few, we band of brothers*"

Quellen

The Vaagso Raid
Joseph H. Devins, Jr.
Chilton Book Company
Philadelphia 1968

Lofotraidet 1941: Torden i mars
Harry Westrheim, Dag Skogheim, Bjørn Nilsen
Lopo Media Forlag 1991

Kompani Linge I–II
Erling Jensen, Per Ratvik, Ragnar Ulstein
Gyldendal Norsk Forlag 1948

Operasjon Norge: Rubin Langmos krigsopplevelser 1940-45
Oddmund Berg
Tiden 1981

Krigsår: Med Kompani Linge i trening og kamp
Harald Sandvik
J.W. Cappelens Forlag 1979

Måløyraidsenteret, Måløy, verschiedene Dokumente
Rosemary Reeds persönliche Notizen über ihre Beziehung zu Martin Linge
Steinar Brautesets unveröffentlichtes Manuskript über Martin Linge

Briefe und Zeitungsartikel aus dem privaten Archiv der Linge-Familie

Min morfar
Espen Haavardsholm
Gyldendal 1995

Mannen som stjal Galtesund
Eiliv Odd Hauge
J.W. Cappelens Forlag 1955

Kongens nei, 10. April 1940
Alf R. Jacobsen
Vega forlag 2011

Churchill's Ministry of Ungentlemanly Warfare
Giles Milton
John Murray Press 2017

Secret Agent: The True Story of the Special Operations Executive
David Stafford
BBC Books 2000

Special Operations in Norway:
SOE and Resistance in World War II
Ian Herrington
BBC Books 2000

D-day: June 6, 1944: the Climactic Battle of World War II
Stephen E. Ambrose
Simon and Schuster 1994

Hero: The Life and Legend of Lawrence of Arabia
Michael Korda
Harper 2010

The Body keeps the score
Bessel van der Holk
Penguin Publishing Group 2015

Get Tough!
W. E. Fairbairn
The Naval and Military Press Ltd.

All-In Fighting
W. E. Fairbairn
The Naval and Military Press Ltd.
Uckfield, East Sussex

Safe Return Doubtful
Untold Stories of Greatness
REC Press

The Partisan Leader's Handbook
G. S. (R), The War Office
1939

High Explosives
M. I. (R). The War Office
1939

Operational Stores Handbook
Special Operations Executive
CA. Brown
Copell, TX, USA, 2021

Die Originalausgabe erschien unter dem Titel „Flammer og regn“.

This translation has been published with the financial support of NORLA, Norwegian Literature Abroad.

NORLA

Bei Fragen zur Produktsicherheit
wenden Sie sich bitte an:
Pendragon Verlag
gegründet 1981
Stapenhorststraße 15
33615 Bielefeld
kontakt@pendragon.de
www.pendragon.de

1. Auflage

Deutsche Erstausgabe
Veröffentlicht im Pendragon Verlag
Günther Butkus, Bielefeld 2025

Lektorat: Lea Dunkel, Rebecca Gruttmann
Umschlag und Herstellung: Uta Zeißler
Umschlagfoto: mauritius images / Alamy / Peter Horree
Satz: Pendragon Verlag auf Macintosh
ISBN 978-3-86532-899-1
Gedruckt in Deutschland

MIX
Papier
FSC FSC® C083411

